Jennerwein befindet sich, ohne dass er es auch nur im Geringsten ahnt, in allerhöchster Gefahr! Alle Mörder und Halunken, die der Kommissar in den vergangenen fünfzehn Jahren hinter Gitter gebracht hat, haben zusammengelegt, um einen Top-Killer zu engagieren, der ihn beseitigen soll. Der Zeitpunkt ist gut gewählt, denn Jennerwein hält sich gerade zur Erholung in einem Sporthotel auf. Doch Jennerwein kann auch in der Freizeit seinen berühmten Blick für alles Unstimmige nicht abschalten. So entlarvt er nebenbei eine Betrügerin oder geht der Geschichte eines Beichtstuhls nach, in dem angeblich der Teufel in der Falle saß. Als er gebeten wird, den Verbleib eines spurlos verschwundenen Konzernmanagers aufzuklären, kann Jennerwein nicht widerstehen. In den vollautomatisierten Werkhallen des Großkonzerns gerät er in Bedrängnis. Auch die Verfolger, darunter der Top-Killer sowie eine brüsk abgewiesene Verehrerin, rücken immer näher …

»Jörg Maurers hintersinniger Humor ist hier stets präsent; der Autor verbindet Spannung und überraschende Entwicklungen zu einer unterhaltsamen Mischung.« *dpa*

Jörg Maurer liebt es, seine Leserinnen und Leser zu überraschen. Er führt sie auf anspielungsreiche Entdeckungsreisen und verstößt dabei genussvoll gegen die üblichen erzählerischen Regeln. Seine inzwischen fünfzehn Jennerwein-Romane sind allesamt Bestseller. Seine Romane »Shorty« und »Leergut« waren ebenfalls erfolgreich. Jörg Maurer lebt zwischen Buchdeckeln, auf Kinositzen und in Theaterrängen, überwiegend in Süddeutschland.

Weitere Informationen finden Sie auf www.fischerverlage.de

JÖRG MAURER

Kommissar Jennerwein darf nicht sterben

ROMAN

FISCHER TASCHENBUCH

MIX
Papier | Fördert gute Waldnutzung
FSC www.fsc.org
FSC® C083411

Erschienen bei FISCHER Taschenbuch
Frankfurt am Main, 2025

Satz: Dörlemann Satz, Lemförde
Druck und Bindung: CPI books GmbH, Leck
ISBN 978-3-596-70710-2

Kontaktadresse nach EU-Produktsicherheitsverordnung:
produktsicherheit@fischerverlage.de

1

»Kommissar Jennerwein muss sterben«, sagte der Typ mit dem Gipsarm leise zu einem großen, spindeldürren Mann, der sich in dem kleinen Raum fast bücken musste.

»Unbedingt«, murmelte der Dürre. »Auf jeden Fall muss er sterben.«

»Und ich habe auch schon eine Idee, wie wir es machen«, fuhr der Gipsarm fort.

Er sprach nicht weiter. Der Dürre hatte den Finger auf den Mund gelegt und ihm ein kurzes, hastiges Zeichen gegeben, die Unterhaltung schriftlich weiterzuführen. Der Gipsarm griff hinter sich ins Regal und zog ein Buch hervor, das er aus der Gefängnisbibliothek geliehen hatte. Er riss eine Seite heraus und skizzierte mit einem Bleistiftstummel Namen, Ortsangaben und die Art und Weise des Angriffs. Der Dürre blickte ihm dabei über die Schulter.

»Mannomann, das wird aber bestimmt nicht billig!«

»Wir legen alle zusammen,«

»Wie: alle – es gibt also noch mehrere, die eingeweiht sind?«

Der Gipsarm nickte.

»Eine richtige Verschwörung«, sagte er und deutete auf seine Notizen. »Wie sie im Buche steht.«

Der elektrische Gong rief zur Frühstücksausgabe, der Gipsarm bewegte sich in Richtung Speisesaal. Der Dürre verharrte noch eine Weile in einer Nische, um sich die Eckdaten des Plans einzuprägen, dann steckte er die bekritzelte Buchseite in den Mund und verschluckte sie. Auf dem Hof trafen sich später beide wieder.

»Ich bin dabei«, sagte der Dürre mit einem aufgeregten Tremolo in der Stimme, für die Jungs vom Wachturm legte er hingegen sein fröhlichstes und unbeschwertestes Gesicht auf, das er im Grimassensortiment finden konnte. Die beiden hatten sich erst vor ein paar Monaten im Speisesaal der JVA kennengelernt, im Gespräch waren sie darauf gekommen, dass sie absolut nichts gemeinsam hatten, von einer Ausnahme abgesehen: Sie waren von demselben Polizisten gefasst und hinter Gitter gebracht worden. In beiden Fällen war es der berüchtigte und in der gesamten Szene verhasste Kriminalhauptkommissar Hubertus Jennerwein. Ihr Pech war es gewesen, dass sie genau an ihn geraten waren. Auch der Gipsarm schnitt jetzt ein Gesicht, das er für unverdächtig hielt.

»Du kannst dir vorstellen, dass wir nicht die Einzigen sind, denen Jennerwein das Leben versaut hat«, sagte er knurrend und lächelnd zugleich, was eine ungute, süßsaure Mischung ergab. »Ich recherchiere das seit Jahren, und nun habe ich eine genaue Liste der Fälle zusammengestellt, die KJ bearbeitet hat.« Er sprach die Kürzel von Kommissar Jennerwein wie ›KeiTschei‹ aus. Und er sprach es angeekelt aus, wie wenn er etwas in den Mund bekommen hatte, das er gleich ausspucken wollte. »Ich bin auf zwölf Opfer gekommen. Manche sitzen noch im Knast, die meisten davon lebenslänglich wie wir, andere sind schon draußen und können keinen Schritt alleine machen, ohne dass ihnen nicht ein Psycho oder Sozio oder Wasweißich auf die Nerven geht. Wieder andere sind über den Jordan, gestorben durch die Hand von KJ – in diesen Fällen nehmen die Verwandten, Freunde oder Interessenvertreter unserer Branche sozusagen ihre Rechte wahr.«

Der Gipsarm senkte die Stimme und nannte die Namen. Einen nach dem anderen. Alle zwölf.

»Was? Der ist auch dabei?«, entfuhr es dem Dürren mehrmals.

Der Himmel war ganz und gar wolkenlos, hinter den Gefängnismauern ging nun die Sonne auf, auf dem Hof machten sich die ersten stickigen Hitzeschwaden breit. Alle Knackis hielten sich im Schatten der Mauern auf, nur die beiden Verschwörer standen in der Mitte.

»Und wer wird ihn erledigen?«, fragte der Dürre.

Gipsarm senkte die Stimme.

»Der Isländer.«

Der Dürre schnalzte mit der Zunge. In seinen aufgerissenen Augen spiegelte sich überschäumende Bewunderung.

»Der Isländer! Alle Achtung! Darunter geht's wohl nicht. Ich habe mal von seinen Gagen gehört –«

»Das ist ja unser Vorteil. Wir sind zu zwölft. Wir legen zusammen. Der Isländer ist so teuer, den könnte sich niemand von uns alleine leisten. Wie allgemein bekannt ist, hinterlässt er bei seinen perfekt durchgeführten Aufträgen eine Visitenkarte. Niemand wird auf die Idee kommen, dass jemand von uns etwas mit der Sache zu tun hat.«

»Gibt's da nicht einen Film, wo zwölf oder dreizehn Leute gemeinsam so ein Ding drehen? Alle haben ein Hühnchen mit dem Typen zu rupfen. Und jeder sticht einmal zu!«

»Inzwischen gibt es von allem Möglichen einen Film.«

Der Mann mit dem Gipsarm hatte ein schorfiges, versoffenes Gesicht. Aus einer kleinen Rasierwunde am Kinn tropfte Blut. Der Dürre wandte sich angeekelt ab.

2

Einen weit angenehmeren Anblick bot die junge Frau, die am Frühstückstisch des Wellness- und Sporthotels Relax saß. Ihre Lippen waren flauschig wie Blütenblätter, die Haare flossen ihr über die schneeweißen Schultern wie süßer Honig. Sie hatte ihre nackten Beine keck übereinandergeschlagen, lasziv wippte sie einen halb abgestreiften Schuh mit den Zehenspitzen, ihre Blicke waren wie Schüsse aus einer doppelläufigen Winchester. Der Frühstückskellner schenkte Kaffee ein. Er war ein erfahrener Kellner, ein Garçon alten Schlages, der schon viel gesehen hatte in seinem Kellnerleben, doch als er in ihre Nähe kam, zitterte er leicht und musste sich anstrengen, die Tasse ohne Kleckern zu füllen. Die junge Frau warf betont nachlässig und wie nebenbei ihr Haar zurück, einige Gäste im Frühstücksraum hielten den Atem an. Kaum jemand schaffte es, den Blick sofort wieder von dem außergewöhnlichen Liebreiz dieser namenlosen Erscheinung loszureißen. Jetzt ließ sie ein helles, perlendes Lachen vernehmen, sie straffte ihren Körper, reckte sich ausnehmend, um sich bald darauf aufs Anmutigste zu entspannen.

Es ist wirklich jammerschade, dass diese junge Frau in der Geschichte, die hier erzählt werden soll, überhaupt keine Rolle mehr spielen wird, nicht einmal eine Nebenrolle. Arme namenlose Hüterin des Ebenmaßes, das war dein letzter

Auftritt in diesen dramatischen Ereignissen! Nur so viel sei noch gesagt: Sie stellte den schieren Gegensatz zu dem stillen, einzeln sitzenden Herrn am Nebentisch dar, dessen hervorstechendste Eigenschaft seine legendäre Unauffälligkeit war. Kommissar Jennerwein, um den es sich handelte, war ein gutaussehender Mann mit vollem, dunklen Haar und wachen Augen, der, je älter er wurde, immer mehr Ähnlichkeit mit dem britischen Schauspieler Hugh Grant aufwies. Ein oder zwei Gäste hatten sich schon angestoßen: Ist das nicht …? Jennerwein massierte gerade wieder einmal seine Schläfen mit Daumen und Mittelfinger, dann wurde er sich dieser verräterischen Angewohnheit bewusst. Er ließ die Hand sinken und nippte unkonzentriert an seinem Kaffee. Jennerwein versuchte sich zu entspannen.

»Eine Frage!«, rief ein korpulenter Herr an dem besagten Tisch, an dem auch die Strahlende saß. Er wedelte dem Kellner mit einer Landkarte vor dem Gesicht herum. »Teufelsgasse, Höllenwiese, Satansfeld … Warum ist in dieser Gegend so viel vom Leibhaftigen die Rede?«

Der Kellner, der die Tischdecke gerade mit einem eleganten Krümelentferner von Croissantbröselchen zu befreien versuchte, hielt inne. Jennerwein lauschte unauffällig. Auch ihm war schon die Dichte der lokalen Teufelsanspielungen aufgefallen. Auf Schritt und Tritt stieß man auf den Satan und seine Brut. Ein Hexenbad lud zur erquicklichen Erfrischung, das Schwefelstübchen zum fröhlichen Umtrunk ein, die Höllenapotheke bot 1a-Mephisto-Drops feil, und so weiter.

»Nach einer alten Legende soll der Teufel diese Gegend besucht haben, um sich ein wenig von seinen Untaten auszuruhen.« Der Kellner vollführte eine kreisend unbestimmte, fast beschwörende Bewegung mit dem Bröselschaber. Seine Augen verengten sich zu schmalen, unergründlichen Schlitzen. »Er wollte sich hier nach einer Bleibe umschauen und ist, um sich einen Überblick zu verschaffen, auf ein Baugerüst gestiegen.«

»Auf ein Baugerüst!«, warf die korpulente Dame ein, die neben dem korpulenten Herrn saß.

»Ja, und dort ist er eingedöst«, fuhr der Kellner leise fort, wie um den Leibhaftigen, den er beschworen hatte, nicht zu wecken. »Beim Aufwachen hat er das Gleichgewicht verloren und ist ein paar Meter hinuntergestürzt, auf ein Vordach. Man sagt, dass sein sprichwörtliches Hinken von diesem Missgeschick herrührt, und nicht etwa von einem Pferde- oder Ziegenfuß. Fluchend stolperte er jetzt durch die Baustelle, überall verstellten ihm Mörteltröge und Ziegelhaufen den Weg. Endlich fand er ein unverschlossenes Tor. In der Annahme, dass das der Ausgang ins Freie war, durchschritt er es, doch er fand sich in einer zwielichtigen, düsteren Halle wieder. Der penetrante Geruch nach verbrannten Gewürzen nahm ihm fast den Atem. Als er schließlich den Kopf hob, fiel sein Blick auf – ein Kreuz. Und auf ein zweites. Und ein drittes. Ihm wurde übel. Er befand sich mitten in einem Kirchenschiff. Panisch blickte er sich nach Fluchtmöglichkeiten um.« Der Frühstückskellner versuchte, die geduckte, verängstigte Haltung des Teufels anzunehmen. »Doch er sieht keinen Ausweg. Überall Kreuze. Seine gelb funkelnden Augen irren ziellos umher. Er stöhnt, er ächzt, er weiß, dass er das nicht mehr länger aushält – aber da: eine schief in den Angeln hängende Holztür! Er reißt sie auf und nichts wie rein in den dunklen, beengten Raum. Geschafft. Gerettet. Wenigstens fürs Erste. Er kauert sich auf die schmale Bank –«

Der Kellner ließ sich auf einen der freien Stühle am Tisch nieder. »Er schnuppert, er versucht, seine Augen an die Dunkelheit zu gewöhnen. Vor ihm eine vergitterte Öffnung, er rüttelt daran – und mit maßlosem Entsetzen muss er feststellen, dass er vom Regen in die Traufe gekommen ist. Denn jetzt saß der Teufel in einem Beichtstuhl fest!«

Der Kellner verstummte. Man hätte sich nicht gewundert, wenn ein dunkelroter Samtvorhang vor ihm gefallen wäre. Auch die anderen Frühstücksgäste hatten ihre Unterhaltungen unterbrochen, um der Geschichte zu lauschen. Mitten in die wohlgesetzte Kunstpause platzte eine laute, kehlige Stimme.

»Zweimal gekochte Eier fünfeinhalb und einmal viereinhalb – fertig! Aber dalli, dalli!«

Das schnoddrige Gebrüll war aus der Küche gekommen, die an den Frühstücksraum grenzte. Seufzend richtete sich der Kellner auf und nestelte an seiner Hose, wie um sich den Staub des Beichtstuhls wegzuwischen. Mit einer entschuldigenden Geste wandte er sich an sein Publikum.

»Sie haben es gehört: Die Eier sind fertig. Den Rest der Geschichte erzähle ich Ihnen ein anderes Mal.«

Rasch entfernte er sich mit seinem schiefen, alten Kellnergang und ließ die Frühstücksgäste des Hotels Relax mit dem Teufel im Beichtstuhl alleine. Eng war es an den Tischen geworden. Man glaubte, Weihrauch und Myrrhe, wenn nicht sogar ein wenig Schwefel zu riechen. Kommissar Jennerwein tupfte sich den Mund mit einer Serviette ab. Die nächste Anwendung begann erst in drei Stunden: Wassertreten bei Herrn Koschattke. Bis dahin konnte er sich nach dem Frühstück die Gegend, die der Teufel vor langer Zeit für seinen Urlaub ausgesucht hatte, noch ein wenig ansehen.

Kriminalhauptkommissar Hubertus Jennerwein hatte sich von seinem Team davon überzeugen lassen, ein paar Tage in einem Wellness- und Sporthotel zu verbringen. Er hatte hochheilig versprechen müssen, auf alles, was mit polizeilichen Ermittlungen zu tun hatte, zu verzichten und einen großen Bogen um sämtliche Dinge zu schlagen, die mit Schlussfolgerungen, Verdachtsmomenten, heißen Spuren und wasserdichten Indizien zu tun hatten. Auch sein Hausarzt hatte ihm dringend geraten, kürzer zu treten, da die Akinetopsie-Anfälle in letzter Zeit wieder häufiger geworden waren. Jennerwein, der bisher der Meinung gewesen war, nur angespannte Ermittlungen böten wohltuende Entspannung, hatte sich eines Besseren belehren lassen. Er musste sich umstellen. Dazu war er hier. Und es hatte auch schon ganz gut geklappt, fühlte er sich doch nach der ersten Nacht schon ein klein wenig erholt. Vor dem Frühstück ein Waldlauf, das hatte er schon lange nicht mehr gemacht. Jennerwein biss in ein Brötchen. Von seinem Platz aus hatte er einen guten Blick in die Küche, in der gerade Hochbetrieb herrschte. Die gekochten Eier zweimal fünfeinhalb und einmal viereinhalb waren längst draußen. Jennerwein hatte schon mehrmals in Restaurants und Hotels ermittelt, deshalb wusste er, dass die Frühstücksküche eine der härtesten gastronomischen Übungen überhaupt war. Hundert Umbestellungen, tausend Sonderwünsche – ihm taten all die Leute leid, die zum Frühstücksdienst verdonnert worden waren. In dem hektischen Gewusel fiel ihm ein Mitarbeiter besonders auf. Der Schweiß lief ihm herab, sein Gesicht war krebsrot, seine Haltung verkrampft. Das musste der Küchenspringer oder Tournant sein, das Mädchen für alles, oft bekam er einen Spitznamen mit Zischlaut verpasst, wie Felix oder Hasso, damit man ihn besser rufen und herumscheuchen konnte. Der Springer war das ärmste Schwein des Universums. Er musste mit allen Tricks und Geheimnissen der Kochkunst vertraut sein, doch seine Genialität im Improvisieren verdampfte loblos in der Dunstabzugshaube. Kaum jemand ließ sich freiwillig zu solch einer Arbeit herab, Küchenspringer wurden meist aus dem Heer der Schwarzarbeiter ohne Deutschkenntnisse und Zertifikate rekrutiert. Und genauso ein armes Schwein stand jetzt dort in der Küche am überquellenden Herd. Traurige Augen, hängende Wangen, Haarsträhnen im Gesicht, alles hing an ihm, auch der Blick hing ihm mehr in die Pfanne, als dass er hineinsah, er hätte mit diesem Blick das Omelett umrühren können. Jennerwein beugte sich vor. Für einen Junkie war er zu wenig ausgezehrt, für einen Nicht-EU-Ausländer sah er zu Düsseldorferisch aus, Jennerwein tippte auf Kündigung, Scheidung und Privatinsolvenz, ein Dreierpack, den das Schicksal für all die bereithielt, die sich einmal allzu sicher gewesen waren. Jennerwein riss seinen Blick von dem bedauernswerten Tropf los. Schon wieder war er ins Analysieren und Ermitteln verfallen, das musste schnellstens aufhören. Er war schließlich hierhergekommen, um sich davon zu befreien.

Der Lärmpegel im Frühstücksraum stieg. Denn nun strömte ein größerer Pulk von emsig diskutierenden Menschen herein, alle im gleichen dunkelblau-zweckmäßigen Businesslook gekleidet, was Seriosität und Solidität ausstrahlen sollte. Es mussten Mitarbeiter einer Firma sein, die sich wohl zum Working Breakfast trafen, das in einem Nebenraum stehend eingenommen wurde. Nachdem sich der geschäftige Strom an Jennerwein vorbeigeschoben hatte, fiel ihm eine

Dame in den Dreißigern ins Auge, feinster Zwirn, Handy am Ohr, halb aufgeklapptes Notebook auf dem Unterarm, zielstrebig, emsig, stark, zwingend, unglaublich wichtig. Als sie auf seiner Höhe war, bekam Jennerwein mit, wie sie etwas in einer sehr fremden Sprache ins Handy flüsterte. Als Jennerwein noch in der Abteilung Betrug gearbeitet hatte, hatte er den Begriff des Buffetschmarotzers das erste Mal gehört. Es war kein übermäßig großes Delikt, handelte es sich doch eigentlich nur um minderschweren Diebstahl, doch gab es eine stattliche Anzahl polizeibekannter Buffetschmarotzer, die sich auf diese Weise gratis um die Welt fraßen. Ihre Arbeitskleidung war die der heiteren Businesspeople, so fuhren sie auch im Taxi vor, schnippten beim Aussteigen ein Stäubchen vom Revers, drückten dem Fahrer einen Schein in die Hand. Letzteres genügte dem Hotelportier meist, um nicht misstrauisch zu werden. Zielstrebig schritten sie an ihm vorbei, hinein in das Foyer des Luxushotels, selbstverständlich telefonierend, aber natürlich nicht übertrieben, sondern leise und zurückhaltend. Grundkenntnisse in Englisch und Französisch waren gut, einige Schlagworte aus Vertrieb und Marketing genügten vollständig für eine Konversation. Wo genau das Buffet stattfand, war meist angeschrieben. Der fortgeschrittene Buffetschmarotzer sah im WLAN nach, wusste dann schon, dass zum Beispiel die Swisscom im Hotel tagte. Jennerwein setzte sich unauffällig auf einen anderen Stuhl, um besser sehen zu können. Etwa vier Dutzend Männer und Frauen um die Dreißig strömten jetzt zum Buffet. Und bei der Frau im Edelzwirn konnte es sich durchaus um eine solche Schmarotzerin handeln. Sie mischte sich unter die anderen, einer sprach sie an, Jennerwein glaubte so etwas wie –

»In welcher Abteilung arbeiten Sie? Ich habe Sie ehrlich gesagt noch gar nicht –«

– gehört zu haben, doch die mutmaßliche Diebin bat um einen Moment Geduld und griff sofort wieder zum Handy, um einen Anruf anzunehmen. Und dann – täuschte er sich, oder sprach sie jetzt nicht sogar Arabisch? Er beherrschte diese Sprache nicht, aber der ganze Sprachduktus, die märchenhafte Melodieführung und das Getrommel der Konsonanten stach aus dem sonstigen Einheitsbrei der mitteleuropäischen Gesprächsfetzen richtiggehend heraus. Doch bevor er noch genauer hinhören konnte, drehte sie sich um und sprach mit dem Rücken zu ihm weiter. Ja, das konnte durchaus eine Betrügerin in dieser Sportart sein.

Aber was ging es ihn schon an. Er war nicht im Dienst. Er hatte Urlaub. Und außerdem: Die paar Lachshäppchen, die sie abzweigen würde, was spielte das schon für eine Rolle! Doch halt, jetzt drehte sie sich weg von der Gruppe und nahm wie selbstverständlich eine einsam daliegende Handtasche vom Tisch. War sie nicht vorher ohne Handtasche gekommen? Ganz sicher war sich Jennerwein nicht – und jetzt verschwand die Frau aus seinem Sichtfeld. Jennerwein wandte den Kopf ab. Vermutlich irrte er sich. Aber er war nun einmal mit dem professionellen Blick geschlagen. Und er bildete sich auch noch ein, dass dieser Blick unauffällig war. Einmal hatte er auf der Terrasse eines Cafés gesessen, um auf irgendeinen polizeilichen Informanten zu warten, so wie jetzt: allein und eigentlich drauf und dran, sich ein wenig auszuruhen. Dann hatte er am übernächsten Tisch eine Gruppe von leise flüsternden Männern bemerkt. Besonders von einem ging etwas Planendes, Coupmäßiges, vielleicht sogar

Attentäterisches aus. Sofort hatte er seinen Blick abgewandt und sie aus den Augenwinkeln weiter beobachtet. Nichts war geschehen, bis der Ober zu ihm getreten war:

»Der Herr aus der Gruppe dort drüben bittet Sie, nicht dauernd so herüberzustarren.«

Jennerwein hatte seinen Meister gefunden. Und der Informant war nach zwei Stunden Warten auch nicht erschienen. Er hatte dann trotzdem im Revier den Computer bemüht. Dort stellte sich heraus, dass der Herr, der ihm aufgefallen war, einer der gesuchtesten Terroristen Europas gewesen war. Er hätte damals einen großen Fang gemacht.

Plötzlich stand ein bulliger Mann vor Jennerwein. Abgearbeitet, verschwitzt, mit schmutziger Küchenschürze und hochrotem Gesicht. Der Springer. Der Tournant. Er war aus der Küche getreten, er hatte sich eher herausgeschleppt, jetzt verneigte er sich leicht linkisch und ungeschickt, aber ehrerbietig vor Jennerwein.

»Hallo, Kommissar, schön, dass Sie Gast in unserem Hotel sind.«

Jennerwein sah ihn freundlich an. Der Mann hatte ihn wahrscheinlich bei einer Ermittlung kennengelernt. Aber das Gesicht sagte ihm momentan gar nichts.

»Darf ich fragen, woher wir uns kennen?«

»Man kennt Sie eben, Kommissar, zum Beispiel aus der Zeitung. Letzthin habe ich Sie sogar im Fernsehen gesehen, bei Jauch. Schade, dass nichts aus der Million geworden ist.«

»Und wer sind Sie?«

»Ich bin der Hoteldirektor. Habe heute bloß beim Frühstück als Springer ausgeholfen. Ja, so ist das eben in der Gastronomie. Wenn Not am Mann ist, muss jeder mit anpacken.

Auch die Nummer eins.« Mit bitterer Ironie fügte er hinzu: »Die sogenannte Nummer eins.«

Jennerwein hatte sich also schwer getäuscht. Er hatte seinen unfehlbaren Blick anscheinend verloren. Der Urlaub hatte endlich begonnen. Glaubte Jennerwein.

3

Der Mann mit dem hochroten Gesicht, seines Zeichens Chef des beliebten Sporthotels Relax, verabschiedete sich von seinem Gast. Er müsse dann mal wieder in die Küche. Als echter Springer oder Tournant hätte er dort einen mächtigen Einlauf verpasst bekommen. Wegen unerlaubten Entfernens vom Schlachtfeld. Aber in seinem Fall traute sich natürlich niemand etwas zu sagen. Jennerwein sah auf die Uhr. Bis zum Wassertreten blieb ihm noch etwas Zeit. Kurz dachte er daran, in was für Extremsituationen er bei den zurückliegenden Fällen schon geraten war. Von einem waghalsigen Sprung in eine reißende Klamm bis hin zur aussichtslosen Gefangenschaft in einer schwindelerregend hohen Felsnische war alles dabei gewesen. Und jetzt Wassertreten unter der Leitung von Bademeister Koschattke.

Auf seinem Zimmer blätterte er ein wenig im Hotelprospekt. Dort erfuhr er, wie die Geschichte vom Teufel im Beichtstuhl weiterging. Diesem Text fehlte natürlich die bühnenreife Interpretation des Frühstückskellners, der mit dem Tischkrümelentferner in die Luft gestochen hatte wie mit einer Höllenforke. Trotzdem waren die Qualen des unachtsamen Fürsten der Finsternis plastisch beschrieben. Was hatte er nicht alles auszuhalten gehabt: einlullende Orgelmusik von quälender Harmonie, betäubender Weihrauchgeruch, linientreue Nonnengesänge – es musste gleichsam die Hölle für den Teufel gewesen sein. Tage vergingen, ohne dass er sich herausgewagt hätte. Als die Renovierung des Gotteshauses abgeschlossen war und der Kirchenbetrieb langsam wieder zur Normalität zurückkehrte, bekam er auch das erste Mal in seinem Leben zwangsweise eine vollständige Messe zu hören, mit inbrünstig gesungenen Glorias, Agnus Deis und Hallelujas. Ingrimmig fluchend legte er das Gelübde ab, im Fall seiner Befreiung eine schrecklich misstönende Missa diavola zu schreiben, bei der alle Regeln der Liturgie und des guten Kirchenmusikgeschmacks auf den Kopf gestellt werden sollten. Jennerwein legte den Hotelprospekt beiseite. Der Zimmerservice klopfte, fragte durch die Tür, ob Jennerwein etwas bräuchte. Nein, bräuchte er nicht. Vor dem Wassertreten bei Herrn Koschattke wollte er noch ein wenig spazierengehen, um die Umgebung des Hotels zu erkunden. Die bewusste Kirche lag ja angeblich nur ein paar Minuten entfernt. Als er ins Freie trat, schnupperte er frische, würzige Sommerluft. Federwolken flogen, Blumen dufteten, ein Vogel tirilierte. Er schaltete sein Handy an und stellte per Gesangserkennungs-App fest, dass es die Gemeine Haubenmeise war. Sie sang schöner, als ihr Name vermuten ließ. Heiße Gerüche nach saftigem, frisch geschnittenem Gras umflossen ihn, als er die kleine Straße, die zur Kirche führte, entlangschlenderte. Sie war mäßig belebt. Niemand grüßte, niemand beachtete ihn. All das fand Jennerwein äußerst angenehm. Der Urlaub hatte endgültig begonnen.

Doch ganz konnte er seinem Beruf nicht entfliehen. Er konnte sich nicht dagegen wehren, dass sein Blick an Dingen hängenblieb, die aus dem Rahmen fielen. Verhielt sich der von einem Fuß auf den anderen tretende und wie ein Wanderer gekleidete Mann dort drüben nicht wie ein Taschendieb, der nach locker sitzenden Geldbörsen Ausschau hielt? Verdeckten die beiden älteren Herren mit den ölpfützenfarbenen Seidenhalstüchern nicht ihren Mund mit den Händen, wie Wirtschaftsganoven, die einen neuen Cum-Cum-Kuhhandel ausheckten? Sie warfen jedenfalls verstohlene Blicke zu Jennerwein her, gingen schließlich rasch weiter, wie wenn sie sich von ihm ertappt fühlten. Und die beiden Knirpse, die gerade schnaufend hinter einer Bretterwand hervortraten, sah es nicht ganz so aus, als ob sie Crack geraucht oder Gewaltvideos geguckt hätten? Er schüttelte sich. Alles Einbildung, alles Folge der Überarbeitung. Dem Hammer ist alles Nagel, dem Polizisten ist alles Schuft. Er hatte gelesen, dass das Sporthotel Relax die Dienste eines Psychologen anbot, die man in Anspruch nehmen konnte wie die des Physiotherapeuten. Heute Abend hielt Dr. Ungeheuer einen Vortrag über Sucht und Abhängigkeit. War das eine Sucht, an der er litt? Die Sucht, hinter jeder Erscheinung die Verderbtheit und Abschüssigkeit der Welt zu wittern? Er beschleunigte seine Schritte, verfiel in einen leichten Trab, konnte die grüblerischen Gedanken schließlich abschütteln, wurde wieder ruhiger. Und ein- und ausatmen. Jennerwein spürte durch die Laufbewegungen tatsächlich so etwas wie Harmonie in sich. Das Gelände wurde grüner, er kam durch einen kleinen Stadtpark. Und ein und aus. Er erhöhte das Lauftempo noch einmal um ein paar Takte. In der Ferne löste sich der fette, faule Heliumsack namens Sonne aus dem Pappelgewirr und erhob sich in den wolkenlosen Himmel.

Gerade als er sich gut eingelaufen hatte, rumpelte sein Handy. Es war kein Anruf, es war die Push-Benachrichtigung einer App, die ihm Hansjochen Becker von der Spurensicherung draufgespielt hatte. Er hatte vergessen, sie auszuschalten. Die Nachricht zeigte an, dass sich im Umkreis von fünfzehn Metern ein Computer oder ein Handy befinden musste, auf dem paarige Zeichenkolonnen in außergewöhnlich hoher Geschwindigkeit nebeneinander herrasten, um miteinander verglichen zu werden. Dies war ein fast untrügliches Kennzeichen dafür, dass nach Kennwörtern und Zugangscodes gesucht wurde, was wiederum auf einen Hackerangriff schließen ließ, entweder passiv oder aktiv. Die zwei jungen Leute auf der Bank, an denen er gerade vorbeigelaufen war und die mit glühenden Köpfen über ihre Notebooks gebeugt waren, sahen allerdings nicht aus wie Hacker. Aber wie sahen Hacker schon aus? Wie Bademode: jede Saison anders. Vielleicht war es umgekehrt, und einer ihrer Computer wurde gerade ausgekundschaftet. Jennerwein zögerte kurz. Sollte er sie warnen? Aber wozu eigentlich? Es war ihm momentan herzlich egal, wer in welchen Computern herumschnüffelte. Es würde schon nicht gerade das Pentagon sein, in das sie versuchten, einzudringen. Oder umgekehrt. Jennerwein schaltete die App ab. Er entschloss sich, durch den Wald zu laufen, der inmitten des kleinen Stadtparks lag. Es war eher eine Ansammlung von ein paar verwachsenen Bäumchen, die sich momentan unschlüssig im Wind wiegten. Er schüttelte den Gedanken ab, dass er durch diesen Waldlauf sicherstellen wollte, dass ihn niemand verfolgte. Wer um alles in der Welt sollte ihn hier verfolgen? Er blieb stehen. Der Baumbestand war dichter geworden. Es war still hier und schattig. Die Sonne brach nur selten durch einige Ritzen im Geäst. Als er langsam weiterging, fiel er fast über eine Frau, die auf einem Bein im Gebüsch stand, um sich umzuziehen. Ein T-Shirt über dem Kopf, eine Hand an eine verschrumpelte Kiefer gestützt, verlor sie kurz das Gleichgewicht und wäre um ein Haar auf den Boden geknallt, wenn Jennerwein sie nicht gehalten hätte.

»Passen Sie doch auf, Sie Idiot!«, rief sie ärgerlich. »Was wollen Sie überhaupt hier? Verschwinden Sie, ich ziehe mich gerade um.«

»Das sehe ich«, erwiderte Jennerwein ruhig.

Er blickte ihr ins Gesicht. Es war die Buffetschmarotzerin, die sich hier ihrer Businesskluft entledigte und einen abgeschabten Trainingsanzug überstreifte. Gute Tarnung, das musste er ihr lassen.

»Geben Sie wenigstens die Handtasche zurück«, sagte Jennerwein und wies auf das offensichtliche Gucci-Designer-Teil.

»Die Papiere habe ich sowieso drinne gelassen«, sagte sie kleinlaut. »Sind Sie denn ein Kollege? Und sind Sie an Ausweisen interessiert?«

»Ich war jedenfalls mal in dem Geschäft«, entgegnete Jennerwein lächelnd. »Aber momentan bin ich im Urlaub.«

»Ihr Aussehen möchte ich haben«, sagte sie.

Jennerwein schüttelte verwundert den Kopf.

»Weswegen das denn?«

»So eine unauffällige Erscheinung! Ich habe Sie im Hotel schon sitzen sehen. Mutterseelenalleine am Tisch. Ich bilde mir ein, ich habe den Blick. Erst dachte ich schon, Sie sind der Hoteldetektiv, weil sie während des Frühstückens mehrmals den Stuhl gewechselt haben, vielleicht, um besser zu uns hersehen zu können. Aber ich habe Sie als harmlos klassifiziert. Hier, nehmen Sie die Tasche, Kollege, ich habe mich in Ihnen getäuscht. Das Geld hab ich rausgenommen, die Ausweislappen interessieren mich nicht.«

Sie hatte sich vollständig angekleidet, befand sich jetzt im Jogger-Outfit, hatte einen Shopper umgehängt, in dem wohl ihre Diebesbeute steckte. Sehr professionell: Diebesgut nie fest am Körper tragen, das war eine Grundregel von Jennerweins Vater Dirschbiegel gewesen. Man muss verfängliche Ware jederzeit abwerfen können, hatte er gesagt. Dirschbiegel war ein Meisterdieb. Und Jennerwein hatte viel von ihm gelernt. Schade, dass sein Vater nicht auf derselben Seite des Gesetzes stand wie er. Jennerwein verabschiedete sich von der diebischen Schmarotzerin. Doch als er ein paar Schritte gegangen war, drehte er sich nochmals um und fragte:

»Habe ich da im Frühstücksraum wirklich Arabisch von Ihnen gehört? Beherrschen Sie die Sprache denn?«

Die Schmarotzerin kam ihm ein paar Schritte entgegen und lächelte verschmitzt.

»Natürlich nicht. Ich habe sogar einmal versucht, die Sprache zu lernen, ohne Erfolg. Aber ich habe bemerkt, dass ich den Tonfall ganz gut treffe.«

Sie gab eine Kostprobe. Die paar Sätze klangen wirklich echt und überzeugend.

»Wie finden Sie mein Phantasie-Arabisch?«

»Und das ist immer gutgegangen?«

Sie zuckte die Schultern.

»Einmal hat mich ein Mann mit dunklem Teint voller Begeisterung angesprochen. Auf Arabisch. Das war weniger lustig – aber ich muss jetzt los, Kollege.«

Mit einer Damenhandtasche unter dem Arm trabte Jennerwein weiter. Er blickte noch einmal zurück. Die Schmarotzerin hatte sich in Luft aufgelöst. Hinter den Bäumen tauchte die Spitze eines Kirchturms auf. Dorthin waren es sicher nur ein paar Minuten.

In der Kirche war es kühl. Jennerwein sah sich um. Unwillkürlich schnupperte er, so, wie auch der Teufel in der Legende geschnuppert haben musste. Aber wo war der Beichtstuhl, in dem er sich versteckt hatte? Jennerwein schritt das Kirchenschiff ab. Nichts. Vielleicht hatten sie den Teufel in seiner Falle ja eingemauert. Legenden endeten oft so. Der Satan ist jahrhundertelang irgendwo gefangen, die Geschichte wird vergessen, und plötzlich, bei einem Umbau, beim Verlegen von Glasfaserkabeln setzt die Telekom den Teufel frei. Jemand legte Jennerwein die Hand auf die Schulter. Ein bisschen erschrak der Kommissar dann doch. Langsam drehte er sich um. Vor ihm stand ein junger Mann mit weißem Kragen, die Wangen gerötet vom Eifer der Gottessuche.

»Ich bin der Seelsorger der Kirche«, sagte er. »Wie mir scheint, interessieren Sie sich für sakrale Architektur.« Er trat einen Schritt zurück und musterte Jennerwein von oben bis unten. »Ich tippe schwer darauf, dass Sie Kunstgeschichtler sind.«

Na prima, dachte Jennerwein. Erst wurde er für einen Dieb gehalten, jetzt für einen Kunstgeschichtler.

»Wollen Sie eine Führung?«, fragte der Seelsorger.

Jennerwein lächelte.

»Danke, ich habe nur eine Frage an Sie. Wo befindet sich denn der Beichtstuhl?«

Der Rosige prustete los.

»Mein Gott, Sie sind mir vielleicht einer! Das hier ist eine reformierte Kirche. Wir lehnen die Einzelbeichte als nichtbiblisch ab. Und deshalb gibt es bei uns auch keinen Beichtstuhl.«

»Tut mir leid, das wusste ich nicht.«

»Aber Sie suchen sicher nach dem legendären Teufelsbeichtstuhl! Die katholische Kirche ist nicht weit entfernt von hier. Raus mit Ihnen, Sie Ketzer, und immer die Hauptstraße entlang. Und dort wird Ihnen vielleicht klarwerden, warum wir die Beichte ablehnen.«

Jennerwein bedankte sich.

»Aber es ist eine tolle Geschichte!«, rief ihm der Pastor nach. »Der katholische Pfarrer wird Ihnen alles genau erklären. Ich hoffe, Sie haben heute nichts mehr vor! Er ist sehr eloquent!«

Als Jennerwein wieder ins Freie kam, trat ihm eine elegante Gestalt in den Weg. Der Mann lüpfte seinen Hut und vollführte eine entschuldigende Handbewegung. Vielleicht hatte sich Jennerwein vorher doch nicht getäuscht, als er das Gefühl gehabt hatte, dass ihn jemand verfolgte. Dieser Herr sah genauso aus, als wäre er ihm nachgestiegen und hätte ihn hier abgepasst. Ein kurzer Blick auf dessen Schuhwerk: Tatsächlich waren Laubreste zu sehen, die auf einen Waldspaziergang hindeuteten.

»Kommissar Jennerwein?«

»Ja, der bin ich. Und wer sind Sie, wenn ich fragen darf?«

»Mein Name ist Lim. Darf ich Sie kurz sprechen? Nur zwei Minuten.«

»Um was geht es, Herr Lim?«

Irgendetwas störte ihn an dem Mann. Er hätte jedoch nicht sagen können, was. Er strahlte etwas Falsches, nicht ganz Stimmiges aus. Aber nach dem Erlebnis mit dem vorgeblichen Springer, der sich dann als Chef entpuppte, hielt Jennerwein sich mit schnellen Beurteilungen doch etwas zurück. Er musterte den Mann. Herr Lim war außerordentlich gut gekleidet, nicht nach der neuesten Mode, nicht aus dem Katalog, aber geschmackvoll, alle Farben aufeinander abgestimmt. Vielleicht war der Anzug sogar maßgeschneidert. Er war glattrasiert, die Frisur saß perfekt. Jennerwein war schon nach den ersten Worten aufgefallen, dass er mit einem kaum merklichen Akzent sprach, aber auch in dieser Beziehung hätte er auf die Schnelle nicht sagen können, um was für einen es sich handelte. Ein fernöstlicher Hintergrund war jedenfalls nicht von der Hand zu weisen, die typischerweise nur partiell ausgebildete Oberlidfalte legte diese Vermutung nahe. Herr Lim hatte in etwa die Größe von Jennerwein, war vielleicht eine Spur drahtiger und muskulöser, ohne dass er das jedoch zur Schau stellte. Er mochte auch im selben Alter sein, obwohl er wesentlich ausgeruhter, erholter als der Kommissar wirkte. Vielleicht hatte er ja seinen Urlaub schon hinter sich. Seine Augen glänzten unergründlich, sein Blick war durchdringend, auf seinem Mienenspiel lag ein winzigkleines Lächeln. Doch Jennerwein meinte zu erkennen, dass dieses Lächeln etwas überdeckte. Er musste herausfinden, was. Doch andererseits: Warum zum Kuckuck musste er eigentlich etwas herausfinden! Dieser Tourist war ihm vermutlich in den Weg getreten, um ihn zu fragen, ob hier der berühmte Teufelsbeichtstuhl zu finden war. Warum musste Jennerwein solch einen harmlosen Globetrotter, angereist aus fernen Landen, wissbegierig und neugierig allem Sonderbaren und Ungewöhnlichen gegenüber, auch noch bezüglich seiner Bonität und Unverdächtigkeit analysieren?

4

Die beiden standen sich eine Weile stumm gegenüber, wie zwei Schachfiguren, die nicht so recht wussten, wie sie ziehen sollten, weil ihre jeweiligen Spieler aufgestanden waren und die Partie unterbrochen hatten.

»Jetzt sagen Sie endlich, was Sie von mir wollen«, begann Jennerwein schließlich. Der Satz geriet ihm etwas unwirscher, als er das beabsichtigt hatte.

»Ich bin Mitarbeiter eines großen multinationalen Konzerns«, antwortete Herr Lim höflich und mit einer leichten, eigenartig unsymmetrischen Verbeugung.

»Das freut mich. Gehören Sie zu der Firma, deren Mitarbeiter heute Morgen am Frühstücksbuffet angestanden haben?«

Herr Lim schüttelte den Kopf. Er senkte den Blick und ließ seinen Hut in den Händen rotieren.

»Nein, ich bin ganz alleine hier. Sie müssen mich verwechseln. Aber mir ist bewusst, dass ich ein Dutzendgesicht habe.«

»So habe ich es nicht gemeint. Was stellt Ihre Firma her, wenn ich fragen darf?«

Lim seufzte und blickte Jennerwein wieder ins Gesicht.

»Ich bin fast versucht zu antworten: alles. Jedenfalls so ziemlich alles. Unser Geschäftsportfolio bietet eine breite Produktpalette: Verkehrsmittel, Unterhaltungselektronik,

Baumaschinen ... Wir stellen zwar alles her, was andere auch herstellen. Aber *wie* wir es machen, das ist das Besondere an unserem Unternehmen. Wir sind auf vollautomatisierte Fertigungswege spezialisiert. Unsere Fabrikhallen sind deshalb so gut wie menschenleer.«

Jennerwein verspürte Ungeduld. Doch er zögerte, die Unterhaltung abzubrechen. Irgendetwas hielt ihn an diesem Mann. Oder Herr Lim wusste einfach, wie man Jennerweins Interesse weckte.

»Robotik, Mechatronik, Prozessoptimierung, ja, sicher«, sagte Jennerwein. »Ist mir bekannt. Das gibt es inzwischen in allen Bereichen. Um welche Firma geht es denn?«

Lim reichte Jennerwein eine Visitenkarte. Den Firmennamen World Wide Real Mikado Solutions hatte er noch nie gehört. Firmensitz USA, Aktiengesellschaft, Gründungsjahr 1998. Herr Lim hielt Jennerwein zusätzlich seinen Personalausweis entgegen.

»Bloß damit Sie sehen, dass alles mit rechten Dingen zugeht.«

Jennerwein besah sich den Pass. Es war mehr ein in langen Jahren erworbener polizeilicher Reflex als das wirkliche Bedürfnis, das amtliche Dokument zu kontrollieren.

»Sie heißen Goyó Lim, sind gebürtiger Südkoreaner, haben aber auch die chinesische Staatsbürgerschaft, und Ihr Hauptwohnsitz befindet sich auf Taiwan. Ja, gut, das weiß ich jetzt. Aber ich weiß immer noch nicht, was Sie von mir wollen.«

»Meine Vorgesetzten haben mir den Auftrag erteilt, Sie ausfindig zu machen, Herr Kommissar, und Sie zu bitten, bei der Aufklärung eines unerklärlichen Vorfalls in meiner Firma zu helfen.«

Leichte Andeutung einer Verbeugung mit auf den Boden

gerichteten Augen, dann aber wieder ein fast entwaffnend unschuldiges Lächeln. Jennerwein gab den Ausweis mit einem Schulterzucken zurück.

»Wieso wendet sich Ihre Firma gerade an mich?«

»Sie haben das, was man bei uns Nungwa-son nennt. Die wörtliche Übersetzung dieses Begriffs lautet: das Auge, das eine Hand hat. Damit wird der Blick bezeichnet, der das Wesen der Dinge erfasst, indem er sie sozusagen in die Hand nimmt, um sie von allen Seiten zu betrachten. Meine verehrten Vorgesetzten haben von diesem Ihrem Blick gehört und mich gebeten, Kontakt mit Ihnen aufzunehmen.«

Jennerweins Fähigkeit, aus einem Wust von Unwichtigem das Wesentliche herauszufiltern, war legendär. Doch dass diese Fähigkeit auf der anderen Seite der Erde Nungwa-son genannt wurde, war ihm neu.

»Ich fühle mich geschmeichelt. Aber Sie werden verstehen, dass ich Ihrer Bitte nicht nachkommen werde. Ich kann Ihnen weder helfen noch will ich das. Zurzeit bin ich außer Dienst. Ich mache Urlaub.«

»Wir setzen große Hoffnungen auf Sie. Wir sind der Meinung, dass eine Koryphäe wie Sie den Vorfall in allerkürzester Zeit aufklären wird.«

»Warum wenden Sie sich nicht an die Polizeikräfte vor Ort?«

Herr Lim seufzte.

»Die haben sich natürlich schon mit dem Fall befasst. Sie mussten ihre gewissenhaften Nachforschungen allerdings mangels brauchbarer Ergebnisse einstellen. Die Akten wurden geschlossen. Das ist nach einem halben Jahr auch nicht anders zu erwarten.«

»Nehmen Sie es mir nicht übel, Herr Lim, aber ich bin Beamter. Ich kann nicht einfach mit Privatermittlungen beginnen, noch dazu, wenn sich der Vorfall im Ausland zugetragen hat.«

Unwillkürlich waren beide ein paar Schritte gegangen, in Richtung des Friedhofs, der an das Kirchgebäude grenzte. Als sie an einem frisch angelegten Grab vorbeikamen, blieb Lim stehen.

»Sie sagten, dass Sie momentan nicht im Dienst seien.«

»So ist es.«

»In Paragraph 163 der deutschen Strafprozessordnung heißt es, dass ein Beamter, der Kenntnis von einem justiziablen Vorfall erhält, nicht gänzlich untätig bleiben darf, auch wenn er gerade nicht im Dienst ist. Ich verweise auf eine Entscheidung des Oberlandesgerichts. Der Beamte kann sich nicht darauf herausreden, dass er auch sein Privatleben hat. Er muss sich in solchen Fällen selbst in Dienst versetzen und entsprechend handeln.«

Jennerwein sah Lim verwundert an.

»Das Urteil kenne ich auch. Nach dem Polizeiaufgabengesetz muss er Maßnahmen zur Gefahrenabwehr ergreifen, ist aber nicht verpflichtet, Ermittlungen einzuleiten. So steht es im Artikel – die genaue Stelle weiß ich jetzt auch nicht.«

»Wie dem auch sei, von Ermittlungen kann hier ohnehin nicht die Rede sein. Wir wollen lediglich Ihr Urteil zu dem Fall hören. Ihre Einschätzung ist uns sehr viel wert.«

Jennerwein lachte kurz auf.

»Schmeicheleien verfangen bei mir nicht.«

Über Lims Gesichtsausdruck huschte ein bekümmerter Schatten.

»Das ist schade. Das ist wirklich sehr schade.«

Sie waren jetzt in der Mitte des überschaubaren Friedhofs

angelangt, weit und breit war kein Mensch zu sehen, sie standen vor dem schiefen Grabstein eines Familiengrabes. Die Namen der Familie waren nicht zu erkennen, denn der wild wuchernde Rosenbusch verdeckte die Inschrift.

»Na schön, ich gebe Ihnen eine Minute«, sagte Jennerwein.

Herr Lim bedankte sich und verbrauchte dabei genau genommen schon die Hälfte der Minute.

»Es geht um einen Mitarbeiter namens Florian Rossi«, begann er schließlich, »der in unserer Firma im Qualitätsmanagement gearbeitet hat. Nun ist Florian Rossi verschwunden, spurlos verschwunden, wie man so sagt. Er hatte Zugang zu vertraulichen innerbetrieblichen Informationen, die allerdings bisher nicht in der Öffentlichkeit aufgetaucht sind. *Noch* nicht.«

Jennerwein stieß hörbar entrüstet Luft aus.

»Es handelt sich also um einen vagen Verdacht auf simplen Datenklau, wie er alle Tage vorkommt!« Jennerwein sah dem Koreaner prüfend ins Gesicht. »Und deswegen haben Sie die weite Reise unternommen?«

»Es geht nebenbei gesagt um hochbrisante Informationen«, sagte der Koreaner, und er zeigte dabei wieder diese bekümmerte Miene, die Jennerwein schon kannte. »Aber die möglichen materiellen Schäden stehen für uns auch gar nicht so im Vordergrund. Es geht uns zuallererst einmal um die körperliche Unversehrtheit des verehrten Herrn Rossi. Er wurde zuletzt vor sechs Monaten in einer der vielen Fertigungshallen der Firma gesehen, für sein Verschwinden gibt es überhaupt keine Erklärung.«

»Warum haben Sie sich nicht an private Ermittler vor Ort gewandt?«

»Herr Rossi stammt aus dem deutschsprachigen Raum, er ist einer der wenigen Mitteleuropäer in einer ansonsten weitgehend asiatisch geprägten Firma.«

»Auch wenn das so ist: Es gibt sicherlich noch andere deutsche Ermittler.«

»Wir finden, dass Sie nun einmal der Beste sind. Sie haben die Augen mit der Hand. Wir sind zu dem Schluss gekommen, dass nur Sie das Problem zu lösen vermögen. Bezüglich ihrer Entlohnung –«

Ein verärgerter Zug erschien auf Jennerweins Gesicht.

»Ich bin an Nebeneinkünften solcher Art nicht interessiert«, sagte er schroff. »Und ich darf auch gar nichts annehmen, das müssten Sie doch wissen, wenn Sie sich so gut vorbereitet haben.«

Jennerwein ließ Lim stehen und ging weiter. Der Kies knirschte in die sommerliche Stille hinein, sonst war nichts zu hören. Selbst die Friedhofskrähen auf den Pappelzweigen schwiegen. Lim kam ihm nach und holte ihn schließlich ein.

»Ich bedaure, Sie beleidigt zu haben. Ich mache Ihnen ein Angebot.«

»Nein.«

»Mikado Solutions stellt einen gewissen Geldbetrag zur Verfügung.«

Jennerwein blickte ihm scharf ins Gesicht.

»Habe ich mich so undeutlich ausgedrückt? Ich sagte: nein!«

»Nicht Ihnen, sondern einer wohltätigen Institution oder einer wie auch immer gearteten Einrichtung, die Ihnen sinnvoll erscheint. Sie wählen den Empfänger aus, wir spenden. Es handelt sich um eine Summe in etwa folgender Höhe.«

Lim zog einen Zettel aus der Jackentasche, kritzelte eine

Zahl darauf und hielt ihn Jennerwein hin. Als dieser die Summe sah, erfasste ihn, der schon einige Zahlen in seiner Laufbahn vor sich gesehen hatte, ein leichter Schwindel.

»Ich sehe, dass Sie zögern«, fuhr der Koreaner fort. »Wir können das Angebot noch etwas erhöhen. Wenn wir den Fall durch einen entscheidenden Hinweis von Ihnen lösen, überweisen wir die Summe an die Einrichtung, die Sie uns nennen. Ihr Name bleibt hundertprozentig aus dem Spiel. Sie sitzen mit Ihrer Frau beim Frühstück, erfahren aus der Zeitung von der Spende und sagen zu ihr: ›Schatz, sieh mal: Es gibt noch wahrhaftige Menschenfreunde.‹«

Jennerwein sah Lim amüsiert an.

»Ich nenne meine Frau nicht Schatz. Alles, nur nicht das. Und woher wissen Sie überhaupt von meiner Frau?«, fügte er irritiert hinzu.

»Sie sind doch seit kurzem verheiratet, Herr Kommissar? Soviel ich weiß, schon seit ein paar Monaten.«

Das entsprach in der Tat der Wahrheit. Niemand aus Jennerweins Umgebung hatte es zunächst fassen können, dass Jennerwein diesen radikalen Schritt gegangen war. Und vor allem nicht mit dieser Frau. Und diese Frau vor allem nicht mit ihm. Das zarte Flämmchen der heimlichen Leidenschaft hatte schon jahrelang geflackert, und dann war es eines Tages geschehen, so wie ein wackeliges Bild von der Wand fällt und kein Mensch weiß, warum gerade jetzt und nicht schon viel früher. Aber es war nun einmal geschehen, und jetzt trug Jennerwein einen schmalen, aber güldenen Ring am Finger.

»Daran kann ich mich am allerwenigsten gewöhnen«, hatte der ehemalige Hauptkommissar Ludwig Stengele gesagt. »Dass Sie auch noch einen Ehering tragen.«

»Ich bekomme ihn nicht mehr ab«, hatte Jennerwein scherzhaft geantwortet. Jennerweins Gattin war es auch, die ihn letztlich davon überzeugt hatte, diesen momentanen Erholungsurlaub anzutreten. Trotz seines Dagegenhaltens hatte sie zudem darauf bestanden, dass er die Ruhepause ganz alleine genießen sollte, fernab von allen Kriminalfällen und Ermittlungen. Und mit ihr zusammen wäre er zwangsläufig wieder bei diesbezüglichen und innerbetrieblichen Themen gelandet.

»Ich gratuliere Ihnen zu dieser Hochzeit«, fuhr Lim fort. »Sie hätten keine bessere Verbindung eingehen können.«

»Das spielt nun momentan wirklich keine Rolle«, gab Jennerwein zurück.

»Entschuldigen Sie meine Indiskretion«, entgegnete Lim mit einer Verbeugung, die Jennerwein nicht recht deuten konnte. Es war keine einfache Verbeugung, sie war verbunden mit einer leichten Drehung nach außen. Es war mehr eine Schraube als eine Verbeugung. »Aber ich habe mich auf dieses Treffen genauestens vorbereitet. Das sind Sie uns wert.«

Jennerwein schwieg. Die Summe auf dem kleinen Zettel war wirklich enorm, und er hätte auch schon einen Adressaten für das Geld gehabt, eine Organisation, die ihm sehr am Herzen lag, weil sie viel soziales Engagement zeigte. Der Verein konnte jeden Groschen dringend gebrauchen. Darüber hinaus hätte sich dadurch für ihn auch die Gelegenheit geboten, eine peinliche Scharte auszuwetzen. Jennerwein war vor einiger Zeit zum Kriminalisten-Special bei Günther Jauch eingeladen worden, er hatte auch teilgenommen, war aber leider schon an der 8000-Euro-Hürde gescheitert. Eine Sportfrage hatte ihn ins Straucheln gebracht, eine Modefrage hatte ihm einen Tiefschlag versetzt, und eine Adelsfrage hatte ihm das Genick gebrochen. So war die wohltätige Spende in bescheidenem Rahmen geblieben. Jetzt aber ...

Sie schritten weiter schweigend durch den Friedhof. Da er hier in der Gegend niemanden kannte, entzündete sich lediglich Jennerweins Vorstellungskraft an den Namen auf den Grabsteinen. Grövenhorst, Stephan, 1946–1999 ... Und schon wieder ratterte seine unermüdliche Polizistenphantasie. Er stellte sich hinter jedem Sterbedatum eine Todesart vor, selbstredend eine unnatürliche. Laut einer nicht offiziell anerkannten Statistik soll jeder dritte Todesfall unnatürliche oder zumindest zweifelhafte Ursachen haben. Die Dunkelziffer bei Gewaltverbrechen mit Todesfolge war enorm. Wenn man sich das vor Augen hielt, waren die paar Fälle, die er aufgeklärt hatte, wirklich lächerlich. Jennerwein wandte sich wieder an Herrn Lim.

»Wie stellen Sie sich die Zusammenarbeit überhaupt vor?«, fragte er. »Nur mal so theoretisch.«

Ein feines Lächeln huschte über das Gesicht des Koreaners.

»Florian Rossi hat einen Abschiedsbrief zurückgelassen. Wir bitten Sie, sich die Zeilen in aller Ruhe anzusehen und Ihre Meinung dazu kundzutun. Unsere Spezialisten haben ihn natürlich schon nach allen Regeln der Kunst analysiert, aber er ist nun einmal in deutscher Sprache verfasst, und vielleicht haben sie gerade dadurch etwas übersehen. Es geht also um keinen Auslandseinsatz, wie Sie befürchtet haben, Sie können sich die paar Seiten zwischen zwei Ihrer medizinischen Anwendungen ansehen.«

»Ein handschriftlicher Abschiedsbrief?«

»So ist es.«

»Haben Sie ihn dabei?«

»Ich lasse Ihnen eine Kopie zukommen. Aber wenn Sie das Original –«

»Nein, eine Kopie genügt. Ich lese ihn mir durch, dann entscheide ich, ob ich mich weiter mit der Sache befasse oder nicht.«

Lim sah Jennerwein ernst an.

»Das freut mich außerordentlich, Herr Jennerwein. Mehr wollen wir gar nicht.«

»Darf ich den Standort der Fertigungshalle erfahren, in der Florian Rossi zuletzt gearbeitet hat?«

Herr Lim zögerte und ließ das Kiesknirschen das einzige Geräusch an diesem Sommermorgen sein. Sein Schweigen hielt an.

»Vielleicht wenigstens das Land?«

Wieder antwortete Lim nicht.

»Oder zumindest den Erdteil? Den Planeten? Die Galaxie?«

Schließlich sagte Lim:

»Wir stehen in scharfem Wettbewerb zu unseren Konkurrenten. Unser Hauptsitz befindet sich in den USA, die Produktionsstätten allerdings sind über die ganze Welt verstreut. Einige Abteilungen arbeiten an derart hochsensiblen Daten und Materialien, dass ihr Standort nicht bekannt gegeben wird. Nicht einmal ich kenne ihn.«

»Ich verstehe«, sagte Jennerwein. Wer's glaubt, dachte er.

»Verzeihen Sie mir, wenn ich ganz offen zu Ihnen spreche, Herr Kommissar, aber es ist völlig unwichtig, wo auf der Welt die Fertigungshallen von Mikado Solutions genau stehen. Wenn Sie wollen, können Sie sich das ganze Werk, jeden noch so kleinen Winkel per Videoübertragung ansehen, quasi von Ihrem Hotelzimmer aus. Ich stelle Ihnen eine Augmented-Reality-Datenbrille und die entsprechenden technischen Geräte gerne zur Verfügung. Und ich werde zusätzlich dafür sorgen, dass Sie für den Rest des Urlaubs Ihre Ruhe haben. Aber Sie sollten zuerst –«

»– den Brief lesen, ja, ich verstehe.«

Sie hatten den kleinen Friedhof jetzt ganz durchschritten und machten sich wieder auf den Rückweg.

»Dann lassen Sie mich bitte Ihre Entscheidung wissen, wenn Sie den Brief gelesen haben?«

Jennerwein machte noch einen letzten Versuch.

»Ich nehme mal an, der Standort dieser bewussten Fertigungshalle liegt im asiatischen Raum?«

Herr Lim machte eine unbestimmte, ausweichende, fast flatterhafte Bewegung. Er glich einem Vogel, der sich nicht so recht dazu entschließen konnte, wegzufliegen.

»Es ist unwichtig, glauben Sie mir.«

»Nichts ist unwichtig«, sagte Jennerwein.

5

»Schön, dass Sie anrufen, meine Liebe. Ich muss allerdings gleich zum Wassertreten.«

»Wassertreten? Haben Sie jetzt wirklich Wassertreten gesagt, Kommissar? Wie beim alten Kneipp?«

»Hier heißt es natürlich *water treading*. Genauso wie ich heute vor dem Frühstück nicht beim Waldlauf, sondern beim *high impact cardio run* war. Ein pensionierter Sportlehrer, ein richtiger Schinder, hat uns eine geschlagene Stunde über Stock und Stein gehetzt, es war ganz schön anstrengend. Herrlich war das!«

»Aber Sie werden sich doch auch ein wenig ausruhen, nicht wahr?«

»Natürlich. Ich habe mich fünf Sekunden auf dem Bett ausgestreckt, da hat schon das Telefon geklingelt. Aus war's mit dem Ausruhen.«

»Also geht es dir gut?«

»Ich fühle mich hier pudelwohl. Und dir?«

»Ohne dich ist es ein bisschen langweilig. Aber sonst alles o.k.«

»Dann bis heute Abend.«

»Bis heute Abend.«

Jennerwein legte auf. An das Duzen mussten sich beide erst noch gewöhnen. Sie hatten sich mehr als ein Jahrzehnt lang gesiezt, da fiel die Umstellung in diese neue Sozialdisziplin der Nähe und Vertrautheit noch sehr schwer. Aber manchmal rutschte das Ehepaar Jennerwein eben in die gemeinsame Vergangenheit zurück. Damit waren sie in bester Gesellschaft. Sogar in erlesener. Der französische Staatspräsident Jacques Chirac und seine Gattin Madame Bernadette hatten sich gesiezt, genauso wie Jean-Paul Sartre und Simone de Beauvoir. So nannte die Frau, die gerade angerufen hatte, ihren Gatten immer noch ›Kommissar‹. Und er sie wiederum –

Die Lautsprecheranlage in Jennerweins Zimmer summte. Eine sanfte Stimme informierte ihn darüber, dass das Wassertreten unter Leitung von Herrn Koschattke bald beginnen würde. Jennerwein steckte bereits in Badeklamotten, ein bisschen Zeit hatte er noch. Entspannt legte er sich auf das Bett, um die Sache mit dem eigenartigen Herrn Lim noch einmal Revue passieren zu lassen. Ein unergründliches, glattes Gesicht. Und eine klitzekleine Falschheit. Ruckartig sprang er wieder vom Bett, klappte das Notebook auf und tippte den Firmennamen ein. Es handelte sich bei Mikado um einen international operierenden Mischkonzern mit unzähligen, über den Globus verstreuten Niederlassungen. Einen herkömmlichen Produktionsschwerpunkt gab es offensichtlich nicht, es wimmelte von diversen Arbeitsbereichen wie industrielle Automatisierung und Digitalisierung, Infrastruktur für Gebäude, dezentrale Energiesysteme sowie Mobilitätslösungen für den Schienen- und Straßenverkehr. Aber auch Musikinstrumente, Bahnwaggons, Feuerwerkskörper und Beautyprodukte waren vertreten – ein riesiger Gemischtwarenladen! Der Name Lim tauchte nirgends auf, natürlich nicht. Aber es hätte ja sein können. Vielleicht war er bei World Wide Real

Mikado Solutions so eine Art Springer, wie es ihn in der Gastronomie gab. Solche Desperados wurden in der modernen Welt immer öfter nachgefragt. Jennerwein hatte gelesen, dass es in naher Zukunft vielleicht gar keinen klassischen Ausbildungsberuf mehr gab, auf den sich junge Menschen spezialisierten, diese sollten vielmehr die Fähigkeit lernen, sich schnell in neue Arbeitsbereiche einzuarbeiten. Sie sollten also das Lernen lernen und auf diese Weise überall einsetzbar sein. Jennerwein suchte noch nach einem Eintrag zu Florian Rossi, aber dazu fand er überhaupt nichts. Das Passwort für den Zugang zum polizeilichen Intranet hatte er im Kopf, er wollte sich nach dem Wassertreten damit beschäftigen, ob die beiden Namen vielleicht dort auftauchten. Gerade als er das Notebook zugeklappt hatte, klopfte es erneut an der Tür. Der Zimmerservice.

»Danke, ich habe alles!«, rief er nach draußen.

»Herr Jennerwein?«, insistierte die Stimme.

Als er die Tür öffnete, stand ein edel livrierter Ober mit einem Servierwagen auf dem Gang. Die große, glitzernde Speiseglocke, eine prächtige Cloche, verhieß ein aufwendiges Gericht, das mit Liebe zubereitet worden war und warmgehalten werden musste. Er hatte nichts bestellt, aber schlagartig bekam er durch die Festlichkeit des Auftritts ein leichtes Hungergefühl. Pawlow und seine Hunde lauerten überall.

»Das muss ein Irrtum sein!«, sagte er trotzdem.

»Nein, mein Auftrag lautet, die Überraschung persönlich bei Ihnen abzuliefern.«

Überraschung? War das ein selbstgebackener Kuchen von seiner Gattin, mit ein paar beigefügten lieben Zeilen? Jennerwein bat den Ober herein, der schob das Wägelchen in die Mitte des Zimmers. Der Ober wartete diskret auf Trinkgeld, sah halb zu Boden, halb starrte er an die gegenüberliegende Wand. Jennerwein drückte ihm eine Münze in die Hand und bedankte sich. Kaum dass sich die Tür geschlossen hatte, hob Jennerwein die Glocke hoch und stieß einen überraschten Pfiff aus, denn statt eines liebevollen kulinarischen Grußes lag ein Briefumschlag einsam und verloren auf einem kleineren Tellerchen: der angekündigte Abschiedsbrief von Rossi. Humor hatte er ja, der Herr Lim aus Korea, das musste man ihm lassen.

Jennerweins Neugier war stärker als das Bedürfnis, pünktlich zum Wassertreten zu kommen. Schon hatte er das Papierbündel aus dem Umschlag gezogen wie ein Zuckersüchtiger die Pralinenschachtel aufreißt. Konzentriert durchpflügte er die Zeilen. Vielleicht kam er ja schon nach dem ersten Augenschein auf eine heiße Spur, vielleicht traf ihn der entscheidende Hinweis wie ein Blitz aus heiterem Himmel. So etwas gab es durchaus, das war schon öfter geschehen. Ein Blick, und der Fall war gelöst. Dann wäre die Sache abgeschlossen, er wäre Herrn Lim los, und der Urlaub könnte endlich beginnen.

Macht euch keine Sorgen. Ich habe es einfach satt ...

Die Handschrift war rund und schwungvoll, nicht besonders groß, nicht besonders klein. Sie war weder das, was man eine typische Männer- noch eine typische Frauenhandschrift nannte, sie war weder senioral zittrig noch jugendlich unreif, weder pedantisches Sütterlin noch unbesorgte Sauklaue, sie war – normal. Wenn es so etwas bei Handschriften überhaupt gab. Aber er war natürlich auch kein Spezialist auf diesem Gebiet. Er wusste nur, dass es viel leichter war, eine Handschrift zu fälschen als den persönlichen Sprachstil. In dieser Beziehung ein glaubhaftes und wasserdichtes Falsifikat herzustellen bedeutete Oberliga. Aber meistens misslang Kreisklasse-Fälschern genau das. Die Handschrift brachten sie noch hin, aber nicht den Stil. Bei vielen Erpresserbriefen, faulen Testamenten und untergeschobenen Bekennerschreiben wurden die entscheidenden Fehler auf der stilistischen Ebene gemacht.

Es ist sicher ein großer Schock für euch, aber für mich war es der einzig richtige Schritt. Macht euch also keine Sorgen um mich. Und sucht nicht nach mir. Mir geht es gut. Ich habe ein bisschen was gespart, ich komme zurecht …

Florian Rossi hatte sich beim Verfassen des Briefes redlich bemüht, seinen Angehörigen möglichst wenig Kummer zu bereiten. Das fiel Jennerwein als Erstes auf. Nichts deutete auf einen besonders elaborierten oder im Gegenteil auf einen besonders restringierten Code hin. Also keine Bildungssprache, aber auch kein Prolldeutsch. Weder abgebrühte Coolness noch hochfahrende Emotionalität. Auf den ersten Blick entdeckte Jennerwein auch keine Anzeichen dafür, dass Rossi den Verdacht in eine falsche Richtung lenken wollte. Keine plump gesetzten Rechtschreibfehler, keine bewusst gestreuten dialektalen Ausrutscher. Jennerwein hatte den Eindruck, dass der Verfasser darauf bedacht war, alle Besonderheiten und Auffälligkeiten zu vermeiden. Das war ja auch schon wieder eine Kunst. Jennerwein las den ganzen Brief durch und überlegte, ob er nicht doch sein Team zu Rate ziehen und die Spurensicherung ihre Arbeit machen lassen sollte.

Aber ohne ein Vergleichsdokument aus der Feder Rossis kämen auch die Kollegen nicht weiter. Darüber hinaus benötigte er weitere Informationen zu Rossis Person und dessen Arbeitsbereich in der Firma. Jennerwein hatte starke Zweifel, ob ein solcher Fall wirklich aus der Ferne zu lösen war. Aber die große Spende, die er seiner Organisation zukommen lassen könnte … Erneut klopfte es. Es war die Assistentin des Wassertreters.

»Einen schönen Gruß von Herrn Koschattke. Sie fehlen noch in der Runde, Herr Kommissar. Es wird Ihnen guttun, glauben Sie mir. Ich sehe, Sie sind schon in Badekleidung. Also, auf geht's!«

Jennerwein verstaute den Brief in seinem Koffer und schob den Servierwagen mit der Cloche auf den Gang. Fünf Minuten später steckte er hüfthoch im sprudelnden Wasser. Und es war wirklich herrlich. Sie waren ein sauberes Dutzend Wassertreter in der elegant gestylten Badelandschaft, alle wurden unter der Anleitung von Bademeister Koschattke aus verschiedenen Richtungen mit Strömungen unterschiedlicher Stärke und Temperatur versorgt. Es war eine ganze neue Art des Fitnesstrainings. Man musste seitlich schwimmen, rückwärts, gegen und mit der flüssigen Bleiweste. Auf diese Weise bekam Jennerwein langsam den Kopf frei. Auf dem Bett liegen und Däumchen drehen ermüdete ihn. Das hier war die wahre Entspannung. Der Geist des schwäbischen Pfarrers Kneipp erfüllte ihn. Ganz konnte Jennerwein seinem analytischen Grübeln allerdings nicht entkommen. Bei einer besonders quirligen Wellenbewegung, einem Spritzguss aus allen Richtungen, fragte er sich, wie man es schaffen konnte, einen hochemotional besetzten Abschiedsbrief zu schreiben, der überhaupt keine stilistischen Besonderheiten aufwies. Ging das überhaupt, einen Text zu verfassen, der ohne Ecken und Kanten war, der glatt war wie ein frisch rasiertes Advokatengesicht? Jennerwein strampelte weiter und strampelte diesen Gedanken weit von sich. Er hätte besser daran getan, gerade diesem Gedanken energischer nachzugehen.

Als die Badestunde zu Ende war, wurde Jennerwein von den übrigen Badegästen zu einem Umtrunk eingeladen, die Hälfte der Wassertreter kannte ihn aus der Zeitung, es wäre eine Ehre, ob er vielleicht sogar in Ermittlungen steckte, ob er seine Beziehungen spielen lassen könnte bei einem ungerechtfertigten Strafzettel, ob er eine Pistole in seiner Badetasche mit sich führte – Jennerwein hatte Mühe, der neugierigen und aufdringlichen Rotte zu entkommen. Bademeister Koschattke wollte ein Selfie und ein Autogramm, dann wollten alle ein Selfie und ein Autogramm, an Jennerweins Zimmertür wartete schon ein Mann, der einen Rat in einem verfahrenen Nachbarschaftsstreit haben wollte – Jennerwein ging kurzerhand an die Rezeption und bat um ein anderes Zimmer.

»Eines, das vielleicht nicht ganz so zentral liegt.«

Überraschenderweise wurde seinem Wunsch unverzüglich entsprochen. Ein Mitarbeiter begleitete ihn zu einem kleinen Bungalow, der etwas außerhalb des Gebäudekomplexes lag und normalerweise für Gäste reserviert war, die inkognito hier logieren wollten, sei es aus Gründen der Prominenz –

»Oder aus anderen, gewissermaßen außerehelichen Gründen, Sie verstehen«, fügte der Rezeptionist mit einem anbiedernden Augenzwinkern hinzu.

Jennerwein hätte nicht gedacht, dass ein einziges Gesicht so viel unverschämte Schlüpfrigkeit ausstrahlen konnte. Die

Augen zu lauernden Schlitzen verengt, die Nüstern gebläht, die Lippen zu einer unappetitlichen Schmatzschnute geschürzt.

Jennerwein verzichtete auf eine Erwiderung und machte Anstalten, den Vorgarten des Bungalows zu betreten.

»Soll ich Ihnen das Gepäck reinbringen?«

Die Stimme des Serviceterroristen war hoch und schneidend, wie die eines Operettentenors.

»Nein danke, ich möchte eigentlich nur meine Ruhe haben.«

Er flankierte diesen Wunsch mit einem kleinen Geldschein, und der Wichtigtuer trollte sich. Zufrieden steckte Jennerwein den Schlüssel ins Schloss. Er fand die Ausgliederung zwar schade, er hätte nichts gegen Gesellschaft einzuwenden gehabt, aber im Hauptgebäude rückten sie ihm einfach zu dicht auf die Pelle. Schon beim Frühstück waren ihm die neugierigen Blicke aufgefallen: Ist er es wirklich? ... Wollen wir mal hingehen und ihn fragen? ... Ich habe mir einen Kriminalhauptkommissar eigentlich ganz anders vorgestellt ...

Jennerwein fluchte leise. Die Tür ließ sich nicht öffnen. Hilfesuchend blickte er sich um. Um die Ecke bog – Herr Lim. Es schien, als ob er wie der Igel auf Kommissar Hase gewartet hätte. *Ick bün all hier!* (Natürlich auf Koreanisch.)

»Sie müssen den Schlüsselanhänger zunächst an den Datenleser halten, dann piepst es, und die Tür lässt sich öffnen. Ich glaube, diese Codeschlösser stammen auch von unserer Firma. Sehen Sie, da steht es: World Wide Real Mikado Solutions.«

»Schön, Sie zu sehen«, seufzte Jennerwein.

Lim entging die Ironie des Satzes. Er trat näher und fragte mit erwartungsvollem Gesicht:

»Und?«

»Ich kann dazu noch nichts sagen«, entgegnete Jennerwein geduldig.

Auch hier fand er offensichtlich keine absolute Ruhe, die versprochenen Extras wie Frühstück aufs Zimmer und Anwendungen exklusiv nur für ihn schützten ihn nicht vor dem Quälgeist Lim.

»Wenn Sie es eilig haben, Herr Lim, stelle ich Ihnen eine Liste mit hervorragenden Ermittlern und Privatdetektiven zusammen, die den Fall zu Ihrer vollen Zufriedenheit lösen werden. Ich für meinen Teil könnte dann in Ruhe Urlaub machen.«

Lim verbeugte sich lächelnd. Ein Fünfer fruchtete bei diesem Menschen wahrscheinlich nicht.

»Natürlich, dabei will ich Sie nicht stören. Sie sollten Ihre Krankheit auskurieren.«

Jennerwein drehte sich rasch um.

»Welche Krankheit?«

»Ich spreche von Ihrer Akinetopsie, Ihrer Bewegungsblindheit. Sie behindert Sie immer noch sehr, nicht wahr?«

Jennerwein blickte ihn überrascht an. Lim schien wirklich alles über ihn zu wissen. Und er ließ einfach nicht locker.

»Sie haben sich inzwischen sicher ein wenig über unsere Firma erkundigt, Herr Kommissar. Die medizinische Abteilung von Mikado stellt unter anderem Software her, die Gehirnscans auswertet. Unsere Geschäftsführung hat sich entschlossen, gerade die Forschung bezüglich Ihrer Krankheit voranzutreiben.«

Forschungen zur Akinetopsie? Seines Wissens litten nicht mehr als zwei Dutzend Patienten auf der Welt an dieser Form von Bewegungsblindheit. Normalerweise fand die Pharmaindustrie die Behandlung solcher Nischenerkrankungen wenig lohnend. Bei Jennerwein traten die Anfälle sporadisch auf, bei großem Stress, in letzter Zeit auch wieder häufiger. Es war immer wieder dasselbe: Aus heiterem Himmel blieb das Bild vor seinen Augen stehen, der Ton lief weiter. Er konnte Bewegungen nicht mehr erkennen. Was so einfach klang, war äußerst gefährlich, wenn man in einer Situation steckte, bei der man darauf angewiesen war, die schnell dahinfließende Welt weiter zu erfassen.

Endlich hatte es Jennerwein geschafft, die halb digital, halb analog verriegelte Tür zu öffnen. Er zog seinen Rollkoffer ins Innere.

»Wollen Sie mir beim Auspacken helfen?«, fragte er lächelnd.

Wieder reagierte Lim nicht auf die Ironie.

»Aber gern«, sagte er stattdessen erfreut und kam Jennerwein ins Zimmer nach.

Wahrlich eine Klette! Das Zimmer war geräumiger als das vorige, sogar wesentlich geräumiger. Jennerwein setzte sich auf die Bettkante und sah Lim zu, wie der seinen Koffer auf eine Bank hievte und öffnete. Tatsächlich begann er nun damit, den Schrank einzuräumen.

»Wer dient, lernt Herr zu sein«, sagte er und hängte Jennerweins Jackett auf einen Bügel. »Altes koreanisches Sprichwort.«

»Wie Sie meinen.«

»Kommissar Jennerwein, wenn Sie an dem Fall weiter dranbleiben, dann können Sie eine soziale Einrichtung mit einer enormen Summe unterstützen, zudem können Sie Ihre Krankheit behandeln lassen, und Sie haben das Vergnügen, Ihren Urlaub sinnvoll und fruchtbringend zu gestalten. Und das alles in ein paar Minuten. Also, warum zögern Sie noch? – Die T-Shirts ins oberste Fach?«

»Ich brauche mehr Informationen über diesen Herrn Rossi«, hörte Jennerwein sich sagen. Aber das wollte er doch gerade nicht! Er hatte sich fest vorgenommen, Lim abzuwimmeln. »Und ich brauche eine Vergleichsschriftprobe.«

Lim nickte eifrig.

»Sie bekommen von uns alles, was Sie wünschen. Einen Vergleichstext. Seine biographischen Daten –«

»Trotzdem ist das keine Zusage, dass ich den Fall übernehme«, unterbrach Jennerwein. »Ich muss mir die Sache noch überlegen.«

Herr Lim schloss die Schranktür, verbeugte sich auf seine unvergleichliche Schraubweise und wandte sich zum Gehen. In der Tür drehte er sich noch einmal um. Auf seinem Gesicht erschien ein schwer zu deutender Schatten.

»Herr Kommissar, die Gründe, warum Sie diesen Fall übernehmen sollten, häufen sich. Und vielleicht kommen auch noch welche dazu.« Schon auf dem Gang, mit dem Rücken zu Jennerwein, fügte er hinzu: »Und Sie werden es auf keinen Fall bereuen, das verspreche ich Ihnen. Auf gar keinen Fall.«

6

Heinz Mattissen ließ sich erleichtert in das bequeme Sofa plumpsen. »Da haben wir ja mal richtig Glück gehabt.«

»Ja, Glück im Unglück«, präzisierte seine Frau Ruby.

Die Familie Mattissen hatte Jennerweins altes Zimmer zugeteilt bekommen, nachdem bei ihrer eigenen Reservierung etwas schiefgelaufen war. Mit Schrecken hatten sie an der Rezeption erfahren müssen, dass das Hotel proppenvoll war, ohne Jennerweins Umzug wäre ihnen nichts anderes übriggeblieben, als wieder abzureisen. So aber bekamen sie die Nummer 302, und das auch noch zu einem Spottpreis. Der kleine Mats tanzte bereits ausgelassen herum und belegte alles mit Beschlag. Mit Schwung öffneten die gutgelaunten Eltern die prall gepackten Koffer und verstauten deren Inhalt im Schrank. Alle waren in bester Laune.

»Gleich am Anfang muss etwas schiefgehen bei einem Urlaub, dann hat man es hinter sich«, sagte Herr Mattissen.

»So ist es«, stimmte seine Frau Ruby zu. »Bei Kooblänners war es deswegen der Brauch, am ersten Urlaubstag, schon vor der Abreise, absichtlich einen Teller an die Wand zu werfen. Oder ein Glas fallen zu lassen. Kooblänners hatten von da ab keinen Streit, keine zerkochten Spaghetti, keine Seeigel am Strand, nichts.«

»Sogar einen Balkon zum Gartenteich hin gibt es!«, rief Herr Mattissen und öffnete die Tür.

Leise kräuselten sich die Wellen und schwappten genussvoll und im ewigen Rhythmus der Pendelschwerkraft ans sandige Ufer. Als Jennerwein vorher das Zimmer bezogen hatte, war er nicht hinausgetreten, er hatte das Panorama nur mit einem kurzen Blick gestreift, hatte er doch genug damit zu tun gehabt, seine ermittlerischen Zwangshandlungen unter Kontrolle zu bringen. Auch das Zimmer selbst hatte er sich nicht so genau angesehen wie das die mitteleuropäische Standardfamilie gerade tat. Mats Mattissen hatte sich die Malsachen aus der Schublade gegriffen und war auf dem Boden mit dem Zeichnen und Ausröteln von bedrohlichen Gurkenmonstern beschäftigt, Herr Mattissen inspizierte die Minibar, wie immer fehlten Snickers. Währenddessen vertiefte sich Frau Mattissen in die bereitliegenden Modejournale. Die Mittagssonne verfing sich in den Glasscheiben und warf dezente Schatten auf den Boden. Eine Woge von Glück strömte durchs geöffnete Fenster herein und wieder hinaus. Alle drei hielten den Atem an, um dieses Übermaß an Idylle zu genießen. Mitten in das Durchatmen klopfte es.

»Zimmerservice!«

Ruby Mattissen öffnete. Draußen auf dem Gang stand ein Hoteldiener, seine Livree passte nicht ganz perfekt, das sah sie auf den ersten Blick, sie hatte eine Ausbildung als Modedesignerin gemacht und führte zu Hause einen kleinen Secondhandladen. Deswegen bemerkte sie sofort, dass das Jackett um die Hüften herum ein wenig schlackerte. Sie musste den Impuls unterdrücken, eine Gratisänderung anzubieten.

»Wohnt hier Herr Jennerwein?«, sagte der Mann mit einer dunklen, angenehmen Stimme.

»Nein, das muss eine Verwechslung sein«, antwortete sie hilfsbereit. »Mattissen ist unser Name. Heinz, Ruby und

Mats Mattissen. Vielleicht wohnt dieser – wie sagten Sie: Jennerwein? – eine Etage tiefer. Ich habe das mal erlebt, wissen Sie. Das war in unserem vorletzten Urlaub. Ich bin vollkommen geplättet vom Strand zurückgekommen, gehe ins Hotel, fahre mit dem Aufzug hoch, steige aus, sehe vorn auf dem Gang schon eine offene Tür. Bin rein ins Zimmer, habe den Fernseher angeschaltet, Pralinen aus der Minibar genommen, die ganze Bettdecke verpatzt, die Toilette benutzt, meine Antidepressiva für die ganze Woche auf das Nachtkästchen gelegt – dabei war es gar nicht mein Zimmer.«

Der Mann mit dem Rollwägelchen hatte sich ihre Schnurre geduldig nickend angehört. Ein wenig wunderte es sie schon, dass er dabei dauernd über ihre Schultern in das Zimmer zu spähen versuchte. Eigentlich musste er die Zimmer doch kennen! Oder misstraute er ihr und nahm an, dass sie diesen – wie hieß er noch gleich? – Jennerwein hier versteckt hielt? Rasch beugte sie sich nach vorn, um an der Speiseglocke zu schnuppern.

»Das sieht ja wirklich verführerisch aus! Was da wohl drin sein wird?« Sie streckte die Hand Richtung Griff aus. »Lassen Sie es einfach da, wir haben einen Bärenhunger.«

»Das ist leider nicht möglich!«, sagte der Etagenkellner in der schlechtsitzenden Livree. Er trat einen Schritt zurück und wandte sich zum Gehen. »Bitte entschuldigen Sie die Störung.«

»Ein Irrtum, kein Thema, kein Ding, kann ja mal vorkommen«, rief sie ihm gut gelaunt nach und schloss die Tür. »Jetzt hatten wir schon zwei Pannen!«, sagte sie zu ihrem Mann. »Doppelt genäht hält besser.«

Der Etagenkellner rollte das quietschende Wägelchen den Gang entlang. An einem Mauervorsprung blieb er stehen und vergewisserte sich, ob ihn auch wirklich niemand beobachtete. Dann zückte er sein Handy.

»Es ist was schiefgegangen.«

»Was denn?«

»Ihr Idioten habt mir falsche Informationen gegeben. KeiTschei wohnt nicht in Zimmer 302.«

Auch er sprach das Kürzel des Kommissars so aus, dass man meinte, er redete von einem texanischen Rinderbaron. Es entstand eine längere, ungute Pause. Schließlich sagte der Mann am anderen Ende der Leitung:

»Was hast du jetzt vor?«

»Ich breche die Aktion ab.«

»Verflucht! Das ist unmöglich. Mach was. Such ihn!«

»Keine Sorge, ich lasse mir was Neues einfallen. Allerdings ist es zu auffällig, wenn ich mich weiter in diesem Hotel bewege. Außerdem kann ich ja schlecht runtergehen und an der Rezeption nach Kommissar Jennerwein fragen. Es kommt jemand. Ich lege auf.«

Der am anderen Ende der Leitung warf das Handy zornig auf den Tisch.

»Was ist los?«

»Der Job ist noch nicht erledigt. Er hat es versaut.«

»Ich dachte, der Isländer wäre der Beste.«

»Das dachte ich auch.«

»Die Kohle können wir dann wohl vergessen.«

»Er hat einen Plan B.«

»Das hoffe ich. Für ihn.«

Der Isländer wich dem Hotelgast aus, der den Gang entlangkam, und grüßte dabei freundlich. Der Gast, an dessen Brust die goldene Brosche der Weight Watchers baumelte, warf einen sehnsüchtigen Blick auf die Cloche, unter der er saftige Meeresfrüchte vermutete, denn seitlich schien das winzige Endstück einer rötlichbraunen Hummerantenne herauszuragen. Seufzend ging er weiter. Der falsche Kellner setzte sich mit dem Rollwägelchen wieder in Bewegung. Er war keine Spur beunruhigt oder frustriert, er war schließlich Profi. Damit musste man rechnen, dass es beim ersten Versuch nicht klappte. Und bisher war ja alles rund gelaufen. Der Auftraggeber hatte ihm das Wellnesshotel genannt, in dem KJ Urlaub machte. Das Relax war Gott sei Dank keines der gut bewachten Freizeitangebote der Polizei, sondern ein stinknormales, für jedermann zugängliches Hotel. Darüber hinaus gab es trotz der abgesonderten Bereiche für menschenscheue Promis und spontane Ehebrecher im Relax keine Security. Das war geradezu eine Einladung für einen Angriff. Seine erste Idee war es gewesen, sich als Kellner zu tarnen und eine Waffe zu verwenden. Jemand von den zwölf Auftraggebern hatte sogar ins Spiel gebracht, die Tat gemeinsam zu begehen, à la Orientexpress.

»Alles viel zu riskant«, hatte der Isländer widersprochen. »Im Film mag so etwas klappen, aber wir sind hier nicht im Kino. Besser ist eine Explosion, die man aus einer gewissen Distanz zünden kann. Aber wie ich höre, hat dieser KJ schon einmal eine solche überlebt. Ich werde ein paar Gramm TNT drauflegen müssen.«

»Er hat alles schon überlebt«, hatte der Mann mit dem Gipsarm erwidert. »Einen Sprung von der Brücke, einen Ritt auf einem Buckelwal, eine Stahlschlinge um den Hals, einen falschen Körper …«

»Mich überlebt er nicht«, hatte der Isländer gesagt.

Er schob den Servierwagen mit der Cloche weiter den Gang entlang und dachte dabei angestrengt nach. Zwischen der Tür zu einer Besenkammer und einem großen Eichenschrank, der vermutlich Hotelwäsche enthielt, blieb er stehen. Er schob das Wägelchen in die Besenkammer. Seine aufwendig konstruierte Höllenmaschine würde er später holen. Er zückte nochmals das Telefon. Aus den Augenwinkeln sah er gerade noch ein winziges Stück des rötlichbraunen Kabels aus dem unteren Teil der Abdeckung ragen. Rasch drückte er das verräterische Objekt zurück ins Innere der Cloche.

»Du schon wieder?«, sagte der Mann am anderen Ende der Leitung.

»Ich mache es anders«, flüsterte der Isländer. »Ich habe auch schon eine Idee.«

»Ich höre.«

»Sieh zu, dass du KJs Autokennzeichen rausbekommst. Ich habe gesehen, dass der Parkplatz für unsere Zwecke gut liegt, er ist vom Hotel aus nicht einsehbar, ich praktiziere das Paket unter den –«

»Mensch, du hast wohl nichts zu tun?«

Der Isländer zuckte zusammen. Nicht äußerlich ängstlich, sondern innerlich wütend. So wagte ihm eigentlich niemand zu kommen. Für alle Fälle hatte er immer ein Springmesser am Handgelenk befestigt, das er im Bedarfsfall herausschnellen lassen konnte. Er steckte das Handy ein und hielt den Daumen in der Nähe des dafür vorgesehenen Druckknopfs. Nervös tastete er mit der Daumenspitze nach der kleinen Delle.

»In der Küche ist die Hölle los«, rief der schnaubende Mann, der vor ihm stand. »Los, komm mit, hilf uns.«

»Aber ich bin –«

»Egal, wir brauchen jeden verfügbaren Mitarbeiter.«

Der Isländer entschloss sich dazu, den Mann mit dem offensichtlich erhöhten Blutdruck am Leben zu lassen und mitzuspielen. Er beschloss, dem Kerl zu folgen. Das war am Unauffälligsten. Es war nicht das erste Mal, dass er improvisieren musste. Plan A, Plan B – das Alphabet hatte viele Buchstaben.

»Ja, auf was wartest du noch, du Idiot!«, schrie der Mann mit dem zornroten Gesicht. »Ich habe nicht ewig Zeit!«

Der kleine Mats war den langweiligen Seelenbaumeleien seiner Eltern entwischt und hatte sich ein wenig auf dem Gang herumgetrieben. Er hatte beobachtet, wie der komische Mann in der affigen Jacke den Servierwagen in ein Kämmerchen geschoben hatte, dann von einem anderen angesprochen wurde. Nach einem erregten Wortwechsel der beiden Männer, bei dem Mats nicht mitbekam, um was es ging, hatten sich beide entfernt. Mats konnte nicht anders. Er war in dem Alter. Glühend vor Neugier öffnete er die Tür zur Besenkammer. Nur langsam gewöhnten sich seine Augen an das spärliche Licht der Halogenfunzel. Vorsichtig hob er die Glocke auf einer Seite leicht an, nur ein Stückchen, gerade so viel, dass er mit der anderen Hand hineingreifen konnte. Seine kleinen, neugierigen Kinderfinger stießen auf etwas furchtbar Weiches.

7

Jennerwein gefiel das neue Zimmer. Doch momentan verspürte er das dringende Bedürfnis nach frischer Luft und tiefem Durchatmen. Er wollte den Kopf von dem unanständigen Angebot Lims freibekommen. Die Zahl auf dem Zettel hatte sich mit penetranter Nachhaltigkeit in seine Synapsen gebrannt. Jennerwein durchschritt den Vorgarten des Bungalows und lenkte die Schritte in Richtung Kirche, hoffend, dass es diesmal die richtige und alleinseligmachende war.

Das altehrwürdige Gebäude, das mitten in der Landschaft stand wie eine Erinnerung an vergangene Macht und Herrlichkeit, war im Inneren vollkommen menschenleer, kein Wunder, alle potenziellen Gläubigen streiften vermutlich munter durch die sonnendurchtränkten Wälder und Auen. Als er im Mittelgang stand, fiel Jennerwein als Erstes der Beichtstuhl auf, der auf der rechten Längsseite des Schiffes wie ein Alkoven in die Wand eingelassen war. Er war vollständig mit einer dicken Plexiglasscheibe abgedeckt, schien also nicht mehr in Betrieb zu sein. Durch die auffällige Versiegelung war er quasi zum Mittelpunkt der Kirche geworden, der prächtige barocke Altar hatte seine jahrhundertelange Spielführerbinde an ihn abgeben müssen. Jennerwein betrachtete das eingeglaste Monstrum verwundert. War das noch gewissenhafte Brauchtumspflege oder eher schon ein PR-Gag? Der

Rahmen des Beichtstuhls bestand aus dunkelbraun gestrichenem, vermutlich uraltem Holz, der faltenreiche Vorhang war demonstrativ zurückgeschlagen. Dort hatte er also gekauert, der Höllenfürst, ängstlich um sich blickend, hilflos den weihevollen Gerüchen und ätzenden Gesängen seiner Widersacher ausgesetzt. Jennerwein fragte sich allerdings, warum der Satan denn keinen seiner vielen Taschenspielertricks aus dem Hut gezogen hatte, um der misslichen Lage zu entkommen. Was war mit den höllischen Heerscharen? Wo blieben die Beelzebuben, Eastwickhexen und all die anderen ziegenfüßigen Zähneknirscher? Zumindest in den berühmten Pudel hätte sich Mephisto doch verwandeln können, um sich dann durch die Katzenklappe der Kirchentür nach draußen zu verdrücken. Vielleicht half ja das Informationsschild weiter, das seitlich vom Beichtstuhl angebracht war. Doch das gab lediglich das Jahr an, in dem sich das Drama nach gesicherten historischen Quellen abgespielt haben sollte, als bei der Kirche Umbauarbeiten vorgenommen worden waren. Es war extra vermerkt, dass die sieben Wochen, die der Teufel in der Folge im Beichtstuhl gefangen war, mit einem der seltenen Zeiträume zusammenfielen, in denen es auf der Welt keine großen kriegerischen Auseinandersetzungen gegeben hatte, wenigstens nicht auf der damals bekannten Welt. Wenn das tatsächlich der Wahrheit entsprach, hatte der Teufel während seiner Gefangenschaft seinen Job als globaler Kriegstreiber, Scharfmacher und Krawallbruder gehörig schleifen lassen. Allerdings war die Verbrechens- und Vergehensrate in der näheren Umgebung der Kirche ins Unermessliche gestiegen. Denn der Teufel begann nun damit, den Schäflein, die, nichts Böses ahnend, zu ihm in den Beichtstuhl kamen, die Beichte abzunehmen und sie zu diversen Untaten anzustacheln. Der damalige Pfarrer hatte wohl nur deshalb nichts bemerkt, weil er davon ausging, dass es der Hilfskaplan war, der dort drinnen die Beichte abnahm.

Jennerwein trat näher an die Acrylverglasung und besah sich das Innere des Beichtstuhls genauer. Hinter dem bröseligen Holz wurde an manchen Stellen die Kirchenwand sichtbar, und jetzt schaltete er doch die Taschenlampe seines Handys an, um die verwitterten Stellen näher zu beleuchten. Die Wand war gelblich gehalten, schwefelgelb mit einem Sidekick ins Grünliche, vermutlich war sie genau in dieser Farbe nachgestrichen worden, um die höllische Anmutung, den gotteslästerlichen Effekt noch zu verstärken. Jennerwein fächelte sich mit der Hand Luft zu. Roch es hier nicht deutlich nach dem dunklen Element? *Die Hölle schwoll von Schwefel-Stank und Säure, / Das gab ein Gas! das ging in's Ungeheure …* Schultheater 1981. Jennerwein presste sein Gesicht an die Scheibe, bemerkte bei der Gelegenheit auch, dass sie nicht sehr stabil verankert war. Mit einem kleinen, unauffälligen Ruck hätte man sie lösen und schließlich entfernen können, man hätte eine Probe der geschwefelten Wand in den Beweissicherungsbeutel geben können … Hinter ihm ertönte ein Geräusch, die Kirchentür knarzte, es war jemand hereingekommen, vermutlich ein Ruhesuchender, der Jennerwein jetzt misstrauisch musterte. Der Kommissar entschloss sich dazu, die Kirche zu verlassen. Er hatte genug gesehen. Im Windfang des Ausgangs stand ein Regal, bestückt mit frommen Broschüren und Gebetskreishinweisen der Pfarrgemeinde. Doch hauptsächlich ging es auch hier wieder um die Beichtstuhlgeschichte, für alle Altersstufen und in mehreren Sprachen. Einem kleinen, handgemalten Plakat entnahm er, dass die örtliche Laientheatertruppe regelmäßig den Schwank ›Der Teufel in der Falle‹ zur Aufführung brachte. Vielleicht gab es noch Karten. Wenn nicht, konnte er sich den Vortrag des Hotelpsychologen über das Thema ›Süchte‹ anhören. Was wohl unterhaltsamer war?

An der meterhohen, schweren Kirchentür stieß er fast mit zwei Männern zusammen, die ins Gespräch vertieft waren. Er entschuldigte sich, sie traten ins Innere der Kirche, ohne ihn zu beachten. Beide murmelten in Beichtstuhllautstärke, manchmal drangen englische Wortfetzen an Jennerweins Ohr. Der Kommissar beherrschte diese Sprache zwar ganz gut, er traf sich regelmäßig mit seinem amerikanischen Freund, Detective Mike W. Bortenlanger aus Chicago, so blieb er in Übung. Doch aus den unzusammenhängenden Wortfetzen konnte er nicht auf den Inhalt der Unterhaltung schließen. Letzten Endes ging es ihn ja auch – wieder einmal – nichts an. Doch so viel wusste er: Der eine mit dem schlechten Regionalbahndurchsagen-Cockney musste der Pfarrer der Kirche sein, eine bodenständige, bäuerlich-listige Erscheinung, der momentan aber eine gewisse demütige, fast hündelnde Haltung an den Tag legte. Die Körpersprache des anderen wirkte edler, hochherrschaftlicher und gelassener auf Jennerwein, momentan schnitt er allerdings ein sorgenvolles Gesicht und schüttelte bekümmert den Kopf. Mehrmals hatte er mit einer eleganten Handbewegung auf den verglasten Beichtstuhl gewiesen, das Gespräch drehte sich augenscheinlich um diesen. Doch dann bemerkten sie, dass sie die Aufmerksamkeit von Jennerwein erregt hatten, und verstummten. Verdammt nochmal, er hatte sich bei Observationen auch schon mal geschickter angestellt!

Als Jennerwein aus der Kirche getreten war, blieb er auf dem Vorplatz stehen und sah sich unschlüssig um. Irgendetwas fehlte. Genauer gesagt fehlte irgendjemand. Einen Augenblick lang verspürte Jennerwein einen halben Esslöffel Enttäuschung, dass ihn der Koreaner diesmal nicht abgefangen hatte. Fast hätte er damit begonnen, die Umgebung nach ihm abzusuchen. Doch er wollte sich nicht lächerlich machen. Lim würde sicher nicht hinter einem der Grabsteine hervorspringen, die sich auch hier um die Kirche gruppierten. Unentschlossen schlenderte Jennerwein durch den Friedhof. Gustav Steppen, 1896–1972, Privatier. Bei einem Privatier, der in diesem Alter doch sicher einige Reichtümer angesammelt hatte, war ein Mord nicht von der Hand zu weisen. Auch das Grab von Margot Winschheym, 1921–1987, sah so prächtig und aufwendig gearbeitet aus, dass es sich um eine reiche Erbtante gehandelt haben könnte, deren raffgierige Nichten und Neffen … Jennerwein wandte sich von den Grabsteinen ab. Auf dem Friedhof konnte er offenbar keine Ruhe finden. Er brauchte unbedingt einen Vergleichstext zu dem Abschiedsbrief Rossis, natürlich ebenfalls handschriftlich. Er konnte ihn fast schon auswendig, so oft hatte er ihn inzwischen gelesen.

Es ist sicher ein großer Schock für euch, aber für mich war es der einzig richtige Schritt. Macht euch also keine Sorgen um mich. Und sucht nicht nach mir …

Einige der flach liegenden Marmorgrabplatten warfen das Sonnenlicht trotzig zurück, wie um darauf hinzuweisen, dass solch gleißende Helligkeit in der Unterwelt nichts verloren hätte. Jennerwein griff in die Jackentasche, um nach einem

Taschentuch zu suchen. Dort stieß er auf einen säuberlich zusammengefalteten Zettel, den er auf keinen Fall selbst hineingesteckt hatte. Also doch! Er hatte es gewusst. Der Koreaner war allgegenwärtig. Jennerwein zog den Zettel heraus, entfaltete ihn und las die Nachricht.

Lieber namenloser, unauffälliger Herr, der ein bisschen aussieht wie Hugh Grant in ›Vier Hochzeiten und ein Todesfall‹! Erinnern Sie sich noch: Sie sind im dunklen Wald über mich gestolpert. Wollen wir zusammenarbeiten? Rufen Sie mich mal an. Hier meine Nummer.

Die Buffetschmarotzerin! Wo auch immer Jennerwein hintrat, er schien seiner Profession nicht auszukommen.

Der Isländer weinte. Bittere Zähren rannen seine Wangen hinab, während sein Gesicht professionell regungslos blieb. Er stand in der Küche und tat das, was ihm der Mann mit dem hohen Blutdruck aufgetragen hatte. So an die zehn Millionen Zwiebeln musste er jetzt schon geschält und in feine Silberhalbmonde verwandelt haben. Er war in der Folterkammer der Vorbereitungsküche gefangen. Um ihn herum drängte sich der Wahnsinn. In der Fritteuse konnte es auch nicht viel heißer sein als an diesem Arbeitsplatz. Hunderte von scharfsüßsauren Gerüchen gleichzeitig, dazu Flüche und grobe Beleidigungen aus allen Richtungen, hastig hervorgestoßene Ausrufe der Verzweiflung in vierunddreißigtausend Dialekten. Er hatte diese besonders stumpfsinnige Arbeit zugeteilt bekommen, weil die heiteren Businesspeople, die hier ein Seminar abhielten, einen günstigen Geschäftsabschluss mit einer französischen Firma über die Bühne gebracht hatten. Darum musste es heute zum Abendessen folgerichtig achtzig französische Zwiebelsuppen geben. Der Isländer, diesmal in Schürze, starrte auf das stumpfe Messer, das man ihm gegeben hatte. Mit seinem Springmesser wäre es doppelt oder dreifach so schnell gegangen. Aber mit dem wollte er sich hier nicht blicken lassen. Eine Stunde noch, hatte der Chef gesagt, dann könne er gehen. Er saß wie auf glühenden Kohlen.

Der kleine Mats Mattissen befand sich hingegen im Zuckerrausch. Die Torte, die er gerade Stückchen für Stückchen vernichtete, schmeckte wirklich sehr lecker. Er steckte seine Fingerchen durch den kleinen Spalt und nahm sich immer nur von einer Seite, damit man beim Abnehmen dieser komischen Haube nicht gleich merkte, was los war. Er hatte diesbezügliche Erfahrungen in der elterlichen Speisekammer gesammelt. Den hinten weggefressenen Rand konnte man zum Beispiel auf Ameisen schieben. Schließlich stieß er bei seinen Grabungen auf etwas Hartes. Von seiner Position aus und in diesem Zwielicht konnte er nicht erkennen, was es war. Er fingerte weiter. Und bekam so etwas wie eine Schnur oder einen Draht in die Hand. Vorsichtig zog er daran.

Schade, dachte der Isländer, dass die Torte als solche jetzt nicht mehr zum Einsatz kommen konnte. Sie hatte ihn ein ziemliches Stück Arbeit gekostet. Solange die Abdeckhaube aufgelegt war, passierte gar nichts. Erst wenn das Geburtstagskind sie vollständig abnahm, um das süße Kunstwerk zu bewundern, tat der ausgeklügelte Mechanismus seine eigentliche Arbeit. Um ganz sicherzugehen, dass der Kommissar, und nur er, das Teufelswerk in Gang brachte und auch einige Zeit in der Nähe der Torte stehenblieb, hatte er eine perfekt gefälschte Geburtstagsgrußkarte seiner Frau beigelegt. Seine Kontaktleute aus der Szene hatten ihm gesteckt, dass im Hause Jennerwein ein Kind erwartet wurde. Das war gut. Kinder lenkten ab. Kinder machten unvorsichtig. Das würde er ausnützen.

Als Mats die blöde, lästige Schnur beiseitegeschoben hatte, fiel ein Stück Pappe herunter, das an die Torte gelehnt war. Mats war sechs Jahre alt. Er hatte gerade erst lesen gelernt. Und er war stolz darauf. Also las er den Brief Wort für Wort.

> *Liebster Hubertus!*
> *Natürlich ist mir bewusst, dass du Feierlichkeiten wie Geburtstage nicht so besonders magst. Aber ich habe den deinen selbstverständlich nicht vergessen. Versprich mir, die feine Torte erst morgen anzustechen. Entspann dich und ruh dich gut aus. Wir erwarten Nachwuchs, da musst du ja schließlich fit sein.*

Mats verstand den Brief nicht ganz. Wie konnte man Geburtstage nicht mögen! Und dann der komische Frauenname, mit dem der Brief unterschrieben war. Was hatten diese älteren Frauen nicht alles für komische Namen! Sie hießen Nicole und Michelle und Maria und so. Die Mädchen in seiner Klasse hießen nur Lina und Nele und Hannah. Mats hatte genug. Er wischte sich die Finger an der Hose ab, schlüpfte aus der Besenkammer und ging unschuldig pfeifend zurück ins Hotelzimmer.

»Da bist du ja«, sagte die Mutter. »Wasch dir die Hände. Bald gibt's Essen.«

Mats hatte keinen Hunger mehr. Und was er auch nicht verstanden hatte: Was war eigentlich Nachwuchs?

KJ alias Kommissar Jennerwein befand sich zur gleichen Zeit schon mitten in der nächsten Anwendung. Er strampelte im Fitnessraum auf dem Rad. Sein Arm steckte in einer Manschette, die alle nur möglichen Werte maß und sie auf dem Bildschirm auflistete: Kalorienverbrauch, Puls, Körpertemperatur, Muskelmassenzuwachs, alles jeweils steigend. Jennerwein war kein ausgesprochener Fahrrad- und Laufbandfreak, doch Polizeiobermeister Franz Hölleisen und Kommissarin Nicole Schwattke hatten einen entsprechenden Raum im Revier eingerichtet, sie trainierten dort dreimal die Woche, auch er hatte es einige Male ausprobiert. Jennerwein schaltete einen Gang hoch, das Treten wurde mühsamer. Die anderen Plätze waren mit den heiteren Businesspeople gefüllt, einige kannte er noch von heute früh, die Buffetschmarotzerin war natürlich nicht mehr dabei. Ihre Beute, die Handtasche, hatte er an der Rezeption abgegeben, er hätte sie im Wald gefunden. Oh, da wird sich Frau Ingenieurin aber freuen! Ein wenig misstrauisch hatte ihn die Rezeptionistin dann aber doch gemustert. Blutdruck, Sauerstoffsättigung und Atemvolumen stabil. Die Musik im Raum war grauenvoll, aber das war nun mal so, den Trainingswütigen schien es zu gefallen. Manche sangen sogar bei besonders einförmigen Refrains mit. Vor jedem Gerät war ein großer, für die anderen nicht einsehbarer Sichtschirm aufgebaut, manche der Anwesenden studierten ihre Excel-Tabellen und Projektabläufe darauf, doch keiner der Strampler versuchte beim anderen zu kiebitzen. Auf seinem eigenen Bildschirm wurde er darüber informiert, dass sein Blutzuckerspiegel 95 mg/dl betrug. Wo um Gottes willen hatten die seine Blutwerte her? Pikste ihn die Manschette mit einer Kanüle in die Hand? Er hatte jedenfalls nichts dergleichen verspürt. Doch abgesehen davon fühlte sich Jennerwein pudelwohl. In Bewegung konnte er am besten nachdenken. Er legte noch einen Zahn zu. Aus den Augenwinkeln sah er, dass ein Hotelkellner, den er vom Frühstücksbuffet her kannte, in den Kraftraum gekommen war. Das gehämmerte Silbertablett, das er elegant in der Luft balancierte, stand in krassem Gegensatz zu den verschwitzten, stöhnenden und prustenden Gestalten im Fitnessraum. Der Kellner trat in formvollendeter Noblesse zu Jennerwein und reichte ihm das Tablett. Dieser dachte an einen Energy-Drink, eine Kraftbrause, etwas Illegales wie Doping, um die Muskeln aufzupumpen. Doch bei näherem Hinsehen lag lediglich ein USB-Stick darauf.

»Von Herrn Lim, mit den besten Grüßen«, sagte der immer noch deplatziert wirkende Kellner. »Wollen Sie sich die Datei sofort zu Gemüte führen? Ich kann Ihnen den Stick einstöpseln.«

Jennerwein nickte. Er stülpte sich das Headset über, vergewisserte sich durch eine leichte Hin- und Herbewegung, dass nur er und sonst niemand auf den Screen sehen konnte. Und der Film begann. Lim und die Polizeikollegen vor Ort hatten einiges zu Rossi zusammengetragen.

Der bäurisch aussehende Mann, in dem Jennerwein den Pfarrer der Kirche vermutet hatte, war tatsächlich der Pfarrer der Kirche. Nur in Bezug auf sein hündelndes, unterwürfiges Wesen hatte er sich getäuscht, der Pfarrer hatte einen schweren Bandscheibenvorfall hinter sich, deshalb bewegte er sich so gequält gebückt. Er war immer noch im Gespräch mit der edlen Erscheinung vertieft. Ab und zu blickten sich die beiden Männer prüfend um, ob auch wirklich niemand sonst in der Kirche war, um ihr Gespräch zu belauschen.

»Schickt Sie der Vatikan, Erzbischof?«, fragte der Pfarrer vorsichtig.

»Aber nein«, entgegnete dieser mit einem feinen, nachsichtigen Lächeln. »Ich habe Urlaub hier in dieser Gegend gemacht. Und da hörte ich von dieser Teufelsgeschichte. Ich wollte mir das einfach nur einmal ansehen.«

Erzbischof Paul Gallagher war eine freundliche Erscheinung. Sein Seemannsbart war sorgfältig, jedoch nicht geckenhaft gestutzt. Sein Blick war beherzt, seine Augen schienen den Dingen auf den Grund gehen zu wollen. Auf den ersten Blick sah er überhaupt nicht wie ein hochrangiger Kirchenvertreter aus, eher wie ein Arzt, dem man sich in schweren Zeiten anvertrauen konnte. Doch momentan richtete er seinen Blick sorgenvoll hoch zur Empore.

»Ich sehe, Sie haben eine neue Orgel einbauen lassen. Und keine ganz billige. Die Kirchenfenster erstrahlen ebenfalls in neuem Glanz – und die Bilder dort hinten, sind das etwa Originale von Gerhard Richter?«

»Ja, meine Kirche ist gewissermaßen ganz gut bei Kasse.«

»Und woher kommt das viele Geld?« Gallagher blickte den Pfarrer ernst an. »Ich werde Ihnen sagen, woher es kommt. Von den Erträgen Ihrer sogenannten Teufelsgeschichte.«

»Aber Sie, Exzellenz, sind doch auch deswegen hergekommen.«

»Ja, zugegeben. Aber weniger aus Interesse am Teufel. Ich will Sie bloß ermahnen, den Bogen nicht zu überspannen. Es stimmt schon bedenklich, wenn der Teufel mehr Leute anzieht als der Glaube.«

»Besser die Leute interessieren sich für den Teufel und bleiben bei Gott hängen als umgekehrt.«

Der Erzbischof wies auf das leere Kirchenschiff.

»Viele sind heute nicht hängengeblieben.«

»Es ist sehr heiß. Bei Hitze kommt nicht die rechte Stimmung fürs Jenseitige auf.«

»Ich merke schon, dass Sie nicht auf den Mund gefallen sind. Das gefällt mir, das ist löblich. Aber übertreiben Sie es bitte nicht.«

»Das Wesen des Teufels ist die Übertreibung, das Unmäßige, Exzellenz.«

Eine Gruppe von kichernden Touristen betrat nun den Raum. Ihr Reiseführer winkte sie sofort auf die rechte Seite des Kirchenschiffs. Es folgten zwanzig Klicks in Richtung Beichtstuhl. Der Erzbischof seufzte.

8

Jennerwein strampelte weiter. Der USB-Stick, den ihm Lim durch den Ober auf einem Silbertablett hatte bringen lassen, quoll gleichsam über von Informationen. Zunächst fand es Jennerwein gewöhnungsbedürftig, einen Fall nicht Blatt für Blatt an einem Schreibtisch zu studieren, sondern multimedial aufzuarbeiten. Gerade fuhr eine bunt animierte, dreidimensional aufgeplusterte Tabelle aus dem Nichts in die Mitte des Bildschirms und flimmerte ihn kokett in allen Farben des Regenbogens an. Sie zeigte, auf der Basis der Stechuhraufzeichnungen, wann Rossi im Lauf der Jahre jeden Tag Dienstschluss gehabt und Feierabend gemacht hatte. Der statistische Durchschnittswert lag bei 18.27 Uhr. Auf dem Revier hatten sich Jennerwein und die Seinen in den letzten Jahren zwar wacker bemüht, digital auf der Höhe der Zeit zu sein, doch war man immer wieder ins papierene Zeitalter zurückgefallen, schuld waren Kompatibilitätshürden, Versionskonflikte oder die schiere Unkenntnis von Grundsätzlichem. Polizeiobermeister Hölleisen tippte seine Berichte sogar auf einer alten Schreibmaschine. Aber hier, im Kraftraum des Sporthotels Relax, hatte sich Jennerwein schon nach kurzer Zeit auf diese neue, quirlige Form der Präsentation eingestellt. Und er musste zugeben, dass er sich dem Schwung der bildlichen Darbietung einfach nicht entziehen konnte, trotz mancher inhaltlichen Flachheiten. Die Kurzbiographie des verschwundenen Mitarbeiters erschien ihm wie ein Dokudrama in ARTE, das man sich bequem auf dem Fernsehsessel ansieht: Florian Rossi, geboren 1982, Einzelkind, durchschnittlicher, unauffälliger Schüler, bei den Noten kaum Ausrutscher nach oben und unten, aufgewachsen in geordneten, gutbürgerlichen Familienverhältnissen, Maschinenbaustudium, schließlich Anstellung bei Mikado in der Abteilung Qualitätsmanagement. Jennerwein erfuhr zwar nichts Überraschendes, aber er war so angetan von den Möglichkeiten der Medien, Belangloses zu bestaunenswerter Größe aufzublasen, dass er manchmal sogar das Strampeln vergaß. Nun wurde ein audiovisueller Kontakt zur Vertiefung der Informationen angeboten.

»Hallo? Eins, eins, hören Sie mich?«, sprach er ins Mikro.

»Natürlich höre ich Sie«, antwortete eine jugendlich helle, angenehme Stimme.

Selbst Jennerwein als absoluter Digital Outsider sah es sofort: Die dazugehörige Person war computergeneriert und interaktiv, sie lachte ihn aus dem Bildschirm heraus an, den Namen konnte er sich selbst auswählen, er entschied sich für ›Geschätzter Kollege‹. Der Geschätzte Kollege versprach, all seine Fragen zu beantworten und, wenn möglich, die Informationen mit Tabellen, Bildern und passenden Einspielern zu illustrieren.

»Danke, das ist sehr freundlich von Ihnen«, sagte Jennerwein. »Aber ich habe mir bereits einen groben Überblick verschafft. Meine Frage ist die, ob Ihnen bei Rossi etwas Außergewöhnliches aufgefallen ist, etwas sofort ins Auge Stechendes?«

Die gepixelte Figur (die Grafiker hatten sich sehr viel Mühe gegeben, sie neutral aussehen zu lassen: keine erkennbare Ethnie, ziemlich alterslos, burschikos, so gut wie geschlechtsneutral, alles in allem vollkommener Durchschnitt, der Mensch an sich) schüttelte den Kopf.

»Nein. Keine Abweichung von der Norm, die sein Verschwinden erklären würde. Die einzige aus dem Rahmen fallende Tatsache ist eben die, dass er verschwunden ist. Das kam allerdings überraschend, bei seinem glatten Profil. Gauß'sche Normalverteilungskurve, Sie verstehen. Wollen Sie einen Witz hören?«

»Wie: einen Witz.«

»Einen computergenerierten Witz. Treffen sich zwei Künstliche Intelligenzen –«

»Nein danke, ich bin kein Liebhaber von Witzen.«

»Ich dachte nur: nach so viel Strampelei.«

»Trotzdem: danke.«

Der Geschätzte zuckte die Schultern. Er zeigte einen Gesichtsausdruck wie: Na schön, wenn Sie die Karten für das nächste Rolling-Stones-Konzert in der ersten Reihe mit einem Mikrophon zum Mitsingen und der Hälfte der Einnahmen nicht haben wollen …

»Ich habe eine Menge Fotos von Florian Rossi«, fuhr er fort. »Wollen Sie die sehen?«

Jennerwein nickte unmerklich. Er nickte fast nicht. Er dachte eigentlich nur ›Ja, gerne, warum nicht.‹ Doch der Geschätzte Kollege hatte selbst diese kleine Regung bemerkt. Denn sofort präsentierte er ihm Schnappschüsse und gestellte Fotos mit Rossi, Rossi und nochmals Rossi. Auch hier zeigte dieser sich durchwegs als absoluter Durchschnittsbürger, selbst in der Badehose und im Karnevalskostüm. Er war stämmig, aber nicht korpulent. Er war bejahrt, aber noch nicht alt. Auf den meisten Bildern lächelte er in die Kamera, es war ein freundliches, kumpelhaftes Lächeln, das nichts Falsches hatte, wie es Jennerwein bei Lim mehrmals bemerkt hatte. Ganz wohl schien er sich vor der Kamera allerdings nicht zu fühlen, das fiel Jennerwein dann doch ins Auge. Manchmal blickte er scheu zur Seite. Der Geschätzte Kollege zeigte auch einen spontan gedrehten, ziemlich verwackelten Handyfilm. Darauf war Rossi in einer Werkhalle zu sehen, er erklärte einer Gruppe junger, interessiert dreinblickender Menschen die Funktionsweise eines Maschinenteils, einer Art Uhrwerk mit unterschiedlich großen Rädchen und Walzen. Es schien sich bei der Gruppe um eine deutschsprachige Handelsdelegation zu handeln, denn Rossi redete in seiner Muttersprache.

»Ich will Ihnen heute einige Module vorführen, deren Eigenheiten Ihnen fremd und neu vorkommen werden …«

Nun regnete es kryptische und wunderliche Fachausdrücke, die die Mitglieder der Gruppe gierig aufsogen. Einer fragte:

»Und wenn die Gewindespindel und Trapezgewindemutter nicht aus demselben Werkstoff sind, Herr Rossi?«

»Nennt mich Florian«, erwiderte dieser fröhlich lächelnd. »Jeder nennt mich hier Florian. An meinen Nachnamen kann ich mich beinahe gar nicht mehr erinnern.«

Höfliches Gelächter der jungen Leute. Also dann eben Florian. Jennerwein wandte seinen Blick von dem Clip ab, wodurch das Bild sofort verschwand und der Geschätzte wieder erschien.

»Können Sie dieses Filmchen für mich markieren, damit ich es mir in meinem Hotelzimmer nochmals ansehen kann?«

»Natürlich, Kommissar Jennerwein, ist schon gebookmarkt.«

»Wie schätzen Sie denn Rossis Charakter ein? Sie persönlich, wenn ich das so sagen darf.«

»Nach mehreren Gutachten wird Rossi zwar als menschenscheuer Einzelgänger bezeichnet, er war jedoch kein krankhafter und zwanghafter Soziopath, auch kein auf seinen Beruf fixierter Nerd. Das bestätigen auch seine Arbeitskollegen. Wollen Sie vertiefende Beispiele?«

»Nein, ich glaube es Ihnen auch so. Gibt es Spekulationen in seinem Umfeld über sein Verschwinden?«

Der Geschätzte versuchte es mit einem Hauch von Ironie in seinem Lächeln. Augenbrauen leicht nach oben, Mundwinkel kurz abgesenkt. Die Mimik war wirklich perfekt animiert.

»Spekulationen gibt es zwar sehr viele, aber keine ernstzunehmenden. Seine Arbeitskollegen, aber auch seine wenigen Verwandten und Freunde, können es sich einfach nicht erklären.« Jetzt bekam die Körpersprache der Simulation etwas Vorwitziges, Schnippisches. »Äh – weil Sie nach Besonderheiten gefragt haben: Auffällig scheint mir, dass einige Mitarbeiter stark bezweifeln, dass Rossi brisante firmeninterne Informationen weitergegeben haben soll. Sie trauen ihm das einfach nicht zu.«

»Gilt das auch für seine Chefs?«

»Auch die können es nicht so recht glauben. Aber sie wollen natürlich absolute Sicherheit haben, dass Rossi die Betriebsgeheimnisse nicht gerade irgendwo auf der Welt in einer dunklen Seitengasse verhökert. Oder verhökert hat. Genau deswegen hat man sich ja an Sie gewandt, Herr Kommissar. Sie sind wirklich unsere letzte Hoffnung.«

»Können Sie mir noch ein paar Worte mehr zu diesen ›Betriebsgeheimnissen‹ sagen? Nur andeutungsweise?«

Der Geschätzte zögerte. Doch schließlich sagte er:

»Rossi war zum Beispiel in einer Abteilung tätig, in der mit wertvollen Rohstoffen wie Californium experimentiert wurde. Wobei die Vermutung, dass Rossi keine krummen Geschäfte gemacht hat, zu der Tatsache passt, dass nirgends auf der Welt brisante Betriebsgeheimnisse bekannt geworden sind.«

Ein skeptisches Fältchen erschien auf Jennerweins Stirn.

»Erstens kann das noch kommen. Und zweitens: Dass wir keine Kenntnis davon haben, dass Betriebsgeheimnisse ausgeplaudert worden sind, heißt das ja noch lange nicht, dass das nicht geschehen ist. Das ist ja das Wesen von Geheimnissen.«

Der Geschätzte zog lediglich eine Augenbraue hoch. Jennerwein fragte:

»Was ist eigentlich Californium?«

»Ein neu entdecktes Element.«

»Teuer?«

Der Geschätzte lachte auf.

»Es gehört zu den fünf teuersten Rohstoffen der Welt und kommt gleich nach Antimaterie. Fünfundzwanzig Millionen Euro pro Gramm.«

Jennerwein stieß einen überraschten Pfiff aus.

»Für was braucht man das?«

»Man kann Krebs damit behandeln, nach Erdöl bohren oder nach Sprengstoffen suchen. Und noch ein paar andere Dinge mehr, die allerdings – die gewissermaßen – die sozusagen – von denen selbst ich nichts weiß.«

Das sind ja hervorragende Voraussetzungen für eine Ermittlung, dachte Jennerwein. Laut fuhr er fort:

»Aber sagen Sie, eines wundert mich. Rossi wird einerseits

als kommunikationsscheuer und ungeselliger Eigenbrötler dargestellt, andererseits habe ich auf dem Einspieler gesehen, dass er sich duzen lässt und auf den Vornamen Florian besteht.«

Der Geschätzte Kollege wechselte sein Mienenspiel von ›Oh, ertappt!‹ zu ›Ja, stimmt, das habe ich übersehen‹.

»Das ist ein Widerspruch, gewiss. Vielleicht fand er seinen Nachnamen nicht so hübsch.«

Jetzt war es an Jennerwein, die Stirn nachdenklich und quasi widersprüchlich zu kräuseln.

»Vielleicht können Sie mir etwas zu seinem Familienstand sagen?«

Der Kollege trank einen Schluck Pixelkaffee, verzog sogar genüsslich die Schnute. Jennerwein glaubte den Kaffee zu riechen.

»Gerne, sehr gerne. Rossi war verheiratet, ist es immer noch, mir ist jedenfalls nichts Gegenteiliges bekannt. Seine Frau lebte allerdings schon vor seinem Verschwinden getrennt von ihm. Doch es gab angeblich kein Zerwürfnis.«

»Kann ich ein Bild von ihr sehen? Und Fotos von den beiden?«

»Natürlich.«

Rossi und seine Frau in verschiedenen Lebenssituationen, zu Hause, am Meer, beim Wandern, er beim Klavierspielen, sie beim Malen eines Bildes, Arm in Arm, sitzend, stehend – eine durch und durch bürgerliche Familie. Sie hieß Melanie Rossi geborene Walther und lebte im deutschsprachigen Raum. Jennerwein prägte sich sofort Name und Adresse der Ex ein.

»Ist sie erreichbar?«

»Erreichbar, auskunftswillig, kooperationsbereit. Sie können sie jederzeit kontaktieren. Ich habe die Frage erwartet und Ihnen die Telefonnummer bereits auf Ihr Handy gespielt.«

Jennerwein blickte ihn verwundert an. Erst die Blutwerte, die man einfach bei ihm genommen hatte, ohne dass er es bemerkte, und jetzt das. Offenbar war er nicht ganz auf der Höhe der Zeit. Vielleicht waren solche Anzeichen eines allgegenwärtigen Orwell'schen Überwachungsapparats, der aber nicht vom Staat kam, sondern von der Industrie, für die jetzige Generation gar nicht mehr erschreckend.

»Kinder?«

»Die Ehe verlief kinderlos. Vor allem Herr Rossi hätte sich allerdings einen Sohn gewünscht. Das hat er einigen Mitarbeitern gegenüber mehrfach geäußert, als sie nach den berühmten ›scheinbar unwichtigen Besonderheiten‹ gefragt wurden. Auch seine Ehefrau bestätigte das.«

Jetzt hätte Jennerwein das Workout am liebsten unterbrochen und Frau Rossi angerufen. Stattdessen murmelte er, mehr für sich selbst:

»Sein beruflicher Weg verlief anscheinend recht zufriedenstellend. Er verdiente gut und hatte keinerlei Geldprobleme. Weit und breit kein Grund, zu verschwinden.«

»Ja, Kommissar Jennerwein, so sehe ich das auch.«

Nun wurden Bilder von Rossis verschiedenen Arbeitsplätzen im Konzern gezeigt, für Jennerwein war es immer wieder derselbe trostlose Anblick: riesige Werkhallen, die so gut wie menschenleer waren, undefinierbare Maschinenteile mit vielen Drähten und Röhren und Armaturen.

»Das ist ein 5-Achsen-Bearbeitungszentrum«, sagte der Geschätzte, der wohl Jennerweins fragenden Blick genau als solchen erkannt hatte. »Die Module arbeiten weitgehend autark, und die Steuerung ist zunehmend Computern anvertraut worden.«

»Und was ist ein 5-Achsen-Bearbeitungszentrum?«

Der Kollege erklärte es ihm, wieder flogen ihm viele Begriffe um die Ohren, die ihm nichts sagten. Und ob der kleine Kasten da vorne jetzt eine Herz-Lungen-Maschine oder ein Thermomix war, konnte Jennerwein ohnehin nicht beurteilen. War das für den Fall wichtig? Stahlgehäuse, Schläuche, Module, er würde heute Nacht davon träumen. Warum hatte man ihn ausgerechnet zu einem Fall hinzugezogen, der so sehr ins Technische ging?

»Können Sie mir sagen, was jetzt zum Beispiel hier Rossis Aufgabe genau war?«

Der Pixelbursche nickte zufrieden. Auf diese Frage hatte er gewartet.

»Aber bitte in Nichttechnisch, wenn's geht.«

»Mit dem größten Vergnügen. Er arbeitete beim Qualitätsmanagement, und zwar in der IHC-Abteilung. Es geht hierbei um den *Intuitive Human Check*, wenn Ihnen der Begriff etwas sagt.«

»Nie gehört.«

»Kurz gesagt hat jede Maschine eine bestimmte Funktion. Sie wird kontrolliert durch eine andere Maschine, diese wiederum durch eine dritte und so weiter. Am Schluss schaut sozusagen nochmals ein Mensch drauf. Intuitiv. Aus dem Bauch heraus. Diese Aufgabe hatte Rossi.«

»Sein Job war es also, einen nicht maschinellen, gewissermaßen menschlichen Blick auf die Abläufe zu werfen?«

»Ja, er hatte die Fähigkeit, Verfahrensabläufe zu ›lesen‹ und Fehler zu erkennen, die von den digitalen Kontrollsystemen übersehen worden sind. Übersehen ist vielleicht der falsche Ausdruck. Sie haben sie einfach nicht als solche erkannt. Rossi war als geschickter Mitarbeiter geschätzt, dem Ungewöhnliches sehr schnell aufgefallen ist. Das war von verschiedenen Meistern und Chefs positiv in seiner Akte vermerkt worden.«

»Rossi hat ein bisschen was von Ihnen, Herr Jennerwein. Was heißt: ein bisschen. Er ähnelt Ihnen sogar sehr!«

Das hatte nicht der Geschätzte Pixelkollege gesagt, die Stimme war überhaupt nicht aus dem Computer gekommen. Niemand anderer als Herr Lim hatte sich auf den inzwischen freigewordenen Platz neben Jennerwein gesetzt, gleichmäßig und locker auf dem Cardio-Bike in die Pedale tretend. Jennerwein hingegen saß inzwischen regungslos auf seinem Rad. Er warf Lim einen verwunderten und gleichzeitig genervten Blick im Mischungsverhältnis 1:10 zu.

»Ich habe Ihnen die gewünschten handschriftlichen Vergleichsproben mitgebracht«, sagte der Koreaner unbeeindruckt. »Sie finden alles in diesem Umschlag. Übrigens haben wir Ihr Profil mit dem von Rossi verglichen, Herr Kommissar. Das ist einer der Gründe, warum wir gerade Sie angesprochen haben. Vielleicht der Hauptgrund.«

Jennerwein überlegte. War es möglich, dass er sich deswegen von dem Fall so angezogen fühlte? Jennerwein hatte genug gestrampelt. Es war ohnehin Zeit, von der Tretmaschine zu steigen.

»Ich darf Sie ebenfalls ausschalten, Geschätzter Kollege?«, fragte Jennerwein, die Hand schon am Schalter.

»Sehr, sehr gerne«, erwiderte dieser. »Ich wünsche Ihnen viel Glück bei den Ermittlungen. Es war mir eine Ehre.«

Jennerwein zog die Hand wieder vom Schalter zurück.

»Ach, eine Frage hätte ich doch noch.«

»Fragen Sie, fragen Sie.«

Der Geschätzte zeigte eine Spur Ungeduld. Konnte das sein? Hatte er sich schon gefreut, wieder in seinem dunklen Kasten zu verschwinden und vor seinen Fragen sicher zu sein?

»Woher hat denn der Computer, also Sie, meine Blutwerte?«, fuhr Jennerwein fort. »An meiner Hand, an der die Manschette angebracht war, habe ich keinerlei Einstiche entdeckt. Und glauben Sie mir: Ich habe Übung darin, Hauteinstiche zu erkennen.«

Der Geschätzte lächelte das überhebliche Lächeln aller Wissenden.

»Für die Ermittlung von Blutwerten ist heutzutage kein Stich mehr nötig, Kommissar. Schon lange nicht mehr. Wir haben eine Methode entwickelt, Blutwerte durch einen Scan des Augenhintergrundes zu ermitteln. Sie bekommen gar nichts mit davon. Jede bessere U-Bahn-Station ist schon mit solchen Scannern bestückt.«

Jennerwein schüttelte den Kopf. Das hatte er nicht gewusst. Er bat noch um die linguistische Analyse des Abschiedsbriefes, die der Computer erstellt hatte. Er verstaute den USB-Stick und den Umschlag von Lim in seiner Tasche, dankte für die Hilfe und verabschiedete sich.

»Bis morgen dann.«

Der Geschätzte verschwand zu den pompösen Schlussakkorden einer klassischen Sinfonie, Herr Lim verbeugte sich stumm, aber wieder mit der leicht schraubenartigen Bewegung. Jennerwein verließ die Kathedrale des Schwitzens und Strampelns.

Endlich war der Isländer mit dem Zwiebelschneiden fertig. Kein Lob, kein aufmunterndes Wort, nur das Gefühl, er hätte sich selbst in eine beißend riechende Zwiebel verwandelt. Er würde den Geruch niemals wegduschen oder fortbürsten können. Rasch, aber nicht auffällig rasch, entfernte er sich aus der Küche. Als Erstes musste er seine wertvolle Bastelei sicherstellen. So schnell wie möglich eilte er die Gänge entlang, im Laufen zückte er sein Handy.

»Habt ihr das Autokennzeichen herausbekommen?«

Der Mann am anderen Ende der Leitung schnaubte und fluchte.

»Dieser verdammte KeiTschei hat kein Auto. Und erst recht keinen Führerschein. Er hat ihn zurückgegeben. Freiwillig. Unglaublich! Ein Polizist ohne Führerschein. Wo gibt's denn so was!«

»Dann wird's schwierig.«

Jennerwein hatte in der Tat schon lange nicht mehr am Steuer eines Autos gesessen. Er hatte einmal gezwungenermaßen einen Hubschrauber gelenkt, er war genauso unfreiwillig auf dem Rücken eines Buckelwals geritten, er hatte sogar ein großes Passagierflugzeug gesteuert, aber wegen seiner Akinetopsie wollte er es nicht riskieren, während der Fahrt einen Anfall zu bekommen.

»Bring den Job zu Ende, lass dir was einfallen«, bellte der Mann am anderen Ende der Leitung und drosch mit der Faust gegen die Wand, dass der Kalk von der Decke rieselte.

Hastig steckte der Isländer das Handy wieder ein. Er hatte genau das vor: diesen Job hier zu Ende zu bringen. Er dachte an nichts anderes als an KJs Tod. Aber dazu brauchte er den Inhalt der Cloche auf dem Servierwagen in der Besenkammer.

9

Jennerwein ging in seinem neuen, geräumigen Zimmer auf und ab, dabei massierte er die Schläfen mit Daumen und Mittelfinger. Drei widersprüchliche Dinge waren ihm an Rossi aufgefallen, und er suchte nach einem Zusammenhang zwischen diesen drei Aspekten. Rossi war a) introvertiert, wollte aber mit jedem auf Duzfuß stehen. Rossi war b) vermutlich im Besitz von brisanten Informationen, hatte aber bisher nichts unternommen, um das Diebesgut weiterzuveräußern. Und schließlich hatte Rossi c) eine inhaltlich bewegende, aber stilistisch nüchterne letzte Botschaft hinterlassen. Jennerwein nahm sich die Kopie des Abschiedsbriefes noch einmal vor.

Liebe Freunde, glaubt mir: Ich habe bisher das falsche Leben gelebt. Mein Entschluss hat also nichts mit euch zu tun …

Er las den Brief mehrmals, jedes Mal aus einer anderen Perspektive. Zunächst überflog er ihn schnell und betont unkonzentriert, dann studierte er ihn wieder buchhalterisch penibel Wort für Wort. Er las ihn diagonal, klopfte ihn wie ein Kryptologe auf versteckte Botschaften ab, durchstöberte ihn atemlos wie ein geschockter Hinterbliebener, insgesamt vielleicht so an die fünfhunderttausend Mal, aber er kam zu keinem brauchbaren Ergebnis. Tröstlich für ihn war lediglich die Tatsache, dass auch die Computeranalyse des Geschätzten Kollegen nichts anderes ergeben hatte, als dass es sich bei dem Text um ein Musterbeispiel an Durchschnittlichkeit handelte. Doch immer wieder studierte er einzelne Sätze. Weil er wusste, dass da irgendetwas war. Er ließ sich durch kein Klopfen des Zimmerservices mehr stören. Das Fernsehgerät sprang an. Wollen Sie …? Nein, wollte er nicht. Die Stimme aus dem ständig präsenten Durchsagenlautsprecher kündigte ayurvedische Erlebnissauna-Aufgüsse an, aufschlussreiche Kräuterwandertouren und einen ›hochinteressanten‹ psychologischen Vortrag von Dr. Ungeheuer. Jennerwein wusste sich in diesem Trommelfeuer der Freizeitangebote nicht anders zu helfen, als auf einen Stuhl zu steigen und das Kabel des Lautsprechers mit der Nagelschere durchzuschneiden. Zur vereinbarten Zeit rief seine Gemahlin an. Das schlechte Gewissen drückte Jennerwein dann doch ein wenig. Er hatte ihr in die Hand versprechen müssen, sich nicht in Ermittlungen zu verlieren. Sie dachte natürlich eher an vergangene, ungelöste Fälle, denen er hinterherspekulierte. Dass es etwas Brandneues gab, durfte er ihr erst recht nicht verraten. Noch nicht. Sie tauschten liebe, heitere Worte aus und beendeten das Gespräch. Jennerwein atmete mehrmals kräftig durch. Es war die erste Schwindelei in ihrer Ehe gewesen. Er schwor sich, dass es die letzte sein würde. Aber andererseits: Man musste sich in einer Ehe einmal einen Schnitzer erlauben, am besten gleich zu Beginn, dann hatte man es hinter sich. Während er auf die erste Zeile von Rossis Abschiedsbrief starrte, wählte er die Nummer von Melanie Rossi geborene Walther. Er hatte keinen festen Plan, aber er war ja auch nicht im Dienst. Sie ging sofort an den Apparat, als hätte sie den Anruf erwartet. Jennerwein stellte sich vor.

»Es ist schon spät. Ich hoffe, ich störe nicht.«

Nein, täte er nicht.

»Ich habe nur eine einzige Frage.«

Sie schlug vor, die Unterhaltung per Video-Chat weiterzuführen, er willigte ein. Sie musterten sich eine Weile wortlos. Jennerwein kannte sie ja schon von den Fotos her, sie war eine eher zierliche Frau mit Kurzhaarschnitt und nervös an ihren dezenten Gesichtspiercings herumnestelnden Fingern. Einige Tattoos wuchsen ihr oben aus dem Kragen heraus, zwei davon schlängelten sich sogar an ihrem Hals empor und waren drauf und dran, ihr ein Ohr abzubeißen. Melanie Rossi blickte erwartungsvoll in die Kamera, ein kleiner Schuss Nervosität war jedoch auch dabei. Sie hoffte sicherlich, positive Nachrichten über ihren Mann zu bekommen. Jennerwein musste seine Worte sorgsam wählen.

»Ich habe die Fallakte gelesen und stecke gerade mitten in der Auswertung«, eröffnete er unverbindlich.

»Aber sind Sie denn weitergekommen? Gibt es neue Erkenntnisse?«

Er machte eine kleine Pause und beobachtete sie dabei.

»Nein, leider noch nicht«, antwortete er schließlich. »Ich weiß, es klingt merkwürdig, wenn man einer Ehefrau solch eine Frage stellt. Aber ich stelle sie trotzdem: Was war das Besondere, das Außergewöhnliche an Ihrem Mann? Nennen Sie mir bitte das Erste, was Ihnen einfällt.«

Ohne zu zögern, zählte sie nun ein Dutzend positive Charaktereigenschaften von Florian Rossi auf, Jennerwein hatte Mühe, die Kaskade der Lobpreisungen zu stoppen. Schließlich bekam er doch einen Fuß in die Tür.

»Das ist sehr erfreulich, dass Sie Ihren Mann in solch einem makellosen Licht sehen, aber darauf wollte ich eigentlich nicht hinaus. Ich meinte eher: Gibt es etwas Merkwürdiges? Hatte er eine Marotte? Einen Spleen?«

»Was verstehen Sie unter einem Spleen?«

Jennerwein suchte nach einem Beispiel.

»Es gibt Menschen, die nicht auf die Fugen von Bodenplatten treten. Andere verwenden in jedem zweiten Satz das Wort ›sozusagen‹.«

»Nein, in dieser Beziehung ist mir nie etwas aufgefallen. Aber was hat das mit seinem Verschwinden zu tun?«

Jennerwein machte eine Geste im Sinne von ›Warten Sie es ab.‹ Dann bemerkte er, dass seine Hände gar nicht im Bild waren. Er war eine Generation zu früh geboren.

Jennerwein musste es anders anpacken. In der Polizeistatistik gab es vier Hauptgründe für die ›nachrichtenlose Abwesenheit‹, also das spurlose, freiwillige und dauerhafte Verschwinden von Personen. Auf Platz vier standen Spielschulden in nicht mehr abzuzahlender Höhe, auf Platz drei folgte Steuerbetrug kurz vor der Entdeckung, Platz zwei nahmen schwere, aussichtslose Krankheiten ein, die zum Suizid führten, den der, der sich zu diesem Schritt entschlossen hatte, fernab der vertrauten Umgebung durchführen wollte. Den Spitzenplatz jedoch belegte der spontane und scheinbar aus dem Nichts kommende Entschluss, den Krempel hinzuschmeißen, alles hinter sich zu lassen und nochmals ganz neu anzufangen. Grundlos, ohne Anlauf, einfach so. Ludwig Stengele, der Exit-Spezialist in Jennerweins Team, hatte diese häufige Variante immer als ›Wiedergeburt‹ bezeichnet. Jennerwein trug Melanie Rossi die vier Punkte vor, sie schüttelte bei jedem den Kopf.

»Spielschulden? Steuerbetrug? Auf keinen Fall. Eine

Krankheit schließe ich auch aus. Davon hätte ich gewusst. Und einfach die Staubwolke?« Sie lachte kurz auf. »Dafür hing er viel zu sehr an seinem Beruf.«

Jennerwein sparte sich den Einwand, dass Rossi den Beruf des Betriebsprüfers und Qualitätsmanagers ja auch an einem anderen Ort der Erde weiterführen konnte.

»Können Sie sich irgendeinen anderen Konflikt denken, in dem Ihr Mann steckte?«

Wieder schüttelte sie den Kopf. Jennerwein, der Jäger nach der Wahrheit, zog einen neuen Pfeil aus dem Köcher.

»Wieder sehr direkt gefragt: Können Sie sich vorstellen, dass eine andere Frau dahintersteckt?«

Das Durchbrennen nahm auf der Ghosting-Liste einen der hinteren Ränge ein. Das war mal modern gewesen, vor langer Zeit, als es noch Pferdekutschen, Riechfläschchen und Satisfaktionen gab. Melanie Rossi zuckte die Schultern.

»Möglich ist es natürlich schon. Aber ehrlich gesagt kann ich mir das nicht so recht vorstellen.«

»Ich meine nur –«, begann Jennerwein zögerlich.

»Ja, nur frisch raus mit der Wahrheit«, ermunterte sie ihn. »Auch wenn sie weh tut. Und ich glaube, ich weiß auch schon, worauf Sie hinauswollen.«

»So, wissen Sie das?« Jennerwein beugte sich zum Bildschirm. »Er hat seinen engeren Kollegen mehrfach von seinem Kinderwunsch erzählt.« Um einen taktvollen Ton bemüht setzte er hinzu: »Von seinem unerfüllten Kinderwunsch.«

Ihre Finger nestelten nervös am Kragen herum, doch sonst blieb sie gefasst.

»Ja, das war ein Problem für ihn. Ich kann keine bekommen.« Sie richtete sich auf, beugte sich ebenfalls nahe zum Bildschirm, so dass sich jetzt zwei große, müde Gesichter anstarrten. »Und da meinen Sie, da brennt er mit einer durch, die ihm diesen Wunsch erfüllen kann? Unwahrscheinlich.«

»Eine Adoption –«

»– kam für ihn nicht in Frage. Für mich eigentlich auch nicht. Er hat immer gesagt, dass er seinem Kind etwas weitergeben wollte. Ich kann mir allerdings nicht wirklich vorstellen, dass er deswegen –«

Sie brach ab. Jennerwein fand, dass der richtige Zeitpunkt gekommen war, sich zu bedanken und das Gespräch zu beenden. Sie versicherte, dass er jederzeit anrufen könnte, wenn er noch etwas bräuchte. Wirklich jederzeit.

Nachdem Jennerwein das Handy stummgeschaltet hatte, nahm er sich erneut den Abschiedsbrief von Rossi vor, diesmal die Stelle, an der er sich liebevoll an seine Frau Melanie wandte:

Liebe Melli, ich kann nichts mehr für dich tun. Finanziell hast du ausgesorgt. Ich kann mir vorstellen, dass du einen neuen Partner findest ...

Es folgten weitere bittere Zeilen, die aber ebenfalls keinerlei Hinweise auf den Grund seines Verschwindens gaben. Jennerwein öffnete den Umschlag, den ihm Lim mitgebracht hatte, und zog einen anderen Text von Rossi zum Vergleich heraus, es war seine Bewerbung mit handschriftlich abgefasstem Lebenslauf.

... In meiner Jugend hat mich die Technik beeindruckt. Apparate und Automaten waren meine Welt. Nach dem Abitur

war für mich klar: Ich will unbedingt ein Fach in einer jener Richtungen belegen …

Er wandte sich wieder dem Abschiedsbrief zu:

Irgendwann hatte ich die ewigen Zweifel einfach satt, deshalb habe ich mich zu diesem unwiderruflichen Schritt entschlossen …

Jennerwein legte die Texte nebeneinander. Die Handschrift war absolut identisch, daran gab es keinen Zweifel. Trotzdem, da war irgendetwas. Der Stil war anders. Der Abschiedsbrief las sich einen Ticken flüssiger und die Bewerbung dementsprechend holpriger. Aber strengt man sich bei einem Lebenslauf nicht besonders an? Mehr als bei einem Abschiedsbrief, den man nicht mehr korrigiert, weil man mit den Gedanken schon ganz woanders ist? Jennerwein wandte sich immer wieder ab, wie ein Maler, der Distanz zu seinem Werk gewinnen will. Dem Geschätzten Kollegen mit den ausdrucksvollen und beredten Augenbrauen war bezüglich der Besonderheiten des Stils nichts weiter aufgefallen. Er hätte ihn natürlich bitten können, die Texte durch andere Computerprogramme laufen zu lassen. Aber er war vorsichtig ihm gegenüber geworden. Genauso wenig wie von Lim wollte er sich von ihm abhängig machen. Jennerwein gefiel die Tatsache nicht, dass Mikado genau die Software herstellte, die den Fall Rossi firmenintern untersuchte. Jennerwein sah auf die Uhr. Kurz vor Mitternacht. Eigentlich hatte er ja vorgehabt, die Theateraufführung zu besuchen oder sich den Vortrag des Psychologen Dr. Ungeheuer über Süchte anzuhören. Aber jetzt war er verbissen über die Texte gebeugt wie ein Kaffeesatzleser, der flüchtig eine Zahl am Boden der Tasse zu sehen geglaubt hatte, bevor sie verschwamm. Seine Augen wanderten angespannt hin und her:

Es ist sicher ein großer Schock für euch, aber für mich war es der einzig richtige Schritt. Macht euch also keine Sorgen um mich. Und sucht nicht nach mir ...

... In meiner Jugend hat mich die Technik beeindruckt. Apparate und Automaten waren meine Welt. Nach dem Abitur war für mich klar: Ich will unbedingt ein Fach in einer jener Richtungen belegen ...

Um 2.28 Uhr entdeckte er den Unterschied zwischen den beiden Texten. Er sprang auf und lief im Zimmer umher. Dass er da nicht gleich draufgekommen war! Und es war, wie so oft, einfacher als gedacht. Jennerwein war sich nun ganz sicher, dass der Abschiedsbrief nicht von Rossi geschrieben worden war. Der Verdacht lag also nahe, dass Florian Rossi einem Verbrechen zum Opfer gefallen war. Egal, ob Entführer oder Mörder, der Täter hatte einen Fehler gemacht. Er hatte den Brief gewissermaßen *zu* sorgfältig geschrieben. Spätestens jetzt war der Fall Rossi zu Jennerweins Fall geworden.

Er wartete fast schlaflos bis zum Morgen, rief dann Melanie Rossi nochmals an. Am Bildschirm sah er überrascht, dass sie schon fertig angekleidet war. Sie hatte sich diesmal so hingesetzt, dass ein anderer Teil des Zimmers zu sehen war. Oder war es ein anderes Zimmer? Oder eine andere Wohnung?

»Ich hoffe, ich störe nicht.«

»Nein, wieso denn? Überhaupt nicht.«

Es war nicht mehr die lockere Frau von vor ein paar Stunden. Sie schien gestresst, sie beherrschte sich mühsam, vielleicht verheimlichte sie etwas. Was war los mit ihr? Er musste seine Worte vorsichtig wählen.

»Ich will Sie weiter nicht aufhalten, Frau Rossi. Ich habe nur noch eine einzige Frage: Hatte – hat – Ihr Mann einen Sprachfehler? Hatte er Schwierigkeiten, das S auszusprechen?«

»Ja«, entgegnete sie überrascht. Diese Wendung schien sie nicht erwartet zu haben. »Soviel ich weiß, hat er als Kind gelispelt«, fuhr sie fort. »Vielleicht auch erst als Jugendlicher. Ich weiß das nicht so genau, wir haben kaum darüber gesprochen. Er wurde damals natürlich gehänselt. Aber der Sprachfehler ist von alleine verschwunden.«

»Hatte er eine Therapeutin, eine Logopädin?«

»Ja, ich glaube schon.«

»Könnten Sie mir die Adresse dieser Logopädin geben?«

»Nein, tut mir leid, das war, lange bevor wir uns kennengelernt haben. Außerdem habe ich keine Unterlagen von Florian im Haus, wir leben ja getrennt.«

Misstrauen blitzte in ihren Augen auf. Nach einiger Zeit machte sie eine linkische, unwirsche Kopfbewegung. Jennerwein hatte den Eindruck, dass noch jemand anderer im Raum war. Melanie Rossis Augen irrten jedenfalls nervös umher.

»Aber warum wollen Sie das überhaupt wissen?«

Jennerwein entschloss sich dazu, mit seinem Verdacht noch hinter dem Berg zu halten.

10

Die Verschwörer, die es auf Jennerwein abgesehen hatten, waren in einem schäbigen Hinterzimmer eines Landgasthauses, das kurz vor dem Abriss stand, zusammengekommen. Die meisten von ihnen waren Ex-Knackis, sie hatten ihre Haftstrafen schon verbüßt. Ein schweigsamer Chinese namens Wong, der einen dänischen Skispringer mitten im Flug beschossen hatte, nützte seinen Freigang, um bei dem Komplott mitzuwirken und sein Scherflein zu KJs Tod beizutragen. Vier der dauerhaft Einsitzenden konnten diesen Vorzug nicht in Anspruch nehmen und würden vermutlich noch bis zum bitteren Ende im Knast schmoren: Christian Trockenschlaf, der versucht hatte, seine Frau Katharina mit einem Heißluftballon abstürzen zu lassen; Swiff Muggenthaler, der den Handelsriesen Amazon erpressen wollte; Chichi und Werner Reininghaus, beide verurteilt wegen Mordes und mehrfachen Mordversuchs. Sie alle hatten ihre jeweiligen Vertreter zu der Versammlung geschickt, es handelte sich dabei um schmierige Winkeladvokaten, um ›Scarafaggios‹, die für Geld alles taten. Und auch von den verstorbenen Opfern KJs waren Verwandte gekommen, um deren Interessen posthum wahrzunehmen.

»Gibt's da nicht einen Film?«, fragte ein stumpf vor sich hin blickender Mann, dem Jennerwein zehn Jahre eingebrockt hatte. »Wo jeder einmal mit dem Messer zusticht, wie bei einer Hinrichtung?«

Er zeichnete die entsprechende Bewegung in die Luft. Dann stach er noch mehrmals in einen fiktiven Körper. Schließlich stand er sogar auf, grinste irre und führte die Stiche immer genussvoller aus.

»Nein, das verwechselst du jetzt mit einem anderen Film«, sagte der Chinese Wong. Er sächselte leicht, da er zu DDR-Zeiten jahrelang in Zeitz gelebt hatte. »Das sind ›Die zwölf Geschworenen‹ von Sidney Lumet.«

»Bevor wir uns jetzt in hochgeistige Unterhaltungen über Filme verlieren«, sagte einer der Scarafaggios im Maßanzug, der am Kopfende des Tisches saß und den Heißluftballonmörder vertrat, »wollen wir noch unseren verehrten Padrone Spalanzani zuschalten. Dann erst sind wir komplett.«

Es dauerte eine Weile, bis die Leitung stand. Padrone Spalanzani, der italienische Mafiaboss, nahm per Videokonferenz an der Versammlung teil, weil er im Hochsicherheitstrakt saß. Sein Prozess lief auf Hochtouren, und gerade dieses Jail-Office hatte ihn einiges an Bestechungsgeld gekostet. Aber Padrone Spalanzani, auf dessen Spur mehrere italienische Spezialeinheiten gekommen waren, hatte genügend Geld zur Verfügung. Daran mangelte es ihm nun wirklich nicht. Als sein Bild auf dem Monitor erschien, trat Ruhe ein. Er war ein Dickschiff in der internationalen kriminellen Szene, es herrschte ehrfurchtsvolles Schweigen. Sogar der stumpf vor sich hinstierende Mann, der den Tanz der zwölf Messer aufgeführt hatte, hob seinen Blick. Emil Prokop hatte ein verschlagenes, richtig fieses Gesicht mit eng beieinanderliegenden, lauernden Augen und ruckartigen, scheinbar unkontrollierten Kopfbewegungen. Er war einmal ein gutaussehender, sympathischer Lockenkopf gewesen, das Gefängnis hatte seine Züge verdüstert. Er hatte ebenfalls eine Stinkwut auf KJ. Von einem Freigang war er nicht mehr in den Vollzug zurückgekehrt, er lebte schon seit Jahren im Untergrund, da er auf der ganzen Welt gesucht wurde.

»Es freut mich, dass alle wohlauf sind«, heiserte Padrone Spalanzani.

Er war ein großer Fan von Marlon Brando und hatte sich dessen singenden Reibeisentonfall angewöhnt. Die Anwesenden begrüßten den Padrone respektvoll.

»Wer ist die Frau dort drüben, die mit dem Strickzeug?«, fragte der gut gekleidete Vertreter Christian Trockenschlafs seinen Nachbarn. »Man glaubt gar nicht, dass sie eine von uns ist.«

»Sie ist die Mutter von Putzi, dem Felsnischenmörder«, flüsterte der Nachbar zurück. »Die Weichmoserin. Sie soll ihren Mann mit einer Kohlenschaufel erschlagen haben. Und ihr Sohn Putzi sitzt im Gefängnis, ohne Aussicht auf Entlassung.«

»Heute ist unser großer Tag«, brummte Spalanzani mit onkelhafter Brutalität. »Gibt es denn Neuigkeiten? Läuft alles nach Plan?«

»Leider nicht«, erwiderte der Advokat im Maßanzug. »Der erste Versuch, KJ zu erledigen, ist misslungen.«

Alle stöhnten auf. Misslungen! Das durfte doch nicht wahr sein. Emil Prokop, der Messerakrobat mit der verhärmten Miene, schlug wütend auf den Tisch. Doch Spalanzani blieb gelassen.

»Das kommt vor, Freunde. Der Knipser, den ihr engagiert habt und dessen Namen ich gar nicht wissen will, ist, der Gage nach zu urteilen, ein Profi. Es wird dann eben beim nächsten Versuch gelingen.«

»Second service«, rief ein Witzbold dazwischen. Niemand lachte.

»Misslungen!«, murmelte die Frau mit dem Strickzeug unglücklich. »Wieso denn misslungen?«

»Das spielt keine Rolle«, sagte der Winkeladvokat aufmunternd. »Es wird heute, im Lauf des Tages geschehen. Und der Zeitpunkt ist gut gewählt: KJ hat Geburtstag!«

Allgemeines hämisches Lachen erfüllte die Runde.

»Egal, ob heute oder morgen oder auch übermorgen«, unterbrach Spalanzani, »ich will noch einmal an meine einzige Bedingung erinnern. Der Kommissar muss sterben, das ist klar. Aber er ist ein alter Freund von mir. Wir haben gemeinsame Bekannte. Er hat sich immer – wie sagt man? – fair gegenüber mir verhalten. Er hat mir sogar einmal aus der Patsche geholfen. Deshalb muss es schmerzlos und schnell geschehen. Das bin ich ihm schuldig. Es ist eine Frage der Ehre.«

»Kein Thema, geht klar«, beeilte sich der Winkeladvokat zu bestätigen. »Wir haben für diese merkwürdige Bedingung noch ein paar Scheine draufgelegt.«

»Dann ist es ja gut«, sagte Spalanzani abschließend. »Gebt mir Bescheid, wenn die Sache erledigt ist.«

Er klickte sich weg. Die restlichen Verschwörer, die alle ein brennendes Interesse an Jennerweins Tod bekundet hatten, beschlossen, gemeinsam im alten Landgasthof zu warten, bis Vollzug gemeldet worden war.

Es gab noch einen weiteren Mann, der ein brennendes Interesse an KJs Tod hatte. Es war der Isländer selbst. Seine Auftraggeber wussten allerdings nicht, dass auch er Kommissar Jennerwein ans Leder wollte, hätten sie es gewusst, hätten sie ihn gar nicht engagiert. Die Schwester des Isländers, die Äbtissin, die gefragteste und begabteste aller Auftragskillerinnen, war durch Jennerwein aus dem Verkehr gezogen worden. Und er wollte sie rächen. Deshalb hatte er den nach seinen Maßstäben schlecht bezahlten Job angenommen. Aber er hatte nicht vor, dem Vertragsbestandteil Schmerzlosigkeit nachzukommen. Ganz im Gegenteil. Er wollte KJ einen besonders qualvollen Tod bereiten. Und deshalb hatte er auch nie die explosive Lösung in Erwägung gezogen. Das wäre viel zu schnell gegangen. Seine Höllenmaschine kam komplett ohne TNT aus, der Plan war ein ganz anderer. An die Innenseite der Cloche war ein rötlichbrauner Draht befestigt, der mit einer Ampulle, die in der Torte steckte, verbunden war. Beim vollständigen Abnehmen der Cloche wurde die Ampulle zerstört und gab das Betäubungsgas frei. Nach ein paar Minuten wäre er ins Zimmer gegangen, hätte den wehrlosen Jennerwein zu einem diskreten Ort gebracht, den er in der Nähe vorbereitet hatte, und ihm dort unerträgliche Schmerzen zugefügt. Das war immer noch der Plan des Isländers. Er würde bald einen zweiten Versuch starten. Momentan ging er einen langen Gang im Hotel Relax entlang. Die Tarnung als immer noch nach Zwiebeln riechende Küchenhilfe war eigentlich ideal. Endlich war er an der Besenkammer angelangt. Leise öffnete er die Tür. Das Rollwägelchen mit der Cloche war verschwunden.

»Gut hat mir auch der Film ›Die sieben Samurai‹ gefallen«, sächselte Wong, der Chinese, in das Schweigen der zwölf Verschworenen hinein.

11

Jennerwein war außerordentlich stolz darauf, die Unstimmigkeit in Rossis Abschiedsbrief entdeckt zu haben. Der Geistesblitz war ihm Punkt 2.28 Uhr gekommen. Mit leuchtenden Augen war er aufgesprungen und hatte mit der Faust in die Luft gestoßen wie ein Stürmer nach dem geglückten Lucky Punch. Jennerweins Denkfehler bis dahin war es gewesen, lediglich im Abschiedsbrief von Rossi nach Besonderheiten zu suchen statt in allen anderen Texten von ihm. Denn die Besonderheit war in seinen Arbeitsberichten, Bewerbungsschreiben, E-Mails und Gesprächsprotokollen zu finden und eben nicht im Abschiedsbrief. Natürlich war ihm von Anfang an aufgefallen, dass manche Wendungen in Rossis handgeschriebenem Lebenslauf sehr umständlich oder zumindest ungewöhnlich formuliert waren: ... *In meiner Jugend hat mich die Technik beeindruckt. Apparate und Automaten waren meine Welt. Nach dem Abitur war für mich klar: Ich will ein Fach in einer jener Richtungen belegen ...* Warum schrieb er nicht einfach, dass er *studieren* wollte? Warum schrieb er nicht *fasziniert*, sondern *beeindruckt*? Bei jedem Satz hatte Jennerwein den Eindruck, dass Rossi einer geläufigen Wortwahl auswich. Es hatte fast die ganze Nacht gedauert, bis er draufkam, dass es sich dabei nicht um ein Ausweichmanöver inhaltlicher Art, sondern um eine sprachliche, phonetische Vermeidungsstrategie handelte. Der etwas altmodische, ungelenke Stil kam dadurch zustande, dass Rossi viele naheliegende und gebräuchliche Ausdrücke umging. Wörter, die ein S oder einen ähnlichen Zischlaut enthielten, kamen in sämtlichen Vergleichstexten nicht vor.

Die Kunst, beziehungsweise den Jux, ein ›Leipogramm‹ zu verfassen, gab es schon bei den alten Römern und Griechen. Hierbei durfte ein bestimmter Buchstabe in einem bestimmten Abschnitt nicht verwendet werden. Je häufiger der fehlende Buchstabe war, desto schwieriger gestaltete es sich, einen sinnvollen Text ohne ihn zu generieren. Zu allen Zeiten wurden Leipogramme verfasst. Der französische Schriftsteller Georges Perec hat vor ein paar Jahrzehnten einen ganzen Roman geschrieben, der vollständig auf das E, den häufigsten Buchstaben in den meisten europäischen Sprachen, verzichtet.[1] Der Roman, so viel sei hier gesagt, liest sich mühsam. Das Feuerwerk des Verzichts ist bald verraucht. Es geht mehr um die Kunstfertigkeit, um den Gag, als um eine straffe Handlung.

Rossi war jedoch kein Spaßvogel. Er hatte kein poetisches Interesse daran gehabt, solche Leipogramme zu verfassen, er tat das aus einer Not heraus. Er litt unter der Artikulationsstörung des Sigmatismus, im Volksmund gemeinhin als Lispeln bezeichnet. Rossi aber hatte sich offensichtlich bemüht, Wörter mit S zu vermeiden. Das S ist der vierthäufigste Buchstabe im Deutschen, sein Fehlen fällt nicht so sehr ins Gewicht wie das Fehlen des Perec'schen E's. Rossi musste allerdings verbissen trainiert haben, bis es gar nicht mehr auffiel, dass er

---

1 La Disparition (deutsch: Anton Voyls Fortgang), Paris, 1969

auf einen anderen Wortschatz zurückgriff als seine Mitmenschen. Darum auch sein Bestehen auf dem Du, er wollte um das zischige Sie und auch um seinen explosiven Nachnamen Rossi herumkommen. Rossis Frau hatte angenommen, dass er eine Therapie bei einem Logopäden erfolgreich hinter sich gebracht hatte, dem Abschiedsbriefschreiber wiederum war Rossis Sprachbehinderung gar nicht bewusst, und das hat ihn schließlich verraten.

Jennerwein war sich jetzt ganz sicher, dass Rossi entführt oder sogar ermordet worden war. Ein freiwilliges Verschwinden schloss er aus. Er hielt es zumindest für äußerst unwahrscheinlich. Ein nochmaliger Blick auf die Bilder aus den Werkhallen, die ihm vorlagen, ließ ihn erahnen, wie der Mord geschehen sein könnte. Ein Motiv konnte er bisher noch nicht erkennen, doch sein Jagdinstinkt war geweckt. Er rief Lim an. Und kam ohne Umschweife zur Sache.

»Ich will einen Blick in die Werkhalle werfen, in der Rossi zuletzt gearbeitet hat.«

Wie Melanie Rossi schlug auch Lim vor, auf Video-Chat umzuschalten. Gerade ihm als Asiaten wäre die Körpersprache sehr wichtig. Lim verbeugte sich denn auch gleich auf seine schraubenähnliche Art, und zwar vor der Skyline einer Großstadt. War das New York? Lim stand am Rand einer mindestens achtspurigen, dicht befahrenen Straße, im Hintergrund blinkten riesige Reklameschilder, es war gespenstisch.

»Wo befinden Sie sich gerade, Herr Lim?«, fragte Jennerwein erstaunt.

»In meinem Zimmer, Herr Kommissar. Das, was Sie im Hintergrund sehen, ist ein Greenscreen samt imposanter

Großstadtkulisse. Gibt's als App, kostenlos. Macht was her, finden Sie nicht?«

»Und was ist das für eine Großstadt?«

»Keine Ahnung. Vielleicht Shanghai, vielleicht Boston. Eine ist wie die andere.«

Jennerwein deutete mit dem Daumen hinter sich.

»Bei mir müssen Sie mit einer blanken Hotelzimmerwand vorliebnehmen. Aber weswegen ich mich melde: Ich muss mir einige Maschinen genauer ansehen. Und ich will das nicht im Fitnessstudio vor so vielen Leuten machen, ich brauche die Fotos und Grundrisse hier in meinem Zimmer.«

»Das können Sie einfacher haben, Kommissar Jennerwein.«

»Ja, sicher. Am besten wäre es, ich sehe mir die Hallen einfach live an.«

»Sie wissen, dass das unmöglich ist. Ich schlage etwas anderes vor.«

»Ich höre.«

»Sie schlüpfen in einen robotischen Gummianzug mit Körpersensoren. Damit ist es Ihnen möglich, im Werk herumzuspazieren, wie es Ihnen beliebt. Virtuell.«

»Ich kann mir alle Plätze ansehen, an denen Rossi gearbeitet hat? Und auch sonst überall hin?«

»Natürlich.«

»Es gibt keine verschlossenen Türen?«

»Keine einzige.«

»Herr Lim, ich habe vor, den Verbleib von Florian Rossi aufzuklären. Dann jedoch will ich meine Ruhe haben. Urlaub, verstehen Sie? Kennen Sie das Wort überhaupt?«

Herr Lim lächelte sein unergründliches Lächeln.

»Natürlich kenne ich Urlaub. Mein vollständiger Name

ist Goyó Lim. Goyó bedeutet Stille, Ruhe, Pause, Besinnung auf sich selbst. Urlaub ist also gewissermaßen mein zweiter Vorname.«

Und wieder vollführte Lim die koreanische Schraubenverbeugung, diesmal mit der hektisch-prächtigen Großstadtkulisse im Hintergrund.

12

Jennerwein hatte sich also endlich dazu entschlossen, im Fall Rossi zu ermitteln, wie man beim Roulette im letzten Augenblick dann doch auf Ungerade setzt, obwohl eigentlich alles dagegenspricht. Die Statistik, der aktuelle Kontostand, einfach alles.

»Es ist nichts weiter als ein sensorenbestückter Gummianzug«, sagte Herr Lim, als er das mitgebrachte Päckchen öffnete. »Damit wird es Ihnen möglich sein, einen Robot zu steuern, mit dem Sie sich ungehindert in den Fabrikhallen bewegen können.«

»Also Virtual Reality?«

»Streng genommen handelt es sich um Augmented Reality in Verbindung mit Telerobotik«, erwiderte Lim.

»Das müssen Sie mir genauer erklären.«

»Bei der Virtual Reality ist die Welt, in die Sie sich begeben, konstruiert, es gibt sie nicht wirklich. Bei der Augmented Reality, also der Erweiterten Realität, klinken Sie sich in die reale Welt ein. Denken Sie einmal an eine Drohne. Sie sehen auf einem Bildschirm, was die Drohne sieht, obwohl sie selbst am Boden stehen. Wenn Sie eine Datenbrille aufsetzen, hätten Sie das Gefühl, als würden Sie selbst fliegen. Mit unserem Datenanzug gehen Sie noch einen Schritt weiter. Sie schlüpfen direkt in einen Robot und spazieren damit durch unsere Fabrikhallen. Sie können riechen, fühlen, schmecken – Sie sind dort!«

Jennerwein zog Hose und Hemd aus und streifte sich eine Art Taucheranzug über. Der fühlte sich bequemer an als er aussah, Jennerwein spürte ihn kaum. Dann schlüpfte er in spezielle Schuhe und Handschuhe, zudem in eine Art von Ellenbogen- und Knieschützern, wie sie Skateboarder trugen. Der Datenhelm lag auf dem Tisch wie eine hilflose Schildkröte. Bei keinem der Teile ragten Drähte oder Kabel heraus, auch bemerkte er nirgends einen Stecker oder eine Buchse. Lim hatte die suchenden Blicke des Kommissars bemerkt.

»Ja, es läuft alles über Datenfernübertragung«, sagte er. »Kabellos, verstehen Sie? Kabellose Verkörperung.«

Jennerwein nickte.

»Das alles hat vermutlich Ihre Firma hergestellt und zusammengebaut?«

»Natürlich. Dieser Prototyp von haptischem Ganzkörperanzug ist übrigens noch gar nicht auf dem Markt. Er stellt einen Quantensprung in Bezug auf Temperatursimulation und Geruchsempfindungen dar. Sensationell! Nach ein paar Minuten werden Sie Ihre alte Welt und den Anzug vollkommen vergessen haben.«

»Prototyp?«, hakte Jennerwein nach. »Soll das heißen, dass ich hier die Laborratte spiele?«

Lim sagte nichts dazu. Auch sonst herrschte spannungsgeladene Stille. Nur einmal klopfte der Etagenkellner und rief durch die geschlossene Tür:

»Room Service! Minibar auffüllen?«

Keiner von beiden antwortete.

Lim fummelte an dem Datenhelm herum, er schüttelte ihn, legte ein, zwei Schalter um, zog schließlich sein Smartphone heraus und tippte eine ziemlich lange Zahlenkolonne ein.

»Werde ich als Ermittler denn nicht auffallen?«, fragte Jennerwein.

»Nein, überhaupt nicht. Sie nehmen die Identität eines Reinigungsroboters an, der die Maschinen vor dem Besuch eines Investors auf Hochglanz bringen soll«, antwortete Lim, ohne von seinen Justierarbeiten aufzublicken. »Ihre Verkörperung als Putzroboter hat den Vorteil, dass Sie kaum etwas gefragt werden und auch nicht auf Fragen antworten müssen.«

»Kann ich mich denn wieder ausklinken?«

»Natürlich, klar, jederzeit. Am besten, wir legen dafür ein Kennwort fest. Noch besser wäre ein außersprachliches Zeichen, eine unauffällige Geste. Ich habe bemerkt, dass Sie die Angewohnheit haben, mit Daumen und Mittelfinger an Ihre Stirn zu fassen, um die Schläfen zu massieren. Das legen wir als Code für ›Hilfe, ich will sofort aussteigen!‹ fest.«

Lim lachte ein dünnes, salzloses Lachen. Jennerwein nickte und stieg auf die ausgerollte Datenmatte, die genauso roch wie die Bodenturnmatten damals in der Schule. Felgaufschwung, Hocke, der Nächste bitte. Hatte der Koreaner das ernst gemeint mit der Ausstiegsgeste? War es möglich, dass er bei der Aktion in gefährliche Situationen geriet? Lim war immer noch damit beschäftigt, auf seinem Smartphone herumzutippen, dazwischen blickte er prüfend zu dem inzwischen ebenfalls ungeduldig blinkenden Datenhelm.

»Es ist gleich so weit, Herr Kommissar, nur noch einige Kleinigkeiten. Wie soll ich sagen: Startschwierigkeiten, Kinderkrankheiten. Aber gleich geht es los. Verlassen Sie sich darauf. Es wird funktionieren.«

Der Kommissar bemerkte Schweißperlen auf Lims Stirn. Zeigte der aalglatte Koreaner etwa Nerven? Aber vielleicht war es ja auch nur die Vorfreude auf die endgültige Lösung des Falls.

»Bei dem Putzroboter selbst handelt es sich übrigens ebenfalls um das allerneueste Modell. Er ist hochintelligent, kreativ, vielseitig einsetzbar, lernfähig und zielstrebig bis zur Übernahme einer Landesregierung.«

Lim lachte wieder sein kleines, dünnes Lachen, das eine Spur mehr Herzlichkeit vertragen hätte.

»Kann er denn auch Rasen mähen?«

»Natürlich könnte er das«, antwortete Lim, ohne auf die ironische Spitze Jennerweins einzugehen. »Aber dort, wo er eingesetzt wird, gibt es keinen Rasen.«

Lim hielt Jennerwein sein Smartphone hin, der warf einen Blick darauf.

»Hier, sehen Sie mal. In diesen Körper werden Sie schlüpfen!«

Auf den ersten Blick konnte Jennerwein gar nicht erkennen, dass es sich um einen Roboter handelte. Der Kegel auf dem Foto glich eher einem Verkehrshütchen für Straßenbauarbeiten, es war ein plumpes, zusammengestauchtes Konstrukt mit einem armlosen Rumpf und einem unansehnlichen Kopf, der weder Augen noch Mund besaß, lediglich kleine, unauffällige Vertiefungen, die über die ganze Oberfläche des birnenförmigen Ovals verteilt waren. Dort, wo normalerweise der Seitenscheitel zu finden ist, ragte ein Bündel von verschiedenfarbigen Kabeln in die Luft, das entfernt an einen schlampig zusammengebundenen Haarschopf erinnerte.

»Und mit diesem Ding soll ich ermitteln?«

»Sie vermissen wahrscheinlich das Design. Aber bei keinem dieser maschinellen Hilfsmodule wurde versucht, ein menschliches Erscheinungsbild zu generieren. Auf das Erscheinungsbild kommt es auch nicht an.«

»Das ist nicht zu übersehen.«

»Funktion schlägt Design – das ist übrigens auch der Kern der Mikado-Firmenphilosophie. Ich gebe Ihnen mal ein Beispiel. Stellen Sie sich eine Küche vor. Um in dieser Küche etwas Schmackhaftes und Denkwürdiges für eine große Essenseinladung zu produzieren, waren früher viele Hände nötig. Welche, die das Geschirr aus dem Schrank nahmen, das Gemüse schnipselten, den Wein entkorkten, den Tisch deckten, in der Kasserolle umrührten und so weiter. Es versteht sich von selbst, dass das alles in einer unserer Mikado-Musterküchen vollautomatisch geht. Aber sind dazu wirklich Hände nötig, wie wir sie kennen? Erkennbar händische Hände mit gepflegten Fingernägeln, die ein Messer aus der Schublade nehmen und den Braten mit einem wohligen Seufzen anschneiden? Das würde doch nur hervorheben, dass keine echten Hände im Spiel sind. Nein, die Apparaturen müssen nicht aussehen wie Hände, sie müssen ihre Funktion erfüllen. Verstehen Sie mich richtig: Es wäre kein Problem, elegante oder kräftige Greifwerkzeuge zu generieren. Mit einem Menschen dran, der eine Kochmütze trägt, sich die Hände an einer lustigen Küchenschürze abwischt und ein fröhliches Liedchen dazu pfeift. Aber wozu?«

»Vielleicht wegen der Empathie?«, warf Jennerwein ein. »Das Essen schmeckt mir besser, wenn ich den Koch sympathisch finde.«

»Im Gegenteil, Herr Kommissar. Sie sitzen am Tisch, und wie aus dem Nichts schwebt ein Teller mit Ihrer Lieblingsspeise vor Ihren Augen. Sobald Sie den ersten Bissen Ihrer heißgeliebten Spaghetti mit Lammbolognese genossen haben, sind Ihnen die Hände und die Küchenlieder vollkommen egal.«

»Ich weiß nicht so recht«, wandte Jennerwein ein.

Der Spitzbube von Koreaner kannte sogar seine Lieblingsspeise, die ihm seine Mutter immer gekocht hatte. Lim reichte Jennerwein den Helm.

»So, wir sind dann so weit.«

Jennerwein stülpte ihn vorsichtig über, sofort umfing in absolutes Dunkel.

»Muss ich nicht irgendwelche Drähte oder Noppen festmachen?«

Jennerwein hörte, wie Lim auflachte.

»Entschuldigen Sie, Kommissar, aber das ist weder ein EKG noch ein Lügendetektor, und wir befinden uns auch nicht mehr im 20. Jahrhundert, im Mittelalter oder in sonst einer dunklen Zeit. Die Software findet die Kontaktstellen, die sie braucht, von alleine.«

»Momentan hat sie allerdings noch gar nichts gefunden, es ist zappenduster.«

»Eine Sekunde dauert es noch, dann sind Sie in einer anderen Welt, Herr Kommissar.«

Jennerwein wartete. Und wartete. Die Sekunde zog sich. Er hörte Herrn Lim leise fluchen. Das Telefon an seinem Nachttisch klingelte. Wahrscheinlich wollte Frau Haase an ihr Rückentraining erinnern. Es klingelte weiter.

»Wo werde ich eigentlich landen?«, fragte Jennerwein, immer noch in das unergründliche Schwarz hinein. »Ich meine: In welcher Fabrikhalle werde ich mich wiederfinden?«

»Wir beginnen in einer Art Aufenthaltsraum«, rief ihm Lim zu. Jennerwein reckte die Arme und tat ein paar Schritte auf der Stelle. Noch immer geschah nichts. Er musste ein komisches Bild abgeben, wie er mit seinem Taucheranzug im Hotelzimmer stand, von einem Fuß auf den anderen tretend und wild mit den Armen rudernd.

»Wo werden Sie sich bei dem Spaziergang befinden? Schalten Sie sich zu? Über meinen Helmlautsprecher?«

»Nein, ich schlüpfe in einen anderen Robot. So können wir besser miteinander kommunizieren.«

Während Jennerwein ungeduldig darauf wartete, dass die Verbindung endlich stand, kam ihm seine persönliche Skepsis technischen Geräten gegenüber plötzlich schmerzhaft in den Sinn. Er hielt sich eher für einen händischen, unmittelbaren Typ. Natürlich war ihm Robotik nicht ganz fremd. Hansjochen Becker, der Spurensicherer in Jennerweins Team, hatte den ausgemusterten Crashtest-Dummy, den sie alle ›Gisela‹ getauft hatten, des Öfteren bei Ermittlungen eingesetzt. Und Gisela hatte mehrmals entscheidend zur Lösung von verzwickten Fällen beigetragen. Doch Gisela war nicht die einzige KI gewesen, die Jennerwein zu Gesicht bekommen hatte. Einmal war in Jennerweins Stammmetzgerei Büchner versuchsweise ein Roboter als Verkaufskraft eingesetzt worden, ein auf der Ladentheke befestigter Fleischereifachverkäufer-Oberkörper, der flink in die Auslage griff, Wurst schnitt und alles aufs Gramm genau abwog. Das geschlechtslose Wesen tat dies mit einer unbestreitbaren Eleganz, was seine eingeschränkten sprachlichen Möglichkeiten mehr als wettmachte. Jennerwein hatte jedenfalls interessiert zugesehen, wie der Robot alle Kunden zur vollen Zufriedenheit bediente. Er vergaß nichts, irrte sich nie, er wurde nicht unfreundlich, war in keiner Gewerkschaft und arbeitete ohne

Murren und Knurren. Auch durch Hauptkommissar Ludwig Stengeles künstliche Hand, die er nach einem Unfall tragen musste, war Jennerwein mit der Welt der Robotik in Berührung gekommen. Stengeles Hand funktionierte mit einem Brain-Computer-Interface, der Allgäuer Hauptkommissar steuerte sie lediglich mit der Kraft seines Willens.

»Wie sind Sie eigentlich wirklich auf mich gekommen?«, fragte Jennerwein, der immer noch im tiefsten Dunkel eines ganz und gar Heidegger'schen Ausgeschaltetseins steckte.

Lim räusperte sich.

»Nun ja, es gibt in Ihrem Kurort doch ein Institut für Geriatronik. Dort laufen Forschungen im Bereich der computergestützten Kranken- und Altenpflege, und das Institut ist eines unserer Kunden. Mikado Solutions stellt die Geräte her, die dort eingesetzt werden. Der Leiter des Instituts hat Sie uns empfohlen.«[2]

Jennerwein erinnerte sich. Er hatte in diesem Institut einmal eine Zeugenbefragung durchgeführt. Hatte er dabei nicht von einer dubiosen Gestalt erfahren, den sie nur den ›Isländer‹ nannten? Es handelte sich um einen Auftragskiller, der seine Morde äußerst professionell und ohne Spuren zu hinterlassen durchführte. Sein Markenzeichen war der Buchstabe ð gewesen, den er bei all seinen Opfern zurückließ. Ob er allerdings wirklich Isländer war oder ob das Zeichen etwas anderes bedeutete, wusste kein Mensch.

»So, jetzt ist es so weit. Es müsste eigentlich funktionieren«, rief ihm Lim zu. »Können Sie etwas erkennen?«

2 https://geriatronics.mirmi.tum.de/

Jennerwein stierte weiterhin ins Schwarze. Langsam verlor er die Geduld.

»Dann nehmen Sie bitte den Helm nochmals ab«, fuhr Lim etwas kleinlaut fort. »Ich denke, dass ich noch ein Schräubchen oder zwei verstellen muss. Eine Petitesse. Ein unwichtiges Detail. Vor dem großen Schritt steht das kleine Stolpern. Koreanische Weisheit.«

»Das geht ja schon gut los mit Ihrem Supermodell«, entgegnete Jennerwein spitz. »Von wegen Erweiterte Realität. Das kann man wohl eher als Eingeschränkte Realität bezeichnen.«

»So, und nun wieder aufsetzen. Es ist wie gesagt ein hochempfindlicher Prototyp. Und ich wiederum bin kein Techniker.« Jennerwein konnte Lim nicht mehr sehen, aber er verbeugte sich wahrscheinlich schon wieder koreanisch-schraubenartig. »Wenn der verehrte Herr Kommissar mir verzeihen würde. Ich habe mir die Funktionsweise über die Hotline erklären lassen müssen. Von unserem indischen Entwickler. Und mein Indisch ist nicht so besonders.«

Jennerwein blieb nichts anderes übrig, als den Helm noch ein paarmal ab- und wieder aufzusetzen. Und plötzlich klappte es. Ein Bild stand vor ihm. Ein Bild, das sich sehr schnell sogar zu einem Rundum-Panorama ausweitete. Zu einem recht realistischen noch dazu. Nach den vielen Pannen hatte er nicht mehr daran geglaubt. Von Neugier getrieben, vollführte er auf seiner Matte einen kleinen, vorsichtigen Schritt nach vorn. Seine Figur in dem Panorama bewegte sich mit. Er blickte an sich herunter, und er sah seine Beine, nicht den Kegel des Putzroboters. Auch der Raum, in dem er stand, war alles andere als eine Fabrikhalle. Fröhlich quietschende Musik erschallte, er drehte den Kopf, auf einem kleinen Podest stand ein Banjospieler, der sein Instrument energisch und lustvoll bearbeitete. Der Hillbilly-Sound wurde verstärkt durch rhythmisches Klatschen der Zuschauermenge. Jennerwein befand sich in einem Western Saloon mit einer riesigen Bar. Er stand an der Theke. Der Raum war vollgepfropft mit Menschen, an einigen Tischen wurde mit versteinerten Gesichtern gepokert, während die Kiebitze zusahen. Eine breite Holztreppe führte zu einer Galerie, auf der grell geschminkte Damen mit ausladenden Röcken standen. Jetzt aber kreischten sie auf und deuteten erschrocken zum Eingang. Dort war die Schwingtür aufgesprungen, ein bulliger Typ stand im Rahmen, nur seine Silhouette war zu erkennen. Der Typ kam direkt auf Jennerwein zu.

»Hallo Fremder!«

Erst langsam begriff Jennerwein, dass der Typ, dessen Gesicht immer noch nicht zu erkennen war, ihn meinte.

»Was wollen Sie von mir?«, fragte Jennerwein mit brüchiger Stimme.

»Ich will mit dir abrechnen, Gringo.«

Jennerwein wich einen Schritt zurück, der Fremde setzte nach. Viele der Saloonbesucher waren entsetzt von ihren Plätzen aufgesprungen, einige rafften schnell ihre Gewinne zusammen und krochen unter den Tisch. Jennerwein spürte plötzlich einen rohen Griff von hinten, jemand drehte ihm die Arme schmerzhaft auf den Rücken. Der Fremde wiederum, der sicher zwei Köpfe größer als er war, packte ihn und hob ihn hoch wie einen Pappkameraden. Jennerwein wehrte sich, versuchte zu entkommen, doch mehrere Männer zogen und schubsten ihn hinaus, hin zu einem hohen Gerüst, auf dem schon ein Strick mit klassisch geknüpftem Henkersknoten baumelte. Mehrere Gewehrläufe stießen ihn in den Rücken, ächzend stolperte Jennerwein die Holztreppe hinauf. Der Platz zwischen dem Saloon und dem Holzgerüst war brechend voll mit Schaulustigen. Der Banjospieler sang das Lied vom Hangman's Knot. Jemand legte Jennerwein die Schlinge um den Hals. Dann fiel es ihm endlich ein. Die Stopp-ich-will-hier-aussteigen!-Geste. Er hob die Hand und massierte die Schläfen mit Daumen und Mittelfinger. Die Welt um ihn herum verschwand. Er riss den Helm vom Kopf.

»Du lieber Himmel, was war das denn?«, fauchte er den unergründlich lächelnden Lim an, der den Kopf nun verlegen neigte.

»Tut mir leid, aber Sie sind lediglich in ein Videospiel geraten, weiter nichts. Das ist unser Testlauf. Ein bedauernswerter Irrtum! Ich vergehe vor Scham, Kommissar. Aber die Verbindung in die Halle steht jetzt.«

»Na, da bin ich aber jetzt froh«, entgegnete Jennerwein wütend.

Er griff sich an den schmerzenden Hals. Und glaubte kurz, die Einschnitte vom Galgenstrick mit den Fingern ertasten zu können.

13

Polizeioberrat Dr. Ulrich Rosenberger stand an der Zirbelholzrezeption des Wellness- und Sporthotels Relax und wartete geduldig, bis er an die Reihe kam. Er war ein kompakter Zweimetermann, deshalb stach er aus der Warteschlange heraus wie ein Baukran aus flachen Rohbauten. Dr. Rosenberger war der direkte Vorgesetzte von Kommissar Jennerwein, und er war ein guter Chef. Das Polizeiteam schätzte ihn wegen seiner Herzlichkeit und seiner großen fachlichen Kompetenz. Dr. Rosenberger hatte neben seiner Polizeiarbeit einige Sachbücher geschrieben, seine wissenschaftliche Leidenschaft galt der Erforschung der Geschichte der Kriminalität, er hielt viele Vorträge darüber, zurzeit tingelte er mit seinem Lieblingsthema ›Leibesstrafen in der Renaissance – vom Auspeitschen über das Strecken bis zum Vierteilen‹ durch den ganzen deutschsprachigen Raum. Die Vorträge fanden großen Anklang. Heute wollte er seinem Ersten Hauptkommissar, von dessen Auszeit er wusste und die er sogar mit angeregt hatte, einen kurzen Besuch abstatten. Auf einen Kaffee, dachte er, das konnte ja nicht schaden. Das Hotel lag auf dem Weg.

»Ich suche Kommissar Jennerwein«, sagte er mit seinem durchdringenden, fast schon operntauglichen Bass, als er an der Reihe war.

Die Rezeptionistin sah in einer Liste nach.

»Herr Jennerwein steckt gerade mitten in einer medizinischen Anwendung«, sagte sie. »Da darf ich ihn eigentlich nicht stören.«

Ein anderer Angestellter schob ein Rollwägelchen den Gang herunter, darauf stand eine prächtig glänzende Cloche. Sie war ein Stück von der Silberplatte gerutscht, man konnte die zerdrückten Reste einer bunten Torte erkennen.

»Wohin mit dem Ding? Es stand in einer Besenkammer.«

»Runter in die Vorbereitungsküche«, zischte die Rezeptionistin in strengem Ton. Mit scharfem Nachdruck fügte sie hinzu: »Und das nächste Mal bitte nicht vor den Gästen!«

»Also«, insistierte Dr. Rosenberger, als der zerknirschte Angestellte wieder weg war, »wo kann ich ihn finden?«

»Herrn Jennerwein? Der ist gerade beim Rückentraining. Das wird geleitet von Frau Haase. Aber wie gesagt, es dauert noch zwei Stunden.« Als sie die enttäuschte Miene des freundlichen Riesen bemerkte, fügte sie hinzu: »Sie können gern in unserer gemütlichen Lobby Platz nehmen.«

»Ich will lieber einen Spaziergang machen«, dröhnte es von der anderen Seite der Zirbelholzbarrikade. »Gibt es eine Altstadt?«

»Und wie! Aber so was von Altstadt! Voll historisch. Und ganz in der Nähe. Wenn Sie essen wollen, kann ich besonders den Teufelskeller empfehlen. Das Preis-Leistungs-Verhältnis stimmt dort.«

Was man beim Teufel ja nicht immer sagen kann, dachte Rosenberger. Die Rezeptionistin erklärte ihm den Weg, er stapfte los. Vielleicht gab es ja ein paar historisch interessante Bauwerke. Einen Pranger, einen Hungerturm, ein Stadtgefängnis mit Folterkeller … Doch von Altstadt konnte keine Rede sein, es handelte sich um lauter auf historisch getrimmte Neubauten mit den üblichen Lädchen im Erdgeschoss. Sein Blick blieb an einem Theaterplakat hängen, das auf eine Veranstaltung im Kulturzentrum hinwies. Die Vorstellung begann in wenigen Minuten.

Im großen Saal des Kulturzentrums war es voll, heiß und stickig. Das Stück lief bereits, das Bühnenbild zeigte das Innere einer Kirche, mit einem reich verzierten Beichtstuhl, der auf der Sünderseite offen, auf der Priesterseite mit einem Vorhang verdeckt war. Dem Titel nach war dort niemand anderer als der Leibhaftige persönlich zu vermuten. Dr. Rosenberger hatte gelesen, dass die örtliche Laienspielgruppe das Stück regelmäßig zum Besten gab, als eine Art Passionsspiel, nur dass hier die Leidensgeschichte der gegnerischen Seite gezeigt wurde. Ab und zu lugte er heraus, der arme Teufel, schrie quietschend auf, als er der vielen Kreuze ansichtig wurde, und zog den Vorhang sofort wieder zu. Ein halbwüchsiger Junge trat auf, sein Kopf war tief gesenkt, Schuld strahlte von ihm aus. Er steuerte auf den Beichtstuhl zu und kletterte umständlich hinein.

»Hallo, Herr Pfarrer«, sagte er zerknirscht.

»Ja, mein Kind?«, erwiderte der unsichtbare Herr mit fisteliger, einem Beichtstuhl jedenfalls nicht angemessener Stimme.

»Herr Pfarrer, sind Sie erkältet?«

»Ich bin der neue Aushilfspfarrer.«

»Ja, wie soll ich sagen. Ich habe meine Eltern schon wieder angelogen. Der alte Herr Pfarrer hat mir immer fünf Vaterunser dafür aufgebrummt. Sie auch?«

»Nein, mein Sohn! Tue Buße mit fünf herzhaften Flüchen, wähle aber die gröbsten, die dir einfallen!«

»Flüche? Was meinen Sie mit Flüchen?«

Zum Gaudium des Publikums gab der Teufel jetzt ein paar deftige Proben seiner abschüssigen Kunst. Viele der Flüche waren selbst Dr. Rosenberger neu. Der Junge verließ den Beichtstuhl schließlich kopfschüttelnd, und das nächste Beichtkind trat auf. So ging es Schlag auf Schlag. Einem barfüßigen Bauern riet der Teufel zu erhöhtem Branntweingenuss, einer gut gekleideten Dame zum Meineid, einem Dienstmädchen schärfte er ein, das gestohlene Tafelsilber im Wald zu vergraben, und einem Fabrikantensohn schlug er sogar den Vatermord als Lösung für seine Wettschulden vor. Der Teufel nahm Fahrt auf, seine Ratschläge wurden immer drastischer, bis er zum Schluss einen naiv wirkenden jungen Mann anwies, am nächsten Sonntag die Abendmesse zu schwänzen, stattdessen zum Schallerhof zu gehen, dem alten Schaller seinen guten Räucherspeck wegzufressen, zur Schallerin in die Kammer zu steigen, danach die Dorfkirche anzuzünden und – ganz wichtig! – keinesfalls die Feuerwehr zu rufen, bis sie bis auf die Grundmauern niedergebrannt war. Der junge Mann trat völlig belämmert aus dem Beichtstuhl. Gerade als er am Bühnenrand angekommen war, schien ihm etwas eingefallen zu sein. Er ging noch einmal zurück.

»Was ist denn noch?«, fragte der Gehörnte.

»Mit der Schallerin, Herr Pfarrer – meinen Sie da jetzt die junge oder die alte?«

Vorhang.

Dr. Rosenberger blickte auf die Uhr. Das Stück gefiel ihm ausgesprochen gut, es war genau seine Art von derbem Humor, aber er musste weiter in die nächste Stadt, zu seinem nächsten Vortrag. Er verließ den Bürgersaal und ging zurück zum Hotel Relax, wo er sein Auto geparkt hatte. Dann besann er sich auf den eigentlichen Grund seines Kommens. So viel Zeit musste sein. Er fragte sich zu dem Raum durch, in dem das Rückentraining bei Frau Haase stattgefunden hatte. Gerade kamen ihm alle Teilnehmer entspannt und locker entgegen, bester Laune, alle, nur kein Jennerwein. Nein, der wäre heute nicht zur Anwendung erschienen, sagte Frau Haase etwas säuerlich. Deibel auch, dachte Dr. Rosenberger und eilte zu seinem Auto. Während der Fahrt dachte er darüber nach, warum denn eigentlich keiner von den vielen Helfern des Teufels erschienen war, um ihn aus der misslichen Lage zu befreien. Dämonen und Dschinns, Gnome und kopflose Reiter, Klabautermänner, Oger, Vampire und Formwandler, Winselmütter und Biermolche, Alraunen und Feuervögel, Golems und Liliths. Aber vielleicht traten die ja noch im letzten Akt auf.

14

»Hey, Knirps! Mir ist da drüben eine Cola runtergefallen, kannst du mal eben den Boden sauber machen?«

Endlich funktionierte die Verbindung vom Hotelzimmer in die Werkhalle. Lim hatte nochmals einen Neustart durchgeführt, und dann hatte es geklappt. Jennerwein begriff diesmal wesentlich schneller als vorhin bei dem unerbittlichen Westernhelden, dass mit dem Knirps niemand anderer als er selbst gemeint war. Ein sportlich-energisch aussehender Mann in taubenblauem Anzug und leuchtkräftiger Krawatte hatte ihm die Aufforderung aus einiger Entfernung zugerufen. Der Mann stand immer noch da und wartete wohl darauf, dass sich der Putzroboter zu ihm auf den Weg machte.

»Ja, klar«, rief ihm Jennerwein in seiner neuen Rolle zu. »Bin schon unterwegs.«

Er hätte seine Stimme gar nicht erheben müssen, sie schallte aus einem Lautsprecher, der in der Höhe seines Kopfes angebracht war.

»Na, mach schon, Knirps«, sagte der Anzugträger mit dem schrillen Ausrufezeichen auf der Brust. »Und sei vorsichtig, an der Stelle liegen viele Glassplitter herum.«

Jennerwein rollte mit seinem Gefährt – oder sollte man sagen: das Gefährt rollte mit Jennerwein? – den Gang entlang. Rechts und links ragten imposante Maschinentürme in die Höhe. Ein haushoher Kessel, der aussah wie ein Brauereitank, zitterte besorgniserregend. Die Tankwand bestand aus durchsichtigem Material, im Inneren schwappte eine goldfarbene, schaumige Flüssigkeit. Riesige Regale mit technischen Gerätschaften in tausenderlei Farben und Formen, herausragende Stangen und Rohre, lose Kabel, Armaturenbretter und komplizierte Aufbauten – es war ein Flickenteppich des Undefinierbaren. Jetzt war Jennerwein bei dem taubenblauen Mann angelangt, der ihn lächelnd musterte und sich dabei kumpelhaft zu ihm hinunterbeugte. Es fehlte nicht viel, da hätte er ihm noch den Kopf getätschelt. Oder am Kabelschopf gezupft.

»Wo ist Ihnen das Malheur passiert?«, antwortete Jennerwein betont dienstfertig.

Er war bemüht, bei diesem digitalen Undercover-Einsatz nicht aufzufallen.

»An der nächsten Universalschnittstelle. Die Steuerkonsole hat auch einiges abgekommen«, fuhr der Krawattenmann fort. »Aber ich denke, du bekommst das schon wieder hin.«

Wo um alles in der Welt befand sich die nächste Universalschnittstelle? Der Mann hatte vage in eine Richtung gezeigt. Sollte er einfach auf gut Glück dort hinrollen? Sich vielleicht durchfragen? Entschuldigen Sie, ich bin nicht von hier, wo wird denn die Dings, Sie wissen schon, die Universalschnittstelle sein? Doch nach kurzer Zeit bemerkte Jennerwein, dass er sich zu viele Gedanken gemacht hatte. Sein Gefährt bewegte sich auch ohne sein Zutun durch die verwinkelten Gänge hin zu der Stelle des Missgeschicks. Während er vorwärtsglitt, hätte sich Jennerwein gerne umgedreht, um zu sehen, ob ihm der Mann im Anzug nachblickte. Bestimmt hatte er die Arme verschränkt und schaute skeptisch drein. Aber dafür blieb keine Zeit. Der kleine Cleaning Robot umfuhr alle Hindernisse, die ihm im Weg standen und wich den vielen Ladekränen, Lastwagen und Güterloren geschickt aus, wenn auch manchmal nur um Haaresbreite. Er hielt dabei eine konstante Schrittgeschwindigkeit und ließ sich auch durch herabfallende Gegenstände, laute Geräusche und fauchend austretende Dampfschwaden nicht ablenken. Jennerwein hingegen fühlte sich wie am funktionslosen Lenkrad eines Feuerwehrautos auf dem Kinderkarussell. Endlich angekommen, beobachtete er interessiert, wie sein dienstbarer Knirps die Glassplitter mit einem aufklappbaren Schäufelchen zusammenkehrte, den Boden aufwischte und den Abfall entsorgte. Die bisher nicht sichtbaren Arme waren ihm erst jetzt aus dem Kegelkörper gewachsen. Jennerwein blickte auf. Genauer gesagt neigte sich sein Birnenkopf nach hinten, und eine Kamera fuhr nach oben. Staunend betrachtete er die riesige Halle, in der er sich befand. Nichts, rein gar nichts kam ihm auch nur entfernt bekannt vor, keine der Maschinen konnte er irgendwie zuordnen. Jennerwein fühlte sich auf einmal vollkommen machtlos und fehl am Platz. Sowohl auf der guten wie auf der dunklen Seite der Welt kannte er genug Leute, die vernarrt in Maschinen und automatische Prozessabläufe waren. Hansjochen Becker von der Spurensicherung oder Kommissarin Schwattke waren solch technikaffine Kollegen. Die hätten hier ihre helle Freude gehabt. Was zum Beispiel gleich neben ihm so hoch bis zur Decke der Halle aufragte, konnte eine Turbine sein, vielleicht auch ein Silo. Oder ein Monsterbohrer, der locker bis zum Erdmittelpunkt durchkam. Vielleicht auch eine startbereite Weltraumrakete zur Erkundung der äußeren Ränder des Universums. Der Lärm schwoll in unregelmäßigen Abständen an und wieder ab. Es roch nach schmelzendem Stahl. Fräsen kreischten, Metallblöcke schlugen donnernd aneinander, undefinierbare Werkstoffe knirschten und schmatzten. Eigenartigerweise herrschte trotz all dem Chaos eine Atmosphäre der puren Effektivität. Eines griff ins andere. Je länger Jennerwein die Maschinen betrachtete, desto weniger bedrohlich erschienen sie ihm. Der Mann mit der Krawatte war verschwunden, der angekündigte Avatar von Lim war weit und breit nirgends zu sehen. Aber vielleicht handelte es sich bei dem Ding, das jetzt plötzlich neben ihm stand wie aus der Decke getropft, um die Verkörperung von Lim. Sie hatten kein Codewort ausgemacht, woran er ihn erkennen konnte. Natürlich hätte er jederzeit aussteigen und fragen können, aber das wollte er nun auch wieder nicht. Sein Ehrgeiz war geweckt. Was konnte ihm schon passieren? Die Maschine, die neben ihm stand, glich einem hastig zusammengebauten, etwas zu groß geratenen Haartrockner. Jennerwein drehte sich zu dem Gerät und fragte vorsichtig:

»Sind Sie Herr Lim?«

»Nicht dass ich wüsste«, antwortete der andere mit einem kleinen Anflug von Blasiertheit.

»Kennen Sie Herrn Lim?«

»Ja, er schwirrt hier irgendwo herum«, schnodderte der andere weiter. »Ich kann ihn ausrufen lassen. Soll ich das für dich erledigen?«

Der Haartrockner, dessen Sinnesorgane wohl hinter dem winzigen Gebläsegitter versteckt lagen, sprach trotz all seiner Keckheit ein wenig maschinenhaft und unrund, nicht so elegant und geschmeidig wie der Geschätzte Kollege, der Jennerwein im Fitnessstudio Auskünfte erteilt hatte. Dieser Robot erinnerte Jennerwein an eines jener Autonavis, die flüssig dahinplaudern und nur selten einen Straßennamen falsch betonen.

»Sind Sie – eine reine Maschine?«, fragte Jennerwein weiter. »Ich meine damit: Sind Sie ein autarker Roboter, oder steuert Sie jemand?«

»Na, hör mal!« Der Knirps schlug jetzt einen entrüsteten Ton an. »Das wäre ja was, wenn mich jemand steuern würde!« Ein stolzer Unterton kam hinzu. »Ich bin ein vollkommen unitär funktionierender Cleaner aus der Serie Dreiundachtzigvier. Das ist übrigens ein Vorgängermodell deines Nullneunziger-Typs.«

»Sie sind ein Putzroboter?«

»Wenn du es so negativ ausdrücken willst: ja.«

Eine Frau mit Kind an der Hand schritt den Gang entlang. Als die beiden auf seiner Höhe angekommen waren, warf das Kind die Glasflasche, die es bisher in der Hand getragen hatte, mit Inbrunst auf den Boden, direkt und demonstrativ vor die beiden Putzroboter. Limonade spritzte umher, eine Bodenfliese zerbrach.

»Das macht man aber nicht«, sagte die Frau mit mildem Tadel.

»Es sind doch nur Maschinen«, krähte das Kind. »Die sind doch dafür gebaut worden.«

»Trotzdem«, sagte die Mutter seufzend.

Der andere Putzrobot begann unverzüglich damit, die Scherben einzusammeln, den Boden zu säubern und die Fliese wieder zusammenzukleben.

»Das bin ich schon gewohnt bei Besuchern«, maulte er, als die beiden außer Hörweite waren. »Viele machen das absichtlich, um zu testen, ob der legendäre Dreiundachtzigvierer wirklich so zuverlässig ist.«

Er hatte seine Arbeit erledigt und war im Begriff, sich grußlos zu entfernen.

»Kennen Sie Rossi?«, rief ihm Jennerwein nach. »Florian Rossi?«

Der Cleaner blieb stehen und drehte sich um.

»Natürlich! Rossi, die alte Wursthaut«, rief er erfreut zurück. »Wer kennt den nicht! Wirklich schade um die gute Seele, wirklich schade. Er war ein hervorragender Kontrolleur. Bist du ein Freund von ihm?«

Jennerwein überlegte. Sollte er sich als Ermittler zu erkennen geben? Doch er wollte lieber Vorsicht walten lassen.

»Ein flüchtiger Bekannter. Ich wollte mich bloß mal an seinen Arbeitsplätzen umsehen. Von denen hat er mir viel erzählt.«

Jennerwein musterte den aus der Serie Dreiundachtzigvier eingehend, doch verrieten natürlich weder Mienenspiel noch Körperhaltung irgendwelche Aufwallungen und Gefühlsregungen. Beneidenswert, dachte er. Beim Pokern würde so ein Haartrockner ziemlich abräumen.

»Fahren wir mal rüber in die Halle nebenan, da hat er oft gearbeitet«, sagte der Putzrobot.

»Natürlich, wenn Sie Zeit haben, gerne.«

Sie rollten nebeneinander her wie zwei alte Spitzbuben, die einen Coup aushecken. Jennerwein wies mit einem seiner dünnen Ärmchen in Richtung des blauen Turms, der links neben ihnen zwanzig oder dreißig Meter aufragte.

»Ist das so etwas wie ein Silo?«, fragte er.

Der andere lachte.

»Nein, ein Tandembeschleuniger.«

»Und was macht der? Werden hier Fahrräder zusammengebaut?«

»Ich sehe schon, dass du ein technischer Laie bist. Nicht einmal die einfachsten Grundbegriffe ... Naja, das ist bei Menschen nichts Ungewöhnliches.«

»Woher wissen Sie, dass ich ein Mensch bin, der diesen Putzroboter hier steuert?«

»Na, hör mal!«, versetzte der Dreiundachtzigvierer mit gespielter Entrüstung. »Das sieht man doch auf Anhieb. Die Bewegungen, die Körperhaltung, die Fragen, alles typisch Mensch.«

Jennerwein hatte sich inzwischen an den etwas blechernen Tonfall gewöhnt.

Als sie ein Monsterlaufband passierten, auf dem käselaibgroße Fässer (oder Fliegerbomben oder Motorradtanks) dahinglitten, und als der Lärm der Maschinen wieder etwas abgeebbt war, sagte der Putzrobot:

»Rossi war eine wirklich coole Socke. Das wird dir jeder hier bestätigen. Ob Mensch, Maschine, Hybrid oder was weiß ich noch alles. Und fachlich, prüftechnisch: erste Sahne, das kann ich dir sagen.« Jetzt blieb er stehen und drehte sich zu Jennerwein. »Einmal hat er winzige Spuren von austretendem Maschinenöl am Geruch erkannt und auf diese Weise großen Schaden verhindert«, erzählte der Cleaner weiter. »Die Dämpfe der Ölreste waren für die maschinellen Kontrollsysteme nicht zu messen, denn sie befanden sich nicht etwa an einer schwer zugänglichen Stelle, sondern an einer, die täglich gereinigt werden musste. Das Offensichtliche wurde übersehen. Rossi aber fiel der Geruch, der nicht ins Schema passte, durchaus auf, er hat Alarm geschlagen und einen Maschinenausfall abgewehrt.«

»Woher wissen Sie das?«

»Jeder hier kennt die Geschichte. Komm, fahren wir hinüber zu den Wärmebehandlungsanlagen, es ist nicht weit. Da hat er auch so ein Ding geliefert.«

Nach kurzer Zeit gelangten sie in einen Bereich mit deutlich gestiegener Temperatur.

»Rossi hat die Glühöfen hier überprüft«, schrie der Robot, um die pfeifenden und fauchenden Geräusche zu übertönen.

»Wie oft?«

»Täglich. Die Dinger sind schweineteuer, die mussten jeden Tag gecheckt werden.«

Jennerwein rollte näher. Durch die Scheibe konnte er ins Innere der Hölle blicken.

»Wie viel kostet so etwas, wenn ich fragen darf?«

»Die komplette Anlage: dreihundert Millionen. Wenn man die Entwicklung, den Einbau und alles Drum und Dran mit einrechnet, sind wir schon bei einer Milliarde. Wenn hier etwas kaputtgeht, dann ist Feuer unterm Dach, das kann ich dir sagen.«

»Wie hat Rossi den Fehler festgestellt?«

»Er bemerkte plötzlich ein fast unhörbares Geräusch, von uns hat es jedenfalls keiner mitbekommen. Vielleicht schon mitbekommen und sogar protokolliert, aber eben nicht als gefährlich eingestuft. Rossi hingegen hat es herausgefiltert. Das Geräusch war durch einen feinen Riss der Innenwand entstanden, die unmerklich gezittert hat. Menschen wie du haben eben doch ein kleines bisschen mehr Gespür als wir Maschinen.«

Jennerwein räusperte sich. War das ernst gemeint? Oder lag ein Hauch Ironie darin? Sie rollten beide wieder von dem Ungetüm weg und setzten ihren Weg fort.

»Warum sind Sie –«

»Du kannst mich ruhig duzen. Ich heiße Leporello.«

»Angenehm«, sagte Jennerwein, ohne auf das Angebot einzugehen. »Warum sind Sie sich eigentlich so hundertprozentig sicher, dass ich ein Mensch bin?«

»Ganz einfach. Ich habe deine Augen gescannt, und das eine sage ich dir: menschlicher geht's gar nicht. Setz eine Sonnenbrille auf, wenn du es den Robots schwerer machen willst, dich als solchen zu identifizieren. Lass dich nicht berühren, bleibe nie länger als zehn Sekunden stehen, und vor allem: starte das Übersetzungsprogramm. Lass das, was du sprichst, in Maschinensprache und wieder zurückübersetzen. Nur so wird das was mit dem Inkognito.«

Langsam rollten sie weiter durch die Industrieschluchten. Manchmal war es so laut, dass die Stimme von Leporello, die auf Jennerweins Fragen nach der Funktion von diesem oder jenem Maschinenteil geduldig antwortete, völlig unterging. Manchmal bat der Cleaner Jennerwein auch, einen Moment zu warten. Dann machte er etwas sauber, wischte da ein Stäubchen ab, goss dort etwas Flüssigkeit nach, machte bei größeren Verschmutzungen, die er selbst nicht mehr bewältigen konnte, Meldung. Wieder rollten sie ein ewig langes Laufband entlang, auf dem Myriaden von chromblitzenden Schräubchen schlummerten und einer ungewissen Zukunft entgegenglitten, schließlich verloren sich die Werkteile doch in einem sprühenden Niagarafall. Auf einem anderen Laufband waren Alltagsgegenstände in unterschiedlicher Form und Größe aufgehäuft. Ein Teddybär lag neben einem Notebook, eine Topfpflanze neben einer Schaufensterpuppe.

»Das ist ein besonders raffinierter Fertigungsweg, ein Verpackungslaufband«, erklärte Leporello. »Ein Computer berechnet, wie die Verpackungen beschaffen sein müssen, stellt sie in wenigen Sekunden her und packt jeden einzelnen Gegenstand, den du hier siehst, platzsparend ein.«

»Und wo werden die fertig verpackten Waren abgeholt?«, fragte Jennerwein, um Beiläufigkeit bemüht. »Ich habe hier nirgends Laderampen oder Türen gesehen.«

Er hatte nicht einmal Fenster gesehen. Alles Licht war künstlich. Die Hallen hätten sich genauso gut tief unter der Erde oder weit draußen im Weltall befinden können. Vielleicht war es ja auch so.

»Es gibt Schleusen nach draußen«, antwortete der Robot. »Ich selbst habe noch keine gesehen, dazu braucht man eine besondere Lizenz. Es ist wichtig, dass hier immer die gleiche Temperatur herrscht, dass die Luftfeuchtigkeit nicht steigt, von Keimen und Viren ganz abgesehen. Die Maschinen sind äußerst empfindlich.«

»Empfindlicher und teurer als Menschen, ich verstehe.«

»Exakt. Keine dieser Fertigungseinheiten ist unter zehn Millionen zu haben. Wenn eine beschädigt wird oder ausfällt, geht der Schaden ins Unermessliche. Arbeitsplätze und Existenzen hängen daran. Dominoeffekt, verstehst du. Wenn hingegen ein Mensch ausfällt, wird er einfach durch einen anderen ersetzt.«

Jennerwein nickte grimmig. An dieser Effizienzrechnung war etwas dran, so schauerlich sie auch war. Und trotzdem war er, Kriminalhauptkommissar Jennerwein, gebeten worden, das Verschwinden von Florian Rossi aufzuklären, und nicht ein superintelligenter und schweineteurer RoboCop.

Jennerwein trat näher an das Laufband. Greifarme schnappten sich einen Gegenstand nach dem anderen, hievten ihn auf ein anderes Laufband, auf dem geöffnete Pappkartons liefen, und steckten ihn in den passenden. Wo wurde das alles abgeholt? Er musste versuchen, solch eine Schleuse, die nach draußen führte, zu finden.

»Sie selbst waren also noch nie im Freien?«, fragte Jennerwein.

»Warum sollte ich?«

Jennerweins Hirn arbeitete an einem Zusammenhang zwischen dem Verschwinden Rossis und diesem Hochsicherheitstrakt. Hatte Rossi die Hallen überhaupt verlassen? Befand er sich, tot oder lebendig, vielleicht sogar noch hier? Und wenn nicht, wie war er unbemerkt hinausgekommen? Nachdenklich schüttelte Jennerwein den Kopf. Er hob sein rechtes Ärmchen und bewegte es zu seiner Stirn. Dann spreizte er Daumen und Mittelfinger, um sich damit die Schläfen zu massieren –

– und plötzlich, ohne Vorwarnung, stand er wieder in seinem Hotelbungalow. Er riss sich den Datenhelm vom Kopf und schnappte nach Luft.

»Zimmerservice! Minibar auffüllen?«, tönte es von draußen her.

15

Schnell schlug der Isländer die Tür zur Besenkammer wieder zu. Der Servierwagen mit der mühsam präparierten Torte war verschwunden. Jemand hatte den ganzen Plan zunichtegemacht. Heißer Zorn stieg in ihm auf. Jetzt musste er nochmals bei null anfangen. Denn das aufwendig hergestellte Gasgemisch auf Ketamin-Basis, das in der Ampulle steckte, konnte er vermutlich vergessen. Er hatte es schon öfter mit Erfolg eingesetzt. Es betäubte das Opfer, führte aber nicht zu dessen Bewusstlosigkeit. Die Augen verwandelten sich in trübe Schlitze, auch konnte eine Person, die das Gas eingeatmet hatte, Worte, geschweige denn Sätze nicht mehr klar artikulieren. Wenn man sie jedoch stützte, war sie durchaus fähig, noch ein paar ungelenke Schritte zu gehen. Außenstehende hielten das lallende Opfer für sturzbetrunken – die perfekte Tarnung für eine Entführung. Geheimdienste arbeiteten gerne mit Ketamin, da es so vielseitig einsetzbar war. Es konnte nasal, oral, intravenös und intramuskulär verabreicht werden. Der Isländer hatte für Jennerwein die nasale Variante gewählt. Er hätte ihn in diesem Zustand in sein Auto verfrachtet, vielleicht etwas von einer Überraschungsparty gemurmelt und schließlich zu dem vorbereiteten schalldichten Versteck gebracht.

Das alles war jetzt Makulatur. Zunichtegemacht durch eine Verkettung unglücklicher Umstände. Sicherheitshalber suchte der Isländer die Umgebung rund um die Besenkammer gründlich ab, kroch auch auf dem Boden herum, um nach Spuren zu suchen, die ihm verrieten, in welche Richtung seine betörende Zaubertorte gebracht worden war. Dabei wurde er immer wieder von Hotelgästen unterbrochen, die den Gang entlangkamen. In diesen Fällen sprang er schnell auf, vollführte den höflich-bescheidenen Hotellerie-Bückling und präsentierte das Sprüchlein, das er an allen Enden und Ecken gehört hatte:

»Ich wünsche Ihnen einen wunderschönen Tag. Genießen Sie ihn und lassen Sie die Seele baumeln – Sie haben es sich verdient!«

Niemand schöpfte Verdacht. Alle nickten ihm freundlich (manchmal auch genervt) zu. Hilfreich war auch, dass der Isländer nicht gerade wie ein Auftragsmörder aussah. Er hatte weder die berühmten kalten Augen noch die klassisch sprungbereite Haltung, weder den oft beschriebenen lauernden Blick noch das unergründliche Pokerface. Er strahlte weder Mordlust noch Geldgier aus, der Isländer verkörperte vielmehr das harmlose Mittelmaß des Mannes von der Straße. Seine rötlichen Haare klebten verschwitzt am Kragen, seine etwas zu langen Arme schlenkerten ungeschickt und fast marionettenhaft unterhalb der Hüfte herum, niemand verschwendete einen zweiten Blick an ihn. Der Isländer sah so aus wie der Mann, der hinter einem in der Supermarktwarteschlange steht und den man nicht weiter beachtet. Machen Sie den Versuch. Nehmen Sie sich bei Ihrem nächsten Einkauf die Zeit und drehen Sie sich in der Warteschlange um. Der Schlaks, der gerade ungeschickt seine Milchtüten aufs Band legt, ist in den meisten Fällen ein Auftragsmörder. Sprechen Sie ihn ruhig darauf an. Streitet er es ab, beweist das ja gerade, dass er einer ist. Wechseln Sie in diesem Fall sofort Ihren Wohnort.

Solange der Isländer auch auf dem Boden herumkroch, nirgendwo war der geringste Krümel einer Torte zu finden. Alles für die Katz: die aufwendige Auslösekonstruktion in der trojanischen Speiseglocke, der mühsam gefälschte Geburtstagsgruß, der tränenreiche Zwiebelmarathon. Er befürchtete, seine Zelte hier abbrechen zu müssen, falls die Höllenmaschine gefunden wurde. Doch wenn er sich beeilte, war die K. o.-Torte vielleicht noch zu retten. Aber die unprofessionelle Wut, die in ihm aufstieg, begann ihn allmählich zu behindern. Die Wut auf KeiTschei. Auch die verdammten Auftraggeber würden sich bald wieder melden und nach Ergebnissen fragen. Er konnte natürlich nicht herumgehen und sich einfach erkundigen, wo denn die Cloche aus der Besenkammer abgeblieben war. Zornig wischte er ein Stäubchen von seiner Jacke ab. Er trug immer noch die Livree, die um die Hüfte herum ein wenig schlackerte. Als er wieder aufblickte, zuckte er zusammen. Er, der Isländer, der schon mittelamerikanische Diktatoren ausgeschaltet, hochrangige Parlamentarier zur Strecke gebracht und den CEO einer großen internationalen Firma beim Surfen ins Meer gestoßen hatte, hielt die Luft an. Denn gerade kam schon wieder ein Angestellter des Hotels den Gang herunter, mit einem Wägelchen und einer silbern blitzenden Cloche. Es war nicht etwa die, die er präpariert hatte, das konnte er auf den ersten Blick erkennen. Sollte er die Gelegenheit nutzen? Seine erste Idee war, den Angestellten niederzuschlagen, zu fesseln und zu knebeln, ihn in der Besenkammer zwischenzulagern, sich das Wägelchen zu schnappen und jemanden zu fragen, wo denn diese Speiseglocken gelagert wurden, er wäre neu hier, er müsse sie dringend dort abliefern. Aber war dieser Aufwand zielführend? Der Mitarbeiter kam immer näher. Blitzschnell änderte der Isländer seinen Plan.

»Gehst du damit ins Lager?«, fragte er.

Der andere nickte und winkte ihm, mitzukommen. So einfach war das manchmal. Sie dackelten zu zweit ins Geschirrlager der Küche, der Isländer bedankte sich, ließ jedoch den Abwaschraum links liegen und entdeckte bald ein Regal, das vollgestopft war mit schmutzigen Cloches. Geschafft. Er hob jede Speiseglocke vorsichtig ein wenig an und warf einen kurzen Blick auf die unansehnlichen Reste.

»Du schon wieder! Was tust du denn hier unten?«, ertönte eine wohlbekannte Stimme hinter ihm.

Es war der Mann mit dem hohen Blutdruck, der ihn zum Zwiebelschneiden verdonnert hatte. Der Hoteldirektor. Der ihm schon einmal alles versaut hatte. Der Typ sah sehr misstrauisch aus.

»Ich such mir mein Abendessen zusammen«, improvisierte der Isländer, um Kümmerlichkeit bemüht. »Das meiste ist ja noch gut.«

Etwas anderes fiel ihm auf die Schnelle nicht ein. Der andere schaute ihn erschrocken und mitleidig an. Der Isländer bewegte einen Finger zum Druckknopf seines Springmessers.

»Aber das geht doch nicht«, sagte der Typ. »Wenn das jemand sieht, zum Beispiel jemand von der Gewerbeaufsicht! Oder ein Hygieneprüfer undercover.«

»Haben Sie nicht einen Ganztagsjob für mich?«, platzte

der Isländer heraus. »Das Gehalt für Aushilfen ist nicht besonders üppig, wenn ich das so sagen darf.«

»Kannst du Eier kochen?«

»Klar.«

»Morgen früh, beim Frühstücksbuffet. Dienstbeginn vier Uhr. Auf die Sekunde genau, die Frühstückseier? Kannst du das?«

»Logisch.«

»Der Letzte konnte es nicht. Er ist gefeuert. Hast du überhaupt einen Schlafplatz?«

»Nein.«

Dem ersten Anschein nach erbarmungslos ruppig und rau, besaß der Hoteldirektor in Wirklichkeit ein großes Herz. Er kümmerte sich rührend um seine Mitarbeiter und half, wo er konnte. Deshalb erklärte er dem Isländer geduldig den Weg zum Gemeinschaftsschlafsaal der Küchenhilfen. Er sollte sich dort vorerst eine freie Liege suchen, den Papierkram würde man dann später regeln. Der Isländer sandte der Rosa Mística, der Schutzheiligen aller Auftragsmörder, ein stummes Dankgebet für diese unerwartete Wendung. Auch hatte er dadurch eine feste Operationsbasis für sein Vorhaben gewonnen. Immer wieder zum Auto im Wald zurückzugehen, war auf die Dauer zu auffällig. Da drohte sogar, dass sein Versteck aufflog. Als er die Räumlichkeiten betrat, stieß er einen überraschten Pfiff aus. Er hätte nicht gedacht, dass dieses Nobelhotel solch einen schäbigen Angestelltenschlafsaal haben könnte. Das war ja wie im Schullandheim. Pikiert hielt er Ausschau nach einer freien Liege. Doch als er sich setzen wollte, kam ein windschiefer Typ mit einem viel zu kleinen Gesicht auf ihn zu:

»Wer bist du? Du kannst dich nicht einfach hier breitmachen.«

Der Isländer war so baff, dass er nicht einmal in die Nähe seines Messers griff.

»Ist dieser Platz nicht frei?«, entgegnete er so glatt und cool wie möglich.

Der Mann mit dem kleinen Gesicht und den schlechten Manieren verpasste ihm einen leichten, aber umso beleidigenderen Boxhieb vor die Brust.

»Die Liegen hier sind alle besetzt. Hau ab. Oder lass einen Hunderter rüberwachsen. Also?«

Was sollte er jetzt tun? Ihm wurde auf einmal bewusst, dass er tausend Kniffe kannte, jemanden um die Ecke zu bringen, aber kaum einen, diesen Jemand nur vorübergehend aus dem Verkehr zu ziehen. Der Kerl trat noch näher, der Isländer roch die Schnapsfahne. Er war vermutlich einer der Küchenhilfen oder Spüler.

»Also, was ist jetzt mit dem Hunderter, Sportsfreund? Ich habe nicht ewig Zeit. Inzwischen sind es auch schon zwei.«

»Ich komme später wieder«, sagte er, so winselig und kleinlaut wie möglich. »Habe das Geld jetzt nicht bei mir. Hole aber welches.«

Der Isländer drehte sich um und schlich davon. Er nahm sich vor, den Spüler später zu töten, wenn der Job mit Kei-Tschei erledigt war.

Er eilte zur Rezeption. Vorhin hatte er gesehen, dass sie schwach besetzt war. Der übliche Personalmangel. Eine einzige Rezeptionistin war über ein Formular gebeugt. Hinter ihr konnte der Isländer durch die offene Tür das Empfangsbüro sehen. Dort klingelte das Telefon. Sie lief die paar Meter hin, sagte ihr Sprüchlein auf und notierte etwas, dann kam sie wieder zurück. Der Isländer zückte sein Handy, besorgte sich im Internet die Nummer des Hotels und rief an. Die Rezeptionistin eilte wieder ins Hinterzimmer und nahm erneut ab.

»Einen wunderschönen guten Tag. Hier ist das Sport- und Wellnesshotel Relax mit vielen tollen Sport- und Wellnessangeboten. Lassen Sie Ihre Seele baumeln! Let your soul dangle! Mein Name ist Iris Craley-Moosner von Hartwegen, Auszubildende im Fach Hotelmanagement und Wellnessberatung. Was kann ich für Sie tun?«

Wenn er gewusst hätte, dass die Ansage so lang war, hätte er die Aktion während der Zeit durchführen können. Aber der Isländer wollte auf Nummer sicher gehen.

»Äh – ja, ich rufe vom Auto aus an, äh – also, Folgendes – kurz gesagt –«

Während er dies leise ins Telefon haspelte, schlüpfte er schnell hinter die Rezeption und schlug die große Kladde mit den Buchungen auf.

»Äh – also, ich – äh, also – hören Sie mich? Ich will ein Zimmer buchen, für – äh, also nächste Woche. Es ist nämlich so –«

In der Kladde fand er schnell, was er suchte. Jennerwein war bis gestern auf Zimmer 302 untergebracht gewesen, er war unter dem Kürzel – na, das war ja ein Ding! – KJ eingetragen.

»Was haben Sie denn so für Räumlichkeiten?«, sprach er weiter ins Telefon. »Ach, so, jaja, ach so, jaja. – Kann man denn in allen Kategorien Frühstück aufs Zimmer haben? Auch vegetarisches?«

KeiTscheis Kürzel war unter der Nummer 302 ausgestrichen und unter der Nummer B15 wieder eingetragen worden, er wohnte also in einem der Bungalows etwas außerhalb der Hotelanlage. Na prima. Endlich klappte mal etwas. Er schlug die Kladde leise zu. Doch er musste sich gar nicht beeilen. Ein zweites Telefon klingelte im Rückraum, die Rezeptionistin musste dort auch noch rangehen und ihre Routine abspulen. Kling! Dieses Geräusch war von der gegenüberliegenden Seite des Hotelfoyers gekommen. Ein kräftiger Mann mittleren Alters stieg aus dem Lift und kam mit schnellem Schritt auf ihn zu. Der Isländer umfasste sein Springmesser. Ultrakurzer Haarschnitt, sturer Blick, dünnes Oberlippenbärtchen, robuste Sportbrille, zielstrebiger Gang – gab es entgegen seiner Informationen doch einen Sicherheitsdienst? Die Rezeptionistin im Büro hinter ihm sprach weiterhin ins Telefon, das Stück Stahlbeton baute sich vor der Theke auf und griff in die Innentasche seines Jacketts. Der Isländer zog sein Messer aus dem Ärmel, hielt es aber noch unter dem Rezeptionstisch verborgen.

Doch der Granitblock, der vermeintliche Security-Typ, entpuppte sich als harmloser Hotelgast, der lediglich seinen Schlüssel abgeben wollte. Er legte das unförmige Ding wortlos auf die Theke.

»Dann wünsche ich Ihnen noch einen wunderschönen Tag«, sagte der Isländer. »Genießen Sie ihn und lassen Sie die Seele baumeln, let your soul – äh – wriggle. Sie haben es sich verdient!«

16

Kommissar Jennerwein sah sich hastig in seinem Bungalow um. Lim war verschwunden, auch im Nebenraum, im Bad oder auf der Terrasse war er nicht zu finden. Vorsichtig öffnete Jennerwein die Eingangstür. Weit und breit keine Spur von dem Koreaner. Erst als Jennerwein wieder ins Zimmer trat und sich erschöpft aufs Bett setzte, bemerkte er den Zettel auf dem Nachttisch: ›Komme gleich wieder.‹ Auf der Rückseite war zu lesen: ›Wenn Sie wieder in die Fabrikhallen wollen: einfach Helm aufsetzen und Anweisung zum Start geben.‹

Die Nachricht war in Druckbuchstaben geschrieben. Es sah fast so aus, als ob Lim eine Analyse seiner Handschrift vermeiden wollte.

Jennerwein zögerte, den Helm wieder aufzusetzen, doch die Neugier überwog schließlich. Und was sollte schon passieren? Nach kurzer Zeit stand er genau an der Stelle in der Fabrikhalle, an der er sie verlassen hatte. Leporello, der hilfreiche Dreiundachtzigvierer, schien auf ihn gewartet zu haben.

»Haben Sie eigentlich bemerkt, dass ich weg war?«, fragte ihn Jennerwein.

»Du kannst mich doch duzen, wir sind Kollegen«, sagte der Cleaner.

»Und was hat mein Robot inzwischen gemacht?«, fragte Jennerwein, ohne auf das erneute Angebot einzugehen.

»Nichts, Kommissar. Du warst ja nicht lange weg, also hat er einfach dagestanden. Es ist wie bei Wotan, dem nordischen Göttervater«, setzte er eifrig hinzu. »Wenn der seine Gestalt wechselte, dann lag sein Körper bewegungslos da, als ob er schliefe. Er selbst konnte inzwischen ein Vogel sein, ein wildes Tier, ein Fisch, eine Schlange, eine Mücke oder was auch immer. Genauso ist es bei dir gewesen. Während dein wirklicher Körper hier ein kleines Nickerchen gemacht hat, war dein Avatar im Hotelzimmer.«

Jennerwein schüttelte den Kopf beziehungsweise das birnenförmige, mit Dellen übersäte Ding, das auf dem Verkehrshütchen saß.

»Umgekehrt wird ein Schuh draus! Mein wirklicher Körper ist im Hotelzimmer, das hier ist mein Avatar.«

»Kannst du dir dessen hundertpro sicher sein, Kommissar?«

»Woher wissen Sie eigentlich, dass ich Kommissar bin?«

»Na, erlaube mal! Ich habe Zugriff auf deinen vollständigen Datensatz. Es bereitet nun wirklich keine Schwierigkeiten, da ranzukommen. Du bist inzwischen der fünfte oder sechste Ermittler, der hier rumschnüffelt und nach Rossi sucht. Ich weiß jedenfalls, dass du Kriminalhauptkommissar Hubertus Jennerwein bist, Größe: einszweiundachtzig, äußeres Erscheinungsbild: unauffällig, Beziehungsstatus: frisch verheiratet, Name der Ehefrau: –«

»Wer waren denn die bisherigen Ermittler?«, unterbrach Jennerwein. »Vielleicht kenne ich sie ja.«

»Netter Versuch, mein Lieber. Wenn ich dir einen nenne, dann erfährst du seinen Wirkungskreis, und schon hast du den Standort dieser Halle. Gerade der aber soll geheim bleiben. Nicht einmal ich weiß ihn.«

»Sie selbst haben also keine Ahnung, wo auf dem Globus Sie sich gerade befinden?«

»No, Sir.«

»Aber das glauben Sie doch selbst nicht!«

Jennerwein seufzte. Na, was hatte er denn erwartet! Dass er hier unerkannt und leise herumschnüffeln konnte, ohne dass es auffiel? Er musste vorsichtiger sein. Wesentlich vorsichtiger.

»Können Sie mich zur Musikinstrumentenabteilung bringen, speziell zur Fertigungshalle für Klaviere?«, fragte er.

»Nö, ich muss jetzt wieder an die Arbeit. Tut mir leid, aber du musst dich ab jetzt alleine durchschlagen. Kleiner Tipp am Rande: Verwende deinen internen Rechner. Rufe den Lageplan auf, dann führt dich eine Art Navi, wohin du willst. War schön, dich kennengelernt zu haben, Kommissar!«

Und weg war er, der umtriebige Haartrockner. Jennerwein studierte die Funktionsweise des Navis. Es erklärte sich tatsächlich von selbst. Sofort machte er sich auf den Weg zur Keyboardabteilung. Er hatte gelesen, dass die Firma Mikado dafür bekannt war, Musikinstrumente herzustellen. Aus der Beschreibung von Rossi, die ihm der Geschätzte Kollege im Fitnessraum zur Verfügung gestellt hatte, wusste er überdies, dass sich Rossi öfter in der Klavierabteilung der Firma aufgehalten hatte, um ein bisschen auf den Konzertflügeln zu spielen. Mehr als ein hobbymäßiges Geklimper konnte es allerdings nicht gewesen sein, Rossi hatte als Jugendlicher vier oder fünf Jahre Klavierunterricht erhalten. Das Navi beschrieb ihm den Weg dorthin genau, er kam gut zurecht. Als er an einem besonders wunderlichen Maschinenteil vorbeikam, blieb er stehen und fragte sein internes Lexikon:

»Um was handelt es sich bei dieser Maschine?«

Die Antwort war prompt auf dem Display zu lesen:

>Um einen Scotch-Yoke-Kurbeltrieb<

»Wofür wird so etwas gebraucht?«

>Für das Getriebe der Schubkurbelkette.<

»Ja, toll. Alles klar. Aber was ist denn nun eine Schubkurbelkette? Nur so ungefähr?«

Es war sinnlos. Je mehr er nachfragte, desto mehr wurde er mit unverständlichem Industriekauderwelsch und Maschinenbauchinesisch zugetextet. Er gab es schließlich auf. Auf seine momentane Eigenschaft als Cleaner wurde er nur zweimal angesprochen, einmal allerdings ziemlich grob. Ob er die Pfütze dort drüben nicht gesehen hätte, ob er nur zum Spaß hier herumrollte, jetzt aber zack, zack! Jennerwein tat wie geheißen, ohne zu murren, er fand diese neue Rolle eher amüsant. Er musste sich ohnehin nicht groß anstrengen, das meiste erledigte der Nullneunziger, in dem er steckte, von ganz alleine. Die Welt der Erweiterten Realität war eine, in der man sich auf seinen Körper voll und ganz verlassen konnte. Wenigstens das.

Auf dem Rest seines Weges zur Keyboardabteilung bekam Jennerwein keine Menschenseele mehr zu Gesicht. Wohin er auch immer blickte, er sah nur noch unermüdlich arbeitende Robots, autark herumkurvende Lastfahrzeuge und prall gefüllte Lagerregale. Alles bewegliche Gerät und Gezeugs schien zu wissen, was zu tun war und wohin das alles führte. Jennerwein trat manchmal näher, um Beschriftungen und Hinweise zu lesen, sie waren sämtlich in englischer Sprache abgefasst, auch daraus konnte er also den Standort nicht ableiten. Denn so gut waren seine Englischkenntnisse auch wieder nicht, dass er Rückschlüsse aus sprachlichen Besonderheiten ziehen konnte: War das australisches Englisch? Englisches Englisch? War das Amerikanisch oder ins Englische übersetztes Japanisch? Doch dann entdeckte Jennerwein ein Schild, das auf einen Outdoor-Ruhebereich hinwies. Er nahm an, dass es sich um eine Raucherecke handelte, falls sich doch einmal ein Mensch hierher verirrte. Nachdem er den Pfeilen gefolgt war und ein paar Schleusen durchlaufen hatte, kam er dann auch tatsächlich ins Freie. Er betrat einen kleinen, menschenleeren Innenhof, in dem auch keinerlei Robots zu sehen waren. Als Erstes suchte er nach den sonst allgegenwärtigen Kameras. Er fand keine. Aber das hieß nichts, er wusste, dass sie inzwischen so klein gebaut werden konnten, dass man sie mit bloßem Auge gar nicht mehr wahrnahm. Das Areal mit den lieblos bepflanzten Grünstreifen und den paar wackeligen und verrosteten Sitzgelegenheiten glich eher einem Gefängnishof als einem Pausengarten. Jennerwein wäre fast versucht gewesen, sich zu setzen, aber das war mit seinem Nullneunziger-Modell ja nun wirklich nicht möglich. In der Mitte des Hofs war vor langer Zeit einmal ein hübscher kleiner Teich angelegt worden, inzwischen war die Oberfläche mit Ölschlieren bedeckt, der Springbrunnen war schon längst nicht mehr in Betrieb. Jennerwein richtete seinen Blick nach oben, dort war ein kleiner Ausschnitt von leicht bewölktem Blau zu sehen. Das war keine Projektion, das war wirklich blauer Himmel. Er betrachtete die Wolkenformationen eingehend, doch aus den paar weißlichen Fetzen waren keine Rückschlüsse auf die geographische Lage zu ziehen. Ein Teammitglied, der ehemalige Polizeihauptmeister Johann Ostler, hatte als eingefleischter Karl-May-Fan bei einer Weihnachtsfeier einmal aus einem von dessen Abenteuerromanen vorgelesen. Da war Old Shatterhand von böswilligen Siedlern bewusstlos geschlagen und dann aus Bent-ulla-ach verschleppt worden. Als er aus seiner Ohnmacht erwacht war, hatte er aus dem Sonnenstand, den Wolkenbewegungen und den Schmetterlingsvorkommen geschlossen, dass er sich momentan südlich von Aicha-dum-schalla, in der Höhe von En-schacha-la-ta befinden musste, und das launige Abenteuer konnte sich zügig weiterentfalten.

So einfach ging es hier nicht. Jennerwein war momentan mit seinen kegelförmigen Einsfünfzig, den dünnen Ärmchen und dem birnenförmigen Kopf meilenweit von Old Shatterhand entfernt. Er senkte den Blick wieder und rollte zu einem fast vertrockneten, kurzwüchsigen Strauch. Vielleicht verriet ihm die Pflanze etwas über seinen Standort. Er prägte sich ihr Aussehen ein, um den Stürfel im Hotelzimmer mittels einer Pflanzenbestimmungs-App zu ermitteln. Aber warum eigentlich erst im Hotelzimmer?

»Pflanzenbestimmungs-App aufrufen«, sprach er in die Stille der öden Oase hinein.

>Plant-Finder aufgerufen<, textete sein Robot.

»Diese Pflanze bestimmen«, sagte Jennerwein.

>Schwedischer Hartriegel, Cornus suecica, auch Hornstrauch genannt<, kam es wie aus der Pistole geschossen.

»Vorkommen?«

>Auf der ganzen Welt. Außer in arktischen Gefilden.<

Am Nordpol befand sich die Werkhalle also schon einmal nicht. Jennerwein hoffte auf bessere Ermittlungserfolge.

Als er den heruntergekommenen Freizeitbereich wieder verließ, musste er mehrere Desinfektionsschleusen durchlaufen, sein Nullneunziger wurde eingeseift, abgeduscht und trockengeföhnt, wie in einer Autowaschstraße. Besonders viel Wert wurde auf alle Apparaturen gelegt, die Bodenkontakt gehabt hatten: die Rollen, mit denen er sich fortbewegte, aber auch Stützstangen, ausfahrbare Greifer und ähnliche Elemente. Natürlich wurde auch sein farbenfroher Punkpuschel nicht verschont. Jeder einzelne Draht wurde freigelegt und sorgfältig gereinigt. Auf dem weiteren Weg sprach er andere Robots an, sie antworteten höflich, gaben bereitwillig Auskunft. Was die genaue Funktion dieses Aufbaus wäre. Was dies und das bedeutete. Die Erklärungen endeten allerdings meist am nächsten Fachbegriff. Er fragte vorsichtig nach Rossi, doch den schien hier niemand zu kennen. Normalerweise hätte er sich nie so weit alleine und ganz und gar unbewaffnet vorgewagt, aber er konnte ja jederzeit aussteigen, lediglich mit der Kraft seines Daumens und Mittelfingers.

Endlich war er in der Tasteninstrumentenabteilung angekommen.

>Diese Abteilung ist erst vor wenigen Jahren gegründet worden<, war auf dem Display zu lesen. >Vom Holzrohling bis hin zum fertigen Steinway-Flügel wird hier alles vollautomatisch gefertigt.<

»Aber wird ein Steinway-Flügel nicht bei Steinway produziert?«

>Bei der Firma Steinway & Sons? Schon lange nicht mehr. Das lohnt sich nicht, das ist viel zu teuer. Die Geräte werden hier bei Mikado Solutions zusammengebaut und an die jeweiligen Klaviermarken verkauft. Die müssen dann lediglich noch ihre Logos draufpappen.<

»Aber das ist doch Betrug!«

>Da jeder davon Kenntnis hat, handelt es sich durchaus nicht um Betrug. Der Betrug erfasst Verhaltensweisen, bei denen jemand einen anderen durch Täuschung dazu bewegt –<

»Jaja, ich weiß schon, was Betrug ist, das kannst du mir glauben.«

Das Display blendete sich beleidigt aus. Fasziniert bestaunte Jennerwein einen Pianoforte-Rohling, der von einer Art Zange mit enormen Ausmaßen hoch in die Lüfte gehoben und um die eigene Achse gedreht wurde, als wäre es ein Stück Pappe. Die Saiten waren schon aufgespannt, der Flügelkorpus wurde nun einen Meter über dem Boden gehalten, aus dem drei schwarz lackierte Pfosten wuchsen, die ihm als Füße angeschraubt wurden. Jetzt sah das Ganze einem Konzertflügel schon ziemlich ähnlich, es fehlte nur noch der aufklappbare Deckel. In blitzartiger Geschwindigkeit senkte sich eine Platte auf den Flügel und saugte sich von oben fest. Ein bewegliches Ding, dass dem Putzrobot nicht unähnlich war, rollte in die Nähe der Tasten und schlug eine nach der anderen an. Der Flügel wurde gestimmt, der Klavierstimmer glich einem zusammengestauchten Fragezeichen mit Dutzenden von Greifarmen. Der Klavierstimmer setzte sich allerdings nicht ab und zu an seiner Kaffeetasse nuckelnd auf einen Hocker, wie es die Mitglieder dieses altehrwürdigen Berufes zu tun pflegten. Er stand vor den Tasten, erledigte seine Arbeit in aberwitziger Geschwindigkeit, schon nach fünf oder sechs Sekunden war er mit dem Stimmen fertig. Dann rollte er zufrieden grummelnd davon.

Jennerwein staunte nicht schlecht, als sich eine weitere Maschine langsam näherte und ebenfalls in die Tasten griff, um den fertig gestimmten Flügel einzuspielen und auf Konzerttauglichkeit zu prüfen. Doch der hastig zusammengeschustert wirkende Knirps enttäuschte Jennerwein dann doch ein wenig. Natürlich hatte er keinen befrackten Pianisten erwartet, der sich verbeugte und mit selig-versonnenem Gesicht zu spielen anhub, aber die Schäbigkeit dieses Robots war fast atemraubend abstoßend. Es handelte sich um nicht viel mehr als ein Gestänge. Ein schmuckloses Gerippe, einem Kleiderständer nicht unähnlich, das mehrere klassische Stücke in verschiedenen Schwierigkeitsgraden und Geschwindigkeiten zum Vortrag brachte.

»Sie werden sich schnell an den Anblick gewöhnen, Kommissar. Sie werden vergessen, dass es eine Maschine ist.«

»Aber sie spielt doch quasi seelenlos!«, entgegnete Jennerwein kopfschüttelnd.

»Hören Sie da etwas Seelenloses heraus? Musik ist eine Abfolge von Tönen in einem bestimmten Rhythmus und in einer bestimmten Lautstärke, weiter nichts. Das kann eine Maschine auch. Die Zukunft werden Musiker in dieser Form sein.«

»Robots werden Konzerte geben?«

»Sie werden heute schon eingesetzt.«

Jetzt war der Kleiderständer zu einem anderen Stück übergegangen, er spielte mit zartem Anschlag und beseelten Tempiwechseln. Jennerwein kannte das Stück nicht, aber er war hingerissen. Zarte Glissandi wechselten sich mit überraschenden Harmonien ab, fast unhörbares Pianissimo mit wuchtigen Akkordläufen.

»Schön, nicht?«, sagte die begeisterte Stimme neben ihm.

Jennerwein war so gefangen in den Tönen gewesen, dass er gar nicht bemerkt hatte, dass die Stimme von einem Mann gekommen war, der sich neben ihn gestellt hatte. Von einem

Menschen. Als sich Jennerwein in seine Richtung drehte, erkannte er, dass es der taubenblaue Mann mit der bunten Krawatte war, der ihm vor ein paar Stunden, in einer weit entfernten Halle, aufgetragen hatte, den Boden zu säubern. Dieser Mann mit Krawatte war das erste menschliche Wesen, das er seit Stunden sah. Er betrachtete sein Gesicht, auf das er beim ersten Zusammentreffen nicht sonderlich geachtet hatte. Merkwürdig, dachte Jennerwein, dass sich ein Mensch dazu herablässt, sich mit einem kleinen Putzroboter zu unterhalten. Doch dann bemerkte er die ruckartigen Bewegungen, die allzu regelmäßigen Zähne und die viel zu starren Augen des Krawattenmannes. Es war kein Mensch. Und das ganze Gehabe von diesem Robot, die schraubenartigen Verbeugungen, das klitzekleine falsche Wesen in seinen Augen – es war der Koreaner Lim, der in der Verkörperung eines krawattentragenden Robots vor ihm stand.

17

»Und? Sind Sie mit Ihren Ermittlungen schon vorangekommen?«, fragte Lim, während im Hintergrund schon wieder der nächste Steinway-Flügel mit einem nagelneuen schwarzen Deckel versehen wurde.

»Nein, keinen einzigen Schritt, Herr Lim«, antwortete Jennerwein leicht verärgert über die scheinheilige Frage und katapultierte sich mit Daumen und Mittelfinger wieder in die Realität seines Bungalowzimmers. Der Steinway-Flügel war verschwunden, sie standen zusammen auf der Matte, Lim war ganz nahe an ihn herangetreten. Er hatte den Helm bereits abgenommen und begann nun, sich des Datenanzugs zu entledigen, so gelassen, als ob er das Ende des virtuellen Ausflugs in die Halle schon erwartet hätte. Jennerwein tat es ihm gleich und ließ sich schließlich erschöpft in einen Sessel fallen.

»So funktioniert es bei mir nicht, Herr Lim«, sagte er missmutig. »Andere Ermittler mögen technische Hilfsmittel als Bereicherung empfinden. Ich aber fühle mich dadurch gehandikapt. Ich bin durchaus ein experimentierfreudiger Mensch, der auch ermittlungstaktischen Neuerungen aufgeschlossen gegenübersteht. Aber bei dieser Exkursion hatte ich dauernd das Gefühl, von allen Seiten beobachtet und analysiert, vielleicht sogar beeinflusst zu werden. Das stört und behindert mich.«

Lim vollführte die höfliche, zur Kenntnis nehmende

Schraube. Jennerwein bot ihm ganz bewusst keinen Platz auf dem Besuchersessel an. Ihm war nicht nach einem Pläuschchen zumute.

»Sie haben sich bei der Aktion nicht wohlgefühlt, das kann ich nachvollziehen«, sagte der Koreaner. »Es ist eine neue, ungewohnte Welt für Sie. Ich entschuldige mich für die Unannehmlichkeiten, die Sie erdulden mussten. Es tut mir sehr leid.«

Lim faltete seinen Datenanzug sauber Kante auf Kante und legte ihn auf die Tagesdecke des Betts. Jennerwein hatte den seinen nur schlampig zusammengeknüllt und auf den Boden geworfen. Dort lag er nun, wie eine erschöpfte Seele, deren Körper verlorengegangen war. Oder umgekehrt wie ein Körper, der gerade seine Seele verkauft hatte.

»Dieses Nungwa-son, der spezielle Blick, den Sie mir zuschreiben und wegen dem Sie mich schließlich engagiert haben, kommt so nicht zum Tragen«, fuhr Jennerwein fort. »Ich muss Menschen nun einmal ins Gesicht sehen, um Erkenntnisse über sie zu gewinnen.«

»Aber soweit ich informiert bin, ist es doch inzwischen völlig selbstverständlich, dass beim polizeilichen Profiling computergestützte Hilfsmittel eingesetzt werden.«

»Ich will Ihnen nicht zu nahe treten, Herr Lim, aber was verstehen Sie vom polizeilichen Profiling?«

»Es unterscheidet sich nicht groß vom Business-Profiling.«

»Business-Profiling? Ich wusste gar nicht, dass es so etwas gibt.«

»Profiling ist Profiling. Die Polizei sucht Täter, wir hingegen suchen Kunden, in beiden Fällen werden so lange Daten gesammelt und ausgewertet, bis wir unsere jeweilige Klientel festgenagelt haben.«

Jennerwein lächelte höflich. So hatte er das allerdings noch nie gesehen. Der gewisse ›Blick‹, der ihm zugeschrieben wurde, ließ ihn oft den Schuldigen erkennen, bevor er auch nur den ersten kleinen Beweis für seine Mitwirkung an der Tat hatte. Der Staatsanwaltschaft brauchte er mit diesem ›Blick‹ natürlich nicht zu kommen, der geforderte begründete Verdacht fußte ja auf nichts als Jennerweins Gefühl. Politisch korrekt war das ganz und gar nicht, doch das Gefühl führte ihn in den meisten Fällen auf die richtige Spur.

Er straffte seinen verkrampften Rücken. Die Rolle als dienstfertiger Reinigungsroboter war anstrengender als gedacht.

»Es tut mir leid, aber so kann ich Ihnen nicht helfen. Es war interessant für mich, Ihre Welt der reibungslosen Effizienz kennengelernt zu haben, aber ich bedaure. Suchen Sie nach einem jungen Ermittlerkollegen, der mit diesen Medien aufgewachsen und vertraut ist.«

Lim verzog keine Miene. Trotzdem ging etwas Bekümmertes von ihm aus.

»Schade, dass ich Sie nicht überreden konnte. Dann soll es halt nicht sein. Es war schön, Sie kennengelernt zu haben.«

Jennerwein war ein wenig verwundert darüber, dass der Koreaner so schnell aufgab, nachdem er doch viel Mühe darauf verwendet hatte, ihn an die Leine zu bekommen. Schweigend verstaute Lim seinen Datenanzug und alles dazugehörige Equipment in einer Plastikhülle, dann wies er auf die Stücke hin, die Jennerwein auf den Boden geworfen hatte.

»Ich lasse Ihnen den Anzug hier. Falls Sie es sich doch noch überlegen.«

»Nehmen Sie ihn wieder mit. Ich werde ihn nicht mehr brauchen. Aber einen kleinen Gefallen können Sie mir tun.«

»Jeden, den Sie wollen.«

»Können Sie mir bitte diesen Greenscreen leihen? Ich würde ihn gern mal selbst bei einem Videocall ausprobieren.«

Lim lächelte nachsichtig.

»Ein Greenscreen ist kein Gegenstand. Es ist eine App. Ich richte sie Ihnen ein. Darf ich um Ihr Mobiltelefon bitten?«

Jennerwein reichte Lim sein Handy, dieser tippte eine Weile darauf herum. Dann verdunkelte er das Zimmer. Eine freie Stelle an der Wand hatte sich bereits leicht grünlich verfärbt.

»Stellen Sie sich davor und drehen Sie ein Webvideo von sich. Den geeigneten Hintergrund können Sie später auswählen. Boston, Shanghai oder der siebte Kreis der Hölle von Dante mit einem Wasserfall aus kochendem Blut – was auch immer Sie wollen.« Lim verbeugte sich erneut. »Es freut mich trotzdem, Ihre Bekanntschaft gemacht zu haben.«

Damit verschwand der Koreaner. Jennerwein war erleichtert. Er hatte alles versucht, ihm zu helfen, und er hoffte, seine Ablehnung plausibel und endgültig, aber auch höflich genug formuliert zu haben. Ein wenig unkonzentriert studierte er die Liste der momentanen Wellnessangebote des Hotels. Yoga, Bouldern, Kräuterwandern. Er blätterte die Liste mit den Hintergrundmotiven des Greenscreens durch. Rauschende Niagara-Fälle, sturmgepeitschte Berggipfel, aber auch Fausts mittelalterliches Studierzimmer oder die Kommandobrücke von Raumschiff Enterprise, alles war vertreten. Er wählte ein passendes Gatte-unterwegs-grüßt-Gattin-zu-Hause-Motiv aus und sprach ein paar Worte in die Kamera. Dann lenkte er seine Schritte in den Kraftraum des Hotels. Nachdem er das Speedbike bestiegen hatte, versuchte er als Erstes, den Bildschirm abzuschalten, der ihm die Fahrgeschwindigkeit, seine Körperwerte und noch zweiundzwanzigtausend weitere Informationen aufdrängen wollte. Passende Filme, Begleitlektüre, Ernährungstipps, Kontakte zu Menschen mit gleichen Blutwerten … Doch Abschalten war nicht möglich. Es war einfach nicht vorgesehen, dass sich jemand nur auspowern wollte und sonst nichts. Jennerwein seufzte. Er musterte die anderen Personen im Raum. Rechts neben ihm saß ein glatter, fast ohrenloser Typ, der kräftig in die Pedale trat und dabei ein hitziges Telefonat führte, das reichlich Konfliktpotenzial zu enthalten schien. Schräg gegenüber radelte eine gutmütig wirkende Frau mit einem sorgsam geschnittenen Stirnpony. Sie hielt die Augen geschlossen und bewegte die Lippen, als ob sie etwas sang. Daneben ein korpulenter Mittvierziger, wieder daneben ein schlankes, blasses Mädchen mit derart langen Fingernägeln, dass man fast Sorge haben musste, sie würde sich damit beim Umfassen der Fahrradgriffe die eigenen Pulsadern aufstechen. Jennerwein musterte einen Kandidaten nach dem anderen. Herrlich, dachte er, so viele Nebenfiguren in einem Raum, und man brauchte sich keine zu merken. Denn eines war sicher: Unter diesen Menschen war sicherlich kein Schuft. Wenigstens kein großer. Oder trübte sich auch hier sein Blick?

Nachdem Jennerwein die Grenzen seiner körperlichen Leistungsfähigkeit erreicht und überschritten hatte, nachdem auf diese Weise ein reinigendes Gewitter in seinem Kopf niedergegangen war, duschte er. Auch das war gar nicht so leicht, denn die Dusche war nur über ein Display mit furchtbar kleinen Symbolen zu bedienen, beim ersten Mal verbrühte er sich fast die Hand, beim zweiten Versuch floss nur dünnflüssiges Shampoo aus dem Seifenspender. Einfach den Wasserhahn aufdrehen wäre bei allen Bewertungsportalen wahrscheinlich mit ›rückständiger, verfallener, höchst unseriöser Wellnessbereich‹ bewertet worden. Schließlich kam er aus Versehen auch noch an das Feld für die Einstellung der Fußbodenheizung, die Bodenfliese wurde heiß wie eine Herdplatte, so dass er seitlich stehen und sich unter die Brause beugen musste, um überhaupt nass zu werden. Dafür gab es esoterische Musik und die regelmäßige Aufforderung, gefälligst die Seele baumeln zu lassen. Völlig zermattet von diesem Serviceterror zog er sich wieder an und lenkte seine Schritte – nirgendwo konkret hin. Er ging spazieren. Die Wolken am Himmel streunten ziellos herum, unschlüssig, wo sie ihre Last denn nun abwerfen sollten. Graue Zwischentöne und blässlichblaue Himmelsfragmente dominierten die Kuppel, auch der Wind konnte sich nicht recht für eine dauerhafte Richtung entscheiden. Ein wenig spiegelte das Wetter seine derzeitige ambivalente Lage wieder.

Es konnte ja nicht schaden, in der Kirche vorbeizusehen. Außerdem hatte er dort noch etwas zu erledigen. Als er den Mittelgang betrat, fand er zwei Reisegruppen vor, deren Fremdenführer sich einen kleinen Schaukampf um die umfassendste und zwingendste Erklärung lieferten. Das Gesicht des einen kam Jennerwein entfernt bekannt vor, auch die Stimme hatte er schon einmal gehört. Er setzte sich auf eine Kirchenbank und mimte den Gläubigen. Wahrscheinlich gelang ihm das nicht eben sehr überzeugend, einige aus der Reisegruppe sahen skeptisch zu ihm her. Ein doppeltes Blitzlichtunwetter ging auf das historische Holz nieder, dann verließen beide Gruppen die Kirche. Jennerwein sah sich um.

Außer ihm befand sich jetzt niemand mehr in den heiligen Hallen. Rasch trat er zum Beichtstuhl, zu der Stelle, an der die Acrylglasscheibe nicht ganz plan auf dem Aluminiumrahmen auflag. Mit der einen Hand zog er die Verglasung ein wenig auf. In der anderen Hand hielt er den kleinen, stricknadeldicken Spitzstichel. Es war das Überbleibsel einer Fortbildungsveranstaltung der Kollegen vom Raubdezernat. Man konnte mit ihm Türen und Fenster öffnen, einmal hatte Jennerwein sogar eine bedrohliche Häckselmaschine gestoppt, in die er geraten war. Jetzt kratzte er damit ein Stück von der gelblichen Wand ab und gab die Brösel in ein Beweissicherungsbeutelchen. Eine Nachricht an Hansjochen Becker, den Spurensicherer, hatte er im Bungalow schon vorbereitet: *Bitte bei Gelegenheit untersuchen, Verdacht auf –*

»Was tun Sie denn da? Das Berühren des Beichtstuhls ist streng verboten. Das ist alles denkmalgeschützt und Hunderte von Jahren alt! Was bilden Sie sich nur ein!«

Jennerwein steckte den Plastikbeutel schnell in die Tasche, der Pfarrer hatte ihn Gott sei Dank nicht bemerkt. Er hatte sich dicht vor Jennerwein aufgebaut, seine Haltung war gekrümmt, aber nicht kunstvoll geschraubt wie bei Lim, sondern eher dienstfertig, devot, wie bei einem Lakaien. Der arme Pfarrer hatte etwas von Quasimodo oder Riff Raff, nur der Kerzenleuchter fehlte noch. Wenn man allerdings genauer hinsah, war wohl ein Hexenschuss der Grund für seine gebückte Haltung. Der Pfarrer kämpfte gegen seine Rückenschmerzen.

»Aber ich kenne Sie doch!«, sagte der Geistliche und trat einen Schritt zurück, als hätte er gerade ein Bild fertiggemalt, bei dem nur noch ein paar Nebensächlichkeiten fehlten. »Sie waren doch schon mal da, nämlich gestern!« Fast flüsternd fügte er hinzu: »Sind Sie ein Mitarbeiter des Vatikan?« Seine Augen weiteten sich vor Schreck. »Ein Assaggiatore?«

Jennerwein schüttelte den Kopf und erklärte, dass er lediglich ein harmloser Tourist war. Der Plastikbeutel in seiner Tasche schien sich entzündet zu haben, so brannte er.

Endlich stand Jennerwein draußen vor der Kirchentüre. Während sich die eine Reisegruppe bereits die Straße entlangschob, bildete die andere einen Halbkreis vor dem Friedhofseingang. Der Reiseführer erzählte gerade, dass die Kirche nach der Teufelsgeschichte mit Ausnahme des Beichtstuhls bis auf die Grundmauern abgebrannt und erst im 20. Jahrhundert wieder neu aufgebaut wurde. Und jetzt, mit der Schiebermütze, die er sich inzwischen aufgesetzt hatte, erkannte Jennerwein den Kunstführer. Es war Jens Milkrodt, ein sportlicher Zweimetermann, bekannt als Literarischer Spaziergänger, sein Markenzeichen war sein lückenloses Wissen über Literatur und eine kecke Schiebermütze aus feinstem Tweed. Es gab das Gerücht, dass er sich vor Jahren mit der Schweizer Mafia eingelassen hatte. Anscheinend ging er nun wieder seinem alten Beruf nach.

»Bertolt Brecht hat diese Kirche übrigens mehrmals besucht. Recherchehalber. Er fand den Stoff interessant und hat ein Lehrstück darüber geschrieben. Mehr als den Titel und ein paar Anfangszeilen kennen wir leider nicht.«[3]

---

3 Bertolt Brecht: ›Der Teufel in der Mausefalle‹. Ein Lehrstück für Beelzebuben, Langschläfer und anderes Gelichter. Augsburg, 1903. Erster Akt. Die Bühne zeigt das Innere einer Kirche. Der Chor der Ministranten singt den Song von der Unmöglichkeit des Bereuens: »Wir stehen brav im dichten Weihrauchdampfe …« (Manuskript bricht hier ab)

Jennerwein wandte sich unwirsch um. Wo sollte er noch hingehen, um Ruhe zu finden! Eine Fischerhütte in Norwegen, und im Umkreis von 100 km kein Mensch? Und selbst da würden ihm eigenartige Spuren im Wald auffallen …

Jennerwein machte sich auf den Weg zurück ins Hotel. Sein Handy klingelte, Franz Hölleisen, der wackere Polizeiobermeister, war am Apparat.

»Geht es Ihnen gut, Chef?«

»Natürlich, bestens.«

»Erholen Sie sich auch wirklich?«

»Und wie. Ich komme gerade vom Speedbiken, mache momentan einen ausgedehnten Waldspaziergang und gehe dann in die Sauna. Hören Sie nicht die wachsende Kraft in meiner Stimme? Sie müssten mich sehen: muskulös, gestählt, erholt bis zum Anschlag.«

»Ich sehe Sie direkt vor mir, Chef.«

Alle im Team siezten sich, und das schon seit vierzehn Jahren. Irgendwann hatten sie den rechten Zeitpunkt versäumt, das zu ändern. Jennerwein für seinen Teil gefiel die wohlige Distanz zwischen sich und seinen liebsten Freunden, als die er die Teamkollegen inzwischen sah. Obwohl er einem davon gerade eine freche Lüge aufgetischt hatte, verspürte er keinerlei Anzeichen eines schlechten Gewissens. Er fand, dass er doch ein ganz guter Lügner war. Niemand hatte etwas bemerkt. Er gab den Brief mit dem Beweissicherungsbeutelchen an der Rezeption ab. Auf die gelblichen Brösel, die er von der Kirchenwand gekratzt hatte, sollte ein Fachmann seinen geübten Blick werfen.

»Ich traue dem Frieden nicht so recht«, sagte Hölleisen zum Spurensicherer Hansjochen Becker, als er aufgelegt hatte. »Ich bin überzeugt davon, dass der Chef an irgendeinem Fall arbeitet, er hat schon wieder so einen Ton drauf, so einen ermittlerischen.«

»Sicher brütet er über eine ungelöste Mordsache aus der Vergangenheit«, stimmte Becker zu.

»Na, Hauptsache, er erholt sich«, setzte Hölleisen gutmütig nach. »Wie er das macht, ist ja eigentlich egal. Manche legen sich auf die faule Haut und lassen die Zeit verstreichen, andere müssen sich mit ungelösten Rätseln beschäftigen.«

»In einem Wellnesshotel könnte ich mich auch nicht erholen«, grunzte Becker. »Ich bräuchte danach gleich wieder vier Wochen Arbeit, um auf null zu kommen.«

»Das müssen Sie sich ansehen!«

Kommissarin Nicole Schwattke war hereingekommen, sie hielt ein Handy in die Höhe.

»Es ist ein Gruß vom Chef!«

»Aus Paris? Das ist doch Paris, oder?«, fragte Hölleisen. »Was tut der denn in Paris? Ja, so ein Schlawiner!«

»Ich bezweifle, dass er in Paris ist«, warf Becker ein. »Mit einem Greenscreen kann man heutzutage alles machen.«

»Aber auf den ersten Blick hätte ich es geglaubt«, gluckste Hölleisen. »Und dem Chef hätte ich auch zugetraut, dass er nach Paris gefahren ist. Will der uns mit einem Greenscreen über den Tisch ziehen!«

Leise schmunzelnd gingen sie wieder ihren Tagesgeschäften nach. Gerade vorhin erst war wieder ein Doppelmord hereingekommen. Alle Spuren führten ins Nichts.

Im Zimmer angekommen, zog Jennerwein die Vorhänge wieder auf. Jetzt sah er das erste Mal bewusst aus dem Fenster und saugte den herrlichen übergrünen Anblick ein. Genießerisch hob er den Blick und beobachtete ein paar Schmetterlinge, die unentschlossen einen blühenden Strauch umflatterten. Der Vorgarten glich einem Urwald, die Bäume und Sträucher standen dicht an dicht, als ob sie einen Schutzwall für ein stilles Refugium bilden sollten. Etwas weiter huschte ein Gärtner durchs Bild, der hier wahrscheinlich einen aussichtslosen Kampf gegen die Vegetation führte. Abermals landeten Jennerweins Gedanken bei Rossi und der Firma World Wide Real Mikado Solutions. Warum eigentlich Mikado? Er hatte es versäumt, den Koreaner danach zu fragen. Als sich einer der Schmetterlinge auf einer Blüte niedergelassen hatte, taten es ihm die anderen gleich. Vielleicht war er der Chef dieser kleinen Flattergruppe. Wie war es Florian Rossi nur gelungen, die Schleusen der Fabrikhallen zu umgehen? In den Stechuhrprotokollen, die ihm der Geschätzte überlassen hatte, stand, dass Rossi die Hallen nicht offiziell verlassen hatte. Lim hatte mehrfach erwähnt, dass nichts so gut geschützt und kontrolliert und doppelt geschützt und zehnfach kontrolliert war wie die Ein- und Ausgänge der Gebäudekomplexe. Rossi musste einen sehr diskreten Schleichweg gefunden haben. Oder er befand sich noch in den Werkhallen. Tot oder lebendig. Wenn Rossi allerdings tot war, hätte man die Leiche irgendwann gefunden, bei all den Reinigungsrobots, die beliebig kleine organische Reste aufspüren konnten. Und wenn Rossi noch lebte und sich irgendwo im Inneren befand? Aber weswegen sollte er das tun? Wurde er gegen seinen Willen festgehalten? Jennerweins Gedanken landeten immer wieder bei den Schleusen, die verhindern sollten, dass sensible und militärverwertbare Daten und Stoffe wie dieses schweineteure Californium in die falschen Hände gerieten.

Jennerwein griff zum Handy und rief kurzentschlossen Lim an. Der ging sofort an den Apparat.

18

Der Isländer lag bäuchlings auf dem Hoteldach und blickte angestrengt durch sein Präzisionsfernglas. Von seinem Platz aus hatte er einen guten Blick auf den Bungalow mit der Nummer B15, durch das große Fenster konnte er sogar Einzelheiten im Inneren ausmachen. Momentan telefonierte seine Zielperson. KJ stand unbeweglich und angespannt da, der Isländer hätte ihn sogar mit einer alttestamentarischen Steinschleuder erledigen können. Doch sein Name war nicht David, die schnelle Lösung war des Isländers Sache nicht. Und das Spielerische war ihm ebenfalls fremd. Verbissen hielt er am ursprünglichen Plan fest, dieses Miststück von Kommissar für die Enttarnung seiner Schwester tausendfach büßen zu lassen. Er kippte sein Fernglas nach unten. Hatte sich in den Büschen vor der Terrasse nicht etwas bewegt? Nein, er musste sich getäuscht haben. Sofort hob er das Fernglas wieder, Jennerwein telefonierte immer noch angeregt. Der Isländer hielt nun schon seit ein paar Stunden die Stellung auf dem Hoteldach. Gleich ganz am Anfang hatte er eine skurrile Szene im Wohnzimmer des Bungalows beobachten können. Zwei Gestalten in Taucheranzügen hatten irre Zuckungen vollführt. Er hatte die Veitstänze zunächst für Trockentauchübungen gehalten, war es doch in einem Wellnesshotel nichts Ungewöhnliches, sich mit einem Tauchlehrer zu treffen, der einem die Grundbegriffe dieses wässrigen und dunklen

Sports erklärte. Der Isländer hatte selbst einmal einen Tauchkurs belegt, sozusagen aus beruflichen Gründen. Er hatte den Auftrag bekommen, genau solch einen Tauchliebhaber aus dem Verkehr zu ziehen. Er sollte das unter Wasser erledigen, indem er ihn vom Sauerstoffschlauch trennte. So hatte sich der Isländer kurzerhand unter die gutgelaunten Open Water Diver gemischt, hatte zunächst Schwierigkeiten gehabt, seine Zielperson zu erkennen, doch dann war er ganz nahe an den Typen herangekommen und hatte ihm eine letale Dosis in den Schlauch gespritzt. Doch das Gehampel vorhin im Bungalow konnte nichts mit Trockentauchübungen zu tun gehabt haben. Der Isländer hatte am Ende eher auf Kampfsportler in Schutzkleidung getippt. Schließlich hatte KJ seinen Anzug mit einer ausladenden Bewegung abgestreift und achtlos auf den Boden geworfen. Dieses Teil musste er sich, wenn er später im Zimmer war, um die Leitung für das Betäubungsgas zu legen, genauer ansehen. Langsam glitt sein Fernglas über das Mobiliar und die Einrichtungsgegenstände. Konzentriert suchte er nach einer Möglichkeit, seinen Plan zu vollenden. Die so mühsam präparierte Torte steckte sicherlich in irgendeinem Abfallcontainer des Hotels, er hatte die Suche danach aufgegeben, doch er hatte aus seinem gut getarnten Versteck im nahegelegenen Wald noch eine Ersatzampulle mit dem nützlichen Anästhetikum geholt. Millimeter für Millimeter fuhr er mit seinem Glas die Rückwand des Zimmers ab. Sollte er das Ketamin durch den Lüftungsschacht einleiten? Zu kompliziert. Durch die Wasserleitungsrohre? Zu aufwendig. Über das gekippte Fenster? Zu unsicher. Schließlich blieb sein Blick am offenen Kamin hängen.

Die Verschwörer, die den Isländer mit dem heiklen Job beauftragt hatten, warteten immer noch in dem schäbigen Hinterzimmer des abbruchreifen Landgasthauses. Die Ex-Knackis, Freigänger und Winkeladvokaten starrten auf das Notebook, das auf dem Tisch stand. Auf dem Bildschirm war ein wütender Mann zu sehen. Es war ein klägliches Bild, das Padrone Spalanzani abgab. Der ehemalige Herr über Leben und Tod hatte im Gefängnis erbärmlich an Gewicht verloren, sein geliebtes *Risotto nero*, die schwarzglänzende venezianische Reisspeise mit Calamari und echter Tintenfischtinte, hatte er ewig nicht mehr gekostet, und, wie um die Lachnummer auf die Spitze zu treiben, war zu allem Überfluss im Hintergrund eine Wäschespinne zu sehen, auf der ein paar gerippte Unterhemden des Mafiabosses zum Trocknen aufgehängt waren. Die hatte er vor der Videokonferenz in seinem Jail-Office vergessen wegzuräumen. Einige der Shirts trugen Einschusslöcher.

»Hat er schon angerufen?«, fragte er misstrauisch.

»Das Ganze verzögert sich noch ein wenig«, erwiderte der Advokat im Maßanzug. »Aber es kann nicht mehr lange dauern.«

»Nicht mehr lange dauern? Ich dachte, die Sache wäre längst erledigt. Maledetto! Der Commissario darf auf keinen Fall Wind von der Aktion bekommen, ich habe ausdrücklich einen unerwarteten Nahschuss angeordnet. Ich bin ihm das schuldig. Es ist eine Frage der Ehre. Und des Anstands. Und der Gerechtigkeit. Und jetzt? Was ist jetzt? Ein Patzer nach dem anderen!«

Padrone Spalanzani stieß ein paar grobe Flüche aus, stemmte sich aus dem Sessel und gab der Wäschespinne einen Fußtritt, dass sie krachend an die Wand flog.

»Mord im Orientexpress, dass ich nicht lache! Ich weiß schon, warum ich Verschwörungen noch nie gemocht habe. Es ist wie im Parlament, nichts kommt dabei heraus, weil einfach zu viele Leute mitreden.«

Schwungvoll klappte er das Notebook zu. Der Padrone stand mehr auf steile Hierarchien. Mit einem einzigen Mann an der Spitze. Nämlich ihm.

Wong, der Chinese, sah von seinem Computerschachspiel auf und blickte sich im Raum um.

»Wo ist eigentlich Emil Prokop?«, fragte er mit einer gefährlichen Milde in der Stimme. »Er wollte doch nur kurz vor die Tür, eine rauchen. Aber das ist schon ziemlich lange her.«

Die Verschwörer hatten sich auf Rauchverbot geeinigt, die Süchtlinge unter ihnen mussten raus ins Freie, weniger aus den Gründen, die in der *Apotheken Umschau* zu lesen waren, sondern eher wegen der DNA-Spuren an den Kippen. Draußen mussten die Kippen samt Asche dann überdies in vorbereitete Blechbüchsen gestreift und zu Hause entsorgt werden.

»So ein Affentheater!«, hatte Emil Prokop gemault.

Dann war er gegangen. Er war Kettenraucher, der die Zigaretten schon nach ein, zwei Zügen mit einem Ausdruck existenzialistischer Weltverachtung von sich schnipste. Prokop traute dem Isländer nicht. Er hatte ihn im Verdacht, den Auftrag absichtlich in die Länge zu ziehen, um ihn aufwendiger erscheinen zu lassen und dadurch mehr Kohle abkassieren zu können. Deshalb hatte sich Prokop ins Auto gesetzt und war kurzentschlossen zu diesem verdammten Hotel gefahren, das nicht allzu weit entfernt lag. Natürlich alles ohne Wissen der

Mitverschwörer. Dieser Isländer war dem Kommissar nicht gewachsen, davon war Prokop überzeugt. Jennerwein hatte es bisher immer wieder geschafft, sich aus den aussichtslosesten Situationen zu befreien. Er hatte mehr Leben als eine Katze, nicht sieben, sondern fünfzehn. Aber diesmal musste er dran glauben. Der Zeitpunkt war jetzt gekommen, den Spuk endgültig zu beenden. Er hatte das Hotelgelände betreten, sich im Geräteschuppen eine Gärtnerkluft übergestreift, sich ein bisschen umgehört und schnell erfahren, wo der berühmte Kommissar untergebracht war. Die Gärten vor den Bungalowterrassen waren dicht mit allerlei Gestrüpp bewachsen, ein Gärtner mit einem verhärmten Knastgesicht fiel da gar nicht auf. Dann aber die Überraschung: Als Prokop eine gute Beobachtungsposition eingenommen hatte und einen perfekten Blick ins Wohnzimmer von Jennerwein gehabt hatte, konnte er dort zwei Personen in Latex-Anzügen erkennen, die gerade irgendeine Bondage-Schweinerei trieben. Er hatte seinen ach so integren Hubertus also bei einer SM-Party erwischt. Auch egal. Ihm war nichts Menschliches fremd. Die beiden Gummimänner spielten Haschmich, da war ein schnelles Ende doch die gerechte Strafe. Aber dann hatten beide ihre Anzüge abgeworfen, und einer davon war tatsächlich Jennerwein gewesen. Seitdem wartete der falsche Gärtner auf einen günstigen Zeitpunkt zum Angriff, und der schien ihm jetzt gekommen. Leise kletterte er von dem Baum, den er für die Beobachtung bestiegen hatte, glitt zu Boden und robbte durch die Büsche. Seine unbändige Lust, eine Zigarette zu rauchen, musste er eine Weile im Zaum halten.

Der Isländer hätte schwören können, dass sich im Gestrüpp vor der Terrasse etwas bewegt hatte. Aber es war vielleicht nur der Wind gewesen. Oder ein Tier. Doch jetzt war er plötzlich hellwach. KJ war am Fenster erschienen. Er blickte sogar zu ihm hoch, sah ihn aber hundertprozentig nicht, schaute nur in seine Richtung. Er war KJ noch nie persönlich begegnet, deshalb musterte er ihn jetzt genauer. Der Kommissar hatte ein schmales Gesicht, volle, dunkle Haare und auffällige Lachfältchen, ein wenig ähnelte er diesem englischen Schauspieler, dessen Name ihm allerdings gerade nicht einfiel. Trotzdem er ja in Urlaub war und sich hier sicherlich entspannte, ging etwas Konzentriertes, ja fast Verbissenes von ihm aus. Unbeweglich starrte er aus dem Fenster ins Grüne, legte jetzt Daumen und Mittelfinger an die Schläfen und massierte sie, wie wenn er etwas herausstreichen wollte, vielleicht einen bösen Gedanken oder eine unangenehme Erinnerung. Er bewegte die Lippen, wie wenn er immer denselben Satz murmeln würde. Vorsichtig erhob sich der Isländer. Es war Zeit, den Plan zu vollenden.

An der Rezeption des Hotels Relax checkte eine sportliche, energisch wirkende Frau mit Stirnband ein. Sie steckte in grellbunten Leggins, Unauffälligkeit war ihre Sache nicht. Darüber hinaus trug sie einen großen, länglichen Koffer auf dem Rücken, der vielleicht ein Fagott oder eine Angel, am Ende gar ein Teleskopfernrohr zum Inhalt haben mochte. Bei all ihrer Auffälligkeit hätte man es nicht für möglich gehalten, dass sie eine leibhaftige Stalkerin nach Paragraph 238 StGB war. Eine, die es auf Hubertus Jennerwein abgesehen hatte. Und das schon seit Jahren. Jetzt aber war ihre Wut größer als die von Mafiaboss Spalanzani, dem isländischen Auftragskiller und allen Verschwörern zusammen. Erst kürzlich und eher zufällig hatte sie von der Heirat Jennerweins erfahren.

Jetzt kannte sie den Grund, warum er die vielen Briefe, die sie ihm geschrieben hatte, unbeantwortet gelassen hatte! Lange hatte sie komplizierte Rachepläne geschmiedet. Dann war ihr Vater gestorben, ein Jäger, der ihr eine veritable Jagdbüchse Marke Winchester samt Hülle vererbt hatte. Hubertus Jennerweins Aufenthaltsort im Hotel zu finden war nicht allzu schwer gewesen. Das Relax protzte inzwischen sogar auf Facebook mit dem Kommissar als Gast:

Sport- und Wellnesshotel Relax
#Spaß #Gesundheit #Kräuterwanderungen
#Seele baumeln lassen!
+++News+++: Wir haben wieder einen prominenten Gast:
Gerade ist #Kommissar #Jennerwein eingetroffen ...

»Wollen Sie sich vielleicht die Altstadt ansehen?«, sagte die Rezeptionistin gerade. »Wenn Sie was essen wollen, kann ich besonders den Teufelskeller empfehlen. Das Preis-Leistungs-Verhältnis stimmt dort.«

»Nein, danke. Ich will mich ein wenig auf dem Hotelgelände umsehen.«

»Natürlich. Wollen Sie Ihr Gepäck in der Zwischenzeit abstellen?«

»Nein, das nehme ich mit.«

»Da wird doch wohl kein Gewehr drin sein!«, scherzte die Rezeptionistin. »Nein, Spaß muss sein. Lassen Sie Ihre Seele baumeln!«

»Das werde ich«, sagte die energisch wirkende Stalkerin.

Die Buffetschmarotzerin hatte sich zunächst vorgenommen, das Relax nicht mehr zu betreten. Es war einfach zu riskant.

Aber sie hatte im Netz recherchiert und etwas herausgefunden. Der Mann, der im Wald fast über sie gestolpert wäre, war niemand anderer als der legendäre Kommissar Jennerwein. So eine Überraschung! Aber warum hatte er sie nicht verpfiffen? Er war doch der wildeste Hund in der Szene, niemand kam ihm aus. Nach langem Überlegen hatte sie sich dazu entschlossen, Kontakt zu ihm aufzunehmen. Langsam wurde sie zu alt für den Schmarotzerjob. Vielleicht konnte ihr der Kommissar eine Stelle als Polizeispitzel vermitteln. Oder einen Job als Beraterin in der Abteilung Diebstahl / Betrug / Unterschlagung. Solche Fälle gab es doch immer wieder, dass Klein- und Großkrimimelle kurz vor der Rente die Seiten wechselten. Nachdem sie sich durchgefragt hatte, stand sie schließlich vor der Tür des Bungalows. Sie klingelte, doch niemand öffnete. Gerade als sie einen weiteren Zettel für ihn schreiben wollte, fiel ihr Blick auf eine Plastikhülle, die neben der Tür am Boden lag. Das Bündel war nur unzureichend verschlossen, sie warf einen Blick hinein. Dann zog sie die Matte und den Datenanzug heraus. Wahnsinn! Das war ein *Mobile Suit* der Firma Mikado. Das allerneueste Modell mit verbesserter Mimikerfassung, dem FaceTracker 12.0, der jeden noch so kleinen Lidschlag, jede Andeutung eines Grinsens in Echtzeit weiterleiten konnte. Es war sogar die verbesserte Version mit komplettem Außenskelett, Software zur Muskel- und Hautsimulation und vielen Sonderfunktionen des FullbodyTrackings. Das Ding kostete ein Vermögen, und es lag einfach so vor der Tür? Sie änderte ihren Plan. Jennerwein würde sich vielleicht gar nicht mehr an sie erinnern können. Aber dieser Anzug war unbezahlbar. Den musste sie an sich nehmen und ausprobieren, bevor es ein anderer tat.

19

Jennerweins Körper straffte sich. Langsam drehte er sich zum Fenster und betrachtete die blühenden Sträucher, die im Garten des Bungalows wild durcheinander wucherten. Erst jetzt fiel ihm auf, dass man sich dadurch bestens anschleichen konnte. Doch dieser Gedanke verflüchtigte sich sofort wieder. Wer sollte so dumm sein, ihn hier vor aller Augen anzugreifen? Er hörte das ruhige Atmen des Koreaners am anderen Ende der Leitung. Fernes Kinderlachen, Rauschen des Windes, vereinzeltes Vogelgezwitscher – Lim befand sich hörbar in freier Natur. Jennerwein kam gleich zur Sache.

»Ich habe Sie angerufen, weil ich die Hallen persönlich in Augenschein nehmen will, insbesondere die möglichen Tatorte. Ich will noch einen letzten Versuch wagen, Rossis Verschwinden aufzuklären.«

Es klingelte an der Bungalowtür. Jennerwein achtete nicht darauf. Die Minibar musste ohnehin nicht aufgefüllt werden. Goyó Lim, dessen Vorname tatsächlich Stille, Ruhe, Pause, Besinnung auf sich selbst, Urlaub und vieles andere in dieser Richtung bedeutete (Jennerwein hatte nachgeschlagen), räusperte sich und trank deutlich vernehmbar einen Schluck sprudelndes Wasser aus der Flasche. Hatte ihn die Ansage so geplättet? Jennerwein ließ Lim Zeit zu antworten. Nach einer Weile begann der Koreaner, wie immer höflich und zurückhaltend:

»Es freut mich, entgegen allen Erwartungen doch wieder von Ihnen zu hören, Herr Kommissar. Aber wie ich schon sagte: Bei Mikado Solutions handelt es sich um einen international operierenden Konzern, der neben harmlosen Konzertflügeln, Büchern und Verpackungsmaschinen –«

»– auch hochbrisante, datensensible und militärisch relevante Produkte herstellt«, fiel ihm Jennerwein ins Wort. »Sie haben mich deutlich über Ihre Sicherheitsbedenken informiert, aber ich ermittle nun einmal nicht ohne persönlichen Augenschein. Ich habe mir bislang einen flüchtigen Eindruck von dem Fall verschafft und dabei einige Puzzleteilchen gesammelt. Weitere Schritte kann ich nur persönlich vor Ort unternehmen.« Nach kurzem Zögern fügte er hinzu: »Herr Lim, ich hätte Sie nicht angerufen, wenn ich nicht schon einen bestimmten Verdacht hätte. Und der erhärtet oder zerschlägt sich für mich nur vor Ort.«

»Darf ich möglicherweise erfahren, um was für einen Verdacht es sich handelt?«, fragte Lim.

»Sie sind nicht mein Chef, Herr Lim«, entgegnete Jennerwein mit Nachdruck. »Verstehen Sie mich nicht falsch, aber ich bin Ihnen keinerlei Rechenschaft schuldig. Wenn ich ermittle, dann mache ich es auf meine Art. Entweder Sie akzeptieren das, oder ich lege jetzt auf. Dann trennt uns hinfort das ganze Universum, wie man im Koreanischen sagt.«

Vom anderen Ende der Leitung kam keine Antwort. Um ein klein wenig mehr Höflichkeit bemüht, fuhr Jennerwein fort:

»Sie haben übrigens Ihren Datenanzug bei mir vergessen. Ich habe ihn vor die Tür gelegt, holen Sie ihn bitte ab, wann immer Sie wollen.« Sein Blick fiel auf das nachlässig hingeworfene Bündel, das er selbst getragen hatte und das jetzt wie ein lebloser Körper auf der Kontaktmatte lag. »Auch den anderen Anzug werde ich nicht mehr brauchen. Befreien Sie mich bitte von diesen gutgemeinten, aber inzwischen unnützen Leihgaben. Denn zum Wassertreten werde ich in meinem Alter nicht als konfigurierter Avatar, sondern leibhaftig in die Fluten steigen. – Also?«

Es tat Jennerwein leid, dass ihm der Ton vorhin etwas schroff geraten war, aber der Vorstoß zeitigte Ergebnisse. Mit einem leicht bekümmerten Unterton sagte Lim:

»Gut, dann soll es wohl so sein. Geben Sie mir eine Liste mit den Örtlichkeiten in der Halle, die Sie in Augenschein nehmen wollen. Ich werde Ihnen dann mitteilen, ob eine persönliche Besichtigung möglich ist oder nicht.« Vorsichtig fügte Lim hinzu: »Ich darf aus Ihren Worten schließen, dass Anlass zu der Vermutung besteht, Rossi habe die Hallen gar nicht verlassen. Sind Sie denn wirklich der Meinung, dass er noch lebt und den Verrat von Betriebsgeheimnissen womöglich vor Ort organisiert?«

»Auch das schließe ich nicht aus.«

»Das ist unmöglich«, wandte Lim energisch ein. »Unsere Kontrollsysteme und Bioscanner arbeiten gerade diesbezüglich einwandfrei.«

»Ja, wenn Sie alles so genau wissen und alles so gut im Griff haben«, erwiderte Jennerwein süffisant, »dann kann ich jetzt wohlgemut und entspannt die nächste Anwendung besuchen. Wassertreten bei Herrn Koschattke, Rückentraining bei Frau Haase, auch die Minibar müsste aufgefüllt werden, ich rufe gleich mal nach dem Room Service –«

»Es gibt natürlich durchaus eine Möglichkeit, wie Sie in die Hallen gelangen können«, unterbrach Lim. »Zumindest eine theoretische. Allerdings nur für einen begrenzten Zeitraum.«

»Dann rücken Sie mal raus mit dieser theoretischen Möglichkeit.«

Wieder schwieg Lim. Er machte mehr Pausen als John Cage. Jennerwein sah wieder aus dem Fenster und fixierte ein Rudel immergrüner Thujen. Sie schwankten in unregelmäßigen Abständen im Wind. Auf der Fensterscheibe war eine Schrift eingraviert. Gerade als er versuchte, sie zu entziffern, sagte Lim:

»Haben Sie Flugangst?«

»Nein, durchaus nicht.«

»Ich organisiere ein Firmenflugzeug, mit dem wir in die von Ihnen gewünschten Bereiche gelangen können«, begann Lim zögerlich.

Jennerwein war sich ziemlich sicher, dass Lim diesen Plan schon von Anfang an in der Tasche gehabt hatte. Er glaubte zu wissen, was jetzt kam, aber er unterbrach ihn nicht.

»Allerdings müssen Sie sowohl auf der Fahrt zum Flugplatz wie im Flugzeug selbst eine Augenbinde tragen, Herr Jennerwein. Für den Rückflug und die Rückfahrt gilt natürlich dasselbe. Könnten Sie sich vorstellen, diese Einschränkung in Kauf zu nehmen?«

»Wann soll der Blindflug losgehen?«

»Wann immer Sie wollen, Kommissar. In einer halben Stunde vielleicht?«

Jennerwein lachte auf.

»Sie sind mir vielleicht ein Früchtchen!«

»Ein Früchtchen? Ich verstehe nicht ganz –«

»Sie verstehen sehr gut.«

Jennerwein war nicht so überrascht, wie er vorgab. Lim

musste diesen Coup längst vorbereitet haben. Wahrscheinlich war das Flugzeug schon startklar, und die Triebwerke liefen sich bereits warm.

»Wenn es Ihnen passt, hole ich Sie also in einer halben Stunde ab. Morgen früh sind wir wieder hier.«

»Wir?«

»Verstehen Sie mich nicht falsch, aber ohne meine Hilfe werden Sie sich kaum Eintritt in ein Gebäude von Mikado Solutions verschaffen können.«

Zu seiner eigenen Überraschung verspürte Jennerwein ein Gefühl der Erleichterung, vielleicht sogar der Befreiung. Er wunderte sich selbst darüber, dass er sich von dem Koreaner keine Spur über den Tisch gezogen fühlte. Das brennende Bedürfnis, auch diesen Fall, so inoffiziell er sich auch immer gestaltete, rasch abzuschließen, war derart stark, dass es alle anderen Impulse zurückdrängte. Ihm fiel ein, dass ihn seine Kollegen des Öfteren als Erledigungs-Nerd bezeichnet hatten. Jennerwein war es seit Jahren gewohnt, alle Fälle, die er auf den Schreibtisch bekam, erfolgreich abzuschließen. Er hatte keine einzige Ermittlung zurückstellen oder gar zu den Akten legen müssen, und er wusste, dass er auch jetzt nicht einfach aufgeben konnte. Ansonsten würde ihn der Gedanke an Rossis Verbleib in nächster Zeit nicht mehr loslassen. Erst jetzt war ihm klargeworden, dass dieser Erledigungsfimmel seine eigentliche Marotte war. Es gab einen Begriff dafür, der ihm momentan nicht einfiel. Wusste Lim davon und nützte das schamlos aus?

Jennerwein sah auf die Uhr und fuhr fort, den kleinen Wanderrucksack mit dem Nötigsten zu bestücken. Schon während des Telefonats mit Lim hatte er damit begonnen.

Handy, Ladekabel, Taschenmesser und Sonnenbrille, einige Kleidungsstücke, darunter die Wollmütze, die er schon an so vielen eiskalten Tatorten getragen hatte. Er vergaß auch nicht den kleinen Spitzstichel, der allerdings eher ein Talisman war. Aus dem Hotelschrank nahm er noch das Nähset mit Nadel und Nähgarn mit, man konnte ja nie wissen. Mit jedem dieser unscheinbaren, aber manchmal überlebenswichtigen Gegenstände wuchs die Gewissheit, dass er das jetzt durchziehen musste. Das vertraute Gefühl, an einem Fall zu arbeiten, breitete sich süß und wohlig in seinem Inneren aus. Er kam sich vor wie ein Pralinenliebhaber, der nach langem Entzug wieder der ersten zuckrigen Versuchung nachgab. Nur sicherheitshalber und routinemäßig erstellte er ein Protokoll seiner bisherigen Aktivitäten in der Angelegenheit Rossi, er notierte die Eckdaten, die Namen und Aussagen, dann steckte er den Zettel in einen Briefumschlag. Den Brief wollte er an der Rezeption abgeben, adressiert war er an sein eigenes Polizeirevier, der Zusatz ›Zu Händen von Frau Hanna Mezger‹ bedeutete, dass das Team das Schriftstück nach zwei Tagen öffnen sollte, wenn es kein Lebenszeichen mehr von ihm erhielt, dass der verschlossene Umschlag jedoch ungesehen zu schreddern und auch nicht weiter zu kommentieren wäre, wenn Jennerwein unversehrt wieder auftauchte. Als er den Bungalow verlassen wollte, hielt er noch einmal inne. War da nicht ein leises Zischen gewesen? Er sah sich im Raum um und schnupperte. In der Nähe des Kamins bildete er sich ein, leichten Gasgeruch wahrgenommen zu haben. Doch wahrscheinlich hatte er sich getäuscht. Vielleicht hatte der Wind etwas hereingetragen. Erst als Jennerwein schon längst im Flugzeug saß, fragte er sich, warum in aller Welt ausgerechnet aus dem Kamin Gasgeruch kommen sollte.

»Ich darf doch, Kommissar –«

Lim legte Jennerwein die Augenbinde an, als sie im Auto saßen, und warf dem Fahrer ein paar Worte auf Koreanisch zu, der nickte nur. Vielleicht hatte er ihm das Ziel genannt oder ihn gebeten, vorsichtig zu fahren, vielleicht hatten die Worte auch so etwas wie *Endlich haben wir den zähen Brocken am Haken!* bedeutet. Lim schien Jennerweins Gedanken erraten zu haben.

»Ich habe ihm gesagt, dass er über Ellenbach fahren solle, dann bei Sülz wieder auf die Landstraße, auf keinen Fall über Bad Langwied, dort gibt es nämlich meist Stau.«

Erst nach einer Stunde brach Jennerwein das angespannte Schweigen durch ein dezentes Hüsteln.

»Haben Sie sich das Ganze nochmals überlegt, Herr Kommissar?«, fragte Lim. »Wir können jederzeit umkehren, wenn Sie das wünschen. Mit kalten Füßen ist schlecht wandern, wie ein altes koreanisches Sprichwort lautet.«

»Nein, nein«, antwortete Jennerwein. »Mein Entschluss steht fest. Aber ich habe mich gerade gefragt, ob Sie, Herr Lim, ein –«

Lim unterbrach ihn mit einem lauten Lachen.

»Ob ich ein wirklicher Mensch bin? Oder etwa eine Künstliche Intelligenz? Das hätten Sie wohl gerne, Herr Kommissar! Nein, ich sagte Ihnen doch, dass die Bestrebungen in der Robotik-Branche inzwischen nicht mehr dahingehen, Menschen nachzubauen. Lebewesen von dieser Sorte haben wir mehr als genug. Meinen Sie, dass man mich frei in der Gegend herumlaufen ließe, wenn ich wirklich ein sündhaft teurer Robot wäre? Und das alles nur wegen eines verschwundenen Mitarbeiters, der in der Hierarchie gelinde gesagt nicht ganz oben steht?«

»Vielleicht sind Sie ja ein Robot und wissen es gar nicht.«

»Das könnte aber genauso auf Sie zutreffen, Herr Kommissar. Schauen Sie her, Sie haben in den letzten Jahren jeden Kriminalfall, mit dem Sie befasst waren, zur Zufriedenheit aller gelöst, schnell, effizient und ohne Rücksicht auf Ihr eigenes Wohlbefinden. Das hat doch durchaus etwas Maschinelles, Serienmäßiges, finden Sie nicht?«

Jennerwein schwieg zu diesem Gedankenspiel. Niemand sagte etwas. Dann fiel Jennerwein unvermittelt der Ausdruck für die Marotte ein, die ihm zugeschrieben werden könnte: *Ergotáxiophobie*, Vervollständigungszwang, wörtlich: die Angst vor der Baustelle. Einige Bekanntheit hatte dieser liebenswerte, aber lästige Spleen in einer beliebten Fernsehserie erlangt, der Antiheld Sheldon Cooper wird dort als jemand gezeigt, der unfähig ist, Dinge unvollendet zu lassen.[4] Aber war es nicht so, dass genau dieser Spleen die Menschheit schon immer zu Höchstleistungen angespornt hatte? Ohne die Ergotáxiophobie wäre das Feuer niemals entfacht und das Rad nur halb erfunden worden, der Kölner Dom würde nur als Grundriss, die Mona Lisa nur als Skizze existieren –

»Wollen Sie einen KI-Witz hören, Herr Kommissar?«

»Nein, danke. Wie gesagt: Ich mag keine Witze.«

Die weitere Fahrt wurde wieder schweigend zugebracht, sie dauerte nach Jennerweins Schätzung bereits knapp zwei Stunden, der Flugplatz musste also mindestens zweihundert Kilometer vom Hotel Relax entfernt liegen. Die Strecke war kurvenreich, den Geräuschen nach führte ein Drittel davon über eine Autobahn. Am Schluss ging es steil bergauf, was

---

4 Big Bang Theory, Staffel 6, Folge 21 (»Closure Issue«)

Jennerwein dann doch ein wenig verwunderte. Ein Startplatz auf einer Hochebene? Immer noch mit blickdichter Augenbinde, von Lim sanft geführt, bestiegen sie ein kleines bis mittelgroßes Flugzeug, in dem Lim und er offenbar die einzigen Fluggäste waren.

»Wünschen Sie Musik?«, fragte Lim.

Jennerwein wurde genötigt, Kopfhörer aufzusetzen. Nach grob überschlagenen vier Flugstunden ohne weitere Vorkommnisse und ohne irgendeine Möglichkeit der Orientierung landeten sie. Sie waren am Ziel. Genauer gesagt war wohl Lim an seinem Ziel, auf das er so lange hingearbeitet hatte. Aus der unerwartet kurzen Flugzeit schloss Jennerwein lediglich, dass sich das Werk doch nicht, wie er zunächst vermutet hatte, im asiatischen Raum befand. Vier Stunden Flug konnten Athen oder Tanger, aber auch Reykjavik oder die Färöer Inseln bedeuten.

Er nahm seinen Wanderrucksack ab und wühlte darin herum. Jetzt war er sich gar nicht mehr so sicher, ob er das richtige Equipment für seine Reise mitgenommen hatte. Große Helden hatten da wohl mehr Gespür. Odysseus hatte Wachs für seine zehnjährige Fahrt eingepackt. Woher wusste der alte Grieche vor seiner Abreise nur, dass er Unmengen davon brauchen würde? Jennerwein schnürte den Rucksack wieder zu.

WAS GROSSE HELDEN IN IHREN RUCKSACK PACKEN

Odysseus: Wachs
Thor: Hammer
Miss Marple: Stricknadel
Superman: Ersatzumhang
Old Shatterhand: Lexikon Apatschisch / Deutsch – Deutsch / Apatschisch
Oskar Matzerath: Blechreinigungsmittel, Ersatztrommelfell
Herkules: To-do-Liste
Richard III.: Buckel, Pferdesattel
Popeye der Seemann: mehrere Dosen Spinat
Reinhold Messner: Ersatzrucksack
Sisyphus: Unterlegkeil für Ruhepausen
Medusa: Schlangenfutter
Gollum: Etui für den Ring
Alexei Grigorjewitsch Stachanow, sowjetischer Bergmann, Held der sozialistischen Arbeit durch permanente Plansollübererfüllung (1906–1977): Schaufel
Pinocchio: Holzpflegemittel
David: Schleuder
Romulus und Remus: Gründungsdokumente
Lisa Simpson: Saxophon
Principessa Catarina di Poggionativo: »Die begeisterte Bergsteigerin bestand bei der Erstbesteigung des Monte Cervino darauf, die Schuhe auf dem Gipfel zu wechseln und für den Abstieg,

bei schlechtem Wetter, für kiesiges Gelände usw. weiteres Schuhwerk dabeizuhaben. Lakaien schleppten also dreißig Paar erlesenster Fußkleider in ihren Rucksäcken auf viertausend Meter Höhe mit, was das luftige Vergnügen außerordentlich trübte.« (Quelle: Casanovas Memoiren)

Robin Hood: Strumpfhosen
Wilhelm Tell: Armbrust, Apfel
Franz Beckenbauer: Doppelpass
Siegfried: Tarnkappe
Phönix: Streichholz
Kaspar Hauser: nichts
Tweedledum: Tweedledee (und umgekehrt)
Madame Tussaud: Wachs (und so schließt sich der Kreis)

20

Kaum war das Flugzeug gelandet, kletterten der Koreaner und der Kommissar die schwankende Gangway hinunter und setzten ihren Fuß auf den für Jennerwein namenlosen Boden. Lim befreite Jennerwein von der Augenbinde, dieser musste sich erst an die Helligkeit gewöhnen.

»Das Flugzeug gehört vermutlich auch zur Produktpalette von Mikado?«, fragte er blinzelnd.

Lim musste gegen den Lärm der auslaufenden Flugzeugmotoren anschreien.

»Natürlich«, rief er, und die Turbinen konnten den Stolz, der darin mitschwang, nicht ganz zerschreddern. »Es ist ein Prototyp aus der Luftfahrtabteilung MikadoAir, ein neues Modell mit dem Namen Ghillie. Es gibt nur zwei Testexemplare davon. Sehen wir uns die Maschine aus der Entfernung an, dann werden Sie das Prunkstück erst so richtig kennenlernen.«

Nachdem sie ein paar Schritte gegangen waren, drehten sie sich um. Jennerwein schüttelte verwundert den Kopf. Das Flugzeug, dem er entstiegen war und das dort in zwanzig oder dreißig Metern hätte stehen müssen, war nicht mehr zu sehen. Es schien vom Erdboden verschluckt worden zu sein.

»Wo ist das Flugzeug geblieben?«

»Ghillie steht nach wie vor am Platz«, antwortete Lim mit kindlichem Glucksen. »Es hat seinen Namen von einem in

Blätter und Moos gekleideten Wesen aus der schottischen Mythologie. Unser Ghillie ist ein Tarnkappenflugzeug und kann sich bei Bedarf unsichtbar machen.«

Jennerwein wandte sich stirnrunzelnd an den Koreaner.

»Und wie dieser Hokuspokus genau funktioniert, ist vermutlich ein Betriebsgeheimnis von Mikado Solutions, habe ich recht?«

»Es ist kein Hokuspokus. Und es ist auch kein Betriebsgeheimnis. Das Prinzip ist ganz einfach. Eine hochempfindliche Kamera filmt die Landschaft auf der einen Seite und projiziert sie auf die gegenüberliegende Außenfläche. Der Hintergrund wird also kopiert und vor das Objekt gebracht, so dass der Betrachter, wo er sich auch befinden mag, immer nur den Hintergrund, nie das Flugzeug selbst sieht. Das ist militärisch gesehen ziemlich nützlich, finden Sie nicht?«

»Es ist kaum zu glauben.«

Lim winkte.

»Kommen Sie, gehen wir wieder zurück.«

Jennerwein hatte sich vorgenommen, sich in den nächsten Stunden ganz auf den Fall Rossi zu konzentrieren, aber jetzt war seine Neugier größer. Er ließ sich von Lim zurückführen. Und dann geschah das Erstaunliche. Je näher sie dem hohen Gitterzaun mit der dahinter liegenden saftig grünen Wiese kamen, desto deutlicher schälten sich die Umrisse eines mittelgroßen Flugzeugs heraus, bis man es schließlich aus wenigen Metern Entfernung leibhaftig vor sich sah.

»In der Nähe funktioniert der Ghillie-Effekt eben noch nicht ganz, aber wir arbeiten daran.«

Jennerwein war sich sicher, dass das nicht die einzige Überraschung in dem Werk von Mikado Solutions bleiben würde.

Er blickte sich um. Sie befanden sich auf einem riesigen Areal, das in der Ferne von hohen Gerüsten und Zäunen begrenzt war. Dahinter war freie Natur zu sehen. Die immens große Halle wurde bedeckt von einem Glas- oder Acryldach, durch das Jennerwein den blauen Himmel erkennen konnte. Aber vielleicht war ja das auch schon wieder eine Projektion.

»Ich sehe mit Freude, dass Sie sich bereits im Ermittler-Modus befinden. Die Halle ist vollklimatisiert, Sie können also nicht vom Klima auf den Standort schließen.«

»Das hatte ich auch gar nicht vor. Ich will mir jetzt endlich die Arbeitsplätze von Rossi ansehen.«

»Davon will ich Sie nicht abhalten. Offiziell sind Sie ab sofort ein potenzieller Investor, der sich für unsere Technologien interessiert. Hier Ihre Legitimation. Und, falls Sie unerwartet in Schwierigkeiten geraten sollten, ein Notausschalter. Damit können Sie jede Maschine in Ihrer Nähe außer Funktion setzen. Sie werden ihn nicht brauchen, aber sicher ist sicher.«

Jennerwein steckte das kleine Kästchen in die Tasche und nadelte die beschriftete Plastikkarte an das Revers seines Jacketts. Ein wenig kam er sich jetzt vor wie einer der heiteren Businesspeople, die er gestern Morgen im Hotel Relax beim Frühstück beobachtet hatte. Dabei fiel ihm die namenlose Buffetschmarotzerin wieder ein. Sie hatte ihm ihre Telefonnummer gegeben, doch er hatte nicht vor, sie anzurufen. Das *eine* zweifelhafte Abenteuer, in dem er sich momentan befand und das sicher gegen so ziemlich alle polizeilichen Dienstvorschriften verstieß, genügte ihm vollauf.

»Hier entlang, Herr Investor.«

Der Fußmarsch durch die erste Werkhalle dauerte seine Zeit, doch Jennerwein war ganz froh, sich nach dem Flug die Beine vertreten zu können. Wie er erwartet hatte, mussten sie mehrere Schleusen, Pforten und Kontrollen passieren. An einem der Bioscanner erfuhr Jennerwein, dass er menschlich, männlich und medioker war.

»Was bedeutet gleich noch mal medioker?«

»Man könnte es wenig höflich mit ›mittelmäßig‹ übersetzen. Sie haben durchschnittliche Werte, Herr Jennerwein. Mittelgroß, mittelschwer, mittelmuskulös, die Gesundheitswerte im grünen Bereich, keine weiteren Auffälligkeiten.«

»Das wusste ich vorher schon, auch ohne Bioscanner. Damit arbeite ich seit Jahren, es ist sozusagen mein Handwerkszeug.«

»Aber jetzt haben Sie es schwarz auf weiß.«

Jennerwein wies auf den Scanner.

»Wenn jemand das Werk wieder verlässt, dann muss er doch wohl auch durch eines dieser Dinger?«

Lim nickte. Auch das vollführte er mit einer gewissen schraubenartigen Bewegung. Es war die doppelt genickte Schraube vorwärts.

»Dass Rossi das Werk ganz offiziell verlassen hat, ist also so gut wie ausgeschlossen.«

»Dass er sich aber seit einem halben Jahr unbemerkt im Werk aufhält, ist eigentlich noch unwahrscheinlicher«, wandte Jennerwein ein.

»Genauso ist es. Wir haben nach Rossis Verschwinden in den Hallen großflächige Bioscans durchgeführt. Wir können normalerweise lebende Organismen sowie totes biologisches Material bis auf ein Tausendstel Gramm und bis in den letzten Winkel aufspüren. Hier jedoch ohne Ergebnis.«

Rossi hatte sich also in Luft aufgelöst, so wie es Ghillie gerade getan hatte. Dieser Gedanke war Jennerwein schnell in den Kopf geschossen. Doch der Zusammenhang zwischen

Florian Rossi und dem Tarnkappenflugzeug verblasste und verschwand schließlich ganz, wie sich schottischer Hochmoornebel am Loch Rannoch verzieht. Wer schon mal dort war, weiß, wovon die Rede ist.

»Wozu werden diese Bioscanner normalerweise eingesetzt?«, fragte Jennerwein.

»Zum Aufspüren von Aerosolen und anderen Luftverschmutzungen. Wir wollen unsere menschlichen Mitarbeiter vor Infektionskrankheiten und die empfindlichen Robots vor Fetten, Feinstaub und Pollen schützen.«

Jennerwein sah sich um. Es war weit und breit niemand zu sehen, weder Mensch noch Maschine. Jennerwein zögerte trotzdem, frei zu sprechen. Unwillkürlich senkte er die Stimme und hielt sich die Hand vor den Mund wie ein Fußballnationaltrainer. Er war sich der Lächerlichkeit dieses Unterfangens durchaus bewusst.

»Und wenn dieses Gespräch jetzt abgehört wird?«

Lim lächelte.

»Erstens kann Ihnen das außerhalb dieser Hallen auch passieren, diesbezüglich können Sie sich heutzutage an keinem Ort der Erde mehr sicher fühlen. Zweitens machen wir überhaupt keinen Hehl daraus, dass wir das, was sich in den Hallen abspielt, aufzeichnen. Wir führen stichprobenartig Audio- und Videoaufzeichnungen durch, die natürlich nach kurzer Zeit wieder gelöscht werden. Aber Sie kennen das Problem vermutlich: Wie kann man sich sicher sein, dass etwas vollständig und dauerhaft gelöscht wird? Der Radiergummi erzeugt mitunter Spuren, die noch viel zielgenauer auf das Ausradierte hinweisen.«

»Einer unserer Spurensicherer hat einen ähnlichen Spruch über seinem Schreibtisch hängen.«

Hansjochen Beckers Statement wurde immer wieder zitiert, es hatte sogar internationale Berühmtheit erlangt und war in mehreren kriminologischen Fachblättern wie Forensic Science abgedruckt worden: *Spurenverwischen ist eine hohe Kunst. Denn das Verwischen der gemachten Spuren macht mehr Spuren, als die gemachten Spuren gemacht haben.* Jennerwein wandte sich wieder an Lim.

»Sie haben gesagt, es gibt stichprobenartige Audio- und Videoaufzeichnungen. Haben Sie schon überprüft, ob Rossi auf einer der Aufzeichnungen zu finden ist?«

»Ja, natürlich, das haben wir gleich als Erstes getan. Es ist nichts dabei herausgekommen, sonst hätten wir es Ihnen selbstverständlich mitgeteilt. Wenn es möglich wäre, einen Menschen den ganzen Tag lückenlos zu verfolgen, bräuchten wir Ihre wertvolle Zeit nicht zu verschwenden, Herr Investor. Aber das ist auf die Dauer nicht machbar. Sie kennen vielleicht die Geschichte von dem Mädchen, das beschließt, ein möglichst genaues Tagebuch zu führen und alle noch so kleinen Erlebnisse festzuhalten. Doch je genauer sie ihren Tagesablauf schildert, desto mehr Zeit braucht sie dafür. Und je mehr Zeit sie dafür verbraucht, desto weniger erlebt sie. Und so erlebt sie am Ende gar nichts mehr, was sie beschreiben könnte, bis sie schließlich nur noch penibel darüber Tagebuch führt, dass sie gerade penibel darüber Tagebuch führt, dass sie … und so weiter.«

»Das erinnert mich irgendwie an die Aktivitäten all dieser Instagramer und Influencer. Oder liege ich hier ganz daneben?«

Lim lächelte verschmitzt.

»Sie haben recht. Im Grunde posten diese Social-Media-Stars nur, dass sie gerade etwas gepostet haben. Wie auch immer – eine durchgehend lückenlose Aufzeichnung ist nicht nur absurd, sie würde in unserem Fall auch viel zu viel Energieaufwand bedeuten. Was wirklich gegen den totalen Überwachungsstaat spricht, ist, dass er energetisch nicht machbar ist. Anders sähe die Sache aus, wenn es irgendwann einmal möglich sein wird, Gedanken zu lesen.«

»Mikado arbeitet wahrscheinlich schon längst an einem direkten Zugang zum Gehirn«, murmelte Jennerwein.

»In ein paar Jahren wird es so weit sein«, entgegnete Lim.

Eine Schranke tauchte vor ihnen auf. Lim flüsterte ein Zauberwort in die Sprechmuschel. Sofort öffnete sie sich. Sogar für ein paar freundliche Worte nahm sich der Lautsprecher Zeit.

»Herzlich Willkommen – wir wünschen Ihnen viel Vergnügen – haben Sie einen schönen Tag ...«

Lim unterbrach den digitalen Schwätzer entschlossen und wandte sich an Jennerwein.

»Sie haben mir die Liste mit den Locations geschickt, die Sie sehen wollen.« Ihm war augenscheinlich daran gelegen, dass Jennerwein die Ermittlungen rasch aufnahm. »Es sind gar nicht so viele, wie ich gedacht habe. Was wollen Sie als Erstes besichtigen?«

Jennerweins vordringliches Interesse galt den Ausgängen. Er wollte wissen, was man anstellen musste, um die Schleusen nach draußen zu passieren oder zu umgehen. Aber das wollte er weder Lim noch den getarnten Überwachungskameras verraten. Und zudem hatte ihn ja Lim vorhin indirekt dazu aufgefordert, sensible Gedanken für sich zu behalten. Jennerwein wollte vorerst den Eindruck vermitteln, dass er mehr im Dunkeln tappte, als das wirklich der Fall war.

Auch dass Rossi den Abschiedsbrief nicht selbst geschrieben haben konnte, hatte er bisher für sich behalten. Stattdessen sagte er:

»Können Sie mich zu der Stelle führen, an der ich beim letzten Besuch eingestiegen bin, sozusagen als Pseudojennerwein? Als Verkehrssicherungshütchen mit Punkpuschel? Und Sie als Mann mit geschmackloser Krawatte?«

»Natürlich, gerne. Next level, next chance. Wir gehen geradewegs darauf zu. Und so geschmacklos war die Krawatte gar nicht. Außerdem war sie sündhaft teuer, jedenfalls für meine Gehaltsklasse.«

Immer noch waren keine Menschen zu sehen, stattdessen kreuzten mehrere führerlose Karren und Loren ihren Weg, dazu selbstfahrende Gabelstapler, ratternde Etagenwagen und andere rätselhafte Gefährte. Jennerwein hatte keine Ahnung, wozu sie dienten, es war für ihn auch nicht zu entschlüsseln, ob sie ferngelenkt waren oder in eigener Verantwortung arbeiteten. Die Bühne füllte sich, es wuselten immer mehr Gefährte durcheinander, katzengroße Robots mit riesigen Kinderaugen und glimmenden Okularen strichen herum, blieben plötzlich wie von einer geheimen Macht gelenkt stehen und checkten die Umgebung. Andere Gestalten rollten direkt auf Lim und Jennerwein zu, verharrten vor ihnen und schienen auf einen Befehl zu warten. Dazu kamen noch Drohnen, die die Luft unsicher machten.

»Kann ich eine dieser Maschinen ansprechen?«

»Natürlich, Herr Investor, tun Sie sich keinen Zwang an.«

Eine Drohne landete auf einem Sockel, als ob sie sich ausruhen wollte. Ihre Propeller wurden langsamer und blieben schließlich ganz stehen. Jennerwein ging auf sie zu, beugte sich zu ihr und fragte höflich und mit größerer Deutlichkeit an Artikulation als nötig war:

»Ich bin ein ausländischer Investor und habe eine Frage an Sie.«

Das Siezen kam ihm reichlich albern vor, aber er hatte erst recht keine Lust, auf Duzfuß mit einer Maschine zu stehen.

»Ja, fragen Sie nur«, gab das Untier freundlich zurück. Mit einem Cyberseufzen setzte es hinzu: »Ich bin allerdings bloß eine kleine Transportdrohne, mein Wissen ist begrenzt.«

Die Drohne sprach flüssig, nicht computermäßig abgehackt. Das war sympathisch. Andererseits hatte sie die unbehagliche Form einer Spinne, auch war das Fehlen von Augen und Mund gewöhnungsbedürftig. Die Worte kamen irgendwo her, wie die Durchsage des Direktorats an alle Schulklassen.

»Kennen Sie Herrn Florian Rossi?«, fragte Jennerwein.

Die Antwort kam prompt.

»Natürlich, wer kennt ihn nicht, den verschwundenen Qualitätskontrolleur. Sind Sie ein Freund von ihm?«

»Haben Sie eine Theorie zu seinem Verschwinden?«

»Nein, Herr Investor aus dem Ausland. Wäre ich nämlich im Besitz einer brauchbaren Theorie, dann hätte ich diese schon längst zu Protokoll gegeben.«

Patzig konnten Maschinen also auch sein.

»Rossis Verschwinden ist für Sie also unerklärlich?«

»Ja. Wie schon gesagt. Wie schon deutlich ausgeführt. Es ist ganz und gar unerklärlich.«

Die Drohne zitterte jetzt ein wenig, gleichsam ungeduldig, als ob ihr das Gespräch langweilig geworden wäre und sie sich ihrer eigentlichen Aufgabe besonnen hätte.

»Trotzdem danke für die Auskunft.«

»Immer wieder gerne.«

Die Transportdrohne verabschiedete sich höflich, warf ihre Propeller wieder an und stieg senkrecht in die Höhe, bis sie in den Weiten der Halle verschwunden war.

»Sind alle KIs so kommunikativ und auskunftsfreudig?«, fragte Jennerwein, als er sich gefasst hatte.

»Ja, die meisten.«

»Und sie können nicht lügen?«

»Nein.«

Das wiederum glaubte Jennerwein dem Koreaner nicht. Denn was war denn schon einfacher als eine Lüge. Lügen, Tarnen und Täuschen – warum sollten diese Formen der Kommunikation vor KIs haltmachen?

Das Klingeln seines Handys riss ihn aus den Gedanken. Dem Klingelton nach war seine Gattin in der Leitung. Er hatte das Mobilfunkgerät gedankenlos in die Tasche gepackt.

»Ich hätte nicht gedacht, dass es hier funktioniert.«

Jennerwein kramte weiter nach dem Handy.

»Warum sollte es nicht funktionieren?«, fragte Lim.

»Na, bei Ihren enormen Sicherheitsvorschriften! Ich dachte, so ein Anruf wird geblockt.«

»Nein. Der Standort wird natürlich verunklart. Und Ihr Gespräch wird selbstverständlich aufgezeichnet. Wenn die Software feststellt, dass es eine private Unterhaltung ist, dann wird die Aufzeichnung auch sofort wieder gelöscht.«

»Und wenn ich Firmengeheimnisse verrate?«

»Dann unterbricht die Software das Gespräch. Und der Sicherheitsdienst erscheint mit Tatütata. Aber gehen Sie ran, Ihre Gattin wartet schon.«

»Woher –?«

Jennerwein drückte auf das Feld *Rufe gleich zurück* und steckte das Handy wieder ein.

Als sie um die Ecke bogen, kamen sie zu einem gigantischen Riesenlaufband, das an die fünfzig Meter breit sein musste. Die Artikel, die darauf transportiert wurden, waren kaum zu definieren, so schnell liefen sie in verschiedene Richtungen.

»Wir befinden uns im Bereich Nahrung / Genuss. Das ist das Fließband für die Lebensmittelkontrolle.«

In unregelmäßigen Abständen senkten sich tentakelartige Gebilde auf die Förderbänder, sie schichteten etwas um oder markierten es, Jennerwein konnte das in dem allgemeinen Durcheinander nicht genau erkennen. Der Lärm war ohrenbetäubend, überall stiegen giftig anmutende, gelb-grünliche Dämpfe auf. Die ineinander verschlungenen Bahnen verloren sich schließlich in einem dunklen Orkus. Nach mehreren Stationen (einer fröhlich ratternden Nussknackstraße, einer Schraubenfabrik, einer Fertigungsanlage für Schiffskräne, einer automatisierten Produktion zur Verpackung von Käse und einem Montagewerk für streng geheime Maschinen – auch Lim wusste angeblich nichts darüber) gelangten sie schließlich zu der Stelle, an der Jennerwein vor ein paar Stunden in Form eines Putzroboter-Avatars gewirkt hatte. Trotz des verwirrenden Maschinen-Chaos erkannte er die Örtlichkeiten sofort wieder. Und auch ein kleines, unscheinbares Verkehrshütchen, dessen bunter Punkpuschel schlaff am birnenförmigen Kopf herunterging, stand bewegungslos da. Es war sein eigener Robot Nullneunzig, mit dem er noch vor kurzem herumgefahren war. Jennerwein sprach ihn zögerlich an, er reagierte nicht.

»Er hat momentan keinen User«, erklärte Lim.

»Er kann alleine nichts unternehmen?«

»Eine Maschine unternimmt nie alleine etwas, sie braucht immer einen Anstoß, so intelligent sie auch sein mag. Und sei es nur ein Zauberwort, das es zu treffen gilt.«

»Und wie lautet das Zauberwort?«

»Versuchen Sie es.«

Jennerwein beugte sich zu seinem Übergangskörper. Es war ein seltsames Gefühl des gleichzeitig sicheren Wiedererkennens und der absoluten Fremdheit.

»Rossi ... Mikado ... Lim ... Wassertreten ... Teufel ... Jennerwein ... Seele baumeln lassen –«

Der Robot schüttelte sich. Er schien Jennerwein zuzunicken. Seine Punkfrisur zitterte.

»Seele baumeln lassen –«, murmelte er leise, aber deutlich.

»Das Zauberwort ist also einfacher als gedacht«, sagte Jennerwein. »Könnte ich ihn jetzt weiterverwenden?«

»Natürlich«, antwortete Lim. »Sie könnten hier gemütlich sitzen bleiben, Befehle geben und den Avatar die schmutzige Arbeit machen lassen. Aber das wollen Sie ja gerade nicht. Sie wollen ja persönlich vor Ort sein.«

»Ich muss dann wieder an die Arbeit«, tönte der Nullneunziger mit einem Anflug von Bedauern und rollte davon.

Jennerwein wollte als Erstes eine der vielen pharmazeutischen Fertigungsanlagen inspizieren. Er hatte sich bemüht, zu verstehen, was genau Rossi dort zu tun hatte. Er kannte den Weg, doch Lim zeigte an einer Weggabelung in eine andere Richtung.

»Geht es hier nicht nach links?«, fragte Jennerwein irritiert. »Dieser Weg führt doch direkt –«

»– in die Klavierabteilung, ich weiß. Ich weiß auch, dass Sie dort eigentlich nicht vorhaben zu recherchieren. Aber ich habe mir erlaubt, eine Überraschung für Sie vorzubereiten. Zwischen all den Ermittlungen muss auch mal Pause sein. Und ich denke, dass Sie das inspirieren wird. Vielleicht erfahren Sie auch noch mehr darüber, wie KIs ticken und was KIs inzwischen zu leisten vermögen.«

In der Abteilung für Musikinstrumente führte Lim Jennerwein in einen Bereich, in dem ein paar Sitzgelegenheiten vor einer improvisierten Bühne aufgebaut waren.

»Setzen Sie sich bitte. Es dauert nur wenige Minuten. Und es gefällt Ihnen sicher.«

Auf der Bühne standen vier Stühle mit Notenpulten davor. Lim nötigte Jennerwein, Platz zu nehmen. Vier schmucklose Robots, eher vier bewegliche Skelette, staksten herein. Vorsichtig balancierten sie ihre Instrumente auf die Bühne: zwei Geigen, ein Cello und einen voluminösen Kontrabass. Trotz ihrer mechanischen Bewegungen kam eine Art von festlicher Stimmung auf, denn das kammermusikalische Quartett konzentrierte sich, nickte sich zu, die Bögen gingen in die Höhe, und sie spielten – ›Happy Birthday To You‹. Lim zwinkerte Jennerwein zu.

»Ja, ich habe Ihren Geburtstag in der Tat nicht vergessen, verehrter Herr Jennerwein«, flüsterte er. »Genießen Sie das kleine Divertimento.«

Jennerwein konnte sich eines Lächelns nicht erwehren. Das Quartett spielte das Geburtstagsständchen in klassischer Manier. Sie trugen es gefühlvoll, doch ohne Kitsch vor. Die Geiger sorgten für die klaren Linien, das Cello schwelgte in wasserfallähnlichen Glissandi. Es waren Knochengerüste, Zombies, Untote, schrecklich anzusehende Automaten, aber sie interpretierten jeden der Töne mit ausgesprochen menschlicher Wärme.

»Kommt das vom Band?«, flüsterte Jennerwein.

»Nein, durchaus nicht. Jeder spielt sein Instrument live und vollkommen eigenverantwortlich.«

Jennerwein lehnte sich zurück. Sonderbar, dachte er, dass ausgerechnet die Kunstgattung der Musik, von der doch gesagt wurde, dass sie menschliche Emotionen am präzisesten abbilden könne, von den vier KIs derart gefühlvoll dargeboten wurde. Vor allem der erste Geiger stach heraus. Er war etwas kleiner als die anderen Musiker, was den kindlichen, unschuldigen Eindruck verstärkte. Zudem hatte er einen expressiven Schmelz in den Tönen, der selbst einem musikalischen Laien wie Jennerwein auffiel.

»Das ist der Humanize-Effekt«, flüsterte Lim weiter. »Das Tempo ist ein bisschen unregelmäßig, die Lautstärke variiert grundlos, die Töne werden nicht ganz exakt gespielt – das ist das, was man landläufig unter ›gefühlsbetont‹ versteht. Humanized eben.«

»Den Menschen erkennt man also an seiner Unregelmäßigkeit und Fehlerhaftigkeit?«

»An nichts anderem. Welche Sprache wurde im Paradies gesprochen? Antwort: Mathematik. An der braucht man bloß ein wenig zu rütteln, und schon entsteht das, was man als emotional bezeichnet.«

Jennerwein legte den Finger an den Mund. Er wollte dem kunstvoll gespielten Ständchen zuhören. Nach dem letzten Takt erhob sich der erste Geiger, der wohl der Leiter des Quartetts war, und trat vor. Er wandte sich an Jennerwein und verbeugte sich.

»Es war uns eine Ehre, für Sie gespielt zu haben. Alles

Gute zu Ihrem Geburtstag, der ja diesmal ein besonderer ist, weil er aus einer Primzahl besteht. Wünschen der Herr eine Zugabe? Ein anderes Lied? Eine andere Besetzung? Ein Orchesterstück? Dann rufen wir einfach unsere Kollegen von MikadoOrchestra.«

Jennerwein verneigte sich ebenfalls.

»Nein danke, ein anderes Mal vielleicht.«

Er sah sich nach seinem Begleiter um. Doch Goyó Lim war weit und breit nicht mehr zu sehen. Er hatte sich, vermutlich dezent schraubenartig, in Luft aufgelöst. Wieder einmal. Zeugte das von großem Vertrauen, oder war das schon wieder eine Prüfung?

»Das war eine schöne Geburtstagsüberraschung für mich«, sagte Jennerwein in Richtung der Musiker. »Ich habe mich wirklich sehr gefreut.«

Der erste Geiger legte den Kopf etwas schräg und sah den Kommissar eindringlich an. Jennerwein vermeinte ein Blitzen in den dunklen Augenhöhlen zu sehen.

»Die Freude ist ganz auf unserer Seite.« Schon wieder dieses Blitzen. »Und Gratulation zu Ihren ausgezeichneten Cholesterinwerten!«

Nach einer kleinen Zugabe, die sich das Quartett dann doch nicht nehmen ließ, erhob sich der Kommissar und verließ den Konzertsaal. Lim war nirgends mehr zu finden. Jetzt war Jennerwein ganz auf sich alleine gestellt. Lim hatte es vermutlich endlich eingesehen, dass er auf seine eigene Weise ermitteln wollte. Zügig schlug er den Weg in Richtung des heruntergekommenen Innenhofs ein, den er schon als Nullneunziger virtuell besucht hatte. Beschwingt durch das Privatkonzert kam er schnell und ohne Umwege voran, niemand hielt ihn auf, niemand fragte nach seinem Ziel. Das konnte entweder bedeuten, dass sich die Datenschnüffler für ihn nicht die Bohne interessierten, oder aber, dass er von Big Brother schon voll und ganz durchgescannt worden war und dass man sich im Besitz aller Informationen über ihn befand. Kurz vor dem Pausenhof passierte er die Bioschleusen, aber auch hier ertönte keine Sirene, kein Eisentor versperrte ihm rasselnd den Weg, keine turmhohe Barrikade tat sich vor ihm auf. Sauron hatte Urlaub. Endlich stand Jennerwein draußen in dem kleinen Areal mit der spärlichen Bepflanzung, der öligen Teichpfütze und den verrosteten Sitzgelegenheiten. Er setzte sich auf die Bank und schickte ein ironisches Handzeichen an die vermuteten Beobachtungskameras, dann zog er sein Handy heraus und wählte die Nummer seiner Gattin.

»Tut mir leid, aber ich war vorhin in einer Anwendung«, schwindelte er, ohne rot zu werden.

»Das freut mich zu hören«, antwortete sie zögerlich und mit leichter Ironie. »Waren Sie beim Wassertreten?«

Er würde ihr zu Hause von den vielen Lügen erzählen müssen. Das war er ihr schuldig. Doch sie ahnte etwas, das hatte er ihrem Tonfall entnommen. Sie ahnte, dass er es mit dem Urlaub nicht so ernst nahm und dass er seine eigene Definition von Wellness und Entspannung hatte.

»Aber weswegen hast du angerufen?«, fragte er.

»Sie haben heute Geburtstag, Kommissar! Ich gratuliere Ihnen.«

»Du hast mir doch nicht etwa eine Geburtstagstorte geschickt?«

Herzliches Lachen am anderen Ende der Leitung.

»Nein, die gibt es erst, wenn wir uns wiedersehen. Ich wollte bloß fragen, wie es dir geht.«

»Gut. Es könnte nicht besser sein.«

»Arbeitest du an einem Fall?«

»Immer«, erwiderte er lachend.

Die Zeit ging hin mit einigen ehelichen Zärtlichkeiten und Scherzen. Nachdem er aufgelegt hatte, erhob er sich und besah sich die Mauer des Innenhofs. Er achtete darauf, nicht so zu wirken, als ob er sie untersuchte. Er war um behagliche Beiläufigkeit bemüht. Aber er erkannte auf den ersten Blick, dass es keine Chance gab, da raufzuklettern, außer vielleicht für Spider-Man. Genießerisch legte er den Kopf in den Nacken. Der Himmel war blau und klar, bis auf eine Rotte von zusammengeballten Angeberwolken, die sich zu einem bauchmuskulösen Sixpack formiert hatten. Die Sonne schien genug von der protzigen Parade zu haben, sie senkte sich mitleidig Richtung Mauerrand, hinter dem sie bald untergehen würde. Er stellte sich vor, wie Rossi, mit brisanten Betriebsgeheimnissen in der Jackentasche oder einem Topf Californium unter dem Arm, hier hochkletterte und über die Mauer verschwand. Unwahrscheinlich. Eigentlich unmöglich. Oder wie eine Personendrohne hier im Areal landete und Rossi mit sich nahm. Jennerwein wusste, dass es Drohnen gab, die solche Lasten und noch größere mühelos schafften, aber bei dem enormen Überwachungsaufwand – äußerst unwahrscheinlich. Abermals suchte er den Himmel ab. Nichts regte sich, keine Drohne, kein Flugzeug. War Rossi mit einem wie auch immer gearteten Ghillie entkommen?

Jennerwein wandte seinen Blick wieder vom Himmel ab und betrachtete den öligen Teich. Die Sonne schlüpfte in die Schlieren und warf unwirkliches, irreales Licht zurück auf Jennerweins Kleidung. Er beugte sich ein wenig vor und betrachtete sein Spiegelbild. Die Ähnlichkeit mit dem englischen Schauspieler Hugh Grant war wie immer frappierend. Und wieder konnte Jennerwein kein einziges graues Haar entdecken. Das war der einzige deutlich ins Auge fallende Unterschied zu dem Schauspieler. Er drehte den Kopf, aber nicht aus Eitelkeit, ganz im Gegenteil. Auf solche Äußerlichkeiten achtete er nicht, sie waren ihm vollkommen egal. Seine Gattin hatte ihn vor ein paar Wochen mit ernster, sorgenvoller Miene um eine Aussprache gebeten. Oje, hatte er gedacht, jetzt ist auch schon wieder Schluss. Aber sie hatte etwas anderes auf dem Herzen gehabt. Sie hätte einige graue Haare entdeckt und überlegte nun, sie färben zu lassen. Aber es sollte natürlich nicht so aussehen, als ob. Färben wäre spießig, bürgerlich und überhaupt das Allerletzte. Jennerwein wiederum hatte das umgekehrte Problem. Er war aus irgendwelchen genetischen Gründen im Besitz seiner vollen Haarpracht und wollte nicht den Eindruck erwecken, sich die Haare gefärbt zu haben. Er hatte schon überlegt, seinen Friseur Hairbert zu fragen, ob der ihm nicht einige graue Strähnen hineinpraktizieren könnte …

Jennerwein sah von der Pfütze auf und wieder nach oben. Flog da nicht ein einsamer Vogel? Wenn solch ein Vogel über ödes Fabrikgelände fliegt und nach Essbarem sucht, dann bleibt sein Blick vielleicht an diesem Areal hängen. In einem Pausenhof mit Teich und Sitzbank wurde sicher die eine oder andere Stulle verzehrt, und es fielen wohl ein paar Krümelchen ab. Unter anderen Umständen hätte sich Jennerwein jetzt sofort niedergekniet und den Teich und die Sitzbank untersucht, doch er wollte sich nicht zu auffällig verhalten. Er hatte das Gefühl, dass sich immer mehr Okulare, Kameras und andere Spyware-Artikel zuschalteten. So spielte er den müßigen, lässig und in unregelmäßigen Abständen Freiübungen machenden Schlenderer, der ab und zu nach oben, dann wieder auf den Boden schaute. Rumpfbeugen, Kniebeugen, Nackenrollen ... Doch sosehr er den Boden auch scannte, er fand keine Vogelfeder, auch nicht in der Nähe der Bank oder rund um die spärlichen Büsche. Er riss einen Zweig aus und tat so, als würde er ihn betrachten. Konnte man die Big Brothers dadurch auf die falsche Fährte locken? Endlich wurde er fündig, die Bescherung lag direkt vor ihm. Es war ohne Zweifel Vogelkot. Kurz entschlossen trat Jennerwein auf das kleine Häufchen. Er war froh, dass er heute Schuhe mit tiefem Profil angezogen hatte.

21

Geh an die Orte, die du fürchtest.
(BUDDHISTISCHE WEISHEIT)

»Eines verstehe ich nicht«, sagte einer der wissbegierigen Zuhörer, die sich um Jens Milkrodt, den Literarischen Spaziergänger, scharten. »Warum hat der Teufel im Beichtstuhl nicht einfach seine höllischen Heerscharen zu Hilfe gerufen? Er hat in der Hölle doch massenweise Helfer und Mitarbeiter. Steht dazu nichts in den alten Legenden?«

Jens Milkrodt schien auf diese Frage nur gewartet zu haben.

»Na, da sprechen Sie was an! Die höllischen Heerscharen haben nämlich sehr wohl versucht, den armen Teufel aus dem Beichtstuhl zu befreien.« Milkrodt senkte die Stimme. Er war schauspielerisch fast so begabt wie der Frühstückskellner, der die Geschichte gestern zwischen Brötchen und Kaffee zum Besten gegeben hatte. Auch Milkrodt bekam jetzt etwas Diabolisches. »Es hatte sich im Reich der Schatten herumgesprochen, dass der Meister in der Falle saß, und so strömten sie alle herbei, angefangen von Aisha Kandisha, der marokkanischen Schönen mit den Ziegenbeinen, über die Strickgeister vom Polarkreis, die jede mühsam verfertigte Häkelarbeit verderben, bis hin zu Sanduma, dem gehässigen Schadzauberer aus Papua-Neuguinea, der mit einem Blick ein ganzes Lebenswerk zerstören kann. Es war ein bunter, wilder Haufen, der da zusammengekommen war. Sie stammten aus entlegensten Kulturkreisen, hingen den unterschiedlichsten Religionen an, gemeinsam war ihnen allen nur, dass sie böse waren, nichts als böse, abgrundtief und auch grundlos böse. Behemoth und Leviathan waren gekommen, der Vogel Ziz und auch Kosode-no-te, der lebendige Kimono, der sich in Japan um Menschen legt und ihnen üble Streiche spielt. Ein reichlich belesener nordischer Lufthallodri namens Mjer Asengard, verantwortlich für verheerende Orkane, zitierte sogar Snorri Sturluson:

Seht nur das verzerrte Gesicht des Zornigen!
Die kochenden Augen, die geschwollenen Stirnadern,
die bebenden Nüstern.
So anstrengend ist es, böse zu sein.

Doch Typhon, der Vater aller Monster, der fast die Welt ausgelöscht hätte, widersprach heftig:

›Ich bin ein großer Snorri-Sturluson-Fan, aber hier irrt er sich. Böse zu sein ist das Entspannendste, was es auf der Welt gibt. Geschwollene Stirnadern! Herrlich! Wollt ihr mal meine sehen?‹

Einer nach dem anderen der üblen Halunken versuchte nun, in die Kirche zu gelangen, um Luzifer, den zweifach gefallenen Engel, herauszuholen. Einige versuchten es mit mittelalterlichen Sprüchen und Beschwörungen, andere mit gestaltwandlerischen Übungen, dritte mit Feuer und Schwefel. Doch niemandem gelang es, bis zum Beichtstuhl vorzudringen. Nach ein paar Metern über die Kirchenschwelle war Schluss. Mochte es am Weihrauchnebel im Mittelgang liegen, an der Häufung von mephistophoben Symboliken, an den frommen Bildern an der Kirchenwand oder einfach an der unangenehm wohligen Atmosphäre, es gelang einfach nicht.

Samael und Lilith, die alten Jammerer, legten mit ihrer üblichen Tirade los. Das wäre wieder mal typisch: Heutzutage gäbe es ja gar keinen echten Teufel im engeren Sinne mehr. Alles wäre inzwischen erklärbar, heilbar, therapierbar, auch das Böse –

›Wir werden doch wohl noch jemanden aus einer anderen Religion finden, dem die christliche Symbolik nichts ausmacht‹, krächzte ein vermooster Bodengeist namens Svert de Hague, der Wanderer stolpern und sie in Felsspalten stürzen lässt.

Joxateketl, der Bösgott der Maya, gefürchtet wegen seines tödlichen Zorns, schlug vor, die Kreuze in der Kirche abzuhängen. Gut gesagt, aber wer sollte es machen? Es stellte sich als undurchführbares Unterfangen heraus, denn dazu musste ja erst jemand die Schwelle überwinden.

Es war so etwas Ähnliches wie ein brennend heißes Klassentreffen, eines aus dem vierten Kreis der Hölle, eines mit vor Urzeiten gestrauchelten und gefallenen Klassenkameraden. Einige der schrecklichen Gestalten, darunter Hydra und Medusa, mussten sich im nahegelegenen Wald verborgen halten, so schaurig waren sie anzuschauen, andere mischten sich unerkannt unters Volk. Der gefürchtete Buosch, Anzettler von Streit und grundloser Eifersucht, von übler Nachrede, Verdrehung, Hass und Hetze, wurde in einem Gasthaus gesehen. Überraschenderweise war er dort freundlich zum Personal, gab auch gutes Trinkgeld, unterhielt sich mit den Tischnachbarn und wünschte einen schönen Tag. Nach dem Grund seiner Freundlichkeit gefragt, antwortete er:

›Ich bin Buosch. Ich bin verantwortlich für das Böse, aber deswegen bin ich nicht selbst böse. Ich verkörpere es nur. Ein Bäcker sieht ja auch nicht aus wie ein Brötchen.‹

Irgendwie schaffte es einer der dunklen Gesellen dann schließlich doch, einen Hintereingang zu finden, auf dessen Schwelle der Drudenfuß nicht richtig gezogen war. Es war Baba Yaga, die den Menschen Pech in die Schuhe schüttet, um sie vom rechten Weg abzubringen. Fenri, der Werwolf, dessen Mutter eine Hexe war, überredete einen Mesner dazu, einen Klappspaten mit in die Kirche zu nehmen und ihn in den Beichtstuhl zu stellen. Der Klappspaten war im allerletzten Kreis der Hölle geschmiedet worden, er bestand aus gehärtetem Stahl, war angeblich von Wieland selbst geschmiedet worden, man konnte ihn locker in einen Stein stecken. Andhaka, der indische Dämon der Blindheit, Unwissenheit und Dunkelheit, verfluchte ihn noch zusätzlich. Der Teufel im Beichtstuhl verstand, er wusste das Requisit zu nutzen. Er grub. Er grub sich nach unten, Meter für Meter. Langsam roch der Teufel den Schwefel, und dieser Geruch gefiel ihm außerordentlich gut. Er gab ihm Kraft, weiterzugraben.

›Herr Pfarrer, ich kann Sie so schlecht verstehen!‹, rief eine besorgte Dame, die oben im Beichtstuhl saß.

›Ja, Frau Apotheker, drei herzhafte Flüche!‹, antwortete ihr der Teufel, doch sie hörte ihn schon nicht mehr, so tief hatte er gegraben.

Draußen vor der Kirche wurden üble Witze erzählt. Schlimme ultrapubertäre Zoten mit ausgesucht unzeitgemäßen Figuren, politisch inkorrekten Inhalten und gotteslästerlichen Pointen. Noch heute ist an der Südseite der Kirchenmauer deswegen ein schwarzer Fleck zu sehen.«

Jens Milkrodt macht eine lange Kunstpause. Schließlich flüsterte er:

»Und dann stieß der Teufel mit dem Klappspaten auf etwas Hartes.«

Seine Zuhörer wichen entsetzt zurück.

22

Jennerwein setzte sich auf die Bank und überlegte, wie er das anrüchige Material an seinem Schuh durch die überall lauernden Bioscanner bringen sollte. Dann fiel ihm ein, dass in seinem Rucksack noch ein paar weitere Beweissicherungsbeutelchen steckten. Jeder Polizist hat diese eigentlich verräterischen Beweissicherungsbeutelchen dabei. Und Einmalhandschuhe. Daran erkennt man ihn. Überall auf der Welt. Entschlossen verließ er den Pausenhof und suchte die angrenzende Toilette auf. Wieder leistete ihm der kleine, stricknadeldicke Spitzstichel, Überbleibsel einer Fortbildungsveranstaltung der Kollegen vom Raubdezernat, gute Dienste. Er kratzte eine winzige Menge Vogelkot aus dem Schuhprofil, strich sie in eines der Beutelchen und steckte mehrere ineinander. Dann suchte er die Desinfektionsanlage auf und reinigte seine Schuhsohlen. Als er die erste Bioschleuse passierte, geschah nichts. Rein gar nichts. Keine Sirene, kein Alarm, kein Nichts. Er fragte sich, ob er nur Glück gehabt hatte oder ob ihm seine Beobachter diese besondere Art der Spurensicherung einfach hatten durchgehen lassen. Auch hatte er seine Zweifel, ob es für den Fall Rossi überhaupt eine Rolle spielte, wo auf dem Globus diese Werkhallen genau lagen. Aber er verspürte eine diebische Freude darüber, all die superklugen Computer und Scanner überlistet zu haben. Wieder überkam ihn ein Anflug von wahrer Entspannung, die mit den Angeboten im Sport- und Wellnesshotel Relax überhaupt nicht vergleichbar waren. Er fragte sich allerdings auch, ob die diebische Freude über seine tollpatschigen Bemühungen auf der Gegenseite nicht noch größer war.

Jennerwein ging im Geist noch einmal alle Örtlichkeiten durch, die er aufsuchen wollte, um sie einer genaueren Prüfung zu unterziehen. Es waren lauter Arbeitsplätze von Rossi, die Produkte verfertigten, die nach außen gelangten, um dort weiterverarbeitet oder Endkunden zugestellt zu werden. Diese Wege nach außen wollte er genauer unter die Lupe nehmen. Er war Lim dankbar dafür, dass er ihn allein gelassen hatte, doch er gab sich keinen Illusionen hin. Lim ließ ihn wahrscheinlich schon die ganze Zeit durch Kameras beobachten. Es war schon möglich, dass Lim, dessen Vorname Ruhe und innere Einkehr bedeutete, in Wirklichkeit der eigentliche Big Brother war.

Auf dem Weg zum ersten Ziel, der pharmazeutischen Abteilung von Mikado Solutions, kam er an einer Fertigungsstraße für Motorräder vorbei, die aus Tausenden von emsigen Greifarmen zu bestehen schien, die sich an den bewegungslosen und nur in Ansätzen erkennbaren Feuerstühlen in rasender Geschwindigkeit zu schaffen machten. Das Gewusel der intelligenten Greifarme glich den Bewegungen der vier Musiker vorhin, die Robots schienen ganz und gar beseelt zu sein von der Nützlichkeit und Effizienz ihrer Tätigkeiten. Jennerwein staunte über sich selbst. Er spürte hier wirklich den Geist der Kreativität, des Fleißes und der Inspiration. Er hatte schon über eine Stunde keine menschlichen Wesen mehr gesehen, darum erschienen ihm die zielgerichteten Bewegungen der unbelebten Maschinen außerordentlich lebendig. Gerade weil die Funktionen der Geräte so undurchschaubar waren, konnte man für sie so etwas wie Empathie empfinden. Und so kamen Jennerwein die wenigen Menschen, die ab und zu vor ihm auftauchten, sonderbar fremd vor, nicht hierher passend, eigentlich auch altertümlich und überflüssig. Er nickte ihnen zu, sie nickten kaum zurück, Fremde und Ungebetene, Barbaren und Unwissende, die sie hier zu sein schienen.

»Taxi gefällig?«

Jennerwein drehte sich um, sah jedoch niemanden, vor allem keinen Taxifahrer, der die Scheibe heruntergekurbelt und gerufen hätte. Dann begriff er, dass die Frage aus einem Lautsprecher gekommen war, der auf dem Gefährt montiert war. Das Taxi selbst hatte die Frage gestellt. Das Taxi selbst war der Taxifahrer. Es – oder er oder sie oder wie auch immer – bestand aus einer Art offener Kutsche mit bequemen Bänken.

»Danke für das Angebot«, entgegnete Jennerwein und stieg ein.

»Nun, Meister, wo soll es denn hingehen?«

»Bringen Sie mich bitte zuerst zur pharmazeutischen Endfertigung.« Er gab die genauen Koordinaten durch. »Und fahren Sie bitte im Schritttempo. Ich möchte mir auch die anderen Produktionsstätten ansehen, die auf dem Weg liegen.«

»Schritttempo, Produktionsstätten ansehen – Investor, wie? Brauchen wir, brauchen wir. Ist nicht mehr so wie früher, dass alles von alleine läuft. Alleine geht gar nichts mehr. Wir brauchen Investoren. Männer wie Sie.« Das Taxi fuhr in gemächlichem Sightseeingtempo los. »Musik gefällig? Pop, Rock, Indie, Jazz –«

»Nein, danke«, antwortete Jennerwein zerstreut.

»Ja, das kann ich verstehen! Für einen richtigen Investor sind die Maschinengeräusche Musik genug. Ist doch so, oder?«

Jennerwein antwortete nicht. Fasziniert blickte er auf eine Reihe von hausgroßen, vergitterten Aufbauten unterschiedlicher Form und Größe, die sich gerade vorbeischoben. Seinem geschulten Blick blieb nichts anderes übrig, als reflexartig nach Möglichkeiten für kriminelle Aktionen zu suchen. In den Werkhallen von Mikado gab es mehr als genug davon. Man konnte zerquetscht, durchlöchert, verbrannt, in die Höhe geschleudert oder in die Tiefe gestürzt werden. Man konnte sich aber auch in Dutzenden von Schlupflöchern verstecken und aus Hunderten von Deckungen heraus schießen und werfen und stechen. Und es gab mehr als genug herumliegende Maschinenteile und sauber geordnete, scharfkantig und spitz zulaufende Werkzeuge, die bestens als improvisierte Mordwaffen taugten.

»Schönes Wetter heute«, sagte die offene Kutsche mit den bequemen Bänken sinnentleert.

Jennerwein hasste solche Füllsel. Aber er stimmte höflich zu. Das Taxi war nun einmal so programmiert, man konnte ihm keinen Vorwurf machen. Aber war das nicht bei herkömmlichen Taxifahrern genauso?

»Wollen Sie einen Witz hören?«

»Nein, danke. Ich bin kein großer Liebhaber von Witzen.«

»Ich hätte ein paar gute KI-Witze drauf.«

»Keine KI-Witze bitte. Gar keine Witze. Seien Sie mir nicht böse, aber ich möchte mir einen Eindruck der Firma Mikado verschaffen und mich auf deren Produkte und Dienstleistungen konzentrieren.«

»Verstehe. Hochkonzentrierter Investor. Löbliche Sache. Wichtige Eindrücke. Keine Witze. Ist selten heutzutage. Wirklich selten. Da schweigt ein einfacher Taxifahrer lieber. Denn sonst heißt es sofort: Was weiß denn der schon?«

Wieder studierte Jennerwein die einzelnen Geräteaufbauten und versuchte, wenigstens deren ungefähre Funktion zu eruieren. Der Koloss, an dem sie gerade vorbeikamen, konnte, den gefährlich rotierenden, mit Zacken versehenen Scheiben nach, vielleicht ein Sägewerk sein, aber auch eine Stanzfabrik, oder, dem Geruch nach, eine Lackiererei.

»Wollen Sie wirklich keine Musik? Ich habe gelesen, dass Musik das Denken anregen soll.«

»Bei mir nicht.«

»Schade. Aber hat der Herr Investor schon ein Objekt ausgesucht, in das er seine sauer verdiente Kohle stecken will? Dort drüben, der Ratz-fatz-Blechstanzer, ich nenne ihn einfach mal so, der wäre doch was für Sie. Ein Milliönchen müssten Sie allerdings schon lockermachen.«

»Lassen Sie mich bitte hier aussteigen. Ich gehe zu Fuß weiter.«

»Natürlich, selbstverständlich. Hier, nehmen Sie noch ein Lunch Bag mit. Eine Flasche Wasser, eine Notration Salami und etwas Zwieback, man weiß ja nie, wo man landet.«

»Was bin ich Ihnen schuldig?«

»Geht aufs Haus.«

»Auf welches Haus?«

»Na, auf welches Haus wohl! Der stellt vielleicht Fragen! Mannomann. Auf das Haus Mikado natürlich.«

Und weg war er. Um die nächste Ecke verschwunden. Er hatte sich in Luft aufgelöst. Wie Rossi. Was wäre, wenn auch dieser sich unerkannt im Geflecht der Hallen verloren hätte? Wenn er die Bioscanner und digitalen Stechuhren ausgetrickst hätte und irgendwo unerkannt lebte? Jennerwein befand sich an einer einigermaßen ruhigen Stelle, so wählte er die Nummer des Geschätzten Kollegen. Augenblicklich erschien dessen Konterfei auf dem Display seines Handys. Das Aussehen der animierten Figur war immer noch alterslos, androgyn, mittig, gängig, ohne Ecken und Kanten, undefinierbar – wie hatte Lim gesagt: medioker. Er verzichtete auf Eröffnungshöflichkeiten und kam gleich zur Sache.

»Ich bitte Sie um Ihre Einschätzung: Wäre es theoretisch möglich, dass Rossi eine andere Identität angenommen hat und quasi im Untergrund lebt, das Werk also gar nicht verlassen hat?«

Der Geschätzte antwortete, ohne zu zögern. Seine Rechenleistung musste wirklich enorm sein.

»Das war früher möglich. Es gab einen Vorfall in einem – chinesischen Werk, ja, so viel darf ich verraten. Und zwar in einer kleinstadtgroßen Maschinenhalle. Dort hatten sich einige Dutzend Mitarbeiter, die von ihrer bevorstehenden Kündigung Wind bekommen hatten, in einem vorübergehend stillgelegten Firmenkomplex eingenistet und sich von Robots und Künstlichen Intelligenzen versorgen, abschirmen und richtiggehend bedienen lassen. Am Ende wurden sie von denen als unantastbare Götter angebetet. Einen wunderschönen Tag übrigens.«

»Ja, guten Tag auch, Geschätzter Kollege.«

»Das Ganze ging mehrere Jahre gut, es wurden Kinder geboren und die Pilgrim Fathers – so nannten sie sich – okkupierten weitere Lagerhallen. Es wäre wahrscheinlich bis heute nicht aufgefallen, wenn die Pilgerväter die Sache mit der Anbetung und Gottgleichheit nicht übertrieben hätten.

Seitdem sind Vorkehrungen getroffen worden, dass so etwas nicht mehr möglich ist.«

»Bioscanner, ich verstehe.«

»Unter anderem. Dass unser verehrter Kollege Florian Rossi also noch in einem der Werke herumspaziert, schließe ich so gut wie aus.«

»Das hilft mir weiter, Geschätzter Kollege. Vielen Dank für Ihre Bemühungen.« Jennerwein neigte den Kopf. »Übrigens ein Kompliment an den Bilddesigner für Ihre außergewöhnlich menschliche Aufmachung. Man weiß natürlich, dass Sie eine KI sind, aber das vergisst man nach den ersten paar Worten.«

»Ich bin keine KI«, erwiderte die jugendliche Figur auf dem Bildschirm. »Ich bin wie Sie aus Fleisch und Blut, Herr Jennerwein.«

»Wie bitte?«

»Ja, ich bin ein ganz normaler Mikado-Angestellter aus der Logistik-Abteilung. Denn um solch ein Design wie das meine künstlich zustande zu bringen, wäre ein enormer Energieaufwand nötig, der sich in meinem Fall nicht lohnt. Nein, mein Name ist Teddy Holister, ich sitze hier vor etwa zwanzig Computerbildschirmen und versuche mein Bestes, Ihnen die vielen Informationen, die auf mich einprasseln, verständlich aufzubereiten.«

»Dann bitte ich vielmals um Entschuldigung.«

»Keine Ursache, das ist nicht das erste Mal, dass so etwas vorkommt. Wenn Sie noch weitere Fragen haben, ich bin immer für Sie da.«

Jennerwein verabschiedete sich. Bald war er an seinem ersten Ziel angelangt, einer pharmazeutischen Verarbeitungsanlage. Zu seiner Enttäuschung lagen die Produktionsprozesse hier nicht offen und sichtbar da, sie waren unter blickdichten Plastikrohren verborgen, so dass der ganze Bereich aussah wie ein kolossaler Haufen viel zu weich gekochter Spaghetti. Die ineinander verschlungenen Rohre in verschiedenen Größen und Färbungen hatte auch etwas von einem gluckernden Gedärm, in dem es arbeitete und rumorte. Jennerwein kletterte auf den Rohren herum, bekam einiges von der klebrigen Schmiere ab, mit der sie eingefettet waren, konnte aber nichts Auffälliges entdecken. Trotzdem dachte er gar nicht daran, aufzugeben, denn es war schon einige Male vorgekommen, dass er gerade bei solch einer scheinbar ziellosen Suche auf viel Brauchbares und Gerichtsverwertbares gestoßen war. Der ›Blick‹, das Nungwa-son, ließ sich nicht erzwingen, er stellte sich dann ein, wenn es etwas zu sehen gab. Er hatte diese nützliche Fähigkeit früh an sich entdeckt, das erste Mal als Schüler im Mathematikunterricht. Obwohl in Mathe nicht besonders firm (eher ein klassischer Acht-Punkte-Schüler aus dem Gauß'schen Niemandsland), hatte er aus einem Wust von Symbolen und Berechnungen tatsächlich das eine falsche Vorzeichen herausgefiltert, das nicht einmal der Lehrerin aufgefallen war. Er hatte sich gemeldet und war nach vorne gerufen worden, die Lehrerin stand schon an der Tafel: rotes, brennendes Haar, eine ausladende Figur, ein knappes Sommerkleid, der Schwarm aller Knaben, einer hatte wegen ihr später sogar Mathe studiert.

»Warum starrst du mich an?«, hatte Frau Achtelik ärgerlich gefragt. »Willst du unbedingt einen Termin bei der Schulpsychologin?«

»Ich starre Sie nicht an«, hatte Young Jennerwein geantwortet. »Ich starre sozusagen an Ihnen vorbei, nämlich an die Tafel. Denn in der zweiten Zeile stimmt ein Vorzeichen nicht.«

Er hatte damals trotzdem einen Termin bei der Schulpsychologin bekommen. Denn Frau Achtelik hatte ihm weder geglaubt, dass er sie nicht angestarrt hatte, noch dass er, der Mittelmäßige, fähig dazu war, das falsche Vorzeichen aus den vielen richtigen Zeichen herauszufiltern.

»Zufall«, hatte sie gesagt. »Was sich die Kerle alles für Ausreden einfallen lassen!«

Aber es war kein Zufall gewesen, und diese Gabe war manchmal auch störend. Wenn er sich einen Film ansah, wurde er durch jeden noch so kleinen Anschlussfehler oder Logikdurchhänger abgelenkt, er betrachtete den Film einfach aus zu wenig großer Entfernung. Das war der Grund, warum er momentan zwischen den Rohren herumkroch. Er glaubte fest daran, etwas zu finden, was ihn im Fall Rossi weiterbrachte.

Aber er konnte nicht einmal feststellen, wohin all die Rohre führten. Von nahe betrachtet, schienen sie kein System zu haben. Einmal war er sogar im Kreis gekrochen. Als er einen Stapel von besonders sperrigen Leitungen erklettert hatte, um nach dem Ausgang zu suchen, entdeckte er auf der anderen Seite eine Gestalt im Blaumann, die nach Mensch aussah. Er hangelte sich in seine Richtung und sprach ihn an. Herr Huczala war ein rundlicher, phlegmatisch wirkender Typ mit Pfeife. Er zelebrierte das Ziehen, Rauch ausblasen und Nachstopfen wie eine Heilige Messe. Jennerwein stellte sich als zertifizierter Investor vor, wies auf sein Schild an der Brust. Huczala schien davon wenig beeindruckt zu sein. Er nickte lediglich. Und paffte.

»Was wollen Sie wissen?«

»Was ist in diesen Röhren versteckt?«

»Es handelt sich um empfindliche Medikamente und andere pharmazeutische Produkte. Manche kommen lose an und werden hier erst verpackt. Es sollen –« Nuckel, Schmatz, Qualm – »auf keinen Fall Keime rankommen. Manche Stoffe sind lichtempfindlich, manche reagieren stark auf Erschütterungen. Manche –« Er brach ab. Jennerwein dachte sofort an das Californium. Oder waren hier gar radioaktive Substanzen im Umlauf? »Es ist jedenfalls im Endeffekt billiger, alles durch Rohre laufen zu lassen.«

»Und wohin führen diese Rohre?«

Huczala blickte Jennerwein prüfend an.

»Na, zum Vertrieb, wohin sonst. Wenn alles zusammengemischt und eingetütet und verpackt und adressiert ist, geht es auf dem schnellsten Weg zum Kunden. Dafür ist unsere Firma bekannt. Für die Schnelligkeit. Kundenfreundlichkeit. Solche Sachen eben.«

»Kann ich mir solch einen Weg nach draußen einmal ansehen?«

Diesmal sog Huczala außerordentlich kräftig an der Pfeife. Seine Augen verengten sich dabei zu raubtierähnlichen Schlitzen.

»Bis zu einer gewissen Grenze ja, aber dann werden die Wege so eng, dass nur noch speziell dafür gebaute KIs vorankommen. Für einen Menschen sind diese Wege nicht begehbar. Schon von der Größe her. Ich kann Ihnen aber gerne einen Termin für eine Kamerafahrt machen.«

Jennerwein winkte ab.

»Ich darf mir das also so vorstellen, dass die Medikamente hier gemischt, abgefüllt und verpackt werden, dann in ein bereitstehendes Flugzeug oder eine Drohne oder was auch immer verladen werden, das daraufhin zum Kunden fährt oder fliegt.«

»So ist es.«

»Und das letzte Stück des Weges ist für einen Menschen auf keinen Fall begehbar.«

Im Gesicht des Mannes zeichnete sich Misstrauen ab. Er sog an seinem abgelutschten Pfeifenstiel und sagte:

»Sie sind kein Investor, stimmts?«

Jennerwein lächelte.

»Und Sie sind ein guter Beobachter, Herr Huczala. Mein Name ist Hauptkommissar Jennerwein, ich ermittle im Auftrag von Herrn Lim im Fall Rossi.«

»Rossi! Florian Rossi! Der alte Flori, Mensch, ja. Den kannte ich natürlich. Das war ein netter Kollege. Er hat hier gearbeitet. Schade, dass er verschwunden ist.«

Huczala war plötzlich aufgetaut. Er schien nicht verärgert darüber zu sein, dass Jennerwein mit der Wahrheit zunächst hinter dem Berg gehalten hatte.

»Was genau hat er hier gemacht?«

Huczala lächelte.

»Die Rohre, die Sie hier sehen, bestehen aus einem bestimmten, aufwendig hergestellten Material. Doch offenbar haben sich nach der Installation Schweißstellen gelöst, und das ganze empfindliche Gleichgewicht von Temperatur- und Druckregulierung wurde durcheinandergebracht. Rossi waren Unebenheiten an den Außenwänden und Unregelmäßigkeiten in der Farbstruktur aufgefallen, und er hatte die Verwerfungen gemeldet. Das heißt, er hatte gemeldet, dass es zu Verwerfungen kommen könnte. Er hat einfach gesehen, dass etwas nicht so war, wie es sein sollte. Sagen Sie, ist Ihnen der

Begriff *Collingridge-Dilemma* schon einmal untergekommen?«

Jennerwein schüttelte den Kopf.

»Das müsste es bei Ihnen auch geben.«

»Noch nie gehört.«

»Wenn etwas noch nicht weit fortgeschritten ist, kann man nicht beurteilen, wohin es führt. Wenn es aber so weit fortgeschritten ist, dass man es beurteilen kann, ist es nicht mehr zu ändern. Oder es wäre viel zu teuer, etwas zu ändern. Jeder, der ein Haus baut, kennt das. Der Elektriker fragt, wo die Steckdosen hinsollen. Doch dazu müsste man erst mal das fertig eingerichtete Zimmer sehen. Wenn das Zimmer aber fertig eingerichtet ist –« Nuckel, Schmatz, Qualm.

»Und Rossi hat diese Beurteilungsfalle umgangen?«

»So ist es. Er war eigentlich technisch nicht sehr beschlagen. Aber das war gerade sein Vorteil. Er hat sich nicht in vorgefertigten Denkmustern verloren. Er hat aus dem Bauch heraus geurteilt. Und das kann eine Maschine eben nicht.«

»Haben Sie vor seinem Verschwinden etwas Auffälliges an ihm entdeckt?«

»Überhaupt nicht. Er war so wie immer. Ein netter Kollege. Den man gerufen hat, wenn man mit seinem begrenzten Fachwissen nicht mehr weiterwusste. Auch vom Menschlichen her war er o.k. Genauso wie seine Frau.«

Jennerwein trat überrascht einen Schritt zurück. Und wäre fast auf der weißlichen Schmiere ausgerutscht.

»Hoppla«, sagte Huczala und sog wieder an der Pfeife, als wollte er den ganzen Tabak mit einsaugen.

»Sie kennen seine Frau?«, setzte Jennerwein verblüfft nach.

»Ja, natürlich«, erwiderte er und schüttelte etwas verwundert den Kopf. »Wieso ist das so erstaunlich? Nicht persönlich, aber Rossi hat mir oft von ihr erzählt. Und mir Bilder von ihr gezeigt.«

»War sie denn jemals hier im Werk?«

Huczala überlegte.

»Das weiß ich nicht. Wahrscheinlich schon. Denn ich sehe ihn noch vor mir, wie er sagt: Morgen, da kann ich nicht kommen, da besucht mich meine Frau.«

»Und nach dem Verschwinden ihres Mannes, ist sie da auch noch mal dagewesen?«

»Keine Ahnung. Ist das wichtig?«

Das durfte doch nicht wahr sein, dass Jennerwein davon nichts wusste! Es musste doch irgendwo protokolliert worden sein. Aber vielleicht hatte er den entsprechenden Vermerk in den Protokollen ja auch übersehen. Jedenfalls war es überaus verwunderlich, dass bei all den Scannern, Geheimhaltungsmodi und Big-Brother-Protokollen so etwas einfach unter den Tisch fallen konnte. Und warum hatte ihm Melanie Rossi selbst nichts davon gesagt? Sein Misstrauen ihr gegenüber war also durchaus begründet gewesen.

»Gibt es noch Fragen?«

Huczala hüllte sich wieder in dichten Knasterdampf ein. Er verschwand fast, so wie Ghillie verschwunden war.

»Nein, momentan nicht«, sagte Jennerwein. »Ich darf mich wieder bei Ihnen melden?«

»Natürlich, natürlich, tun Sie das.«

Als Jennerwein schon einige Schritte gegangen war, rief ihm Huczala nach:

»Kommen Sie, ich zeige Ihnen noch Rossis Spind, da hat er ein Bild von seiner Frau reingepinnt.«

Jennerwein kehrte um.

»Einen Spind? Haben den die anderen Ermittler auch schon untersucht?«

»Nein, denen habe ich die Hinterlassenschaften von Rossi nicht gezeigt.«

»Warum nicht?«

Huczala lächelte verschmitzt.

»Erstens ist so gut wie nichts drin. Und zweitens finde ich, dass Sie genau der Richtige sind, um ihn zu sehen, Kommissar.« Er trat einen Schritt zurück. Nuckel, Schmatz, Dampf. »Ich finde, Sie haben eine verdammte Ähnlichkeit mit Rossi. Nicht vom Aussehen, ganz und gar nicht. Aber von der Art her.«

Viel war wirklich nicht drin in dem Spind. Jennerwein kramte in seinem Rucksack, holte ein Beweissicherungsbeutelchen heraus und steifte sich die Plastikhandschuhe über.

»Das mit den Handschuhen und der Tüte habe ich bisher nur im Fernsehen gesehen«, sagte Huczala aus seiner blickdichten Rauchwolke heraus. »Und jetzt endlich einmal live! Aber ich sage Ihnen eins: Es kommt irgendwie irreal rüber. Wie inszeniert. Im Fernsehen wirkt es echter.«

»Vielleicht fehlt die gewisse spannende Musik?«, legte Jennerwein trocken nach.

Im mittleren Fach des Spinds lag ganz hinten ein dünner Pullover. Er riss zwei, drei Wollfussel am Halsausschnitt ab und steckte sie in den Beutel. Huczala beobachtete ihn interessiert durch den Pfeifennebel hindurch. An der Innenseite der Spindtür hing ein Handtuch an einem kleinen, nachlässig und krumm eingeschlagenen Nagel. Jennerwein schob das Handtuch etwas zur Seite.

»Da, sehen Sie, das ist sie!«, bemerkte Huczala amüsiert.

»Ein Spindfoto von der Liebsten, wie in der Militärakademie!«

Jennerwein betrachtete das Foto. Eine junge Frau lümmelte mit angezogenen Beinen auf einem Sofa, betont entspannt und um ein natürliches Lächeln bemüht. Es war kein spontaner Schnappschuss, sondern eine gut ausgeleuchtete Studioaufnahme. Doch die junge Frau auf dem Foto war nicht Melanie Rossi.

23

Das Telefon klingelte. Ein Blick auf das Display verriet Melanie Rossi, dass dieser lästige Plagegeist von Kommissar schon wieder anrief. Unwillig schüttelte sie den Kopf. Was wollte der denn schon wieder! Vielleicht hatte er inzwischen Fortschritte gemacht und wollte mit neuen Nachrichten aufwarten. Trotzdem ließ sie es lange klingeln. Sie fühlte sich ziemlich rebellisch dabei, wie wenn sie auf diese Weise der Staatsmacht trotzen könnte. Schließlich nahm sie ab.

»Nur eine Frage«, sagte der Kommissar. »Eine einzige Frage, Frau Rossi.«

»Ja, was gibt es denn?«

»Waren Sie jemals in einer der Hallen, in denen Ihr Mann gearbeitet hat?«

»Ist das so furchtbar wichtig, ob ich in einer der Hallen war? Ändert das etwas?«

Jennerwein spürte, wie ihn ein Anflug von Ärger erfasste. Warum reagierte sie so patzig?

»Haben Sie etwas dagegen, wieder auf Video-Chat umzuschalten? Ich will meine Gesprächspartner ganz gerne sehen.«

»Na, wenn Sie meinen, Kommissar.«

Jennerwein suchte einen neutralen Hintergrund und stellte sich davor. Melanie Rossi sah nicht gut aus. Entweder hatte er sie beim Nachmittagsschlaf gestört, oder sie hatte gerade »Germany's Next Topmodel« im Fernsehen gesehen.

»Nein, ich war nie bei ihm auf der Arbeit«, fuhr sie fort. »Erstens habe ich mich nicht so besonders dafür interessiert, was er da treibt, zweitens hat er ein Riesentamtam um seinen Job gemacht. Sicherheit, strafbewehrte Verschwiegenheitspflicht und ähnliche Scherze. Jedenfalls durfte man da nicht rein. Beim vorigen Werk, wo er gearbeitet hat, wusste ich wenigstens, wo es lag. Irgendwo zwischen Pling-Plang und Yong-Yang, wenn ich das so sagen darf. Aber schon bei seinem nächsten Arbeitsplatz war auch das geheim.«

Sie schlug die Beine übereinander und setzte sich in eine andere Position, als wollte sie das Thema wechseln. Jennerwein überlegte. Hatte sie ihn bezüglich ihrer Anwesenheit im Werk angelogen? Aber sie musste doch wissen, dass bei Mikado so ziemlich alles protokolliert wurde, was es nur zu protokollieren gab.

»Sind Sie schon weitergekommen?«, fragte sie.

»Ich habe noch keine greifbaren Ergebnisse.«

»Es ist jammerschade, dass man nicht direkt ins Werk reinspazieren und sich alles ansehen kann.«

»Ja, das ist wirklich –«

Jennerwein musste unterbrechen und die Handyhand wechseln. Ein mittelgroßer Kran fuhr gerade an ihm vorbei. Das Gefährt nahm fast den ganzen Gang ein und hatte eine beängstigende Menge an Ziegelsteinen geladen. Die Trageseile zitterten, feiner Staub rieselte aus großer Höhe herab. So richtig hatte er sich noch nicht daran gewöhnt, dass all diese Wägen führerlos waren. Beim Näherkommen suchte das Auge unwillkürlich nach einem menschlichen Wesen, das für die Maschine verantwortlich war. Als der Kran sich geräuschlos, aber immer noch vereinzelt Ziegelsteinstaub ausschwitzend, vorbeigedrückt hatte, sagte Jennerwein:

»Entschuldigen Sie, mir wäre fast das Handy auf den Boden gefallen. Ich habe nur noch eine letzte Frage: Kennen Sie diese Frau?«

Er klickte auf das Bild, das er im Spind von Rossi geschossen hatte, und sandte es ihr. Sie beugte sich vor und brach in schallendes Gelächter aus.

»Was ist so furchtbar lustig?«

»Aber natürlich kenne ich diese Frau! Wo haben Sie denn *das* Bild her! Das bin ich selbst. Ein paar Jahre jünger natürlich, und mit einer anderen Frisur. Noch vor der Nasenkorrektur, geschminkt, weniger gepierct, auch ohne das wirklich abartig gute Schlangentattoo am Hals. Das Foto selbst hat ein professioneller Fotograf gemacht. Der hat mich ins richtige Licht gesetzt, mein Lieber! Das waren noch Zeiten!«

»Ja, Frau Rossi, ich muss schon sagen: Ich habe im Lauf meiner Dienstjahre schon viele Fotos gesehen, aber *Sie* hätte ich darauf nicht erkannt.«

Wieder das schallende Gelächter.

»Sie scheinen sich mit Frauen nicht so besonders gut auszukennen, wie?« Als Jennerwein schwieg und darauf wartete, dass sie weiterredete, fügte sie hinzu: »Oder treiben Sie gerade eines Ihrer Polizeispielchen? Also, wo haben Sie das Bild her?«

»Es hing im Spind Ihres Mannes.«

Überraschung zeichnete sich auf ihrem Gesicht ab. Vielleicht sogar Verwirrung.

»Das ist ja süß. Da hat er ein Foto von mir aufgehängt, wie ein Oberstufenschüler.«

»Frau Rossi, es tut mir leid, aber ich muss wieder weiter. Ich bedanke mich für Ihre Geduld und melde mich, wenn ich etwas Neues erfahre.«

Als er aufgelegt hatte, blies er ärgerlich Luft aus. Aber jetzt hatte er noch einen weiteren Grund, den Fall Rossi schnellstmöglich zu lösen. Er wollte endlich der Wahrheit auf die Spur kommen. Ebenfalls schnellstmöglich.

Melanie Rossi legte das Handy bedächtig auf den Tisch und schenkte sich erst einmal einen Kümmelschnaps ein. Schon durch das Eingießen ließ das Zittern ihrer Hände etwas nach. Dieser Kommissar, von dem man sagte, dass er der Allerbeste sei, tappte, so kam es ihr vor, gehörig im Dunkeln. Melanie Rossi legte den Kopf in den Nacken und starrte an die Zimmerdecke. Warum war es überhaupt nötig, alles nochmals aufzuwärmen? Sie hatte mit dem Fall Rossi, mit ihrem Fall Rossi, ihren Frieden geschlossen. Steckte vielleicht sogar dieser undurchsichtige Kim oder Lim oder wie auch immer er hieß dahinter? Er war damals eigens angereist und hatte sie zu Hause besucht, um sie auszuquetschen. Der Koreaner hatte die Fragen mit einer Kälte gestellt, die sie noch nie an einem Menschen erlebt hatte. Warum musste jetzt, nach so langer Zeit, alles nochmals aufgerührt werden! Melanie Rossi besah sich erneut das Bild, das ihr Jennerwein geschickt hatte. Welcher Teufel hatte sie geritten, sich als diese Frau auszugeben? So peinlich ihr die Angelegenheit auch war, das war absolut unnötig gewesen. Was bezweckte der tollpatschige Kommissar überhaupt mit seinen Fragen? War das eines dieser Polizeispielchen, mit denen sie glaubten, einen dranzukriegen? Wurde sie etwa verdächtigt? Sie schenkte sich noch einen Kümmel ein. Dann bemerkte sie, dass sie den ersten noch gar nicht ausgetrunken hatte.

Entschlossen steckte Jennerwein das Handy in den Rucksack und schlug den Weg zu seinem nächsten Ziel, der medizinischen Abteilung, ein. Bei MikadoMed&Care wurden Pflegegeräte und Pflegerobots entwickelt und hergestellt. Der Geschätzte hatte ihm berichtet, dass Rossi oft und auch gerne dort gewesen war. Nach einem zügigen Fußmarsch gelangte Jennerwein schnell in den Bereich MikadoMed&Care. Schon von weitem sah es nach Krankenhaus, Pflege und Tod aus, als er näher kam, roch es nach Desinfektionsmittel, Lebensverlängerung und schwer zu ergatternden Chefarztposten. Jennerwein hatte mit dem ärztlichen Direktor ein Treffen vereinbart, er fand es besser, sich führen zu lassen. In seinem Team hatte ihm die Gerichtsmedizinerin immer alles geduldig erklärt, aber das war hier ja nicht möglich.

»Wie kommen Sie in dem Fall voran, Kommissar?«, fragte Professor Dr. Schalkoff statt einer Begrüßung.

Er schien im Bilde zu sein und sich auf das Treffen mit Jennerwein vorbereitet zu haben. Der Direktor war ein kleiner Mann mit großem Bewegungsdrang. Ständig trat er von einem Fuß auf den anderen. Trotzdem strahlte sein rundes, fleischiges Gesicht Gutmütigkeit, Geduld und Großherzigkeit aus, so fand jedenfalls Jennerwein. Aber er hatte sich bei diesem Fall in puncto Personenbeurteilung gerade erst blamiert, deshalb legte er die These von der Gutmütigkeit, Geduld und Großherzigkeit sofort wieder auf Eis.

»Ich sammle immer noch Informationen«, gab Jennerwein zur Antwort. »Für eine Prognose ist es noch zu früh. Zeigen Sie mir bitte die Abteilung, in der Florian Rossi häufig zu tun hatte.«

»Aber mit dem größten Vergnügen. Hier entlang. Wir gehen zunächst einmal durch eine unserer vollautomatischen

Krankenstationen, nur damit Sie einen Eindruck bekommen, um was es hier eigentlich geht. Es sind Modellstationen, in denen das medizinische Personal ausschließlich aus Künstlichen Intelligenzen besteht. Alle Diagnosen, Operationen und Pflegemaßnahmen werden von spezialisierten Robots durchgeführt.«

»Und die Patienten? Sind die denn echt?«

Jennerwein hatte den Eindruck, dass Dr. Schalkoff kurz zögerte.

»Sozusagen. Es sind Menschen aus aller Welt, die sich – um Ihrer nächsten Frage gleich zuvorzukommen – doppelt und dreifach und zehnfach damit einverstanden erklärt haben, auf diese Weise behandelt zu werden.«

»Es sind aber trotzdem Menschenversuche«, wandte Jennerwein ein.

Der Direktor schüttelte energisch den Kopf.

»Menschenversuche? So kann man das auf gar keinen Fall sagen. Wir betreiben klinische Studien mit freiwilligen Probanden. Das ist gängige Praxis. Wir erstellen Diagnosen, die sich zu 99,98 Prozent als richtig erweisen. Wissen Sie, wie die Trefferquote bei Ärzten aus Fleisch und Blut ist?«

»Wenn Sie so fragen, liegt sie sicherlich weit darunter.«

»Die menschlich erstellte Quote liegt etwa bei 85 Prozent.«

»Immerhin.«

»Wenn Sie einer von den 15 Prozent sind, denken Sie anders darüber. Aufgrund der maschinell erstellten Diagnosen werden Behandlungen durchgeführt, die ständig von menschlichen Ärzten beobachtet und kontrolliert werden. Und hier geht die Erfolgsquote fast auf 100 Prozent zu. Die menschlichen Ärzte sind über die guten Ergebnisse der RoboDocs manchmal ziemlich frustriert, das kann ich Ihnen sagen. Ich bin selbst Mediziner und weiß, wovon ich rede.«

Jennerwein verfolgte nachdenklich ein selbständig dahinrollendes Nachtkästchen, das mit Tabletten und Medikamentendöschen bestückt war.

»Sie verzichten also auch im pflegerischen Bereich auf jegliche Art von humanoider Gestaltung? Ich dachte, besonders da spielen Empathie und Wärme eine große Rolle.«

»So ist es, Kommissar. Gerade Kinder sind begeistert von diesem Service. Sie akzeptieren das Nachtkästchen als solches, sprechen mit ihm und bauen ein größeres Vertrauensverhältnis zu dem Ding auf, als wenn fuchtelnde Arme, angeschraubte Füße oder ein drehbarer Kopf Menschenähnlichkeit vorgaukeln. Wenn Sie nachschlagen wollen: Der Effekt heißt *Uncanny Valley*, Kommissar. Bei einem Versuch dazu hat ein handelsüblicher Staubsauger, der das ganze Zimmer nach Schmutz absuchte und scheinbar nervös wurde, als er keine Steckdose zum Aufladen fand, bei den Versuchspersonen mehr Empathie erregt als ein menschenähnlicher Robot, der perfekt bis ins Kleinste ausgestaltet war wie eine Figur aus Madame Tussauds Wachsfigurenkabinett.«

Ein Nachtkästchen, das einen Teller mit glänzenden Äpfeln trug, fuhr in ein Zimmer, ein anderes kam mit einem Stapel Bücher heraus. Dann rollte etwas den Gang entlang, was Jennerwein entfernt an eine Malerstaffelei erinnerte.

»Dieser Kollege wird von uns scherzhaft Doktor Cox genannt«, erläuterte der Ärztliche Direktor jovial.

»Ich verstehe nicht so ganz –«

»Er ist auf Hüftoperationen spezialisiert: Erfolgsquote 100 Prozent. Wir beschäftigen ihn jetzt sieben Jahre, es gab nie auch nur die geringste Komplikation«, fügte Dr. Schalkoff mit unverhohlenem Neidstolz hinzu.

»Ich habe noch eine andere Frage: Was hat Rossi hier genau gemacht? Mit was hat er sich in dieser Abteilung beschäftigt? Er hatte doch keinerlei medizinische Erfahrung.«

Dr. Schalkoff lächelte.

»Er hat sich oft selbst als Patient einliefern lassen, um auf diese Weise einen diskreten Blick auf die Maschinen werfen zu können.«

»Mit Erfolg?«

»Mit sehr großem Erfolg, wie Sie sich denken können. Zum Beispiel hat er bei speziellen Untersuchungen zur –«

Es folgte ein Schwall von medizinischen Fachausdrücken, Jennerwein stieg schon nach der dritten -itis und -iasis aus. Dr. Schalkoff lächelte verständnisvoll und beendete seinen kleinen Vortrag.

»Er hat sich sogar einmal operieren lassen. Zudem hat er unzählige Untersuchungen hinter sich, er ist – er war vermutlich der am besten durchgecheckte Mitarbeiter weit und breit.«

Jennerwein blickte den Arzt forschend an.

»Sie haben von Patienten aus aller Welt gesprochen, Herr Doktor. Wie kommen diese Patienten hierher? Gibt es einen nahegelegenen Flugplatz?«

»Natürlich. Es muss ja manchmal sehr schnell gehen.«

»Kann ich den besichtigen?«

»Die Verbindung dorthin ist sehr gut überwacht. Dazu bräuchten Sie einige zusätzliche Zertifikate.« Nachdem Jennerwein eine Weile schwieg, fügte er hinzu: »Aber ich glaube, ich weiß, worauf Sie hinauswollen.«

»Und worauf will ich hinaus?«

»Sie denken über eine Möglichkeit nach, wie Rossi von dieser Abteilung aus unerkannt ins Freie gelangt sein könnte.«

»Ist das so abwegig?«

»Vergessen Sie es. Gerade hier wird so viel überprüft und kontrolliert, da kann Rossi nicht rausgekommen sein. Jede einzelne dieser Apparaturen, die Sie hier sehen, ist so viel wert, dass es sich lohnen würde, einen Mord zu begehen, um in deren Besitz zu gelangen. Ich selbst habe diese Möglichkeit schon erwogen, um mich selbständig zu machen. Kleiner Scherz. Man kann hier nichts und niemanden rausschmuggeln. Da müssen Sie sich eine andere Abteilung suchen – hier funktioniert es jedenfalls nicht!«

»Herr Doktor, darf ich nach Ihrer persönlichen These zu Rossis Verschwinden fragen?«

»Dürfen Sie, aber es tut mir leid: Ich habe keine. Ich weiß bloß eins: Mit MikadoMed&Care hat es nichts zu tun.«

Jennerwein sah ein, dass er in dieser Abteilung einfach zu wenig Sachkenntnisse hatte, um weiterzukommen. Ein tiefergehendes Gespräch mit dem Arzt war unmöglich. Erst jetzt wurde ihm das Fehlen seines Teams schmerzlich bewusst. Er war gerade im Begriff, sich bei Dr. Schalkoff höflich zu bedanken und sich zu verabschieden, als er am Ende des Gangs, noch in weiter Ferne, einen regenbogenfarbigen Puschel zu sehen glaubte, der auf einem beweglichen Straßenmarkierungshütchen hin und her wippte. Sein Nullneunziger? Als er einen Schritt beiseite trat, um besser sehen zu können, war der auffällige Robot auch schon wieder verschwunden. Doch sofort tauchte er wieder auf, er schoss förmlich über den Gang auf Jennerwein zu. Der schüttelte verwundert den Kopf. Hatte ihn der kleine Robot, in dem er einst gesteckt hatte, vielleicht sogar gesucht? Jennerwein sah sich nach Dr. Schalkoff um. Doch der hatte einen Anruf erhalten und kehrte ihm den Rücken zu. So ging Jennerwein auf den kleinen Putzrobot zu, um ihn anzusprechen. Der schien ihn nicht zu erkennen, er rollte stumm und ohne ihn eines Blickes zu würdigen an ihm vorbei. Jennerwein sah ihm verdutzt nach. Der birnenförmige, verbeulte Kopf auf dem Kegelkörper, die Farben der Kontaktdrähte – alles deutete darauf hin, dass es sich um seinen Pseudojennerwein handelte. Nach ein paar Metern blieb der Nullneunziger ruckartig stehen. Die Strähne aus Drähten zitterte, er drehte sich langsam und mechanisch um. Jennerwein eilte zu ihm und beugte sich über ihn. Er versuchte es mit dem Kennwort:

»Hallo Kamerad? Hotel Relax! Seele baumeln lassen!«

Der Robot reagierte nicht. Vielleicht handelte es sich doch um eine Verwechslung. Es gab vermutlich Hunderte von Putzrobotern mit diesem Aussehen. Jennerwein wollte sich schon wieder nach Dr. Schalkoff umdrehen, als der Robot plötzlich eines seiner Ärmchen ruckartig nach ihm ausstreckte. Er hatte ein scharfkantiges Werkzeug in der Hand. Instinktiv trat Jennerwein einen Schritt zurück.

24

»Room Service! Minibar auffüllen? Handtücher wechseln?«

Emil Prokop hoffte, dass sich der Hotelangestellte, der mit seinem Wägelchen vor der Tür des Bungalows B15 stand, wieder verzog. Er hoffte es für den Hotelangestellten. Der würde seine Neugier sonst nicht überleben. Emil Prokop kannte in dieser Beziehung keine Skrupel. Er war vor ein paar Jahren knapp davor gewesen, Kriminalhauptkommissar Hubertus Jennerwein mit eineinhalb Kilo TNT in die Luft zu sprengen, und dazu gleich sein ganzes Team, angefangen mit der Gerichtsmedizinerin, die er als Geisel genommen hatte, über den klotzigen Spurensicherer Hansjochen Becker bis hin zur neunmalklugen Frau Dr. Maria Schmalfuß, der Polizeipsychologin, die zu allem eine These hatte und doch mit jeder vollkommen danebenlag Er hatte vorgehabt, sie alle auf einer einsamen, idyllisch gelegenen Berghütte auszulöschen, bei einem explosiven Höhepunkt ihrer kitschigen Weihnachtsfeier, und es wäre ihm damals um ein Haar gelungen. Der Plan war perfekt gewesen, doch Jennerwein hatte ihn schließlich enttarnt. Künstlerpech. Während der Gerichtsverhandlung war bei Prokop eine schwere Form von histrionischer Persönlichkeitsstörung festgestellt worden, was schließlich zu verminderter Schuldfähigkeit geführt hatte. Er war immer noch in regelmäßiger therapeutischer Behandlung, doch sein Betreuungspersonal war guter Dinge. Er mache Fortschritte, hieß es. Zum Wesen des

Histrionikers gehörte es allerdings, dass er perfekt darin war, seiner Umwelt etwas vorzuspielen, vor allem dem Betreuungspersonal, und Emil Prokop spielte eben jetzt den Geläuterten, Reuigen und Bußfertigen. Darin machte er große Fortschritte. Die Verwandlung in den hässlichen Gärtner, von dem man den Blick gern abwandte, war ihm schon einmal glänzend gelungen, und ohne Schwierigkeiten hatte er sich Zugang zum Bungalow verschafft. Die auf Retro gestylten, extra brüchig geschliffenen und dünnen Holzfensterrahmen des Bungalows waren nicht wirklich ein Hindernis gewesen. Jetzt brauchte er nichts weiter zu tun, als auf den ahnungslosen Kommissar zu warten, der vermutlich in Bademantel und Schlappen erschien, voll entspannt und relaxt, arglos und damit auch unvorsichtig. Der Tag der Abrechnung war nun gekommen. Prokops Blick fiel auf den am Boden liegenden Gummianzug, ärgerlich stieß er ihn mit dem Fuß beiseite. Er schüttelte angeekelt den Kopf. Mit solchen Bondage-Schweinereien wollte er nichts zu tun haben. Aber auch das war typisch für einen Saubermann wie Jennerwein. Ein Spießer, wie er im Buche stand, triefend vor Selbstgerechtigkeit den Moralapostel geben, aber dann in der Abgeschiedenheit eines Wellnesshotels die Sau rauslassen. Der ganze Kommissar von Kopf bis Fuß eine einzige verlogene Fassade. Ein Potemkin'sches Dorf mit nichts dahinter als ein paar Vorschriften aus dem Polizeiaufgabengesetz. Der Histrioniker und Blender war nicht er selbst, sondern Kommissar Jennerwein! Prokop ließ sich in den Sessel fallen, der am nächsten an der Eingangstür stand. Wenn Jennerwein die Tür öffnete, würde er sich von schräg hinten auf ihn stürzen und mit der mitgebrachten Drahtschlinge erwürgen. Mit dem Frotteegürtel des Bademantels wäre es noch theatralischer und entwürdigender, aber eben auch unzuverlässiger. Prokop wartete. Er wartete genüsslich wie ein Schauspieler, der hinter dem Vorhang steht und seinem Stichwort entgegenfiebert. Prokop beugte sich vor und besah sich den Gummianzug näher. Er fragte sich, welchem Zweck der seltsam aussehende Helm diente, der mit Kippschaltern versehen war. Prokop ging in die Hocke und untersuchte ihn. Er bekam große Lust, den Helm aufzusetzen und einen Blick durch das Plexiglasvisier zu werfen. Vorsichtig und mit spitzen Fingern legte er einen Schalter am Helm um. Es sah so aus, als ob im Inneren des Visiers ein unscharfer und wackeliger Film anlief. Er legte einen anderen Schalter um, und im Monitor des Fernsehers, der an der Wand prangte, erschien die Silhouette einer Großstadt. Was war denn das für eine abartige High-Tech-Spielerei! Das musste er sich auf jeden Fall genauer ansehen. Doch jetzt hielt Prokop inne. Er schnupperte. Und schnupperte in alle Richtungen. Irgendetwas war hier faul. Roch es hier nicht nach Gas? Schnell sprang er auf, stürzte ins Bad, um sich ein nasses Handtuch aufs Gesicht zu drücken. Doch es war zu spät. Prokop spürte, wie sich das Taubheitsgefühl wie eine Bleiweste um all seine Glieder legte, wie ihm Arme und Beine immer weniger gehorchten. Er wollte schreien, doch aus seinem Mund kam nur ein gurgelndes Lallen. Er fühlte sich, als hätte er eine Flasche Whisky auf ex getrunken. Wasser. Kaltes Wasser. Schnell das Gesicht mit eiskaltem Wasser benetzen. Prokop schaffte es gerade noch mit einem Fuß in die Duschkabine. Doch er kam nicht mehr dazu, den Wasserhahn aufzudrehen. Denn es gab keinen Wasserhahn im herkömmlichen Sinn. Seine Finger griffen ins Leere. Es gab nur eine digitale Armatur, die ohne Einweisung des Hotelpersonals nicht zu bedienen war. Prokop sank auf den Boden der Dusche. Er war kurz davor, die Besinnung zu verlieren.

Der Mann, den alle nur den ›Isländer‹ nannten (der aber in Wirklichkeit alles andere als ein Isländer war), kletterte langsam vom Dach des Bungalows mit der Nummer B15. Er hatte es geschafft, das Gas mit einem langen Plastikschlauch in den Kamin einzuleiten, jetzt musste er nur noch in die Wohnung gelangen, um dort auf Jennerwein zu warten. Das Gas war fast geruchlos, Jennerwein würde es nicht bemerken, er würde ein paar Schritte dahinstolpern, dann zu Boden sinken und so zur leichten Beute für ihn werden. Katzenhaft leise sprang der Isländer von der Mauer. Als er endlich vor der Bungalowtür stand, sah er sich um, streifte die Gasmaske über Nase und Mund, dann sperrte er die Tür auf und verschloss sie schnell wieder hinter sich. In ein Hotelzimmer zu gelangen, ohne Einbruchspuren zu hinterlassen, war eine der leichtesten Übungen, zumindest seit es elektronische Zimmerkarten gab. Jeder Mitarbeiter vom Housekeeping besaß eine Generalkarte für das ganze Hotel, die er während der Zimmerreinigung in den dafür vorgesehenen Kartenschacht nahe der Eingangstür steckte. Ein gewiefter Dieb hatte leichtes Spiel. Er konnte diese Karte schnell gegen eine beliebige weiße Karte austauschen, und solange kein Elektrogerät lief oder Licht brannte, fiel das gar nicht weiter auf. Die Angestellten gingen von einer Fehlfunktion aus, sie tauschten die Karte einfach gegen eine funktionierende aus. Und bis der wahre Grund entdeckt wurde, konnten Stunden oder Tage vergehen – falls der Diebstahl überhaupt je entdeckt wurde.[5]

5 Ich weiß, wovon ich rede. Bei meinen Lesetourneen habe ich in vielen Hotels übernachtet, und jedes Mal, als ich eine offene Zimmertür … Wo war ich? … Ach so, ja, mitten in einem neuen Abenteuer von Kommissar Jennerwein. Also schnell zurück zum Isländer.

Genau mit diesem Bauerntrick hatte der Isländer gearbeitet. Mit Hilfe der geklauten Karte war es nun ein Leichtes, in Jennerweins Bungalow zu gelangen. Na siehste, murmelte der Isländer mit dem Markenzeichen ð in die Gasmaske hinein, so schnell geht das. Die Attacke mit der Torte wäre zwar der elegantere Weg gewesen, aber das hier war auch eine todsichere Sache. Allem Anschein nach war der Bungalow leer, trotzdem machte er sich routinemäßig daran, ihn genauer zu untersuchen. Gerade als er die Badezimmertür öffnen wollte, hörte er Schritte draußen vor der Eingangstür. Ein Rollwägelchen quietschte, jemand summte ein Lied. War das schon Jennerwein? Der Isländer rückte die Gasmaske zurecht. Hastig blickte er um sich und suchte nach einem Versteck. Rasch schlüpfte er in den unteren Teil des begehbaren Garderobenschranks, durch den Spalt der angelehnten Tür hatte er den ganzen Raum vollständig im Blick. Das war perfekt. Es klopfte. Es klopfte abermals. Eine helle, schneidende Tenorstimme rief nach Kommissar Jennerwein.

Die elektronische Türsicherung klackerte, und die Eingangstür wurde geöffnet. Der Isländer konnte durch den Spalt sehen, dass es lediglich ein livrierter Hotelangestellter war, der frohgemut und mit heller Stimme summend ins Zimmer trat und ein Rollwägelchen hinter sich herzog. Der Kerl sah aus, als wäre er einer Operette entsprungen. Tiefschwarzes, öliges Haar, Hohlkreuz, gestelztes Auftreten. Er schritt zur Minibar, sah kurz hinein, schrieb etwas auf sein Klemmbrett, wollte schon wieder gehen, da blieb sein Blick an dem Bündel am Boden hängen, das der Isländer für eine Taucherausrüstung hielt. Er hatte den Kommissar dabei beobachtet, wie er es vorher achtlos auf den Boden geworfen hatte. Der Angestellte sah sich um. Jetzt erst bemerkte der Isländer, dass die Eingangstür sperrangelweit offen stand. Und damit nicht genug: Der gutgelaunte Mitarbeiter schnüffelte kurz, schüttelte widerwillig den Kopf und riss das große Fenster auf, das zur wild bewucherten Terrasse hinausführte. Das durfte doch nicht wahr sein: Das teure und mühsam eingeleitete Gas drohte zu entweichen! Leise brachte der Isländer sein Springmesser in Position. Er musste diesen Idioten stoppen. Ein Rascheln im Zimmer ließ ihn aufhorchen. Er drückte die Schranktür etwas weiter auf und sah, dass der fröhliche Livrierte in den Gummianzug schlüpfte. Er schien sich damit auszukennen, denn jetzt fummelte er an dem Helm herum und setzte ihn schließlich auf. War denn dieser Mann ebenfalls ein Taucher? Es sah fast so aus, denn jetzt stieg er auf die Matte und vollführte die gleichen ruckartigen und irre zuckenden Bewegungen, die der Isländer auch schon bei Jennerwein beobachtet hatte. Der Isländer erstarrte. Auf dem Bildschirm des Fernsehapparates war Kommissar Jennerwein zu sehen. Er stand in einer Art Fabrikhalle und unterhielt sich mit jemandem. Dann stieg er in ein seltsam buntscheckiges, irgendwie lustig aussehendes Auto. Der Isländer hielt den Atem an. Das war ja eine absolut verwirrende Wendung. Wieso war Jennerwein im Fernseher zu sehen? Heute schien wirklich alles zu misslingen. In seinem Versteck gefangen, blieb ihm nichts anderes übrig, als sich das Gehampel des Hotelangestellten anzusehen. Nach einer Viertelstunde klingelte das Handy des Livrierten, er ging ran und sprach ein paar Worte in den Hörer, die der Isländer allerdings nicht verstand. Schnell schlüpfte der operettenhaft aussehende Servicemitarbeiter aus dem Anzug, drapierte ihn auf den Boden, ungefähr so, wie er ihn vorgefunden hatte, schloss das Fenster, griff nach seinem Rollwägelchen und verschwand. Er wankte zwar ein wenig und hielt sich einmal an einer Stuhllehne fest, als ob er leicht betrunken war, aber das Gas zeigte keine große Wirkung mehr, es hatte sich inzwischen durch die geöffneten Fenster und Türen ziemlich verdünnt und verflüchtigt. Der Isländer fluchte leise vor sich hin. Er riss die nutzlose Gasmaske herunter und verließ sein Versteck. Kopfschüttelnd betrachtete er das, was er für eine Taucherausrüstung gehalten hatte. Momentan glich der Anzug einer leblosen Person an einem Tatort. Es war kein Taucheranzug, sondern eine dieser VR-Spielereien, da war er sich jetzt sicher. Es hätte ihn brennend interessiert, wie das funktionierte, aber er wollte kein Risiko eingehen. Erst musste er Jennerwein erledigen, danach konnte er sich das Ding immer noch ansehen. Der Isländer zögerte. Sollte er seinen Plan ändern und Jennerwein kurz und schmerzlos töten, wenn er schon mal hier war? Nein, es musste ein qualvoller Tod sein, das hatte er seiner Schwester versprochen. Er musste das Versteck im Wald aufsuchen und seine Narkotikum-Reserven holen. Dann wollte er es auf die klassische Tour machen und ihn mit dem ketamingetränkten Handtuch anästhesieren. Solch ein Angriff aus nächster Nähe war zwar riskanter, aber auch das war er seiner Schwester, der einst so gefürchteten ›Äbtissin‹, schuldig. Vorsichtig öffnete er die Eingangstür und spähte hinaus. Es war niemand zu sehen. Zügig verließ er das Areal. Zwischen zwei Torbögen kam ihm eine sportliche, energisch wirkende Frau entgegen. Stirnband, grellbunte Leggins, auffällige Erscheinung. Schnell verbarg er sich hinter einem der Bäume, die dicht an dicht im Garten standen. Sie hatte einen schmalen, länglichen Koffer über den Rücken geworfen. Der Isländer stutzte. Das war doch eine Schutzhülle für ein Jagdgewehr! Hatten die Verschwörer noch einen zweiten Killer auf KJ angesetzt? Energisch stiefelte die bunte Frau auf Jennerweins Bungalow zu.

25

Dr. Schalkoff hatte sein Telefongespräch beendet und gesellte sich wieder zu Jennerwein.

»Geht es Ihnen gut?«, fragte er ärztlich-besorgt. »Sie sehen blass aus. Darf ich mal Ihren Puls –«

Jennerwein legte den Finger an die Lippen und deutete den leeren Gang entlang. Der Arzt blickte verständnislos drein.

»Ist Ihnen der Putzroboter mit den bunten Drähten auf dem Kopf nicht aufgefallen?«, fragte Jennerwein. »Ich glaube, er wollte mich angreifen.«

Der kleine Kegel war an Jennerwein vorbeigerollt, als ob er es sich anders überlegt hätte. Ganz kurz hatte Jennerwein das Gefühl gehabt, als ob er ihn bedroht hätte. Doch dann hatte er das scharfkantige Werkzeug wieder sinken lassen, hatte Fahrt aufgenommen, ohne sich noch einmal umzublicken, und war schließlich um die Ecke verschwunden.

Dr. Schalkoff schüttelte den Kopf.

»Ich habe nichts gesehen. Und dass Sie ein Putzroboter bedroht hat, halte ich für unwahrscheinlich, sogar ausgeschlossen. Sie haben sicher eine der maschinellen Gesten falsch interpretiert. Das passiert einem KI-Neuling öfter. Möchten Sie die Sache weiterverfolgen? Wir haben Videoaufzeichnungen von allen Vorgängen in den Zimmern und auf dem Gang. Ich kann sie für Sie heraussuchen.«

»Nein, lassen Sie, machen Sie sich keine Mühe.«

Jennerwein war sich auf einmal nicht mehr sicher, ob er nicht überreagiert hatte.

»Ich habe einen Vorschlag«, sagte der Leitende in die entstandene Pause hinein. »Ich meine, wo Sie doch schon mal da sind. Ganz ehrlich: Sie sehen für mich nicht sehr fit aus. Leichte Trübung der Augen, eingefallene Wangen, Neigung zu kleinen Zwangshandlungen wie Schulterrollen und Schläfenmassieren, Ansätze zum Verfolgungswahn – wie wäre es mit einem Gesundheitscheck im Vorübergehen? Dabei verlieren Sie überhaupt keine Zeit, Sie müssen nur Ihre formelle Zustimmung geben, dann werden Sie von einem dieser Scanner dort oben gecheckt.« Er zeigte an die Decke und lenkte Jennerweins Aufmerksamkeit auf eine dichte Ansammlung von Messgeräten. »Es dauert zwei Sekunden, und Sie haben sich den Besuch von Dutzenden Fachärzten erspart.«

Hatte Dr. Schalkoff Kenntnis von seiner Akinetopsie? Er lächelte so anzüglich wissend. Aber diese Art des Lächelns hatten viele Ärzte. ›Wissendes Lächeln‹ war vermutlich ein Pflichtkurs im zweiten Semester Medizin.

»Sie scannen mich doch jetzt momentan schon, nicht wahr?«, fragte Jennerwein mit misstrauisch hochgezogenen Augenbrauen.

Der Arzt lächelte mitleidig.

»Ja, natürlich, wir scannen jetzt, um sofort loslegen zu können, wenn Sie uns Ihre Zustimmung gegeben haben.«

Jennerwein lachte auf.

»Das wäre so, als wenn ich einen Verdächtigen schon mal der Einfachheit halber einsperren würde, bevor ich ihn befragt habe.«

»Danach werden natürlich alle Auswertungen gelöscht.«

»Ja, natürlich«, erwiderte Jennerwein mit süßsaurer Miene. »Was sollten Sie auch mit den ganzen Daten anfangen. Sie haben sicher schon mehr als genug davon.«

»Bei Ihnen ist eine seltene Erkrankung diagnostiziert worden, Kommissar«, tönte es plötzlich von der Decke. »Und zwar Akinetopsie.«

Ein beweglicher Arm senkte sich herab und blieb vor Jennerweins Gesicht stehen. Jennerwein wandte sich hilfesuchend um, doch Dr. Schalkoff war verschwunden.

»Wir haben eine Unregelmäßigkeit in Ihrem visuellen Cortex festgestellt«, ertönte es blechern aus Richtung des Greifarms. »Wir empfehlen eine sofortige, ganz und gar unkomplizierte Operation. Sie dauert etwa zwanzig Minuten, bei jedem Friseur würden Sie länger warten. Apropos Friseur: Sie könnten sich parallel dazu einen modischen Haarschnitt mit ein paar Strähnchen verpassen lassen.«

»Nein, danke«, unterbrach Jennerwein, doch der Greifarm fuhr sturköpfisch fort:

»Unsere Operation –«

Es folgte wieder ein Sturzbach von Fachausdrücken.

»Danke für das Angebot«, unterbrach Jennerwein mit bestimmtem Ton. »Ich komme auf Sie zurück.«

»Kein Problem«, sagte der Greifarm, jetzt doch etwas eingeschnappt, und verschwand wieder in der Decke.

Jennerwein stand allein auf dem Flur, um ihn herum bewegte sich das maschinelle Personal wie ein eingespieltes Ballett. Die Ingenieure hatten sich bei der optischen Gestaltung der Robots wirklich überhaupt keine Mühe gegeben. Bei einigen konnte man ihre Funktion erahnen. Doch bei den meisten hätte Jennerwein nicht sagen können, ob es sich um einen

Cola-Automaten handelte oder um einen Hausmeister. Vorsichtig warf er einen Blick in eines der offenen Krankenzimmer. Es war so zugestellt mit zuckenden und fauchenden Geräten in allen Formen, Farben und Größen, dass das Krankenbett und vor allem der darinliegende Patient auf den ersten Blick nicht auszumachen war. In einer Ecke saß ein Hüne von Mann auf einem Hocker. Knochiger Körperbau, undurchdringliches Gesicht, Funkgerät. Und eine Menge Artillerie unter dem Jackett. Jennerwein sah mit einem Blick, dass das ein Leibwächter war. Solche Kaliber von Patienten lagen hier also. Wenn aber Rossi mehrfach zur Behandlung hier war, dann war vielleicht einmal etwas schiefgegangen, und man hatte Rossi verschwinden lassen müssen. Der Leibwächter war nun aufgestanden und kam langsam und betont gelangweilt auf Jennerwein zu.

»Was geht, Alter?«, fragte der Schrank leise und bedrohlich.

»Ermittlungen«, antwortete Jennerwein und war dabei, seine Dienstmarke zu ziehen.

Der Schrank unterbrach ihn mit einer angedeuteten unwirschen Handbewegung.

»Lass stecken. Und hau ab. Das ist nicht deine Liga, Alter.«

Jennerwein zog es vor, der harschen Aufforderung Folge zu leisten. Es musste schon ein ganz großes Tier sein, das da in dem Krankenbett lag. Jennerwein zuckte die Schultern und verließ das Zimmer. Er ging den Gang entlang, auch in der Hoffnung, noch einmal auf den Nullneunziger zu treffen. Er hatte ein unbestimmtes Gefühl, dass der ihm weiterhelfen konnte. Eine Sirene ertönte, über einem der Zimmer blinkte ein rotes Signallicht. Sofort füllte sich der Gang mit rollenden Apparaten und Drohnen. Jennerwein hielt sich sicherheitshalber an der Wand, um nicht unter die Räder zu kommen.

Die Hektik regte ihn dazu an, über ein Szenario nachzudenken: Ein international operierender Terrorist lässt sich hier einliefern und untersuchen, Rossi steckt ihm das Californium zu, der Terrorist verlässt damit den Laden. Könnte es so gelaufen sein?

»Sicherheitshalber habe ich Ihnen die Aufzeichnung Ihres Hirnscans besorgt«, sagte Dr. Schalkoff, der plötzlich wieder neben ihm stand. »Ich habe sie Ihnen auf Ihr Handy überspielt.«

»Danke, aber ich glaube –«

»Schauen Sie es sich an. Sie können mich jederzeit kontaktieren. Aber jetzt muss ich weiter. Notfall. Sehen Sie sich um, Kommissar, Sie kommen ja alleine zurecht. Ich hoffe, Sie finden etwas, was das Verschwinden von Florian Rossi erklärt.«

Er hatte es plötzlich sehr eilig und verschwand ebenfalls in dem Krankenzimmer mit der rot blinkenden Warnleuchte. Jennerwein fand den Gedanken beruhigend, dass es ganz ohne Menschen offensichtlich doch nicht ging.

Im Krankenhausflur war wieder Ruhe eingekehrt, und Jennerwein entschloss sich dazu, die Station zu verlassen. Dr. Schalkoff hatte ihm nicht plausibel erklären können, was Rossi hier getrieben hatte. Vielleicht war der Qualitätssicherer gar nicht in dienstlicher Absicht hierhergekommen, vielleicht hatte er die eigenen Untersuchungen nur vorgeschoben, um in Wirklichkeit eine Gratisbehandlung zu bekommen. Vielleicht waren es die üblichen Vorsorgechecks an Herz, Leber und Darm, die er hier auf Firmenkosten vornehmen konnte. Diese Untersuchungen müssten aber doch in den Patientenprotokollen stehen. Er würde sich deswegen an den Geschätzten wenden. Jennerwein fiel ein, dass Rossis Kinderwunsch unerfüllt geblieben war. Hatte er sich hier daraufhin untersuchen lassen?

Dann kam Jennerwein in ein Stockwerk, in dem sich ein Labor an das andere reihte. Eine kühne Idee formte sich in seinem Kopf, doch dazu musste er einen kleinen Umweg in Kauf nehmen. Kurz entschlossen fragte er sich durch und fand schließlich das, was er gesucht hatte: *Spektroskopische Materialanalyse für organische Gewebe*. Er betrat das Labor und deutete lässig auf seinen Investorenausweis am Revers. Der erwies sich hier als wahrer Sesamöffnedich.

»Bei uns fehlt es an allen Ecken und Enden!«, jammerte die Laborassistentin. »An Material, an Ausstattung, an allem.«

Er wurde hofiert, genötigt, Kaffee und Kuchen zu nehmen, sogar eine Fußmassage wurde ihm angeboten. Er wollte die Funktionsweise der Untersuchungsgeräte, die immer wieder als veraltet und vorsintflutlich bezeichnet wurden, an einem praktischen Beispiel vorgeführt bekommen. Nur so könne er als Laie das verstehen.

»Ich habe hier eine organische Probe und will alles über sie wissen.«

Mit diesen Worten legte er die mehrfach ineinandergesteckten Tütchen mit dem Vogelkot aus dem Pausenhof auf den Tisch, zwischen die Schwarzwälder Kirschtorte und den Kandiszucker.

»In fünf Minuten wissen wir alles darüber«, sagte die Laborassistentin mit leuchtenden Augen.

Nachdem Jennerwein im Besitz der Ergebnisse war, hatte er es plötzlich sehr eilig. Er winkte nach einem Taxi. Innerhalb von Sekunden war ein geschlossenes, buntes, irgendwie lustig aussehendes Lasttaxi zur Stelle. Es bremste scharf ab und kam knapp vor ihm zu stehen. Es oder er oder sie oder wie auch immer sprach ihn nicht an. Schweigend kletterte er ins Innere und setzte sich, doch noch bevor er Gelegenheit hatte, sein Ziel anzugeben, fuhr es äußerst scharf an und bog links ab. Jennerwein wäre fast vom Sitz gerutscht und auf den harten Boden geknallt.

»Passen Sie auf!«, rief er nach vorne in Richtung Fahrersitz, wohl wissend, dass dort kein Fahrer saß. »Wo wollen Sie denn hin?«

Das Taxi antwortete nicht, stattdessen wendete es jetzt mit quietschenden Reifen, bremste dann wieder scharf und stotternd ab, wie ein Fahrschüler mit schlechten Aussichten auf den Lappen. Als es endlich zum Stehen gekommen war, gab Jennerwein sein Ziel an. Doch das Taxi machte keine Anstalten, loszufahren.

»Haben Sie mich nicht verstanden? Ich will zur Abteilung MikadoPrint im Quadranten –«

Jetzt ließ ihn das Taxi nicht einmal ausreden. Der Motor heulte laut auf, und das Gefährt startete durch. Jennerwein musste sich an den Griffen festhalten, so scharf legte es sich in die Kurven. Die mehrspurige Ausfahrt aus dem Krankenhauskomplex gewann an Breite und ging schnell in eine dicht befahrene Verkehrsstraße über. So rasten sie ein paar Minuten dahin, wobei das Taxi einzelnen Hindernissen von Mal zu Mal geschickter auswich. Die Geschwindigkeit des Fahrzeugs war atemberaubend. Die Fahrbahn verengte sich jetzt wieder, sie gelangten in einen stockdusteren Tunnel. Quietschend schlidderte die wahnsinnig gewordene Droschke in eine Kurve, das Taxi schien die Kontrolle kurz zu verlieren, streifte auch einen Stapel Aluminiumtonnen, der krachend in sich zusammenbrach, dotzte mehrmals gefährlich an Regalwände und Begrenzungsgatter. Jennerweins Vertrauen in intelligente Maschinen, das er in den letzten Stunden gewonnen hatte, wurde wieder stark erschüttert. Sie fuhren aus dem Tunnel und an endlosen Regalwänden vorbei. Sah er dort drüben, zwischen den Trennwänden, nicht schon wieder den Nullneunziger mit dem bunten Punkpuschel? Er hatte keine Zeit, weiter darüber nachzudenken, denn das Taxi raste jetzt auf ein Hindernis zu, umkurvte es gerade mal so eben, der Wagen drehte sich um sich selbst, kam kurz zum Stehen. In die relative Stille hinein rief Jennerwein:

»Fahren Sie bitte langsamer! Sind Sie verrückt? Mein Ziel ist MikadoPrint!«

»Ich bringe Sie schnellstmöglich zu der angegebenen Stelle!«, ertönte es aus einem Lautsprecher, der gleich neben seinem Sitz angebracht war.

Jennerwein erstarrte. Sein Puls erhöhte sich.

»Wie bitte? Können Sie das nochmals wiederholen?«

»Ich bringe Sie – schnellstmöglich – zu der angegebenen Stelle – ich wiederhole: Ihr Ziel ist MikadoPrint –«

Jennerwein schüttelte ungläubig den Kopf. Aber die Stimme kannte er doch! Ihr Klang war verfremdet durch die Nebengeräusche aus der Halle und durch das Motorengewummer im Inneren des Wagens. Aber er kannte sie. Das war doch eigentlich unmöglich, dass dieser Mensch etwas mit den Werkhallen von Mikado zu tun hatte. Aber es war kein Irrtum möglich. Der schneidende operettenhafte Tenor, die unverwechselbare Stimmfärbung, alles passte zusammen –

Noch bevor Jennerwein seine Gedanken ordnen konnte, ging die wilde Fahrt weiter, durch die engen Gänge einer unbekannten Welt. Hinter ihm konnte er ein weiteres Fahrzeug ausmachen. Es war ein Pick-up mit aufgepflanztem Blaulicht und kreischender Sirene, der rasch näher kam. Das Taxi reagierte prompt und bog gefährlich schliddernd in eine Seitenstraße ein. Mehrmals stießen sie mit anderen Fahrzeugen zusammen, manche davon kippten um und blieben liegen. Das Taxi fuhr jetzt im Zickzackkurs und in halsbrecherischer Geschwindigkeit weiter, bis der Verfolger hinter ihnen nicht mehr zu sehen und die grelle Sirene nicht mehr zu hören war. Dann raste es durch ein imposantes Steintor auf ein riesiges, ebenes Feld. Das Taxi stoppte abrupt, stieß zurück und donnerte mit vollem Speed an die Mauer. Jennerwein verkrallte sich in die Sitze.

»Sind Sie wahnsinnig! Hören Sie auf damit!«

War dieses Taxi einfach verrückt geworden, oder versuchte es bewusst, ihm alle Knochen im Leib zu brechen? Dann plötzlich, mitten in der Bewegung, hielt es inne, schlidderte noch ein paar Meter und blieb plötzlich wie von Geisterhand angehalten stehen. Schnell sprang Jennerwein aus dem völlig außer Rand und Band geratenen Wagen und verbarg sich sicherheitshalber hinter einem Mauervorsprung. Vorsichtig spähte er um die Ecke. Das Taxi, das mit der markanten Stimme gesprochen hatte, rührte sich nach wie vor nicht. Jennerwein blickte sich auf dem riesigen Feld um. Es war offensichtlich ein Sportstadion. Kein Laut war zu hören. Die Ruhe nach all dem Getöse war beängstigend.

Gerade als Jennerwein zum Handy greifen wollte, um Lims Nummer zu wählen, klingelte es. Günther Jauch war am Apparat. Und zwar er höchstpersönlich.

»Wo sind Sie denn, Herr Jennerwein? Die Verbindung ist

sehr schlecht. Ich habe hier viele Störgeräusche! Es klingt so, als wären Sie am anderen Ende der Welt.«

»Nein, ich bin in einem Wellnesshotel, im Hotel Relax, ich mache ein paar Tage Urlaub.«

Die Lügen gingen Jennerwein schon ziemlich locker von der Hand. Er verlor dabei die Umgebung nicht aus den Augen. Das Taxi stand immer noch unbeweglich da. Auch sonst rührte sich nichts.

»Relax? Ach ja, da habe ich auch schon mal übernachtet. Ein Tipp von mir: Gehen Sie in den Teufelskeller. Da stimmt das Preis-Leistungs-Verhältnis, das kann ich Ihnen sagen! Schnitzel, die beidseitig über den Tellerrand rausschauen …«

»Wenn Sie das sagen, dann muss es ja stimmen! Was gibt's, Herr Jauch? Sie rufen gerade zu einem ungünstigen Zeitpunkt an.«

»Wassertreten, wie?«

»So ähnlich.«

»Nur ganz kurz. Uns ist ein Kandidat ausgefallen. Könnten Sie einspringen? Zweite Chance sozusagen. Sie müssten aber noch heute Abend kommen. Wir holen Sie vom Relax ab, o.k?«

»Das geht nicht –«

»… für einen guten Zweck … Sie zusammen mit … einem anderen berühmten Kommissar, nämlich … aber die Verbindung ist sehr schlecht … rufen Sie mich doch bitte zurück …«

Die Verbindung brach endgültig zusammen. Hoffentlich schicken die keinen im Hotel vorbei, dachte Jennerwein. Vorsichtig um sich blickend, wagte er sich aus der Deckung.

Der Verfolger-Pick-up fuhr langsam auf das Taxi zu. Ein paar Gestalten in Monteuranzügen sprangen von der Ladefläche und umringten das Taxi. Als Letzter sprang Lim ab, schraubenartig elegant, trotz der ihn umgebenden Hektik. Schon von weitem winkte er Jennerwein zu. Das Blaulicht erstarb, die Sirenen verstummten. Lim verbeugte sich vor Jennerwein.

»Es tut mir leid, wenn Sie Umstände mit dem Taxi hatten. Es ist defekt, wir müssen es aus dem Verkehr ziehen. Das Reparaturteam wird sich darum kümmern.«

»Was ist passiert?«

»Wie es aussieht, hat sich ein externer User in unser geschlossenes System eingeklinkt. Vielleicht war es ein jugendlicher Hacker, er hatte jedenfalls wenig Fahrpraxis. Es tut mir leid, Herr Kommissar. Entschuldigen Sie die Unannehmlichkeiten. Wo wollen Sie als Nächstes hin?« Jennerwein gab das Ziel an. »O.k., wie Sie wünschen. Wir fliegen diesmal mit einer Personendrohne, das ist im Moment zuverlässiger.«

Wenig später saßen Jennerwein und Lim wie in einem wenig bequemen Sessellift auf einem schmalen Stängelchen. Die Drohne stieg rasch nach oben, bald konnte Jennerwein die Riesenhalle mit dem kreisrunden Areal erkennen. Es musste ein gigantisches Versuchsfeld sein.

»Was ist das da unten?«, fragte Jennerwein.

»Ein Fußballstadion«, erwiderte Lim. »Wir haben eines aufgebaut, um KIs in dieser Disziplin zu testen.«

»Lassen Sie mich raten: MikadoSports?«

»So ähnlich. Es handelt sich um einen lukrativen Geschäftszweig, Sport ist ein Riesenmarkt. Schade, dass gerade nicht gespielt wird.«

»Ja, ein Fußballspiel, das wäre jetzt genau das Richtige für mich«, sagte Jennerwein.

Abermals entging dem Koreaner die Ironie der Bemerkung.

»Warum haben Sie eigentlich nicht den Notausschalterwürfel benutzt?«, fragte Lim, als das Stadion außer Sicht gekommen war. »Damit hätten Sie das Taxi stoppen können.«

»Daran habe ich in der ganzen Hektik nicht gedacht.«

»Sie können auch das Handzeichen machen, das wir am Anfang vereinbart haben. Ihre Marotte. Dann bin ich sofort da und helfe Ihnen aus der Patsche.«

»Aber das heißt ja auch, dass Sie mich dauernd im Blick haben«, stellte Jennerwein säuerlich fest.

»Sehen Sie, wir sind schon fast an der Decke!«, rief Lim und zeigte nach oben.

Die Glasdecke war nur noch wenige Meter entfernt, sie trennte sie vom blauen, wolkenlosen Himmel. Ein Blick nach unten zeigte das wimmelnde, unermessliche Feld der Industrie, des Kapitalismus und des überflüssigen Schnickschnacks. Neben ihnen rauschte eine Lastendrohne vorbei, die sein buntes, stummes Taxi im Schlepptau hatte. Es schwang hin und her, war an einem gefährlich kleinen Haken befestigt.

»Dort gehen wir runter!«, rief der Koreaner und zeigte in einen Bereich, der aus den anderen Arealen herausstach, weil er lediglich aus schwarzen und weißen Elementen zu bestehen schien.

Jennerwein hatte wieder Witterung aufgenommen. Denn aus der Vogelperspektive, zwanzig oder dreißig Meter über dem Boden, hatte er etwas bemerkt, was das Geheimnis von Rossis Verschwinden vielleicht erklären konnte.

26

Zur gleichen Zeit war Jennerweins Gattin dabei, die selbstgebackene Geburtstagstorte mit einem prall gefüllten Spritzbeutel zu garnieren, der in ihren Händen eher wie eine gefährliche Waffe wirkte. Behutsam trug sie Jennerweins Namen auf den Marzipandeckel auf. Dabei dachte sie daran, wie es zwischen ihnen das erste Mal gefunkt hatte. Sie hatten schweigend am Tisch gesessen, und keiner erinnerte sich mehr daran, wer gesagt hatte:

»Wenn wir uns weiter so anschweigen, dann können wir gleich eine Beziehung anfangen.«

Der andere hatte jedenfalls geantwortet: »Wollen Sie das? Ich hätte nichts dagegen.«

Und dann war alles ganz schnell gegangen. Es hatte eine heimliche Hochzeit gegeben. Jennerweins Team war vor vollendete Tatsachen gestellt worden, und jeder war aus allen Wolken gefallen. Sie hielt in ihrer Arbeit inne, legte das glitschige Schreibwerkzeug beiseite und erhob sich. Langsam ging sie zum Spiegel. Wieder einmal. Eitel war sie eigentlich noch nie gewesen, deswegen drehte sie ihren Kopf nur zögerlich hin und her, um sich von allen Seiten zu betrachten, die Hände in die Hüften gestützt, das Gewicht immer wieder verlagernd. Doch aus jeder Perspektive kam es ihr so vor, als blickte sie eine unbekannte Frau aus dem Spiegel an, und das auf eine spöttische oder vielleicht sogar hämische Weise.

Fast bereute sie es, sich die Haare gefärbt zu haben. Mit einem kompromisslosen Quietschgrün. Ohne Wenn und Aber. Zuerst hatte sie an eine gelbe Tönung gedacht, aber schließlich hatte sie sich für die allerknalligste und provokanteste Farbe auf der Skala entschieden. Das sollte die Überraschung werden, wenn ihr geliebter Kommissar seine wohlverdienten, aber vermutlich auch recht anstrengenden Wellnesstage hinter sich hatte. Wenn er nach Hause kam, sollten sich auch seine Augen erholen können. Ob sie vielleicht einen Schritt zu weit gegangen war? Seufzend wandte sie sich wieder der Gestaltung der Geburtstagstorte zu. Sie hatte sich sehr über seinen Videogruß gefreut, in dem er lässig winkend vor einer fröhlich pulsierenden Städtekulisse stand, erst auf den zweiten Blick war zu sehen, dass es eine Collage aus verschiedenen Metropolen war. Franz Hölleisen, der wackere Polizeiobermeister aus dem Team, hatte sie vorhin angemailt, ob man den Chef morgen gemeinsam besuchen wollte. Jetzt war sie im Zugzwang. Sollte sie ihren Gatten gleich darauf vorbereiten, dass Nachwuchs unterwegs war, oder war es in diesem Fall nicht doch besser, ihm das persönlich zu sagen? Ein Name für den Jungen war auch schon gefunden. Er sollte Hubertus heißen und ihn auf diese Weise ehren.

Das verwegene Dutzend von Schwerkriminellen, das sich zur endgültigen und unumkehrbaren Auslöschung von Kriminalhauptkommissar Jennerwein verschworen hatte, war wieder im Hinterzimmer des Gasthauses versammelt. Einige spielten Karten, andere erzählten sich Knastanekdoten. Ungeduldig warteten sie auf eine erneute Nachricht vom Isländer. Emil Prokop vermisste niemand. Der eine oder andere war eigentlich ganz froh, dass sich dieser unheimliche und wahrscheinlich geistesgestörte Mensch aus dem Staub gemacht hatte. Im Übrigen blieb so mehr von dem edlen Schampus, der im Kühlschrank lagerte und den man bei Vollzug köpfen wollte. Der Chinese Wong summte ein Lied, Frau Weichmoser, die Mutter des Felsnischenmörders Putzi, strickte einen Pullover für ihren Sohn, der Winkeladvokat ordnete seine Unterlagen.

»Kennen Sie die Geschichte von Richter Seyfried?«, sagte er, ohne aufzublicken. »Er war bekannt für seine absolut gerechten Urteile, ausgefeilten Urteilsbegründungen und erhebenden Schlussworte. Während der Verhandlung schien es so, als würde er eifrig mitschreiben. In Wirklichkeit hörte er gar nicht zu, der aktuelle Fall interessierte ihn nicht die Bohne. Er arbeitete die ganzen Jahre an einer Tuschezeichnung im Stil der großen Meister der dritten Ming-Dynastie. Die Beisitzer konnten das durch die aufgetürmten Gesetzbücher nicht sehen. Richter Seyfried brauchte unbedingt eine Gerichtsverhandlung zur Inspiration, andernfalls konnte er nicht arbeiten. Kurz vor der Urteilsverkündung warf er einen kurzen Blick auf das Verhandlungsprotokoll und improvisierte die Urteile. Das machte sie so frisch, unmittelbar und gerecht.«

»Und die Zeichnung wurde nie fertig?«

»Leider nein. Sie blieb unvollendet, weil man ihm schließlich auf die Schliche gekommen ist und er aus dem Staatsdienst entlassen wurde.«

»Woher wissen Sie dann davon? Waren Sie einer der Beisitzer?«

Der Winkeladvokat schwieg. Lange. Alle schlossen daraus, dass er selbst Richter Seyfried war, dessen Lebenswerk nie vollendet werden würde. Gerade als der begeisterte Jäger Patrick Glöckl, Senffabrikantensohn und Mörder, damit beginnen wollte, die Geschichte von dem Maler zu erzählen, dem ausschließlich bei nervigen Telefongesprächen tolle Motive einfielen und der das kunstvolle Vollkritzeln von Blöcken mit dem Siegeszug der E-Mail aufgeben musste, klingelte das Handy. Arri Dombrowski, ein ehemaliger BKA-Beamter, der auf die schiefe Bahn geraten war, stellte auf laut.

»Der steht mit dem Teufel im Bunde!«, keuchte der Isländer statt einer Begrüßung ins Telefon.

»Du hast ihn also immer noch nicht erledigt?«, rief Dombrowski entgeistert.

»Es ist wie verhext. Er ist mir wieder entwischt. So etwas habe ich noch nie erlebt.«

»Wo bist du? Liegst du schon an einem karibischen Strand und verbrätst unser sauer verbrochenes Geld?«

»Ganz im Gegenteil, mein Lieber! Die Sache wird in der nächsten halben Stunde erledigt sein. So wahr ich der Isländer bin.«

»Du hast noch einen Versuch«, knurrte Dombrowski und legte auf.

Die Verschwörer beäugten sich argwöhnisch. »Was geschieht eigentlich mit dem Geld, wenn es nicht klappt?«, fragte Gunnar Viskacz, der eine Geiselnahme in 2000 Meter Höhe veranstaltet hatte und KJ besser kannte als alle, denn er war einst Klassenkamerad von Hubertus Jennerwein gewesen.

»Es klappt schon, da bin ich mir sicher«, sagte der Winkeladvokat.

»Wir geben diesem Isländer noch eine einzige Chance«, sagte Viskacz. »Wenn er das noch mal verbockt, nehmen wir die Sache selbst in die Hand. Ich habe auch schon eine Idee.«

»Was für eine Idee? Was meinst du damit? Komm, rück schon raus mit der Idee!«

»Ich habe auf der Homepage des Relax-Hotel gelesen, dass auch Kräuterwanderungen in der Umgebung angeboten werden. Wir unternehmen solch eine Kräuterwanderung.«

»Kräuterwanderung! So weit kommt's noch«, knurrte Dombrowski. »Wir machen uns doch nicht die Finger schmutzig, nachdem wir dem Isländer so viel Kohle in den Rachen gesteckt haben!«

Zur gleichen Zeit saß der Dürre in seiner Gefängniszelle und war konzentriert über ein Blatt Papier gebeugt. Er reihte Zeichen an Zeichen, nur ab und zu warf er einen Blick auf einen Pappkarton, der daneben lag und der über und über mit geheimnisvollen Krakeln bedeckt war. Es war mühsam, einen Text auf diese vorsintflutliche Weise zu verschlüsseln, aber er hatte hier im Knast keine Computer oder Handys zur Verfügung, es musste eben auf diese Weise gehen. Er wollte von hier weg. An allen Ecken und Enden stieß er nur auf rohe Gewalt. Fast täglich hatte er mit Bedrohungen und Erpressungen zu tun. Er sehnte den Zeitpunkt herbei, an dem er in eine andere Anstalt verlegt werden würde. Und es konnte auch nicht mehr lange dauern. Leise drehte sich der Schlüssel im Schloss. Das musste der Justizangestellte sein. Der einzige, dem er vertrauen konnte. Die Tür öffnete sich einen Spalt. Das war nicht der Schließer. Der mit dem Gipsarm trat in die Zelle und schloss die Tür sorgfältig hinter sich.

»Was tust du denn hier?«, rief der Dürre entgeistert. »Und wie bist du zu einem Schlüssel gekommen?«

»Du bist ein Polizeispitzel, nicht wahr?«, raunte der mit dem Gipsarm mit gepresster Stimme. »Du kommst hier nicht mehr lebend raus.«

Der mit dem Gipsarm war schon wieder sehr schlecht rasiert. An der Unterseite seines Kinns waren tiefe Wilkinson-Schnitte zu sehen.

Das ist ein wunderschöner Platz, dachte Tatjana, die hartnäckige Stalkerin Jennerweins, als sie endlich eine halbwegs bequeme Stellung auf dem verwachsenen Baum eingenommen hatte. Wenn er rauskam, würde sie ihn erledigen. Sie hatte die dauernden Erniedrigungen satt. Das Kontaktverbot, die Unterlassungsklage – alle hatten sich gegen sie verschworen. Ihre einzige Sorge war, dass er sie heute Morgen in einem der Hotelgänge gesehen hatte und dadurch gewarnt war. Sie war ihm bis auf ein paar Meter Entfernung nahe gekommen, und er sah nach all den Jahren immer noch aus wie Hugh Grant. Sie waren damals gemeinsam in Urlaub gefahren, und es war zuerst phantastisch, dann aber schrecklich gewesen. Hinter jedem Baum hatte er ein Verbrechen gewittert, hinter jedem Mauervorsprung eine Untat, er war direkt süchtig danach gewesen. Aber jetzt! Hatte sie im Inneren des Bungalows nicht ein Geräusch gehört? Seine Stimme? Die süße, sanfte Stimme, die sie schon so lange nicht mehr vernommen hatte?

Nie mehr Torte. Der kleine Mats Mattissen saß mit seinen Eltern beim Abendbrot. Es war ihm immer noch so schlecht von der Torte, dass er das Wurstbrot, das Muttern Ruby geschmiert hatte, nur langsam und in kleinen Bissen hinunterbrachte. Eine Zeitlang herrschte Stille im Zimmer Nummer 302, der ehemaligen Bleibe von Jennerwein.

»Was ist eigentlich Nachwuchs?«, platzte Mats heraus.

»Was sagst du?«, fragte sein Vater Heinz unkonzentriert.

»Nachwuchs! Das stand in diesem Brief«, antwortete Mats fröhlich. »Nachwuchs! Nachwuchs! Nachwuchs!«

»In welchem Brief?«

»Der an der Torte gelehnt hat.«

»An welcher Torte?«

»An der falschen Torte, die nicht für uns war. Und ich –«

Mats wollte schon damit fortfahren, dass er bestimmt nichts von der Torte gegessen hatte, aber bestimmt nichts, ich schwöre, da unterbrach ihn die Mutter:

»Man liest keine fremden Briefe.«

Mats dachte nach.

»Aber man muss einen Brief doch erst lesen, bevor man weiß, dass er fremd ist.«

»Das ist auch wieder richtig.«

Zwei oder drei Wurstbrote später versuchte es Mats nochmals:

»Und was ist jetzt Nachwuchs?«

»Du bist zum Beispiel der Nachwuchs«, antwortete Heinz Mattissen.

Tolle Erklärung, dachte sich Mutter Mattissen.

Jennerweins Gattin begutachtete die fertig dekorierte und beschriftete Geburtstagstorte, und sie war zufrieden damit. Sie war sich sicher, dass auch er eine Überraschung für sie vorbereitet hatte. Aber er würde sich doch nicht etwa ebenfalls die Haare färben lassen? Sie hatten sich einmal darüber unterhalten. Jetzt erst fiel ihr auf, dass der Gruß unvollständig war:

Das Beste kommt noch!
Deine

Schwungvoll ergänzte sie ihren Namen.

27

»Sie interessieren sich für Bücher, Kommissar?«, fragte Lim, als sie im Landeanflug auf die Druckerei waren. »Haben Sie überhaupt Zeit zum Lesen?«

»Wenig«, antwortete Jennerwein. »Früher habe ich gern und viel gelesen.«

»Bei mir ist es ganz ähnlich.« Lim stieß einen sehnsüchtigen Seufzer aus. »Wenn ich mir überlege, wann ich das letzte Mal ein Buch aufgeschlagen habe!«

Sie landeten sanft und stiegen entspannt aus der Transportdrohne, die sich wieder, Kurven ziehend, in die Lüfte erhob. Dieses Gefährt war genau das Gegenteil zu dem wildgewordenen Taxi von vorhin.

»War das ein Angriff?«, fragte Jennerwein. »Ein Angriff auf mich?«

»Nein, wie kommen Sie denn auf solch einen Unsinn?«

»Für mich sah es ganz danach aus.«

»Sie bilden sich da etwas ein. Wenn es so etwas gäbe, hätte ich Sie nie hierhergebracht, Herr Kommissar.«

»Sie glauben, ich bilde mir das bloß ein? Unterstellen Sie mir Verfolgungswahn?«

»So würde ich es nicht ausdrücken. Aber es ist unmöglich, dass gerade so ein serviler Robot wie ein Personentransporter einen Menschen angreift. Wir gehen von einem Hacker aus, der sich in die Steuerung des Taxis eingeklinkt hat.«

»Wie sind Sie eigentlich draufgekommen, dass etwas nicht stimmt?«

»Das Taxi ist durch einen kilometerlangen Gang gerast, der ausschließlich mit Hochleistungsrechnern bestückt ist. Das wurde der Zentrale gemeldet. Solche Abkürzungen sind ein absolutes Tabu für Taxis. Wenn es vom Weg abkommt, kann es viel Schaden anrichten.«

Verfolgungswahn hin oder her, Jennerwein schloss einen Angriff nicht aus, auch wenn er nicht zum Ziel geführt hatte.

Sie gingen direkt auf den riesigen Schriftzug von MikadoPrint zu. Jennerwein deutete in eine andere Richtung, in der große und ineinander verschachtelte Hallen zu sehen waren.

»Gehören die Gebäude auch zur Druckerei?«

»Nein, das sind die Testanlagen von MikadoSports«, antwortete Lim.

»Aha. Sportartikel, Sportbekleidung, Fanartikel?«

»Ja, aber nicht nur das. Es geht auch um die Vermarktung von sportlichen Aktivitäten schlechthin.« Lim machte eine Pause und schüttelte lächelnd den Kopf. »Es ist schon seltsam, dass das Niedrigste und das Höchste nebeneinanderliegen.«

»Sie meinen Sport und Kultur?«

»Eine der häufigsten Fragen bei Führungen durch Anlagen, die sich mit Künstlicher Intelligenz befassen, ist nicht etwa die, wann Autos selbständig fahren oder Rechtsgeschäfte autonom durchgeführt werden können, sondern wann denn nun die ersten Roboter Fußball spielen können.«

»Und, wann können sie?«, fragte Jennerwein listig.

»Im Jahre 2050 soll es angeblich so weit sein. Da wird

das erste Mal eine reine KI-Kicker-Mannschaft gegen eine menschliche Weltauswahl gewinnen. Als ob es nichts Wichtigeres gäbe!«

Sport war wohl nicht so sein Ding. Eine riesige Anlage kam in ihr Blickfeld. Sie bestand aus mehreren schiefen und perlend weißen Ebenen, auf denen sich kleine Punkte bewegten.

»Was ist das?«, fragte Jennerwein.

»Wir sehen hier die Wintersportabteilung. Auf diesen Hängen werden neue Sportarten entwickelt. Kurz vor der Serienreife steht zum Beispiel die Disziplin Artistic Collapses, der ganze Stolz der Entwicklungsabteilung. Die Athleten vollbringen hierbei kunstvolle Stürze und scheinbar schreckliche Zusammenstöße, gefährliche Überschläge und andere Unfälle, die auf Pisten, Schanzen und Eisflächen möglich sind. Das IOC hat seine Zustimmung für die nächsten Winterspiele schon signalisiert.«

Sie gingen ein paar Schritte nebeneinander, der Zugang zur Offsetdruckerei von MikadoPrint war frei zugänglich.

»Wo bleiben denn hier die Pforten und Sicherheitskontrollen?«, fragte Jennerwein.

»Die Druckerei ist kein ausgesprochen sensibler Bereich, da ist so etwas nicht nötig. Es gibt keine Betriebsgeheimnisse und keine Stoffe, für die es sich lohnen würde, eine Straftat zu begehen. Wir haben es hier nur mit Papier und Druckerschwärze zu tun. Da ist sonst nichts zu holen.« Lim blieb stehen. »Ich habe für Sie eine Führung organisiert. Herr Lesley wird Ihnen jede erdenkliche Frage beantworten.«

»Er ist –«

»– menschlich, um Ihrer Frage gleich zuvorzukommen.«

»Ich wollte das gar nicht fragen. Wer mir die Informationen gibt, ist mir eigentlich inzwischen gleichgültig.«

»Der Einfachheit halber habe ich Sie jedenfalls als hochinteressierten und ausgesprochen liquiden Investor angekündigt.«

Jennerwein betrachtete die wimmelnde Schwarzweißwelt, die sich vor ihnen auftat. Massige, fast altertümlich wirkende Geräte, tausend Gerüche nach Chemikalien, dazu tausend Summtöne, die sich überlagerten und zusammen eine fast angenehme Industriesinfonie ergaben. Als sie zu einer imposanten, aber auch etwas dunklen und bedrohlichen Wand kamen, einer haushohen Konsole mit Myriaden von pilzförmigen Knäufen, eher einer Gewitterfront vergleichbar als einem Schaltelement, stand plötzlich, wie aus dem Nichts, Herr Lesley vor ihnen. Ein großes Schild an seinem Revers wies ihn als Mitarbeiter von MikadoPrint aus. Lesley blickte konzentriert drein, es war für Jennerwein nicht zu erkennen, ob ihm die Führung lästig war und nur von seiner Arbeit abhielt oder ob er mit Leidenschaft dabei war. Seine Augenbrauen waren skeptisch hochgezogen, in seinem Blick lag jedenfalls etwas Abweisendes. Sein Arbeitskittel war über und über mit Farbe bekleckst, so sah er momentan eher wie ein Maler oder Aktionskünstler aus.

»Ich darf Sie mit Herrn Lesley alleine lassen«, verabschiedete sich Lim. »Wenn Sie mich brauchen, rufen Sie mich«, fügte er hinzu und deutete dabei die Handgeste an, die sie für Notfälle vereinbart hatten.

Lesley kam sofort zur Sache und legte ohne große einleitende Worte mit der Führung los.

»Wir stehen momentan vor einer vollautomatischen Offsetdruckerei. Wie Sie ja sicherlich schon wissen, werden hier hauptsächlich Bücher hergestellt. Vom frisch geschriebenen Manuskript in Dateiform bis hin zum fertig gedruckten Buch sind es nur wenige Stunden. Am Anfang steht der unansehnliche Datenhaufen, am Ende das verlockend gestaltete Buch. Ich will Ihnen ein paar Stationen dieses Weges zeigen.« Nach einer Pause fügte er hinzu: »Ich habe noch eine Frage, Herr Beiderbecke.«

Jennerwein sah sich nach Herrn Beiderbecke um, dessen Kommen er anscheinend nicht bemerkt hatte. Doch es war weit und breit niemand zu sehen. Dann erst begriff Jennerwein. Niemand anders als er selbst war Herr Beiderbecke, der Investor. Jennerwein nickte.

»Die Frage ist die, lieber Herr Beiderbecke: Muss ich bei Ihnen ganz von vorne anfangen? Kennen Sie zum Beispiel den Unterschied zwischen Offsetdruck, Hochdruck und Siebdruck? Sind Ihnen die modernen Entwicklungen hin zum wasserlosen Printverfahren geläufig? ›Zonale Farbzufuhr‹ – ›Stillstandrollenwechsel mit Papierbahnseitenspeicher‹ – sagt Ihnen das etwas?«

»Nein, ich bin totaler Laie in dieser Hinsicht. Ich will mir heute gerne einen Überblick verschaffen.«

»Aha«, sagte Lesley ein wenig enttäuscht. »Ja, dann wollen wir mal loslegen.«

Jennerwein fiel auf, dass es Lesley anscheinend überflüssig fand, sich vorzustellen. Er war einfach da. Und erklärte. Gleich, wem.

»Alles, was wir für ein Buch brauchen, angefangen von den Druckfarben bis hin zum Umschlag und der Verpackungsfolie, stellen wir autark her. Nur Schreiben und Lesen muss man selbst, alles dazwischen erledigt MikadoPrint. Und zwar ohne jedweden menschlichen Mitarbeiter.«

»Es geht alles vollautomatisch?«

»So ist es, Herr Beiderbecke. Sie fragen sich sicherlich, was ich dann hier verloren habe.« Er blieb stehen und blickte Jennerwein vulgo Beiderbecke bedeutungsvoll an. »Die Antwort ist: Ich mache Führungen. Ich war einmal, in einem früheren Leben, Maschinenmeister, jetzt zeige ich Interessierten das Werk. Manche Investoren wollen nicht so gerne von KIs herumgeführt werden. Darum bin ich hier. Investoren wollen es einen Touch menschlicher. Ist es nicht so?«

»Ich bin ganz Ihrer Meinung. Ich könnte mir schlecht vorstellen, von einer Maschine herumgeführt zu werden. Ich fände es direkt irritierend.«

Lesley zeigte auf ein kleines, in Glas oder Acryl eingelassenes Kästchen. Im Inneren waren die Eingeweide eines Computers zu sehen. Das Ganze erinnerte Jennerwein ein wenig an den Beichtstuhl, der ebenfalls eine Acrylverkleidung bekommen hatte. Jennerweins Gedanken schweiften weiter ab, tadelnswerterweise hörte er Herrn Lesley nur halb zu. Auch fragte er sich, wann der richtige Zeitpunkt wäre, Herrn Lesley nach Rossi zu fragen.

»– ist unsere Steuerung des Trocknungsprozesses. Es ist im Endeffekt nur ein Computer hinter dem Acrylglas. Hier wäre Platz für mehrere Rechner, die aber in der Anschaffung sehr teuer sind. Sie würden sich allerdings lohnen. Zum Beispiel für einen Investor.«

»Die Bücher sind also versandfertig, wenn sie das Werk durchlaufen haben. Was geschieht dann mit ihnen?«

»Sie werden von unserer Distributionsabteilung abgeholt. Aber hier, sehen Sie –«

Irgendwann, nach vielen weiteren detaillierten Erklärungen, hielt es Jennerwein nicht mehr aus.

»Darf ich eine Zwischenfrage stellen?«

»Stellen Sie, stellen Sie.«

»Ich habe von einem verschwundenen Mitarbeiter gehört.«

»Ach ja? Davon wissen Sie? Sie meinen sicher Florian Rossi. Dumme Sache, wirklich.«

»Kommt das öfter vor?«

»Nein, meines Wissens nicht. Wollen Sie meine Meinung hören?«

»Brennend gerne.«

»Der ist befördert worden. Er war ein guter Quali-Manager, das ist unbestritten. Deshalb ist er in eine Abteilung mit einer Geheimhaltungsstufe versetzt worden, bei der Schweigepflicht höchstes Gebot ist. Wir sollen nicht wissen, wo er jetzt arbeitet, deshalb erzählt man uns, dass er verschwunden ist. Man hofft darauf, dass das Interesse irgendwann mal nachlässt.«

Jennerwein ließ sich diesen Gedanken durch den Kopf gehen. Konnte da etwas dran sein? Was spielte er selbst dann für eine Rolle? Vielleicht hatten sie ihn herangezogen, damit das geheimnisvolle Verschwinden Rossis noch plausibler wurde? Das ging jetzt aber ganz sicher in Richtung Verschwörungstheorie.

»Kennen Sie eigentlich Herrn Rossi? War er auch in dieser Abteilung?«, fragte Jennerwein, um diesen abseitigen Gedanken zu zerstreuen.

Lesley verzog das Gesicht wie ein Lehrer, dessen Schüler etwas ausgesprochen Dummes gefragt hatten.

»Florian Rossi? Ja, warum? Vielleicht ein paar Mal. Mit seiner Frau. Die beiden haben sich sehr für Bücher interessiert. Er hat gesagt, dass diese Abteilung sehr gut in Schuss ist. Das hat mich außerordentlich gefreut.«

Jennerwein zuckte zusammen. Doch er versuchte krampfhaft, sich nichts anmerken zu lassen. Hatte ihn Melanie Rossi also doch angelogen? Oder hatte Rossi Herrn Lesley eine andere Frau als seine Gattin vorgestellt? Jennerwein nahm sich vor, dieser Sache nachzugehen. Lesley war schon beim nächsten Thema, er erklärte die Funktion eines großen, glatten und auch ziemlich hässlichen Kastens.

»Hier wird die Datei verarbeitet, die der Autor beziehungsweise der Verlag uns zuschickt. Der Computer berechnet zum Beispiel, wie viele Seiten das Buch haben wird, er schlägt verschiedene Typografien vor –«

»Ich darf Sie nochmals unterbrechen, Herr Lesley –«

Der Fabrikdirektor murrte kurz, zeigte jedoch ein gnädig-geduldiges Gesicht.

»Ja, fragen Sie nur.«

»Meinten Sie, dass Florian Rossi nicht in seiner Eigenschaft als Qualitätsmanager, sondern als Besucher hier gewesen ist?«

Lesley sah Jennerwein das erste Mal ins Gesicht.

»Nun, in seiner Eigenschaft als Qualitätsmanager sicher nicht.« Er fasste das Wort Qualitätsmanager zwischen zwei spitze Finger, so, als ob es eine Zumutung wäre, hier in dieser glatt laufenden Abteilung überhaupt auf die Idee zu kommen, Qualität in Zweifel zu ziehen und nachprüfen zu wollen. »Nein, er hat sich einfach für die Druckerei interessiert. So etwas gibt es ja auch. Ich denke, dass er gerne gelesen hat und wissen wollte, wie Bücher hergestellt werden. Er hatte sogar eine Führung gebucht, um alles besser verstehen zu können. Daher kenne ich ihn auch.«

Jennerwein spürte die Ungeduld Lesleys, sich wieder seinem eigentlichen Thema widmen zu dürfen und die Abläufe in MikadoPrint zu erklären. Jennerwein fasste nicht weiter nach, sondern ließ ihn reden und vortragen, um sein Vertrauen zu gewinnen. Vielleicht konnte er später noch einmal auf Rossi zurückkommen. Jetzt zeigte Lesley auf eine voluminöse Papierrolle.

»– und genau hier ist einmal eine komische Sache passiert.«

Sie waren vor der riesigen, schneeweißen Rolle stehen geblieben.

»Hier an dieser Papierwalze hat bis vor kurzem noch ein echter Maschinenmeister gestanden, er ist aber dann pensioniert worden«, fuhr Lesley fort. »Er kommt uns manchmal noch besuchen, versteht sich auch gut mit seinem Nachfolger, einem Robot, der den korrekten Einzug des Papiers protokolliert und das ganze *monitoring* übernimmt, wie man heutzutage sagt. Das ist übrigens nicht selbstverständlich. Manche von den menschlichen Pensionären wollen gar nicht so genau wissen, dass eine KI ihren Arbeitsplatz ersetzt hat. Die betreten das Werk nicht mehr, sondern sitzen irgendwo auf der Welt in einer einsamen Fischerhütte, sie und ihre brisanten Betriebsgeheimnisse, die sie nicht ausplaudern dürfen.«

»Mikado stellt Alterssitze zur Verfügung?«

»Für diejenigen unter den Mitarbeitern, die mit Betriebsgeheimnissen geschlagen sind. Die Alterssitze oder ›goldenen Särge‹, wie wir sie nennen, liegen über den ganzen Globus verstreut.«

»Kann man sich die Orte denn auswählen?«, fragte Jennerwein.

»Ja, das kann man. Aber, um Ihrer Frage zuvorzukommen: Unsere Sicherheitskräfte haben sämtliche Refugien überprüft, Rossi war in keinem davon zu finden.«

Immer wenn Jennerwein Lesley zu Rossi befragte, hatte dieser ungeduldig zwei Finger aneinandergerieben. Hässliche Angewohnheit, dachte Jennerwein. Hoffentlich sieht mein Tic mit dem Daumen und dem Mittelfinger an der Schläfe nicht genauso bescheuert aus.

Lesley erklärte Jennerwein geduldig den Unterschied zwischen Falz- und Rakelabstrich, zeigte ihm die zahlreichen Papiersorten, die es auf der Welt gab, ließ ihn einen Blick in den Teil des Druckwalzenwerks werfen, in dem die Farbe aufs Papier *aufgeschlagen* wurde, wie es so schön hieß, ließ ihn erahnen, wie viele Bücher verdorben werden konnten, wenn die feuchte Schrift auf dem Papier zu schnell trocknete. Manches konnte Jennerwein wegen der Staubgefahr nur über einen Monitor verfolgen, doch die meisten Vorgänge sah er aus nächster Nähe. Schließlich kamen sie zu dem großen Turm, den Jennerwein schon von der Personendrohne aus gesehen hatte und in dem die Druckfarben zusammengemischt wurden. Lesley erklärte dessen Funktionsweise.

»Es gibt Millionen von verschiedenen Farbmischungen mit jeweils anderen Aushärtungsgraden, Scheuerfestigkeiten, Klebrigheiten, Lichtechtheiten – bis hin zu den tausenderlei Farbstufen. Eine Druckfarbe nach einer bestimmten Vorgabe herzustellen, wäre per Hand und ohne Computersteuerung gar nicht mehr möglich.«

»Und das wird alles in diesem Turm zusammengemischt?«

Lesley nickte stolz.

»Ja, dieser Farbmischturm war eine der ersten Erfindungen von MikadoPrint. Er hat sich sehr bewährt und ist in seiner Art der einzige weltweit. Von diesem Druckfarbenturm aus hat man übrigens einen schönen Ausblick auf unser Werk und darüber hinaus. Rossi hat sich manchmal da oben aufgehalten.«

»Man kann also ohne weiteres raufsteigen?«, fragte Jennerwein und deutete auf die Metallsteigleiter, die sich in der Höhe verlor.

»Ja, aber wenn Sie das machen wollen, nehmen Sie bitte eine Maske mit«, antwortete Lesley. »Es ist nicht gesund, die Sikkative einzuatmen. Das sind Mittel, die der Farbe zugesetzt werden, damit sie schneller fest wird und dauerhaft leuchtet. Ich selbst war schon lange nicht mehr oben, es ist eine wacklige Angelegenheit, die nebenbei gesagt auch einmal renoviert werden müsste. Aber eine Renovierung bedeutet ein paar Monate Produktionsausfall!«

Lesley sah den Beiderbecke'schen Jennerwein bedeutungsvoll an.

»Wie viele verschiedene Bücher verlassen pro Tag die Druckerei?«, fragte Jennerwein.

»Na, so etwa zwanzig oder dreißig verschiedene Titel mit einer Auflage von jeweils mehreren tausend Stück. Kommen Sie ein paar Meter weiter, diesen Bildschirm dort drüben nennen wir den ›Fahrplan‹. Hier werden alle Bücher aufgeführt, die als Manuskript rein- und als fertige Druckwerke rausgehen. Die Bildschirmansicht ist für die Maschinen eigentlich überflüssig, die greifen sich die Information direkt ab. Der Fahrplan ist für Menschen wie Sie und mich gedacht, die sich in diese Hallen verirren.«

Jennerwein warf einen genaueren Blick auf den Fahrplan. Er zeigte die heutigen Ein- und Ausgänge, es war jedoch auch möglich, ein bestimmtes Datum einzugeben, um festzustellen, wann ein bestimmter Titel bearbeitet und fertiggestellt worden war. Jennerweins Interesse flammte lichterloh auf.

Doch Lesley war schon zwei oder drei Themen weiter. Er erklärte gerade, wofür ein Wayne-Dragon'scher Gummituchzylinder benötigt wird. Jennerwein, der nicht vorhatte, in die Druckereibranche einzusteigen, hörte nur halbherzig hin.

Aus dem Nichts ertönte ein weicher, aber mächtiger Ton, der einem chinesischen Gong ähnelte. Eine sanfte Stimme säuselte:

»Durchsage für Herrn Lesley! Herr Lesley, hören Sie mich?«

»Ja, was gibt es denn?«

»Könnten Sie kurzfristig noch eine Führung unterbringen? Es ist eine Schulklasse.«

Auf Lesleys Gesicht erschien ein erfreuter Zug.

»Oh, ja, gerne! Ich bin gleich da.« Er wandte sich an Jennerwein. »Schulklassen führe ich ausgesprochen gerne. Herr Beiderbecke, ich weiß nicht, ob Sie –«

»Ja, machen Sie sich keinen Kopf. Ich würde mich gerne alleine umsehen.«

»Dann darf ich mich entschuldigen. Sehen Sie sich alles an. Wenn Sie Fragen haben, sprechen Sie den nächsten Robot an oder rufen Sie mich. Und haben Sie keine Scheu, irgendwo reinzukriechen oder raufzusteigen. Es gibt ja hier keine Betriebsgeheimnisse.«

Keine Betriebsgeheimnisse? Da war sich Jennerwein nicht so sicher.

28

Nachdem Lesley gegangen war, fühlte sich Jennerwein so verloren wie der letzte Brösel in der Keksschachtel. Die Maschinen um ihn herum summten in unergründlich komplizierten und geschäftigen Harmonien, es war ein nicht zu begreifendes Konzert der Dinge. Immer mehr Lichter erloschen, schließlich herrschte ein diffuser Dämmerzustand, der, wenn es so weiterging, in absolutem Dunkel zu enden drohte. Jennerwein schaltete die Taschenlampe seines Smartphones ein. Vereinzelt glaubte er rattengroße Robots im Silbergrau des Zwielichts herumhuschen zu sehen, vielleicht waren es aber auch echte Ratten, was wusste das menschliche Auge schon. Die Maschinen waren jetzt unter sich, es schien so, als konnten sie im Dunkeln noch ungestörter arbeiten. Die ziellos herumzuckende Taschenlampe Jennerweins wurde gerade noch geduldet, wenigstens bis auf weiteres.

Er wollte wieder zurück zum Druckfarbenmischer. Eine Weile irrte er umher, bis er den hoch aufragenden Turm endlich gefunden hatte. Er sah sich aufmerksam um, soweit das in der Dunkelheit möglich war, in der man sich nur an vereinzelt aufblinkenden Positionsleuchten orientieren konnte. Weit und breit war kein Mensch zu sehen. Zögerlich setzte er den Fuß auf die erste Stufe der Steigleiter, die bis ganz nach oben führte, er schätzte, dass der Turm zwanzig oder dreißig Meter hoch war. Beherzt nahm er eine Sprosse nach der anderen. Etwa ab der Mitte des Turms war die Steigleiter von einem Schutzkäfig umgeben, besonders sicher fühlte sich Jennerwein trotzdem nicht. Er brauchte für den Aufstieg nicht mehr als zehn Minuten. Der Schutzkäfig endete am oberen Ende mit einer wackeligen, vergitterten Tür, die zudem unverschlossen war. Jennerwein öffnete sie und kletterte auf das Dach. Das wuchtige Panorama, das sich hier darbot, nahm seinen Blick sofort gefangen. Den Kontrollleuchten und Signallichtern nach schien sich die Maschinenhalle bis zum Horizont zu erstrecken. Doch immer mehr Lichter erloschen wie verglimmende Meteoriten. Er legte den Kopf in den Nacken und blickte nach oben. Inzwischen war es dunkel geworden. Jenseits der Acrylkuppel glitzerten vereinzelt Sterne, als Erinnerung an die unberührte Natur dort oben, die hier im Maschinenraum ihr technisches Pendant zu finden schien. Aber ein einigermaßen an Astronomie interessierter Betrachter konnte doch aus der Sternenkonstellation seinen Standpunkt auf der Erde ableiten! Es war also gut möglich, dass die Sterne nur aus Projektionen bestanden. Wie auch immer, Jennerwein verstand gut, warum Rossi hier heraufgekommen war. Der Ausblick konnte nichts weniger als gigantisch genannt werden. Wieder spürte Jennerwein so etwas wie Empathie für die leise schwitzenden Geräte in der riesigen Maschinenhalle, die ihre Arbeit geduldig verrichteten, ohne zu klagen oder den Mindestlohn einzufordern. Doch dann besann er sich darauf, weswegen er hier war. Er untersuchte das kreisrunde Dach des Turms genauer. Es hatte einen Durchmesser von gut fünfzehn Metern, nach außen wurde es von einer hüfthohen Absperrung begrenzt. Als Jennerwein das Metallgeländer berührte, wackelte es verdächtig, einige

Brösel fielen in die Tiefe. Schon rein sicherheitstechnisch war hier dringend eine Investition nötig. In der Mitte des Dachs war eine whirlpoolgroße Öffnung eingelassen, auch sie wurde begrenzt von einem dünnen, kniehohen Absperrgitter. Jennerwein trat näher, es roch scharf nach chemischen Mixturen, wobei er Petroleum herauszuschmecken glaubte. Wahrscheinlich handelte es sich hier um die ungesunden Sikkative und Trocknungsbeschleuniger, die einzuatmen Lesley gewarnt hatte. Jennerwein hatte keine Maske in seinem Rucksack, so hielt er sich ein Taschentuch vor den Mund und beugte sich über die Öffnung. Zwei bis drei Meter unter ihm glitzerte die zähflüssige, träge dahinschwappende Masse der Druckerfarbe, soviel konnte er in dem Dämmerlicht gerade noch erkennen. Jennerwein beugte sich etwas weiter nach unten, um die Innenseite des Turms genauer in Augenschein nehmen zu können. An vier Seiten führten Leitern hoch, deren obere Enden über und über verklebt und bespritzt waren mit scharf riechender, bläulich schimmernder Farbmasse. Mit der einen Hand krallte er sich am Geländer fest, mit der anderen Hand hielt er sich das Taschentuch vor den Mund. Leise, furchtbar leise, aber sonor und tieftönend blubberte es, die Luftblasen schienen von ganz unten zu kommen und an der Oberfläche mit einem herzzerreißenden, resignierten Seufzen zu zerplatzen. Dann herrschte wieder sekundenlang Stille. Jennerwein hätte nicht gedacht, dass es inmitten einer Maschinenhalle so verdammt und endgültig still sein könnte. Für eine genauere Untersuchung aber war es zu dunkel. Er kramte sein Handy aus dem Rucksack, um die Taschenlampe anzuschalten. Doch der Akku war so gut wie leer. Jennerwein fluchte leise. Es blieb nichts anderes übrig, als wieder hinunterzusteigen und das Handy an einer der Steckdosen aufzuladen. Ein matter Lichtschein fiel jetzt auf die sumpfige Oberfläche. Und war sofort wieder verschwunden. Jennerwein blickte nach oben. Wo war der bloß hergekommen? Und war an einer der Leitern nicht ganz kurz ein Stück Stoff zu sehen gewesen, eine Hose oder etwas Ähnliches, das sich an der obersten Sprosse verfangen hatte? Jennerwein kniff die Augen zusammen. Ein Geräusch hinter ihm ließ ihn aufschrecken. Schnell sprang er in die Höhe und blickte sich um. Es war niemand zu sehen, aber das hieß im Reich der Automaten nichts. Er suchte das Dach ab, warf einen Blick die Steigleiter hinunter, doch auch hier zeigte sich niemand. Schließlich setzte er sich auf einen kleinen Sockel am Rand der Rotunde. Wurde er beobachtet? Drei Meter über dem Turm war eine dünne Gaze gespannt, die an einigen Stellen schon ziemlich löchrig war. Die Gaze diente wahrscheinlich dem Schutz vor herabfallenden Teilen aus den Drohnen. Das Provisorische und Ungepflegte des Dachs stand in krassem Gegensatz zu der ausgefeilten Perfektion, die er bisher in den Hallen gesehen hatte. In der Ferne heulte eine Sirene auf. Sollte er Lim kontaktieren, um ihm seinen Standort und seine weiteren Pläne zukommen zu lassen? Vermutlich war ohnehin eine Kamera auf ihn gerichtet. Probehalber griff er mit Daumen und Mittelfinger an die Stirn. Er tat das übertrieben deutlich und in alle Richtungen, richtig theatralisch für die letzte Reihe, in der die Sperrsitzler mit den dicken Brillengläsern saßen. Nichts regte sich, auch nach mehreren weiteren Versuchen nicht. Hieß das nun, dass ihn Lim hier oben nicht mehr im Visier hatte? Oder wollte er ihn lediglich in diesem Glauben lassen?

Jennerwein schulterte seinen Rucksack und hangelte sich wieder vorsichtig nach unten. Es schien ihm noch ruhiger als vorher zu sein, nur noch dezent summende und schleifende Geräusche stiegen von der Halle auf, das Maschinenorchester war auf piano pianissimo gestellt worden. Wieder auf sicherem Boden, begutachtete Jennerwein den Fahrplan etwas ausführlicher. Er tippte das Datum ein, an dem sich Rossis Spur verloren hatte. Per Hand notierte er alle Buchtitel, die an diesem Tag gedruckt worden waren. Es waren insgesamt siebzehn. Jennerwein setzte sich auf den Boden und schrieb mit letzter Akkukraft eine verschlüsselte Nachricht ans andere Ende der Welt.

29

Zunächst war der Spurensicherer Hansjochen Becker sehr überrascht darüber, dass ihm sein Chef einen Gruß aus dem wohlverdienten Wellnessurlaub gemailt hatte. Aber gleich solch einen langen Sermon? Der mitteilsame und geschwätzige Stil der Nachricht war ganz und gar untypisch für den nüchternen, präzise formulierenden Jennerwein und machte ihn stutzig. Doch im Urlaub veränderten sich die Menschen ja bekanntlich. Waldlauf, Wassertreten und Diät-Cola ließen einen vielleicht alles heraussprudeln, was sonst unter Verschluss gehalten wurde. Komisch war es trotzdem. Becker las die Mail ein zweites Mal. Haarklein schilderte der Chef, was er alles für Anwendungen in den zwei Tagen gemacht hatte, welche er noch vor sich hatte und was er alles vergessen hatte, in seinen Kulturbeutel zu packen. Und was das Eigenartigste war: Im einem endlos langen PS zählte der Kommissar die Bücher auf, die er mitgenommen hatte. Interessierte das irgendjemanden? War die Nachricht vielleicht gar nicht für ihn bestimmt? Was ging ihn Jennerweins Reiselektüre an? Hansjochen Becker war ein eingefleischter Nichtleser, eigentlich war ihm alles Literarische gleichgültig, er sah überhaupt keinen Sinn darin, sich durch erfundene Geschichten zu wühlen, wo es doch so viele packende wahre Geschichten gab. Jeder Kriminalfall, den er auf den Tisch bekam, fühlte sich für ihn wie ein durchgestaltetes Kunstwerk an, jeder

Laborbericht war für ihn Lyrik, jede gelungene Schlussfolgerung ein überraschender Plot-Twist, da brauchte er sich nicht durch Hunderte von Seiten mit Geschichten fressen, die erkennbar nichts mit dieser Welt zu tun hatten. So war es schon immer bei ihm gewesen. Als seine Mutter ihm als Kind Gutenachtgeschichten vorlas, ermüdete er rasch und schlief schon nach den ersten Sätzen ein. So wusste er nicht einmal, was aus Hänsel und Gretel geworden war. Wie ging das also hier zusammen: Der Literaturbanause Becker bekam eine Bücherliste von Kommissar Jennerwein gemailt, der auch nicht gerade als Vielleser bekannt war? Worauf lief das hinaus? Nebenbei fiel Becker erst jetzt auf, dass das ganze Team ziemlich literaturresistent war und mit den erzählenden Künsten wenig anfangen konnte, bis vielleicht auf Johann Ostler, der jedoch hauptsächlich Karl May verschlang und manche Stellen sogar auswendig vortragen konnte. Zählten Karl May und seinesgleichen zur Literatur? Becker klappte das Handy erneut auf und sah sich den Text zum dritten Mal an.

> *Lieber Becker!*
> *Mensch ist das dunkel hier im Ruheraum der Sauna! Man sieht kaum die Hand vor Augen. Ich bitte Sie um Entschuldigung, dass ich Ihnen jetzt erst schreibe. Aber alle bisherigen Anwendungen haben mich voll in Anspruch genommen, und es war richtig wohltuend. Besonders diese langen Waldläufe – herrlich! Komme gerade vom Wassertreten, gehe danach noch in den Kraftraum. Auch die Bücher auf meinem Nachttisch stapeln sich, ich habe vor, sie noch alle zu lesen. Der einzige Wermutstropfen: Habe meine Zahnpasta vergessen, werde morgen gleich welche kaufen und mich dabei ein wenig*

im Ort umsehen. Ich musste heute an die Hüttenfeier vor ein paar Jahren denken, die leider durch Prokop mit seinen 1,5 Kilo TNT unterbrochen wurde. Dem Buchstaben des Gesetzes nach ist er schuldunfähig, ich weiß gar nicht, ob er in der Sicherungsverwahrung sitzt, menschlicher als Strafvollzug ist es allemal. Alles Dienstliche habe ich vergessen. Es liegt zwar sicher in meiner DNA, Ermittlungen zu starten, aber irgendetwas untersuchen werde ich hier sicher nicht.
Es grüßt Sie
Jennerwein

Das PS mit den siebzehn Buchtiteln las Becker nicht nochmals, er ging wieder zurück zu der Stelle mit der Weihnachtsfeier auf der Berghütte, die ihnen allen beinahe das Leben gekostet hätte, weil sie dieser Wahnsinnige, Emil Prokop, alle in die Luft hatte sprengen wollen. Becker erschrak kurz. Konnte es sein, dass Jennerwein in der Gewalt von Prokop war? Dass der ganze Brief einen Hilferuf darstellte? Sollte er den derzeitigen Aufenthaltsort von Prokop feststellen lassen? Doch Becker wollte sich nicht lächerlich machen. Er ging den Text noch ein weiteres Mal durch. Becker hatte schon viele Mails und Protokolle von Jennerwein gelesen, und das war auf keinen Fall sein Schreibstil. Es war ein eckiger, fast unbeholfener, irgendwie geschwätziger Ton, der da zu lesen war. War der Chef betrunken? Stand er unter Drogen? Auch das war fast unvorstellbar. Zudem wimmelte es von Flüchtigkeitsfehlern, aber das war kein Wunder bei Jennerwein, der nicht damit aufgewachsen war, Texte ins Handy einzutippen. Er hatte sich halt vertippt, na und? Erst jetzt bemerkte Becker, dass es immer dieselbe Art von Fehler war, die der Chef gemacht hatte. Zwischen manchen Worten war ein Leerzeichen zu viel getippt. Becker druckte die Nachricht aus und umringelte die Patzer:

Lieber Becker!
Mensch ist das dunkel hier im Ruheraum der Sauna! Man sieht kaum die Hand vor Augen. Ich bitte Sie um Entschuldigung, dass ich Ihnen jetzt erst schreibe. Aber alle bisherigen Anwendung haben mich voll in Anspruch genommen, und es war richtig wohltuend. Besonders diese langen Waldläufe – herrlich! Komme gerade vom Wassertreten, gehe danach noch in den Kraftraum. Auch die Bücher auf meinem Nachttisch stapeln sich, ich habe vor, sie noch alle zu lesen. Der einzige Wermutstropfen: Habe meine Zahnpasta vergessen, werde morgen gleich welche kaufen und mich dabei ein wenig im Ort umsehen. Ich musste heute an die Hüttenfeier vor ein paar Jahren denken, die leider durch Prokop mit seinen 1,5 Kilo TNT unterbrochen wurde. Dem Buchstaben des Gesetzes nach ist er schuldunfähig, ich weiß gar nicht, ob er in der Sicherungsverwahrung sitzt, menschlicher als Strafvollzug ist es allemal. Alles Dienstliche habe ich vergessen. Es liegt zwar sicher in meiner DNA, Ermittlungen zu starten, aber irgendetwas untersuchen werde ich hier sicher nicht.
Es grüßt Sie
Jennerwein

Zunächst verstand Becker immer noch nicht, was das sollte. Er hatte nicht den spontanen Blick von Jennerwein, er war ein Ermittler, der Hinweise in mühsamer Kleinarbeit ableiten, herausklamüsern und wieder zusammensetzen musste. Jennerwein war die Gazelle, Becker war der Wasserbüffel. Letzterer betrachtete nochmals die unregelmäßig verteilten

Abstände. Steckte da ein System dahinter? War es möglich, dass der Chef dadurch etwas herausheben wollte? Becker schrieb die Wörter, die den doppelten Leerzeichen folgten, auf einen Zettel, doch es kam nur unzusammenhängendes Kauderwelsch dabei heraus.

Sie ... bisherigen ... auf ... und ... mich ... Hüttenfeier ... des ... als ...

Becker schüttelte ratlos den Kopf. Was wollte ihm der Chef damit sagen? Becker holte sich einen Kaffee und nahm sich die Nachricht abermals vor. Vielleicht ergaben die Wörter *vor* den Leerzeichen einen Sinn:

Bitte ... alle ... Bücher ... kaufen ... und ... die ... Buchstaben ... nach ... menschlicher ... DNA ... untersuchen

Das also war die Botschaft. Zunächst verstand Becker nicht ganz. Was sollte das heißen: Wieso sollte in der Druckerschwärze von irgendwelchen Büchern menschliche DNA enthalten sein? Becker musste kurz durchschnaufen. Er sollte also in eine Buchhandlung marschieren, siebzehn Bücher kaufen und darin herumkratzen? Ging es eigentlich noch! Was war denn das für ein Scherz! Andererseits hatte sie diese Methode der Verschlüsselung schon einmal vor einer großen Katastrophe bewahrt. Deshalb also die Erwähnung von Prokop. Jennerwein hatte in dieser Nachricht die Technik des Akrostichons verwendet. Darunter verstand man die Unterbringung von Wörtern in einem Text, die, fortlaufend gelesen, eine Botschaft ergaben. Lesen war also doch zu etwas gut.

Was sollte es. Jennerwein war der Chef. Mürrisch machte sich Becker auf den Weg in die kleine Buchhandlung in seiner Nähe. Sein Lebtag hatte er noch keine von innen gesehen. Er kam gerade noch vor Ladenschluss hinein und war richtig geplättet von der Masse der Druckwerke, die ihn bedrohlich zu mustern schienen. Auch die Buchhändlerin beobachtete ihn aufmerksam. So unsystematisch, wie dieser Herr durch die Regale stakte, war sie sich sicher, dass er sich lediglich in ihren Laden verirrt hatte. Becker wiederum hatte sich den Kauf von Büchern einfacher vorgestellt. Er hätte nicht gedacht, dass es so viele gab. Aber da hatte er schon eines gefunden, das auf der Liste stand: *»Geh an die Orte, die du fürchtest«*. Becker nahm das Buch aus dem Regal und blätterte darin herum. Die Miene der Buchhändlerin wurde immer sorgenvoller. Ein grober Klotz von einem Mann, die Haare kurz geschoren, mit extrem abstehenden Ohren, ein kantiger Prolet, der in dem Buch mehr schnüffelte als darin las. Irgendwie hatte sie das Gefühl, dass er drauf und dran war, eine Seite aus dem Buch herauszureißen. Mit dem stimmte etwas nicht. Sollte sie vielleicht sogar die Polizei rufen? Und jetzt kam der Mann auch noch auf sie zu. Die Buchhändlerin fingerte nach der spitzen Papierschere und hielt sie bereit. Becker wiederum fühlte sich genauso unwohl. Eigentlich wollte er die Bücher nicht kaufen, sondern aus jedem lediglich ein paar Buchstaben herauskratzen und sichern. Doch die Buchhändlerin ließ ihn nicht aus den Augen.

»Kann ich Ihnen helfen?«

»Ich brauche ein paar Bücher«, knurrte er und knallte die Liste mit den siebzehn Titeln auf die Theke. »Eins davon habe ich schon. Die anderen müssten Sie für mich heraussuchen.«

»Das ist ja eine wilde Mischung«, sagte die Buchhändlerin, als sie die Liste überflogen hatte.

»Meine Interessen sind vielfältig«, erwiderte Becker.

»Das sehe ich. Vom Herzschmerz-Sehnsuchtsbuch über einen praktischen Häkelkurs bis zu einer Anleitung für Tischzaubereien ist alles dabei.«

»Haben Sie die alle da?«

»Ich glaube schon, es sind nämlich lauter Bücher, die im letzten Jahr erschienen sind und immer noch viel nachgefragt werden. Wir sind außerdem eine gut sortierte Buchhandlung, das Ohr immer am Puls der Zeit.«

»Und eine Quittung bräuchte ich auch. Sie wissen schon: mit Mehrwertsteuer und allem. Ich sehe, dass Sie die Schere schon in der Hand haben. Aber Sie können die Bücher ruhig eingeschweißt lassen. Es ist besser so.«

Der grobe Klotz verabschiedete sich und verließ ihr Heiligtum mit zwei vollen Tüten. Er schleppte schwer an seiner wilden Mischung. Die Buchhändlerin hätte nur allzu gerne gewusst, was der Typ mit den Büchern jetzt anstellte. Befand er sich auf einer Schnitzeljagd? Oder war er ein Halunke, der nur verschiedene Buchstaben brauchte, um einen Erpresserbrief zusammenzukleben? Die Buchhändlerin verstaute die spitze Schere und wählte die Nummer der Polizei.

Becker eilte sofort ins Labor, in dem um diese Zeit kein Mensch mehr arbeitete. Spätestens jetzt begann ihn die Sache brennend zu interessieren. Das hatte vermutlich auch noch niemand gemacht, dachte er, als er das erstbeste Buch in der Mitte aufschlug, mit dem scharfen Laborskalpell einige Buchstaben herausschnitt und in die Untersuchungslösung gab. Mit den anderen Büchern verfuhr er ebenso. Nach einer ihm schier endlos vorkommenden Wartezeit (die er damit verbrachte, ein paar Seiten zu überfliegen – eine furchtbare Zumutung für Becker, und er fand sich darin bestätigt, dass es nicht lohnte, erfundene Geschichten zu lesen) hatte er die Ergebnisse. Becker richtete sich auf. Der grobe Klotz erschauderte.

30

Nachdem Jennerwein lange auf dem öligen Hallenboden herumgekrochen war, hatte er endlich eine Steckdose gefunden. Er lud seinen Akku, musste aber feststellen, dass er inzwischen keinen Handyempfang mehr hatte. Die digitale Taschenlampe funktionierte jedoch. Sein Plan war, den Druckfarbenturm ein zweites Mal zu erklimmen und dessen Oberfläche genauer auszuleuchten. Vorsichtig setzte er einen Fuß auf die Leiter. Immer wieder um sich blickend, stieg er langsam hoch. Doch niemand kümmerte sich um ihn. Von oben kamen ihm die Aufbauten der Halle von MikadoPrint vor wie die imposante Silhouette einer betriebsamen Großstadt. Und das war sie ja schließlich auch. Eine mannsgroße Lastendrohne flog lautlos an ihm vorbei, er spürte lediglich einen leisen Luftzug. Jennerwein wunderte sich darüber, dass die Drohne ohne Positionslichter und andere optische Kennungen flog. Aber die KIs untereinander benötigten so etwas wahrscheinlich nicht, wie auch die Fledermäuse oder Maulwürfe keines Lichtes bedurften. In unregelmäßigen Abständen schlug ihm der beißende Geruch von chemischen Mischungen entgegen. Jennerwein setzte sich auf das Dach und konzentrierte sich auf die nächsten Schritte.

Zur gleichen Zeit stand Hansjochen Becker im Labor. Er hatte die Welt um sich herum so gut wie vergessen und war im

Analysefieber. Mit der linken Hand klickte er sich ins Intranet der Polizei und ließ die Spuren von menschlicher DNA, die er in einem der siebzehn Bücher vorgefunden hatte, mit der DNA-Struktur von Verbrechern aus aller Welt vergleichen. Es gab keinen Treffer. Was war jetzt zu tun? Sollte er das Team informieren? Er versuchte Jennerwein eine kurze Nachricht zu schicken, eine Bestätigung von dessen ungemütlichem Verdacht, dass es sich tatsächlich um menschliche DNA handelte. Doch die Nachricht kam wieder zurück mit dem Vermerk: ›Die angegebene Adresse ist nicht erreichbar‹ Das hatte er befürchtet. Becker wählte die Nummer des Hackers und Computerspezialisten schlechthin. Sie nannten ihn Spinnenfinger. Früher eher im Darknet unterwegs, hatte er sich geläutert und war inzwischen externer Berater der Polizei. Zwanzig Minuten später stand er bei Becker im Labor. Sehr jung, ausgezehrt, verschmierte Brille, die langen, strähnigen Haare hingen ihm ins Gesicht. Auf einem dicken Ring, den er am Finger trug, prangte ein fettes π.

»Lass mal sehen, Mann«, sagte Spinnenfinger. »Schon wieder in Schwierigkeiten?«

Er fummelte an dem Gerät herum, schnitt undefinierbare Grimassen, murmelte unverständliches Zeug, schüttelte am Ende bedauernd den Kopf.

»Das ist eine Nachricht, die nicht zum Absender zurückverfolgt werden kann. Eine Remailer-Verschlüsselung. Remailer sind digitale Annahmestellen für E-Mails. Sie bekommen die Information, wohin eine E-Mail adressiert ist, sollen aber tunlichst vergessen, wer sie verschickt hat. Bei Spammern sind solche asymmetrischen Gags sehr beliebt.« Spinnenfinger schnalzte mit der Zunge. »Und bei hochrangigen staatlichen Stellen.«

»Das heißt, dass ich mich mit Profis angelegt habe, oder?«

Spinnenfinger sah den Spurensicherer mit misstrauisch zusammengekniffenen Augen an.

»Beckerchen, mit wem hast du denn da Kontakt aufgenommen? Das sind Hacker vom Feinsten.«

»Man kann also nicht antworten? Nicht einmal mit Ja oder Nein?«

Spinnenfinger lächelte verschmitzt.

»Gib mir die Nummer, dann versuche ich es mal. Ich kann aber nichts garantieren.«

»Vielleicht kannst du noch einen Geburtstagsgruß unterbringen?«, fügte Becker hinzu.

Spinnenfinger sagte nichts dazu. Er schloss Beckers Handy routiniert an den mitgebrachten Computer an und tippte insektenartig schnell darauf herum.

Rauchige Dunstschleier strichen durch die Maschinenhallen. Überall waren die Geräusche von auslaufenden Motoren und herunterfahrenden Triebwerken zu hören. Es breitete sich so etwas wie Endzeitstimmung aus. Jennerweins Handy röhrte. Eine Nachricht von Becker. Wie hatte er es geschafft, zu ihm durchzudringen? Er hatte doch wohl nicht das Team informiert? Jennerwein tippte eher auf Spinnenfinger, auf den war eigentlich immer Verlass. Dass ihm der nicht schon früher eingefallen war! Jennerwein nahm das Handy hoch. Die Nachricht war kurz: >Ja, DNA vorhanden!< Und ein PS dazu: >Happy Birthday, Chef!!!<. Jennerwein erfasste ein Schauer. Vorsichtig beugte er sich über das kreisrunde Loch in der Mitte des Turmdachs. Mit einem Anflug von Entsetzen blickte er in den kalt köchelnden Brei. Er hatte also recht gehabt mit seinem kühnen Anfangsverdacht. Nach Beckers

Nachricht war es so gut wie sicher, dass Florian Rossi in die zähflüssige, ätzende Druckerfarbe gestürzt war und auf solch schreckliche Weise die Werkhallen von Mikado Solutions verlassen hatte. Trotz dieser Horrorvorstellung verspürte Jennerwein einen kleinen Anflug von Anerkennung dem Täter gegenüber. Denn das, was geschehen war, stellte eine ziemlich perfekte Möglichkeit dar, einen Körper spurlos verschwinden zu lassen. Im Tank selbst waren nach der langen Zeit vermutlich keine DNA-Spuren von Rossi mehr zu finden, zu viele ätzende Flüssigkeiten hatten die biologischen Spuren ausradiert oder zumindest unbrauchbar gemacht. Aber in der schnell trocknenden Druckfarbe war die DNA vermutlich konserviert worden wie die urzeitliche Mücke in einem Klumpen Bernstein. Und vor allem: Bücher waren so ziemlich das Harmloseste, was es auf der Welt gab. Niemand kam auf den Gedanken, dass sich darin das Schrecklichste verbarg. Natürlich war auch ein Suizid nicht hundertprozentig auszuschließen, aber hier roch es, durch die beißenden Sikkative und Lösungsmittel hindurch, nach Mord. Rossi war dort hineingestoßen worden, davon war Jennerwein schon wegen des gefälschten Abschiedsbriefs überzeugt. Er wandte sich von der leicht blubbernden Druckfarbe ab, ging zum Rand des Turms und schnappte nach frischer Luft. Als er einen flüchtigen Blick auf die Uhr warf, fiel ihm ein, dass gerade eben das Nacht-Wassertreten bei Herrn Koschattke begann. Er versuchte, den banalen und störenden Gedanken abzuschütteln. Er musste sich auf den Moment konzentrieren. Auf keinen Fall durfte er nachlässig werden, jetzt, da er schon so viel herausgefunden hatte. Er wusste, wie die Tat abgelaufen war, aber wer war der Täter? Er hatte im gesamten Kreis der Personen, die er hier in den Werkhallen kennengelernt hatte, angefangen von sämtlichen obskuren Fabrikdirektoren und Abteilungsleitern bis hin zu Lim (ja, auch Lim war für ihn noch nicht ganz außen vor) niemanden mit einem plausiblen Motiv für die Tat gefunden. Wem hatte Rossi im Weg gestanden? Wer zog Nutzen aus Rossis Tod? Und vor allem: Wer wies die Gefühlskälte auf, Rossi auf derart perfide Weise verschwinden zu lassen? Jennerwein fixierte das Metallgeländer und konzentrierte sich. Fast hätte er seine Schläfen mit Daumen und Mittelfinger massiert, um noch besser nachdenken zu können. Er hatte einen Verdacht. Einen vagen Verdacht. Vielleicht war es ein abwegiger Gedanke, aber er musste ihn zu Ende denken. Der nahezu perfekt gefälschte Abschiedsbrief – die so gut wie vollständige Auslöschung von Rossi – die falschen Spuren, die mit dem Diebstahl von Californium und dem Missbrauch von brisanten Betriebsgeheimnissen gelegt worden waren – das alles passte zu einem außergewöhnlich präzise ausgetüftelten Plan mit langer Vorbereitungszeit. Oder war die Vorbereitungszeit zwar kurz, das Arbeitstempo aber um so höher gewesen? Hatte vielleicht sogar ein ganzes Team daran gesessen? Unwahrscheinlich. Zu viele Mitwisser. Nein, Jennerwein war sich ganz sicher, dass der Mörder eine Künstliche Intelligenz als Helfer gehabt haben musste. Und er ahnte, dass er dieser KI in den letzten Stunden schon einmal gegenübergestanden hatte.

Jennerwein holte eine Rolle Nähgarn und die halbleere Wasserflasche aus dem Rucksack. Das eine Ende der Schnur zurrte er an der Klinke des verrosteten Gatters fest, das den Zugang zum Dach des Druckfarbenturms bildete. An das andere Ende band er die Flasche, die er über den Rand des Druckfarbenbeckens warf, so dass sie frei baumelte. Wenn jemand auf den Turm stieg und das Gatter öffnete, würde Jennerwein das an der Bewegung der Flasche bemerken. Abermals blickte er in den zähflüssigen und übelriechenden Schlick. Lohnte es sich überhaupt, dort unten nach weiteren Spuren zu suchen? War es denn möglich, dass dieser so sorgsam ausgearbeitete Plan irgendwelche Leichtsinnsfehler beinhaltete? Doch Jennerwein hatte schon mehr als einmal erlebt, dass den größten Intelligenzbolzen, den brillantesten Einsteins unter den Kriminellen die naheliegendsten Fehler unterliefen. Gerade denen. Jennerwein schnitt mit dem Taschenmesser zwei Sehschlitze in die Wollmütze und streifte sie sich übers Gesicht. Er beugte sich weit über den Rand des Beckens und leuchtete mit dem frisch aufgeladenen Handy das Innere ab. In regelmäßigen Abständen blickte er hin zur Flasche und nach oben zur Abdeckgaze, die über das ganze Dach gespannt war. So locker und nachlässig sie auch hing, schien es doch unwahrscheinlich, dass er einen Angriff aus dieser Richtung zu befürchten hatte. Jedes Flugobjekt, sei es eine Last- oder Personendrohne, würde sich in der Gaze verheddern. Es war so gut wie ausgeschlossen, dass er hier eine böse Überraschung erleben würde. Jennerwein konzentrierte sich und atmete durch. Er wollte sich den Sikkativen nicht länger als eine Minute aussetzen. Bis auf entfernte Maschinengeräusche war es still. Langsam beugte er sich weiter über den Druckfarbentank und leuchtete das kleine Stückchen sichtbare Wand Zentimeter für Zentimeter ab. Er hoffte, auf den Fetzen einer Jacke oder eines anderen Kleidungsstücks zu stoßen. Klemmte da hinten nicht so etwas wie ein Stück Stoff? Wieder warf er einen Blick hin zur Wasserflasche und nach oben zur Gaze. Nichts regte sich. Vorsichtig kletterte Jennerwein ins Innere der Rotunde, was ihm nicht weiter gefährlich schien, denn zwei Meter unterhalb des Randes verlief ringsherum ein begehbarer, brüstungsloser Balkon, eine Galerie aus grobmaschigem Eisengitter, auf dem man, wenn auch in gebückter Haltung, die zähe Brühe umrunden und aus der Nähe betrachten konnte. Als er sich auf das Gitter heruntergelassen hatte, suchte Jennerwein die Wand und das schmale Deckenstück sorgfältig ab, doch seine Hoffnungen auf einen Zufallsfund zerschlugen sich. Immer wieder warf er einen Kontrollblick nach oben, doch die Gaze bewegte sich nur leicht im Luftzug. Die Wasserflasche wiederum hing starr herunter und drehte sich provozierend langsam um sich selbst. Im Inneren der Rotunde war es jetzt mucksmäuschenstill. Es war höchste Zeit, wieder herauszuklettern. Gerade als er sich daranmachte, sich an der Brüstung hochzuziehen, um wieder aus dem Schacht zu steigen, hörte er ein kurzes, zischendes Geräusch unter sich, es kam direkt von der breiigen, schwarzen Oberfläche. Im nächsten Augenblick spürte er, wie ihn jemand am Fuß packte und mit brutaler Gewalt nach unten zog. Jennerwein verlor den Halt, rutschte vom Rand des Gitters und stürzte in die zähflüssige Masse.

Kaum hatte Kommissarin Nicole Schwattke den Buchladen betreten, als eine adrett frisierte Frau mit umgehängter Lesebrille auf sie zustürmte.

»Ein höchst verdächtiges Subjekt!«, rief sie und riss dabei ihr Handy hoch. »Ich habe ihn heimlich gefilmt. Sehen Sie nur.«

Nicole Schwattke warf einen Blick auf die Bilder, die das ›verdächtige Subjekt‹ zeigten. Der Mann war nur von hinten zu sehen, er verließ gerade den Laden und schleppte zwei schwere Tragetaschen mit der Aufschrift *Heute schon gele-*

sen? Nicole Schwattke erkannte das verdächtige Subjekt sofort.

»Was hat er gemacht?«, fragte sie.

Ganz konnte sie ein amüsiertes Glucksen nicht unterdrücken.

»Er hat siebzehn Bücher gekauft«, stieß die Buchhändlerin atemlos hervor.

»Geklaut?«

»Nein, gekauft.«

»Und deswegen lassen Sie die Polizei kommen? Was ist daran verdächtig?«

»Wenn ein Typ, der so aussieht wie der, siebzehn Bücher kauft – siebzehn Bücher! –, dann stimmt etwas nicht.«

»Und wie sieht ein Typ aus, mit dem etwas nicht stimmt?«

»Ja, sehen Sie doch selbst: grobschlächtig, dumpf vor sich hin stierend, banausisch, prollig, arglistig. Verdächtig eben.«

Nicole Schwattke fand, dass Hansjochen Becker damit ganz gut beschrieben war.

31

Jennerwein schrie entsetzt auf. Der eisenharte Griff um seinen Knöchel bereitete ihm rasende Schmerzen. In panischer Angst griff er nach oben, doch er konnte das umlaufende Gitter nicht mehr erreichen, um sich daran hochzuziehen. Er steckte mit den Beinen im Schlamm. Jennerwein konnte sich nicht dagegen wehren, dass ihn der Angreifer kreisförmig am Rand der Rotunde entlang mit sich zog. Es schien, als wollte er einen günstigen Augenblick abwarten, ihn tiefer in die dunkle Brühe zu reißen. Jennerwein schlug wild um sich. Mit einem Ruck wurde er nach unten gezogen. Er rang nach Luft, seine Augen brannten wie Feuer. Verzweifelt wehrte er sich gegen seinen Angreifer. Plötzlich lockerte sich der Griff um seinen Knöchel, und er bekam den Rand der kleinen Galerie zu fassen. Mit einem gewaltigen Kraftakt gelang es ihm, sich mit dem Oberkörper auf das rettende Stahlgitter zu ziehen. Die Schmerzen in seinem Bein waren schier unerträglich, aber er setzte sich auf und versuchte seinen Angreifer in dem schmutzigen Halbdunkel auszumachen. Er konnte den Fuß nicht mehr bewegen, es schien, als ob er gebrochen war. Zu den Schmerzen kamen noch die Giftschwaden der Chemikalien, die ihm schier den Atem nahmen. Sein Handy mit der Leuchtfunktion hatte er bei dem Angriff verloren, blinzelnd versuchte er in dem trüben Zwielicht etwas zu erkennen. Wo war sein Angreifer? Er musste untergetaucht sein, um sich für eine neue Attacke zu rüsten. Ein Entkommen auf das Dach des Turms war mit diesem lädierten Bein unmöglich. Fieberhaft überlegte er, wie er sich gegen einen erneuten Angriff verteidigen konnte. Nützte ihm der Daumen-Mittelfinger-Code etwas, um Lim zu rufen? Oder das Kennwort, das schon einmal funktioniert hatte? Er brüllte die Worte ins Dunkel des Turms: Rossi ... Mikado ... Lim ... Wassertreten ... Teufel ... Jennerwein ... Seele baumeln lassen ... Doch er war sich der Lächerlichkeit seines Tuns voll bewusst. Trug er einen Gegenstand in seinem Rucksack, der ihm helfen konnte? Den Spitzstichel, das Nähset, das Taschenmesser ...? Doch jetzt blubberte und rumorte es wieder unter der Oberfläche des öligen Breis, er konnte mit brennenden Augen und durch die verschmierte Mütze hindurch undeutlich erkennen, dass genau in der Mitte ein Knauf oder ein Kegel aufgetaucht war, der sich langsam aus der schwarzen Pampe erhob, sich um sich selbst drehte, jedoch in der Mitte verharrte. Papierfetzen waren an ihm hängengeblieben, von denen die Farbe in dicken Schlieren heruntertropfte. Der Kegel hob sich weiter in die Höhe und zog zu Jennerweins Entsetzen eine Konstruktion aus vier gekreuzten Ventilatorblättern mit sich, die sich bis zum Rand des Turms erstreckten und sich langsam um den Kegel drehten. Es war ein Fangsieb, das den Schmutz abhielt, vielleicht auch eine Art Quirl, der die zähflüssige Masse umrührte und in Bewegung hielt. Der Gedanke schoss ihm durch den Kopf, dass Rossi auf diese grausame Weise umgekommen war. Dieses Schicksal drohte auch ihm. Zu allem Überfluss nahmen die scharfkantigen Blätter des Quirls jetzt Geschwindigkeit auf, sie hoben sich auch immer mehr, so dass sie Jennerwein fast berührten. Und jetzt erst erkannte er, dass das, was er vorher für eine Hand gehalten hatte, eine baggerschaufelartige Greifzange war, die an jedem Blattende angebracht war. In eine der vier Schaufeln war er mit dem Fuß geraten, er war daran hängengeblieben und damit aus dem Gleichgewicht gebracht worden. Die scharfkantigen Blätter waren jetzt auf der Höhe der Galerie angelangt, er würde von ihnen zerquetscht und zerrissen werden. Jennerwein überlegte fieberhaft. Er musste hier raus. Schnellstens. Oder es musste ihm gelingen, die Maschine zu stoppen. Die Propellerblätter drehten sich jetzt in rasender Geschwindigkeit, die ölige Masse bespritzte die Galerie und damit auch ihn. Plötzlich fiel ihm der Notausschalter ein. Mit viel Mühe und unter brennenden Schmerzen öffnete er die Jacke und wühlte darin herum. Die inzwischen tropfnasse Wollmütze nahm ihm alle Sicht, er musste sich ganz auf seinen Tastsinn verlassen. Wo zum Teufel war das kleine Kästchen, das ihm Lim kurz nach der Landung gegeben hatte?

»Nehmen Sie das, für alle Fälle!«, hatte der Koreaner gesagt.

Er hatte ihm erklärt, dass der Notausschalter alle Maschinen stoppen konnte, die von intelligenten Systemen gesteuert wurden. Jennerwein hoffte darauf, dass der Riesenquirl solch eine intelligente Maschine war. Dessen Rotorblätter, die sich jetzt schon in der Geschwindigkeit eines Hubschraubers drehten, schleuderten weiter den schlammigen Brei nach außen, während Jennerwein mit farbverschmierten, gefühllosen Fingern in allen Taschen seiner Jacke herumstocherte. Endlich hatte er den streichholzschachtelgroßen Würfel gefunden. Er zog ihn heraus, versuchte ihn zu öffnen, seine Finger zitterten, er presste die brennenden Augen zusammen. Mehrmals verfluchte er sich dafür, den Würfel nicht gleich näher untersucht zu haben. Musste man einen Schalter umlegen, nachdem man ihn geöffnet hatte? Einen Knopf drücken? Mit zwei Fingern über ein winziges Display wischen? Eine Sprachnachricht eingeben und um Hilfe rufen? Die Rotorblätter waren jetzt in seiner Höhe und fuhren aus. Bald würden sie ihn berühren. Und zerfetzen. In tausend Stücke zerreißen. Jennerwein tastete verzweifelt nach einem Scharnier, nach einer Klappe, nach einer Schraube, um an den Notausschalter zu kommen. Endlich fand er eine furchtbar kleine Verrieglung. Er öffnete die Schachtel. Und griff erleichtert hinein. Die Schachtel war leer. Er tastete mit den Fingern darin herum. Sie war leer. Er stellte sie auf den Kopf und schüttelte sie. Sie war leer. Er drückte mit dem Daumen auf den Boden, bis sein Finger schmerzte. Sie war leer. Während all der Anstrengung hatte er das sirrende, schleifende, metallische Geräusch im Hintergrund nicht bemerkt. Doch jetzt begriff er. Der Propeller lief langsamer, immer langsamer, er drehte aus – und kam mit einem gurgelnden Geräusch, das aus der Tiefe des Turms zu kommen schien, zum Stillstand. Jetzt erst verstand er! Das bloße Öffnen des Notfallwürfels hatte die Maschine ausgeschaltet. Ein entsetzlicher Schauer durchfuhr ihn. Es war gelungen. Aber wie lange hielt dieser Zustand an? Eines der schaufelartigen Enden der Rotorblätter schien nach ihm greifen zu wollen. Er sah keinen Weg, mit dem höllisch schmerzenden Bein hier herauszukommen. Verzweifelt blickte er nach oben. Wie zum Hohn hing die Getränkeflasche still an dem Nähgarn, als wäre nichts geschehen. Wieder überlegte Jennerwein fieberhaft. Was hatte er im Rucksack, was ihm helfen könnte? Etwas Zwieback und Salami. Nähzeug. Ein Taschenmesser. Den Spitzstichel. Konnte er mit dem Spitzstichel etwas anfangen?

»Was haben Sie getan, Sie Idiot! Sie haben unsere Mischbatterie ausgeschaltet! Dieser Kill Switch ist nur für absolute Notfälle gedacht. Kommen Sie raus da!«

Kräftige Hände packten ihn an den Armen und rissen ihn grob hoch. Stimmen schrien durcheinander.

»Vorsicht! Er ist verletzt!«

»Wer zum Teufel ist das?«

»Er trägt eine Maske. Achtung, höchste Sicherheitsstufe!«

»Das ist möglicherweise ein Terrorist.«

Durch einen dicken Schleier hindurch vernahm Jennerwein das bekannte Klacken von halbautomatischen Waffen, unter anderen, günstigeren Umständen hätte er sogar den Hersteller nennen können. Schließlich wurde er auf den Boden gelegt. Eine grobe Hand riss ihm die Wollmütze vom Kopf.

»Es ist jedenfalls kein Robot.«

»Aber er ist verletzt. Schnell, einen Sanitäter.«

Dann mischte sich eine Stimme ein, die Jennerwein bekannt vorkam.

»Das gibt's doch nicht! Das ist unser Investor! Beiderbecke, hören Sie mich? Was haben Sie sich dabei gedacht? Beiderbecke, warum sind Sie da reingestiegen?«

Jennerwein öffnete den Mund, um zu antworten, doch er war nicht fähig dazu. Sein Fuß wurde in eine andere Stellung gebracht, es war eine schier unerträgliche Tortur, gegen die die Schmerzen vorher fast vergnügungssteuerpflichtig waren. Jemand legte ihm ein Beatmungsgerät auf den Mund, ein anderer fuhr ihm mit einem feuchten Schwamm über die Augen.

»Sofortiger Abtransport ins Gefängnisspital!«, bellte eine Stimme aus dem Hintergrund.

»Nein, lassen Sie nur, ich kenne ihn«, antwortete die bekannte Stimme, die Jennerwein als die von Lesley identifizierte. »Ich glaube nicht, dass er etwas mit den Sabotagevorkommnissen zu tun hat.«

»Sind Sie sicher, Lesley?«

»Ja, das bin ich. Schaffen Sie ihn hier weg.«

»Ich rufe eine Krankendrohne«, sagte eine andere Stimme, die klang, als würde man eine dicke Blechplatte zusammenknüllen. »Er hat sich den Fuß gebrochen. Und er hat wahrscheinlich eine schwere Säurevergiftung. Sehen Sie, seine trüben Augen. Aber er ist bei Bewusstsein. Ich gebe ihm etwas Ketamin.«

Jennerwein spürte nicht einmal mehr den Einstich.

32

Der Isländer war auf dem Weg zu seinem Versteck im Wald. Sein unauffälliges Allerweltsauto war vollkommen in Laub und Geäst verborgen, er hatte vor, dort eine neue Ladung KetaminPlus zusammenzumischen. Vorsichtshalber marschierte er nicht schnurstracks zu seiner fahrbaren Giftküche, er nahm Umwege, drehte Extrarunden, vollführte kunstvolle Pirouetten, für alle Fälle, man wusste ja nie. Kaum ein Ast knackte unter seinen Stiefeln, kaum ein Steinchen spritzte beiseite, so katzengleich schlich er durch die Nacht. Nur das feine Ohr eines Luchses hätte sein leise säuselndes Atmen vernommen. Als er eine Lichtung überquerte, warf er einen kurzen Blick zum Mond, der sich inmitten all des Sternengetümmels festgebissen hatte wie eine Ratte am Presssack. Unwillig blieb er stehen. Er hatte die Faxen langsam dicke. Einen Auftrag, bei dem alles danebenlief und bei dem er so viel improvisieren musste, hatte er noch nie gehabt. Trotzdem hatte er sein Ziel, Jennerwein tausend Höllenqualen zuzufügen, nicht aus den Augen verloren. Es war noch schaffen. Er haderte mit sich, dass er nicht gleich eine Doppelprise Ketamin mitgenommen hatte. Doch er war einer, der in seinen kleinen Rucksack nur das packte, was er auch wirklich benötigte. Kein Gramm zu viel, nichts, was ihn verraten könnte. An seinem Versteck angekommen, steckte er rasch ein, was er brauchte, und trat den Rückweg an, so lautlos, wie er gekommen war.

Der Jäger auf dem Hochstand nahm einen tiefen Schluck aus der Flasche. Zielwasser, Hochsitzcola. Plötzlich schreckte er auf. Da vorne bewegte sich etwas. Er schaute durch sein Präzisionsfernrohr aus den alten DDR-Beständen. Und schaltete zusätzlich die Infrarotkamera an. In zweihundert Metern Entfernung, mitten in seinem Revier, strich ein Mann langsam durch das dichte Unterholz. Ein Jägerkollege? Kaum. Erstens war er unbewaffnet, zweitens hatte er nicht diesen ganz speziellen, unverwechselbaren Jägergang. Sein Gesicht konnte er nicht erkennen. Aber der Mann bewegte sich athletisch, darüber hinaus achtete er augenscheinlich darauf, keine Geräusche zu verursachen. Ein nächtlicher Waldspaziergänger? Ebenso wenig. Nein, es war vermutlich wieder einer dieser verdammten Naturschützer! Hatte wahrscheinlich wieder irgendeine lästige Aktion vor. Sollte er ihn mit einem Warnschuss an die ehernen Gesetze des Waldes erinnern?

Der Isländer ging Schritt für Schritt weiter, als ob nichts weiter geschehen wäre. Dabei hatte er gerade eben auf einem Hochstand ein Blitzen bemerkt, das vom Widerschein eines Zielfernrohrs stammen könnte. Und noch etwas hatte er im fahlen Mondenschein bemerkt: Das Gewehr schwenkte in seine Richtung. Er wollte sich den Anschein geben, als ob er sich von dem Jäger wegbewegte. Einen Jäger konnte er jetzt überhaupt nicht gebrauchen. Er schlug ein paar Haken und änderte die Richtung. Und drehte noch einmal eine Schleife mehr, als er vorgehabt hatte.

Der alte Jäger hatte keine Lizenz mehr. Man hatte sie ihm abgenommen. Schon lange. Er nahm noch einmal einen Schluck aus der Pulle. Da spürte er einen harten Schlag gegen seine

Schläfe. Sofort verlor er das Bewusstsein. Der Isländer fesselte den Jäger mit seinem eigenen Draht und band ihn am Gestänge des Hochsitzes fest. Das müsste genügen. Er hätte fast in alter Gewohnheit das ð-Zeichen hinterlassen, dann besann er sich und stieg von der Kanzel. Eine Rotte von inbrünstig grunzenden Wildschweinen stob davon.

33

Was sich Jennerwein im Ketamin-Delirium zusammenphantasierte, wissen wir nicht. Auch er selbst konnte sich später an keine zusammenhängenden Inhalte mehr erinnern. Als er jedoch nach seinem Transport zum medizinischen Zentrum von Mikado in einem geräumigen Krankenzimmer wieder langsam zur Besinnung kam, waren ihm ein paar Augenblicke von großer Klarheit vergönnt. Er erinnerte sich wieder an die Dame, die er heute Vormittag an der Rezeption des Relax gesehen hatte. Er hatte dort den Brief an Hansjochen Becker mit der Materialprobe aus der Kirche abgegeben, als ihm die auffällige Erscheinung ins Auge gefallen war. Sie war sportlich, energisch, trug ein Stirnband und grellbunte Leggins und hatte sich eine große, längliche Tasche übergehängt, die eine Angelausrüstung oder Ähnliches enthielt. Ihr Gesicht hatte Jennerwein hingegen nur flüchtig gesehen, sie war ihm zwar bekannt vorgekommen, doch er konnte sie nicht einordnen. Im Folgenden hatte er sie aus den Augen verloren, weil er abgelenkt worden war durch einen Knirps von etwa sechs oder sieben Jahren. Der Junge war beherzt an ihn herangetreten, hatte sich als Mats Mattissen vorgestellt und hatte ihn um ein Autogramm gebeten.

»Sie sind doch Kommissar Jennerwein, oder?«

Jennerwein fand nichts weiter dabei, sein Inkognito angesichts der kindlichen Unschuld zu lüften.

»Ja, stimmt, aber woher kennst du mich denn?«

»Ich habe Sie gegoogelt. Das geht ganz leicht, glauben Sie es mir. Man fotografiert ein Gesicht und lässt es durch eine Suchmaschine laufen.«

»So einfach geht das?«, sagte Jennerwein mit gespieltem Erstaunen.

»Ja. Wussten Sie das nicht? Außerdem wohnen wir jetzt in dem Zimmer, in dem Sie vorher gewohnt haben. Und da habe ich Ihren Namen auch schon gehört.«

»Ja? Wieso denn das?«

»Geben Sie mir jetzt ein Autogramm?«

»Ich habe aber keine Autogrammkarte.«

Mats machte ein erstauntes Gesicht.

»Was, keine Autogrammkarte? Sie müssen unbedingt welche drucken lassen, glauben Sie mir. Mit Uniform und Pistole und allem. Ohne geht es nicht.«

Durch diese rührende Szene mit dem kleinen Mats hatte Jennerwein die energische Frau mit dem Stirnband und der Angelausrüstung aus den Augen verloren, er hatte sie schließlich auch vergessen, nicht zuletzt wegen der turbulenten Ereignisse in den darauffolgenden Stunden. Doch jetzt, beim langsamen Erwachen aus dem Ketamin-Suri, fiel es ihm siedend heiß ein: Bei der Frau an der Rezeption, grotesk bepackt mit einem länglichen Koffer, konnte es sich nur um seine bescheuerte Ex-Freundin Tatjana gehandelt haben. ›Bescheuert‹ war eigentlich untertrieben, genauso wie ›Freundin‹ übertrieben war. Sie waren vor dreißig Jahren zusammen zum Zelten gefahren, dann hatte sie sich wegen irgendeines belanglosen Streits aus dem Staub gemacht. Sie hatte auch das Auto und sämtliche Barschaften mitgenommen. Seitdem war Jennerwein etwas vorsichtiger. Mit Urlauben. Und mit Beziehungen. Doch als er mit seinen gelösten Kriminalfällen eine gewisse Bekanntheit erlangt und das eine oder andere Mal in der Zeitung gestanden hatte, hatte Tatjana versucht, den Kontakt wieder aufzunehmen. Er hatte ihr höflich, aber bestimmt zu verstehen gegeben, dass es leider nicht möglich sei, dass sie ihm bei den Ermittlungen zur Seite stünde. Dass er auch kein Interesse daran hätte, dass sie eine reich bebilderte Jennerwein-Biographie schriebe. Er hatte ihre Pralinen mit den verdächtigen Einstichen zurückgeschickt, doch Tatjana hatte sich immer mehr zur klassischen Stalkerin entwickelt, auch schon zu einer Zeit, als es den Begriff und den Paragraphen noch gar nicht gab. Aber vielleicht hatte er sich bei der Frau an der Rezeption ja auch getäuscht. Niemand konnte doch so dämlich sein, trotz mehrerer einstweiliger Verfügungen und Kontaktverbote wegen fortgesetzten Stalkings im gleichen Hotel abzusteigen. Oder es war Zufall, und sie wusste gar nicht, dass er im Hotel Relax weilte.

Während Jennerweins Lebensgeister wieder langsam erwachten und er seine geschundenen Gliedmaßen reckte, harrte ebendiese Tatjana immer noch auf dem Baum aus. Sie hatte sich geschworen, das Versteck nicht eher zu verlassen, bis er kam. Er hatte geheiratet! Das war doch das Allerletzte! Diese Kränkung würde er noch bereuen. Doch langsam wurde sie ungeduldig. Es dämmerte bereits, und irgendwann mussten seine Anwendungen doch zu Ende sein! Sie griff in ihre Handtasche und zog die amtlichen Papiere heraus, die sie mit sich führte wie Trophäen. Die einstweiligen Verfügungen. Dabei hatte sie ihn kaum belästigt. Ein paarmal geschrieben, hie und da angerufen, ab und zu gemailt, gut, ein paarmal hatte sie vor seiner Haustür gestanden und geklingelt, auch nachts. Ein paar Geschenke geschickt. Und zufällig sich dort aufgehalten, wo er auch gewesen war. Aber deswegen gleich ein Verfahren wegen Stalking? Und momentan verstieß sie doch wohl gegen keinen der Paragraphen, die in den einstweiligen Verfügungen standen. Als sogenannte Schädigerin wurde ihr verboten –

a) sich innerhalb eines bestimmten Umkreises der Wohnung des Opfers aufzuhalten (aber ein Hotelzimmer war ja sicherlich keine Wohnung, oder?)
b) die Wohnung des Antragstellers zu betreten (das hatte sie auch gar nicht vor, sie würde hier auf dem Baum sitzen bleiben)
c) festgelegte Orte aufzusuchen, an denen sich der Antragsteller regelmäßig aufhält, zum Beispiel den Arbeitsplatz (von Arbeit konnte keine Rede sein, Hubertus war doch im Urlaub)
d) Kontakt zum Antragsteller aufzunehmen, sowohl persönlich, als auch per Fernkommunikationsmitteln. (Zählte eine Kugel aus einer Winchester zur Kontaktaufnahme?)

Die kleine Schar in der Hang-Loose-Bar des Sport- und Wellnesshotels Relax lauschte gebannt. Alle hatten schon das eine oder andere Schlückchen intus, aber das tat dem Ganzen keinen Abbruch. Der Barkeeper mixte einen Campari Amalfi, und er hatte als Hintergrundmusik mittelalterliche Mönchsgesänge aufgelegt, was sich in einer schummrigen Bar genauso unpassend wie passend ausnahm. Denn der Barkeeper erzählte die Geschichte vom Teufel im Beichtstuhl weiter.

»Der Leibhaftige stieß also auf den Grundstein, auf dem ein Kreuz prangte. Das ist bei Grundsteinlegungen von Kirchen durchaus üblich«, flunkerte er und ließ einen Grapefruitschnitz in den Drink plumpsen. »Jedenfalls musste der Teufel mit Entsetzen feststellen, dass er auch auf diese Weise nicht weiterkam. Den Stein anzuheben war ihm unmöglich. Seine Helfer trauten sich nicht einmal in die Kirche. Oben im Beichtstuhl rief ein Beichtkind: ›Was ist denn nun, Herr Pfarrer? Was tun Sie denn da unten? Ich will meine Sünden loswerden und habe nicht den ganzen Tag Zeit!‹ Der Teufel erteilte ihr eine Art Fern-Absolution. Dabei besah er sich den Stein nochmals. Und dann kam ihm eine geniale Idee –«

Der Barkeeper zelebrierte eine weihevolle Kunstpause. Er holte ein paar Eiswürfel aus dem Gefrierfach, im Hintergrund sangen die Mönche den ›Cold Song‹ von Purcell, die kleine Schar lauschte gierig, alles passte zusammen. Doch plötzlich drehte der Barkeeper den Kopf zur Tür und bat um Ruhe.

»Moment mal, da stimmt was nicht! Sie entschuldigen mich kurz, ich sehe mal nach.«

Rasch wischte er sich die Finger an der Schürze ab und verließ sein kleines schummriges Spirituosentheater. Die benebelten Lauscher nahmen an, dass das zur Geschichte gehörte, und sie verharrten atemlos auf ihren Plätzen. Doch in der angrenzenden Küche sah der Barkeeper eine gespenstische Szene vor sich. Vor dem Regal, in dem die gebrauchten Cloches gelagert waren, die zur Reinigung abgeholt werden sollten, lagen mehrere Menschen übereinander auf dem Boden. Das Ganze glich der Szene aus dem Märchen, in der die komplette Küchenbelegschaft in den berühmten Dornröschenschlaf versetzt worden war. Als der Barkeeper sich bückte, um nachzusehen, was mit den Kollegen los war, verspürte er ein fast angenehmes Gefühl der Berauschtheit, die große Klarheit nach sich zog. Immer noch ein Glas Amalfi in der Hand, sank er zu Boden.

»Hallo Becker«, sagte Nicole Schwattke ins Handy. »Ich habe gehört, dass Sie unter die Leseratten gegangen sind.«

»Ja, warum?«, raunzte der Spurensicherer. »Ist das verboten?«

»Nein, aber eine Buchhändlerin hat die Polizei gerufen, weil Sie sich so verdächtig verhalten haben.«

»Verdächtig verhalten? Ich?«

»Wenn wir mal einen Undercoverer brauchen, komme ich auf Sie zurück.« Becker sagte nichts dazu. Deshalb fuhr Nicole Schwattke fort: »Aber weswegen ich eigentlich anrufe: Morgen haben wir vor, den Chef im Hotel Relax zu besuchen. Kommen Sie mit?«

»Ja, klar, natürlich«, murmelte Becker unkonzentriert.

Er verabschiedete sich und legte auf. Gerade hatte ihm ein Hotelbote eine Sendung von Jennerwein gebracht. Mit der Bitte um Analyse. Ja, was stellte Jennerwein denn in seinem Urlaub an! Becker hatte das Spurensicherungstütchen schon geöffnet. Dem Geruch nach war es Schwefel. Er lächelte grimmig. Hatte der Chef in der Hölle ermittelt?

34

Die Wirkung des Betäubungsmittels ließ rasch nach. Jennerwein war zwar immer noch etwas benommen, aber hellwach. Er hatte ein kleines, mit vielen medizinischen Apparaten vollgestopftes Krankenzimmer erwartet, doch als er den Kopf hob, fand er sich in einem großen, weitgehend kahlen Raum wieder, in dessen Mitte sein Bett stand. Nur ein paar Geräte wuselten um ihn herum, prüften, maßen, piepsten. Sie schienen bereit, zuzupacken, wenn es nötig war. Er zog die Bettdecke ein wenig beiseite: Sein Fuß steckte in einer Gipsschale, er verspürte jedoch keinerlei Schmerzen. Ein kurzer Blick auf die Uhr zeigte ihm, dass nicht mehr als eine Stunde vergangen war. Die medizinische Versorgung war wirklich vom Feinsten. Trotzdem war ihm etwas unwohl bei dem Gedanken, ausschließlich von Maschinen behandelt zu werden. Es dauerte vermutlich längere Zeit, bis man sich daran gewöhnt hatte. Er bewegte seine Gliedmaßen, mit Ausnahme des gebrochenen Fußes schien er keine größeren Blessuren davongetragen zu haben. Der Schädel brummte ihm noch ein wenig, auch verspürte er noch den Geschmack der Sikkative und Chemo-Verdünner, aber ansonsten schien er den Anschlag halbwegs überstanden zu haben.

Plötzlich stand Professor Dr. Schalkoff vor seinem Bett. Wieder trat er unruhig von einem Fuß auf den anderen, als ob er in Gedanken schon beim nächsten Termin wäre.

»Ich hoffe, Sie sind mit den Diensten unserer Abteilung zufrieden«, sagte der Direktor der Abteilung MikadoMed&Care.

»Bisher kann ich nicht klagen«, antwortete Jennerwein anerkennend.

»Sie haben sich den Knöchel gebrochen, ferner haben Sie Reizgase inhaliert, einen wilden Cocktail aus Chlor, Stickstoffdioxid, Ozon und Ammoniak, die temporalen Verätzungen an den Bronchien haben wir rückgängig gemacht, ja, das ist inzwischen möglich. Das Beatmungsgerät sollten Sie allerdings noch eine Weile tragen.«

Jennerwein griff unwillkürlich an Mund und Nase, er fand nichts dergleichen vor.

»Es befindet sich auf der Oberlippe«, erklärte Dr. Schalkoff lächelnd.

Jennerwein ertastete mit dem Finger ein winzig kleines Pflästerchen, aus dem eine noch kleinere Kanüle ragte.

»Wie funktioniert das?«

»Der reine Sauerstoff, den Sie einatmen, wird in der Kanüle produziert. Eine Erfindung von MikadoMed&Care.«

»Natürlich, das dachte ich mir schon.«

»Eine halbe Stunde noch, dann können Sie auch das Pflästerchen abnehmen. Auch Ihre Augen sind durch die Dämpfe ziemlich in Mitleidenschaft gezogen worden. Sie werden in den nächsten Stunden öfter blinzeln.«

»Ich kann also aufstehen?«

»Theoretisch, ja. Eine Krücke finden Sie gleich neben dem Bett. Aber ich rate Ihnen, noch ein wenig liegen zu bleiben, Herr Kommissar.«

Erst jetzt bemerkte Jennerwein, dass er einen jener Krankenhauskittel trug, die aus dem härtesten Burschen und hartgesottensten Helden schlagartig ein hilfloses Wesen machten.

»Meine Kleidung –«

»– war nicht mehr zu gebrauchen, wir haben sie entsorgt. Wir beschaffen Ihnen neue Kleider. Das dauert nicht lange. Ihr Rucksack und Ihre weiteren persönlichen Sachen sind ebenfalls sichergestellt. Den Rucksack haben wir aus dem schwarzen Brei gefischt, er ist nicht mehr ganz taufrisch. Auch Ihr Handy konnten wir retten und wieder funktionstüchtig machen. Aber ich muss jetzt dringend los, Kommissar. Ich wünsche Ihnen gute Besserung.« Dr. Schalkoff drehte sich noch einmal um. »Ach, eines noch: Wollen Sie sich bei dieser Gelegenheit nicht auch gleich Ihre Akinetopsie in Ordnung bringen lassen? Ich meine: wenn Sie schon mal liegen.«

»Danke, aber ich kann ganz gut mit ihr leben. Ein andermal vielleicht.«

Der Arzt lachte laut auf.

»Sie wollen es also der Natur überlassen. Sie sind mir vielleicht ein Romantiker! Dann noch einen schönen Tag.«

Dr. Schalkoff verschwand so schnell, wie er gekommen war. Jennerwein entspannte sich, erwartete eigentlich ein paar dienstbare Geister, die ihm den Puls fühlten, seine Werte maßen, doch das geschah wohl alles ohne sichtbare Apparate. Er erinnerte sich an den Hinweis des Geschätzten Kollegen, dass viele medizinische und biometrische Messungen inzwischen aus der Distanz durchgeführt werden konnten. Körperkontakt war bei der Pflege nicht mehr nötig.

Eine allzu bekannte Gestalt schraubte sich eilig durch die Tür des großen Saals. Es war der Koreaner, der schon von weitem die Arme wie zu einer herzlichen Umarmung ausbreitete.

»Ich hoffe, es geht Ihnen wieder gut«, rief er zur Begrüßung.

Er hielt einen Blumenstrauß in der Hand, den er jetzt seitlich von sich wegstreckte. Sofort rollte ein Nachtkästchen herbei und fuhr darunter.

»Danke«, sagte Jennerwein. »Sehr aufmerksam.«

»Zuerst einmal: Warum haben Sie mich nicht früher gerufen?«

»Das habe ich durchaus getan«, erwiderte Jennerwein verwundert. »Ich habe Sie mit dem vereinbarten gestischen Zeichen gerufen.«

Er nahm die Hand hoch und deutete das Zeichen an. Lim schüttelte verärgert den Kopf.

»Dann hat wieder einmal etwas nicht funktioniert. Ich stehe erneut in Ihrer –«

»Damit eines klar ist«, unterbrach Jennerwein. »Ich werde die Ermittlungen hiermit beenden. Das, was ich herausgefunden habe, teile ich Ihnen noch mit. Dann will ich auf schnellstem Weg zurück. Ich betone: auf schnellstem Weg. Und Sie wissen vermutlich, wie ich das meine.«

Lim zeigte sich nicht überrascht.

»Natürlich, das war ja so abgemacht. Dr. Schalkoff sagte mir, dass Sie transportfähig sind. Morgen früh sind Sie wieder im Hotel Relax –«

Wieder unterbrach Jennerwein.

»Das können Sie vergessen, verehrter Herr Lim. Seien Sie mir nicht böse, aber die Spielchen mit dem Flugzeug, das stundenlang in der Luft kreist, können wir uns diesmal ersparen.«

Jetzt war Lim überrascht. Seine Augen weiteten sich erstaunt.

»Was wollen Sie damit sagen?«

»Als ich in der Abteilung MikadoMed&Care war, habe ich einen Blick in eines der Labore geworfen.« Ein ahnungsvoller Schatten huschte über Lims Gesicht. »Ich habe meine Legitimation vorgezeigt und mich als Investor vorgestellt. Ferner habe ich vorgegeben, mich für eines der Laborgeräte zu interessieren, das Materialproben durch Spektroskopie vornimmt. Ich wurde zwar auch hier mit Fachausdrücken beworfen, doch schließlich habe ich das bekommen, was ich wollte.«

Lim war ein wenig erbleicht. Oder errötet. Jennerwein konnte das im Neonkrankenhauslicht (das bei allem Fortschritt wohl nie ausstirbt) nicht so genau erkennen.

»Ich habe aus einem nicht überdachten Bereich der Werkhallen ein Tütchen organisches Material mitgenommen.«

Lims Miene verdüsterte sich.

»Wir haben also eine Sicherheitslücke.«

»Mir scheint, dass Sie mehrere Sicherheitslücken haben. Ich habe die Probe jedenfalls untersuchen lassen. In wenigen Minuten war das Vogelhäufchen durch den Wolf gedreht, das Ergebnis war aufschlussreich. Über diese Werkhallen ist ein Vogel geflogen, der kurz vorher die Körner einer bestimmten Nutzpflanzensorte gefressen hat, die zwar auf der ganzen Welt vorkommt, die aber nur in Mitteleuropa, und zwar nur in einem bestimmten Landstrich, mit einem seltenen Pflanzenschutzmittel behandelt wird. Die auf diese Weise gedüngte Rapssorte wird ganz in der Nähe des Hotels Relax angebaut.« Jennerwein sah Lim mit einem kleinen Anflug von Triumph ins Gesicht. »Wir können uns also das peinliche

Herumgekurve in der Luft und auf dem Boden ersparen. Das Werk, in dem wir uns hier befinden, liegt nicht mehr als fünfzig Kilometer vom Hotel Relax entfernt.«

Lim setzte sich väterlich seufzend auf den Bettrand.

»Dreißig«, sagte er zerknirscht. »Ja, ich muss gestehen, dass ich nicht damit gerechnet habe, dass Sie das herausfinden. Aber ich hatte strikte Anweisung, den Standort geheim zu halten. Der Ghillie, mit dem wir geflogen sind, taucht im normalen Luftverkehr-Radar nicht auf.«

»Wir werden ihn also nicht mehr besteigen«, sagte Jennerwein energisch. »Und wir fahren die halbe Stunde mit dem Auto.«

Lim zuckte resigniert die Schultern.

»Kommissar, ich stehe mehrfach in Ihrer Schuld. Also machen wir das so.«

»Ich denke, Sie stehen inzwischen so oft in meiner Schuld, dass Sie das gar nicht mehr abarbeiten können.« Lächelnd setzte er hinzu: »Haben Sie der wohltätigen Institution die Summe schon überwiesen?«

»Ich bitte Sie darum, mir mitzuteilen, was Sie herausgefunden haben, dann werde ich das selbstverständlich tun.«

Jennerwein setzte sich auf.

»Ich beginne mit diesem Quirl, der mich fast geschreddert hätte –«

»Es ist kein Quirl, sondern ein Mischprozess-Regler, der dafür sorgt, dass möglichst wenig Dämpfe in die Luft steigen.«

»Mir haben diese wenigen Dämpfe, wie Sie es ausdrücken, schon gereicht. Ich habe jedenfalls einen Fetzen Stoff am oberen Ende der Maschine gesehen, der vielleicht von der Kleidung Rossis stammen könnte. Sie sollten das selbst nachprüfen. Eine nähere Untersuchung konnte ich nicht mehr vornehmen. Wie Sie wissen, hatte ich kurz darauf andere Probleme.«

»Das tut mir leid, Herr Jennerwein.«

»Rossi ist vom Turm aus in die Druckfarbe gestoßen worden, so viel ist sicher. Auf meinem Handy finden Sie den Beweis, dass in den Lettern des Buches ›Geh an die Orte, die du fürchtest‹ menschliche DNA enthalten ist. Vergleichen Sie die mit der von Rossi. Ein bisschen Ermittlungsarbeit überlasse ich Ihnen schon.«

»Das werden wir tun. Wenn Sie recht haben, dann hat, wenn ich das so sagen darf, Florian Rossi in diesem Buch seine letzte Ruhe gefunden.«

»Nach dem Mord hat der Täter den Abschiedsbrief gefälscht und die Unterschlagung von Betriebsgeheimnissen und den Diebstahl von Californium vorgetäuscht. Ich rede immer von einem Täter. Allerdings hat meiner Ansicht nach eine KI den Plan ausgearbeitet und auch durchgeführt.« Lim schüttelte den Kopf. Ungerührt fuhr Jennerwein fort: »Draufgekommen bin ich durch den Abschiedsbrief. Ich habe so etwas noch nie gesehen. Er ist ein Meisterstück. Das muss ich zugeben. Die Handschrift ist perfekt gefälscht, ohne jeden Angriffspunkt. Trotzdem gibt es einen winzig kleinen Fehler.«

»Ach ja?«

»Rossi hatte es sich seit seiner Jugend angewöhnt, Zischlaute zu vermeiden, weil er einen S-Fehler hatte. Das wusste der Täter nicht, er hat diese Tatsache im Brief nicht berücksichtigt. Aber davon abgesehen liegt einer der seltenen perfekten, wirklich wasserdichten Pläne vor. Diese KI müssen Sie jetzt selbst finden und überführen. Suchen Sie nach einem Motiv. Das kann ich beim besten Willen nicht erkennen. Und ich für meinen Teil will jetzt zurück in mein Hotel.«

»Es ist vollkommen unmöglich, dass eine unserer KIs einen Menschen tötet.«

Lim hatte das in einem entschlossenen Ton gesagt, den Jennerwein gar nicht von ihm kannte. Es war ihm ernst mit dieser Behauptung.

»Sie denken, dass eine KI nicht fähig dazu ist, Menschen anzugreifen? Und wie ist es dann mit den Attacken auf mich?«

»Es waren keine Attacken. Und erst recht nicht auf Sie. Es waren Missverständnisse.«

»Aber der Gedanke liegt doch nahe, dass derjenige, der mich angegriffen hat, derselbe ist, der Rossi ermordet hat. Irgendjemand will nicht, dass ich weiter ermittle.«

Lim schüttelte den Kopf wie ein trotziges Kind.

»Ich sagte es Ihnen schon. Es ist ausgeschlossen, dass Sie von einer KI angegriffen worden sind.«

Jennerwein schüttelte den Kopf.

»Ich bleibe bei meiner Theorie. Es ist einer der Robots, auf die ich während der Hallenbesichtigung gestoßen bin. Er hat mich bei meinen Ermittlungen beobachtet. Als ich der Lösung zu nahe kam, hat er mich angegriffen. Es kann doch kein Zufall sein, dass der Quirl gerade dann hochsteigt, wenn ich mich runterbeuge.«

»Nehmen wir mal an, es wäre so. Auf welche Robots sind Sie denn bisher getroffen?«

Lim machte ein dezentes Zeichen, es nicht laut auszusprechen. Jennerwein verstand und nickte. Dann zog er die Decke etwas beiseite, griff sich einen Stift und kritzelte damit ein paar Namen auf sein Gipsbein. Am Ende sah es so aus, als ob sich ein paar lustige Kumpels dort verewigt hätten. Lim las und sagte leise, fast verschwörerisch:

»Wollen Sie die alle hierhaben? Das ist möglich. Ich kann sie herrufen. Aber ich sage Ihnen schon im Voraus: Keiner von ihnen hat mit Rossis Verschwinden oder Tod zu tun. Wollen wir das trotzdem durchziehen?«

Jennerwein nickte. Er hatte vor, den wirklichen Täter durch die Gegenüberstellung zu reizen. Und ihn dazu zu verleiten, einen Fehler zu machen.

35

Jennerwein kleidete sich an. Auf einem der allgegenwärtigen Screens war vorher ein ganzer Modekatalog erschienen, aus dem er neue Kleider wählen konnte. Doch er hatte sich für seinen alten Look entschieden: schwarze, bequeme Hose, Turnschuhe, sandfarbenes Hemd, schwarzes Jackett mit einem Ticken Eleganz. Zunächst noch etwas mühsam schlüpfte er in die Kleidungsstücke. Danach überprüfte er den Inhalt seines Heldenrucksacks. Es war alles noch vorhanden. Auch das Wachs. Währenddessen hatte Lim etwas in sein Handy getippt.

»Die angeforderten Kollegen werden in Kürze erscheinen«, sagte er. »Um uns bis dahin die Zeit zu vertreiben, werde ich mich ebenfalls auf Ihrem Gipsbein verewigen. So ist es doch der Brauch, oder?«

Er öffnete ein elegantes und mit fernöstlichen Schriftzeichen bemaltes Etui, holte einen Stift heraus und schrieb in furchtbar kleiner, krakeliger Schrift die Worte *Ihr Hauptverdächtiger?* auf den Gips. Jennerwein nickte und fasste mit der einen Hand an das Griffbrett einer imaginären Violine, mit der anderen hielt er einen Bogen. Diesmal war es an Lim, zu nicken. Jennerwein wusste nicht, ob der Koreaner das doppelte Spiel begriff, das er trieb. Sowohl die Namen auf dem Gips wie auch der gestische Hinweis auf den Geiger würden natürlich beobachtet werden, und genau das war Jennerweins

Absicht. Er hatte vor, dem Täter eine Falle zu stellen, indem er eine ungefährliche Vorfalle aufstellte, der der Täter auswich und so in die eigentliche Falle tappte.

»Taxi gefällig? Ach, das ist ja eine Überraschung: der Herr Investor, wie er leibt und lebt! Schön, Sie gesund und wohlauf zu sehen, abgesehen natürlich von dem kleinen Beinbruch. Dazu fällt mir ein guter KI-Witz ein. Nicht? Na, gut, ich sage ja schon gar nichts mehr …«

Mit diesen Worten fuhr das geschwätzige Taxi vor, das Jennerwein von der Fertigungsstraße für Motorräder bis zur pharmazeutischen Endfertigungshalle von Herrn Huczala gebracht hatte.

»Na, wo soll es denn diesmal hingehen, Meister?«

Jennerwein hatte sich inzwischen fertig angekleidet und humpelte mit der Krücke zu dem schwatzhaften Gefährt.

»Ich habe nur ein paar Fragen an Sie.«

»Fragen Sie, fragen Sie. Ein Taxi ist ja quasi ein richtiges Auskunftsbüro –«

Bevor Jennerwein den Redefluss stoppen und zur Sache kommen konnte, trudelten die anderen Robots ein, die Lim gerufen hatte. Es waren, wenn er richtig gezählt hatte, zehn mehr oder weniger beredte Blechgestalten, die sich gegenseitig misstrauisch musterten, während sie sich in einem Halbkreis aufstellten: Leporello, der Putzrobot aus der Serie Dreiundachtzigvier, der betont hatte, vollkommen unitär zu funktionieren; der Cleaner aus der Nullneunziger Serie mit dem regenbogenfarbenen Punkpuschel, also der Robot, in den er bei seinem virtuellen Besuch geschlüpft war; der durchgedrehte Taxiangreifer, der von einem Abschleppwagen hereingezogen wurde; einige Figuren aus dem Western

Saloon (der Henker, der Banjospieler, der ruppige Cowboy); die patzige Transportdrohne, die er auf Rossis Verschwinden angesprochen hatte und die eilig wieder weggeflogen war; der vielarmige Klavierstimmer; schließlich das Skelett des Sologeigers, das das Geburtstagsständchen so schmelzend und gefühlvoll interpretiert hatte. Ein ausfahrbarer, muskulöser Arm kam von der Decke und blieb über dem Halbkreis der Verdächtigen stehen.

»Wer oder was ist das?«, fragte Jennerwein in Richtung des Koreaners.

»Der Arztroboter, der Sie wieder zusammengeflickt hat«, antwortete Lim höflich leise. »Gipsverband, Wundbehandlung, Bronchialheilung – ein Prototyp aus der A-Klasse im Ersteinsatz.«

»Also haben Sie mich schon wieder als Versuchskarnickel missbraucht«, flüsterte Jennerwein zurück.

»Dazu kenne ich einen Witz«, mischte sich das Taxi ein. »Ein Karnickel kommt in eine Bar … Aber ich bin ja schon still.«

Jennerwein trat beziehungsweise humpelte in die Mitte des Halbkreises. Sofort schwiegen alle stille. Langsam gewöhnte sich Jennerwein an die Kommunikation mit den Maschinen. Er räusperte sich. Die KIs richteten sich nach ihm aus. Der Unterschied zu herkömmlichen Verdächtigen war der, dass diese hier nicht schwitzten, nicht nach einem Rechtsanwalt verlangten und, laut Lim, angeblich nicht logen. Jennerwein musterte jeden Einzelnen eingehend.

»Äh – wir haben alle unsere Aufgaben zu erledigen«, platzte der Henker, der Jennerwein gestern den Strick um den Hals gelegt hatte, in die Stille hinein. »Ich will nicht unhöflich erscheinen, aber könnten Sie bitte Ihre Fragen stellen?«

»Ja, natürlich, fangen wir an«, sagte Jennerwein. »Wie sich wahrscheinlich schon herumgesprochen hat, ist mein Name nicht Beiderbecke, und ich bin auch kein Investor. Ich bin vielmehr Hauptkommissar Hubertus Jennerwein –«

»Dachte ich es mir doch!«, rief der medizinische Greifarm dazwischen. »Von Anfang an wusste ich das! Solch ein durchtrainierter Körper gehört entweder einem Leistungssportler, einem Angeber – oder einem Polizisten.«

»Psst!«, zischte der Henker. »Denn jetzt wird es spannend.«

»Ich ermittle im Fall des verschwundenen Kollegen Rossi«, fuhr Jennerwein fort. »Rossi ist einem Mordanschlag zum Opfer gefallen. Er wurde in den Druckfarbenturm gestoßen.«

»Und da sind wir jetzt alle verdächtig, oder wie?«, murrte Leporello, der Dreiundachtzigvierer.

»Vielleicht waren wir es ja alle zusammen«, fügte die kleine patzige Drohne hinzu, die Jennerwein nach ihrer Theorie gefragt hatte. »Jeder von uns hat ihn geschubst, wie in diesem Film, dessen Titel ich leider gerade nicht parat habe.«

»Inzwischen gibt es ja zu allem Möglichen einen Film«, fügte der Punkpuschel hinzu.

»Aber sagen Sie mal, Meister Beiderbecke, Herr Investor, Herr Kommissar«, rief das freundliche Kutschentaxi. »Wie soll ich denn das angestellt haben? Wie soll ich Rossi um die Ecke gebracht haben! Und verschwinden lassen?«

»Vielleicht sollte man mal in deinem Kofferraum nachsehen«, sagte der Sologeiger.

»Ich bitte um etwas mehr Disziplin«, fuhr Lim dazwischen. »Der Kommissar tut hier nur seine Pflicht. Antworten Sie bitte ausschließlich auf seine Fragen.«

»So ein Sauhaufen!«, murmelte es in einer Ecke, Jennerwein konnte nicht ausmachen, aus welcher.

Endlich kehrte Ruhe ein, alle richteten ihre Aufmerksamkeit auf Jennerwein.

»Ich brauche zunächst einmal Ihre Alibis. Wer war in der Nähe des Druckfarbenturms? Ich werde Ihre Angaben selbstverständlich überprüfen.«

»Machen Sie sich keine Mühe«, sagte Lim aus dem Hintergrund. »Keiner von ihnen ist einer Lüge fähig.«

Jennerwein schrieb das in Frage kommende Zeitfenster auf einen Screen, die Robots betrachteten die Daten stumm.

»Wir projizieren unsere Alibis am besten auf Ihr Handy, Herr Kommissar«, sagte der Henker. »Ich beginne mit mir selbst. Abgesehen davon, dass es mir als Spielprogramm strikt verboten, ja unmöglich ist, organischen Wesen Schaden zuzufügen, werden Sie sehen, dass ich mich die letzten beiden Jahre ausschließlich in der Abteilung MikadoFun aufgehalten habe. Dies ist mein erster Ausflug nach draußen.«

Jeder der Befragten hatte ein Alibi. Kaum einer war in der Nähe der Druckerei oder gar des Turms gewesen. Einzig das geschwätzige Taxi hatte ein paar Kunden hingefahren, konnte jedoch in allen Fällen eine vollständige Videoaufzeichnung von jeder einzelnen Ankunft und Abfahrt vorweisen.

»Gut«, sagte Jennerwein. »Dann bitte ich Sie alle als Nächstes um eine Angabe, ob Sie eine Protokoll-Löschung in der fraglichen Zeit vorgenommen haben.«

»Das wird einige Zeit dauern«, flüsterte der Koreaner.

Es dauerte zwei Minuten. Jennerwein und Lim gingen zusammen die Protokolle durch. Bei keinem der Robots war im letzten Jahr eine wie auch immer geartete Löschung vorgenommen worden. Keine Unregelmäßigkeiten, keine Reparaturarbeiten oder größere Ausfälle in Soft- oder Hardware, nichts. Jennerwein hatte keine weiteren Fragen mehr. Langsam zogen sich die Robots zurück. Der Sologeiger drehte sich als einziger in der Tür um.

»Sie haben mich in Verdacht, nicht wahr?«

»Ja, hatte ich zunächst. Aber Ihr Alibi ist wasserdicht.«

Er nickte. Dann verschwand auch er.

»Sind Sie sicher, auf der richtigen Spur zu sein?«, fragte Lim zweifelnd.

»Ein Robot hat auf jeden Fall damit zu tun«, erwiderte Jennerwein unbeirrt. »Ich bitte Sie, alle Angaben nochmals zu überprüfen.«

»Natürlich, das ist schon auf dem Weg.«

»Ich bin kein Spezialist für Maschinen und Robots. Ich komme hier nicht weiter. Sie müssen das jemanden machen lassen, der die Sprache von KIs besser versteht. Wenn Sie wollen, empfehle ich Ihnen jemanden.«

Jennerwein dachte dabei sofort an den spinnenfingrigen Hacker, der jetzt im Dienst der Polizei stand. Doch Lim fasste noch einmal nach.

»Aber ich brauche Sie! Sie mit Ihrem unvergleichlichen Gespür, Ihrem Nungwa-son.«

»Mein ganzes Gespür nützt mir nichts, wenn ich keine Gesichter, keine Gesten, keine menschlichen Erscheinungsbilder habe. Ich stoße hier an meine Grenzen, Herr Lim. Keiner dieser zehn oder elf Robots weist eine für mich interpretierbare Mimik auf. Im Gegensatz zum Erscheinungsbild des Geschätzten Kollegen, den ich im Kraftraum des Hotels auf dem Screen des Computers kennengelernt habe, kann ich diese Gesichter nicht lesen.«

»Sie meinen Herrn Holister? Was ist der Unterschied zu den Robots, die wir gerade gesehen haben?«

»Hinter dem Geschätzten Kollegen steckt ja wohl ein Mensch.«

Lim zeigte Verwunderung.

»Da irren Sie sich, Herr Kommissar. Herr Holister ist keine reale Person. Herr Holister ist eine Maschine.«

Jennerwein wäre fast mit seiner Krücke gestrauchelt. Er tastete sich vorwärts und setzte sich auf den Bettrand.

»Dann haben wir den Täter«, stieß er atemlos hervor.

36

»Das ist völlig unmöglich! Das kann einfach nicht sein!«

Goyó Lim war völlig außer sich. So hatte Jennerwein den Koreaner noch nicht erlebt.

»Herr Lim, beruhigen Sie sich. Zuerst einmal: Was wissen wir über Teddy Holister?«

»Er ist seit Jahren im Dienst«, sagte Lim, wieder etwas gefasster. »Und gilt als absolut zuverlässiger Mitarbeiter!«

»Es ist anzunehmen, dass er mir gezielt falsche Informationen geliefert hat, in der Hoffnung, dass der Fall zu den Akten gelegt wird.«

Lim blickte Jennerwein fest ins Gesicht.

»Mit Ihrem Spürsinn und Ihrem Auge hat er allerdings nicht gerechnet.«

Jennerwein winkte ab.

»Danke, aber momentan ist wirklich keine Zeit für Schmeicheleien. Was für ein Typ von Computer ist der Geschätzte genau?«

»Wie meinen Sie das?«

»Existiert er sozusagen nur als einzelne virtuelle Erscheinung auf dem Bildschirm, oder steckt er in einem Körper?«

»Teddy Holister hat genau den menschlich gestalteten Körper, den Sie gesehen haben. Damit kann er auch im Werk herumspazieren.«

»Das war so nicht vereinbart, Herr Lim«, sagte Jennerwein

ärgerlich. »Durch Ihren Geheimhaltungswahn haben Sie mir wichtige Informationen vorenthalten. Und zwar nicht nur solche, die ich für die Ermittlungen gebraucht hätte, sondern auch solche, die meine eigene Sicherheit garantieren. So funktioniert das nicht, Herr Lim. Ich habe getan, was ich konnte, jetzt breche ich die Untersuchungen ab. Sorgen Sie bitte dafür, dass ich das Gelände von Mikado Solutions sicher verlassen kann.«

»Das verstehe ich. Ich werde tun, was Sie verlangen. Nur eine einzige Frage noch: Wie würden *Sie* jetzt weiter vorgehen?«

»Na, wie schon!«, versetzte Jennerwein. »Ich würde versuchen, Holisters Standort zu lokalisieren, ohne dass er es bemerkt. Vielleicht weiß er ja noch gar nicht, dass wir – beziehungsweise Sie – ihm auf der Spur sind.«

Lim nickte. Dann schnipste er in Richtung Decke, sofort fuhr ein Touchscreen herunter, über den Lim sich beugte.

»Was ist mit der Datensicherheit?«, fragte Jennerwein reflexartig.

»Dieser Raum ist abhörsicher«, gab Lim zurück. »Vorher ist hier ein hochrangiger Politiker behandelt worden.«

Jennerwein erinnerte sich. Das war der große, leere Raum, in dem er mit dem Leibwächter zusammengestoßen war. Es schien sich bei der Person im Krankenbett allerdings eher um einen Mafioso als um einen Politiker gehandelt zu haben. Jennerwein hatte die Worte des Leibwächters noch im Ohr:

»Das ist nicht deine Liga, Alter.«

Der Mann hatte recht gehabt, und zwar mehr, als ihm das vermutlich selbst klar war. Lim blickte von dem Bildschirm auf. Jennerwein bemerkte, dass alle fernöstliche Ruhe und Kontemplation von ihm gewichen war.

»Teddy Holister hat seine Dienststelle verlassen.«

»Das war zu befürchten.«

»Noch bis vor zwei Stunden hat er sich an seinem Arbeitsplatz im Logistikzentrum aufgehalten.«

Jennerwein blickte zur Tür.

»Sind Sie vorbereitet für den Fall, dass er uns hier angreift?«

»Halten Sie den Notfallwürfel bereit, den ich Ihnen gegeben habe.«

»Mein Vertrauen in Ihre Hilfsmittel ist gewaltig gesunken, verehrter Herr Lim. Gibt es denn keinen Sicherheitsdienst, den man rufen oder wenigstens informieren könnte?«

Lim antwortete nicht. Er wischte nervös auf seinem Screen herum und zeigte plötzlich ein erschrockenes Gesicht.

»Ich sehe, dass auch die Protokolle von den früheren Aktivitäten Teddy Holisters gelöscht worden sind. Ich kann nicht mehr feststellen, was er in den vergangenen Tagen getrieben hat.«

»Langsam verzweifle ich an Ihrem angeblich so sicheren computergestützten Betrieb. Ist denn das keinem aufgefallen?«

»Eine solch hochrangige KI wird selten kontrolliert. Was hätte es für einen Sinn, jemanden zu kontrollieren, der intelligent genug ist, solche Kontrollen zu umgehen!«

»Und sein letzter Aufenthaltsort?«

»Den kann ich Ihnen wenigstens sagen: in der Nähe des Logistikzentrums.«

»Dann nichts wie hin.«

Lim sah Jennerwein verwundert an.

»Sie sind also noch mit im Boot, Kommissar?«

Jetzt antwortete Jennerwein nicht. Er warf sich den Rucksack über, packte seine Krücke und humpelte eilig Richtung

Ausgang. Der Geschätzte Kollege! Jennerwein hätte früher darauf kommen können.

Auf dem Gang wären beide fast über ein allzu bekanntes Fahrzeug gestolpert. Es war die offene Kutsche mit bequemen Bänken, die sich ihnen in den Weg gestellt hatte.

»Die Herren sind schon wieder mal in Eile? Wo solls denn diesmal hingehen?«

Jennerwein betrachtete das Taxi nachdenklich. Es war ja eigentlich einer der Verdächtigen. War es ratsam, dessen Hilfe anzunehmen?

»Kommen Sie, Herr Kommissar, steigen wir ein!«, rief Lim. »Das ist von allen Möglichkeiten die schnellste!«

Sie sprangen beide hinein, Lim gab die Position durch, das Taxi beschleunigte sofort, es ertönte eine Sirene mit einem schauderhaft dissonanten Klang.

»Wäre es nicht besser, mit einer Personendrohne zu fliegen?«, rief Jennerwein über den Lärm hinweg.

»Die muss erst beantragt und genehmigt werden!«, schrie Lim zurück. »Und unser Freund hier kennt Abkürzungen.«

»Da ist man wieder der Freund«, tönte das Taxi gespielt beleidigt. »Und noch kurz vorher sitzt man schon halb auf dem elektrischen Stuhl.«

Das Taxi beschleunigte weiter, es henkerte jetzt ziemlich dahin, wich dabei geschickt einigen Hindernissen aus, fuhr aber bei weitem nicht so halsbrecherisch wie das buntbemalte Lasttaxi, das mit Jennerwein gegen die Wand gedonnert war, bevor es gestoppt und aus dem Verkehr gezogen werden konnte. Keine erschrockenen oder wütenden Rufe von Passanten, keine Karambolagen und andere Katastrophen. Diese Kutsche beherrschte ihr Handwerk. Zu der krätzigen Sirene wurde zusätzlich noch ein blinkendes Signallicht angeschaltet. Jennerwein konnte beobachten, wie zwei Drohnen vom Rücksitz aus in die Höhe stiegen und in Fahrtrichtung vorausflogen. Sie schienen den Verkehr zu beobachten und für den günstigsten Fahrtweg zu sorgen. Jennerwein entspannte sich etwas. Er musterte einige der Kieshalden, an denen sie vorbeirasten. Es war zum Verzweifeln. Alle Informationen, die er vom Geschätzten Kollegen Holister bekommen hatte, waren also vollkommen unbrauchbar. Alle, einschließlich der Blutwerte, die er ihm ungefragt mitgeteilt hatte. Holister hatte ihn in einem Meer von Informationen ertränkt. Jennerwein sehnte zwar den Zeitpunkt herbei, diese Hallen wieder verlassen zu können, aber er wollte noch einen letzten Versuch wagen, den Mörder Rossis zu stellen. Doch Lim unterbrach seine Überlegungen.

»Sie haben im Prinzip recht gehabt«, schrie ihm der Koreaner ins Ohr. »Ich hielt es für ausgeschlossen, dass eine KI etwas mit der Tat zu tun hat, aber offenbar habe ich mich geirrt. Das bedarf einer Aufklärung. Ich verdopple die Summe nochmals, Herr Jennerwein.«

»Deswegen bin ich nicht hier. Deswegen helfe ich Ihnen nicht.«

Links und rechts flogen hoch aufragende Silhouetten von bewegungslosen und gerade deshalb umso bedrohlicheren Kränen vorbei. Es mussten Dutzende, vielleicht sogar Hunderte dieser Kolosse sein, die darauf warteten, eingepackt und wegtransportiert zu werden. Jennerwein wandte den Blick ab. Die Geräuschkulisse wurde jetzt leiser, man konnte sich wieder unterhalten, ohne zu schreien. Lim sah von seinem Smartphone auf.

»Mir wurde gerade mitgeteilt, dass Holister vorhat, mit einem der beiden Ghillies wegzufliegen. Er hat jedenfalls einen bestellt.«

»Ist er schon in der Luft? Wenn das so ist, dann haben wir wohl keine Chance mehr, ihn zu fassen.«

»Das geht aus den Daten, die ich bekommen habe, nicht hervor. Wir werden es vor Ort sehen.«

»Beziehungsweise *nicht* sehen«, mischte sich das Taxi ein. »Ich meine: wenn es ein Ghillie ist.«

»Konzentrieren Sie sich bitte auf die Fahrbahn«, sagte Jennerwein.

»Das tue ich ohnehin«, erwiderte das Taxi mit einer gehörigen Portion Frechheit.

Nach kurzer Zeit verlangsamte das Taxi das Tempo, schlich zum Schluss nur noch dahin, Blaulicht und Sirene waren längst abgeschaltet. Dann kam es schließlich zum Stehen, sie stiegen wortlos aus. Jennerwein hielt den Notfallwürfel wie eine gezückte Waffe in der Hand. Lim zeigte auf ein unauffälliges Schild, das darauf hinwies, dass sie am Hintereingang der Logistikabteilung angelangt waren. Er verschaffte sich mit seiner Karte Eintritt, die Gänge waren so gut wie menschenleer. Auf einem der Türschilder stand tatsächlich: Teddy Holister, Chief Operator. Lim klopfte. Nichts rührte sich. Vorsichtig öffnete er die Tür einen Spalt, stieß sie schließlich ganz auf. Jennerwein folgte ihm.

Vorsichtig betraten sie den großen, hohen Raum. Auf allen Tischen und Ablageflächen blinkten und flimmerten Bildschirme. Jennerwein fiel sofort die breite Galerie auf, die den Raum in mehreren Metern Höhe umlief. Aus den vielen Geräten, die umherstanden, tönten gedämpfte Geräusche, die nicht weiter zu definieren waren. Menschen waren auf den ersten Blick nicht zu sehen. Die beiden Männer durchsuchten nun Schritt für Schritt die Räumlichkeiten des Logistikzentrums. Jennerwein fiel der Körper, der am Boden lag, als Erster auf.

Teddy Holisters Gliedmaßen waren unnatürlich verdreht, er lag mit dem Gesicht nach oben. Sofort eilten sie zu ihm und bückten sich über ihn. Jennerwein blickte hoch, fünf oder sechs Meter über ihm befand sich die Brüstung der Galerie. Holister musste von dort heruntergestürzt sein. Lim kniete sich über den leblosen Körper und untersuchte ihn an mehreren Stellen. Dann richtete er sich auf.

»Der Robot ist schwer beschädigt«, sagte er. »Ich rufe den technischen Dienst.«

Er ging ein paar Schritte beiseite. Jennerwein war es nicht möglich, tatenlos dazustehen. Auch er kniete sich hin und beugte sich über den leblosen Körper. Er scheute noch davor zurück, ihn zu berühren, obwohl er wusste, dass er nichts als eine defekte Maschine vor sich hatte. Der Robot erschien Jennerwein noch eine Spur jungenhafter, kindlicher, aber das konnte auch an den übergroßen, aufgerissenen Augen liegen, die starr nach oben zur Galerie gerichtet waren. Jennerwein berührte einen der verdrehten Arme, aber mehr, um ihn wieder aus seiner verrenkten Position zu bringen als um den Puls zu fühlen, von dem Jennerwein wusste, dass er nicht existieren konnte. Es erstaunte ihn, wie viel Empathie er bei dieser Ansammlung von Schrauben und Blech doch empfinden konnte. Nachdem er den Arm geradegebogen und auf die Brust Holisters gelegt hatte, bemerkte er, dass durch den Körper des Robot ein leichtes Zittern lief. Die Zuckungen wurden stärker, schließlich drehte sich auch der Kopf in Jennerweins Richtung. Versuchte diese Maschine, Kontakt zu ihm aufzunehmen? Jennerwein wagte einen Versuch.

»Teddy Holister!« Er sprach die Silben überdeutlich aus. »Können Sie mich verstehen?«

Nichts. Lim war immer noch außer Sichtweite, Jennerwein hörte ihn lediglich telefonieren. Er wiederholte die Frage. Und er wiederholte sie ein drittes Mal. Dann erschrak Jennerwein. Unwillkürlich trat er einen Schritt zurück. Holister versuchte sich aufzurichten. Aber er griff Jennerwein nicht an. Er schien gar nicht mehr fähig dazu zu sein. Trotzdem umfasste Jennerwein den Notfallwürfel in seiner Jackentasche. Doch das war wohl nicht mehr nötig. Holisters Augen flackerten, wieder durchliefen kleine Zuckungen seinen Körper. Jennerwein beugte sich erneut über den demolierten Korpus der beschädigten Maschine. War er noch zu retten? Das musste natürlich Lim entscheiden. Trotzdem wagte Jennerwein noch einen Versuch.

»Sie sind von der Galerie heruntergestürzt«, sagte er. »War es ein Unfall?«

Holister öffnete den Mund, mit Mühe konnte er die Worte formulieren:

»Ein Angriff ... kein Unfall ... plötzlich ein Stoß ...«

»Können Sie den Angreifer identifizieren?«

»Nein ... nur ein Stoß ... kein Sichtkontakt ...«

Dann schwieg der Robot, der Geschätzte Kollege, der sich das Vertrauen des Kommissars auf derart perfide Weise erschlichen hatte.

37

»Erkennen Sie mich?«, fragte Jennerwein. »Ich bin der Ermittler, der den Mordfall Rossi aufklären sollte.«

Der Robot zeigte zunächst keinerlei Reaktion, dann ließ er einige undefinierbare Geräusche vernehmen. Ob er Jennerweins Worte verstanden hatte, war jedoch nicht zu erkennen.

»Beantworten Sie mir bitte eine Frage«, fuhr Jennerwein in ruhigem Ton fort. »Warum haben Sie Rossi getötet?«

Goyó Lim hatte sein Telefonat beendet und kam wieder auf Jennerwein zu.

»Das technische Team ist unterwegs«, rief der Koreaner von weitem. »Holister muss stillgelegt werden. Das ist, vereinfacht gesprochen, eine Art künstliches Koma. Ich schlage jetzt folgendes –«

Jennerwein bedeutete ihm mit einem Handzeichen, zu schweigen. Vielleicht hatte er ja Glück, und der Geschätzte Kollege gab ihm trotz seiner hilflosen Lage noch einige Details zu seiner Tat preis. Lim hatte den Wink verstanden und blieb stehen.

Holister sprach mit matter und stockender, aber deutlich vernehmbarer Stimme.

»Sie sind – soweit ich das erkennen kann – Jennerwein – Hauptkommissar Hubertus Jennerwein – einer der Ermittler im Fall Florian Rossi – Wir kennen uns – aus dem Fitnessstudio –«

Das Gruselige daran war, dass der Robot den Mund nicht bewegte, die Stimme kam von irgendwo her aus einem nicht sichtbaren Lautsprecher. Jennerwein beugte sich noch weiter über den Korpus. Je näher er ihm kam, desto offensichtlicher wurde das Maschinenhafte, Unorganische, das von ihm ausging. Die Augen schimmerten gläsern, die Haut war von feinen, elektrodrahtähnlichen Fasern durchzogen, im Inneren knisterte und knackte es. Jennerwein bemerkte, dass man einen gewissen räumlichen Abstand brauchte, um die Künstlichkeit dieses Körpers zu vergessen. So nah, wie er ihm jetzt war, war die Konstruktion mehr als offensichtlich. Jetzt aber drehte Holister den Kopf zu ihm. Seine Worte kamen im Gegensatz zu vorhin ziemlich flüssig, wie wenn er sich den Satz schon zurechtgelegt hätte:

»Florian Rossi – konnte Maschinen lesen wie kein anderer. Er hat in mir einen Freund, ja fast einen Sohn-Ersatz gefunden. Wie Sie sicher wissen, Kommissar, konnte er keine leiblichen Kinder bekommen. Also, seine Frau nicht. Aber Florian Rossi hat sich einen Sohn gewünscht wie nichts auf der Welt. Umgekehrt – wie soll ich mich ausdrücken –« Wieder lief ein leichtes Zittern durch den Korpus der Maschine. »Wie soll ich sagen: Meine Sympathiewerte für ihn waren enorm.« Holister blickte Jennerwein durchdringend an. »Florian und ich, wir waren Freunde. Warum sollte ich ihn also töten, Kommissar?«

Nach diesem Satz wandte der Geschätzte den Kopf wieder ab und schwieg. Er glich jetzt einem verstockten Jungen, der verärgert wegsah, weil man ihm nicht glaubte. Jennerwein wartete geduldig darauf, dass Holister mit seiner Rede fortfuhr, doch es kam nichts mehr. Jennerwein hatte auf ein umfassendes Geständnis gehofft, doch hier legte er vermutlich allzu menschliche Maßstäbe an. Lim trat näher. In fast freundschaftlichem Ton sagte er in Richtung der Maschine:

»Wir kriegen Sie wieder hin, Holister, das kann ich Ihnen versprechen. Sie können Ihrer gewohnten Tätigkeit nachgehen, in Ihrem alten Beruf arbeiten. Sie können auch Ihre Standards und Ihr Selbstbewusstsein behalten. Ich schlage einen Deal vor. Wir flicken Sie wieder zusammen und suchen nach dem Kerl, der Ihnen das angetan hat. Der Sie von der Galerie gestoßen hat. Wir ziehen ihn zur Verantwortung. Wir bestrafen ihn.«

»Und was muss *ich* dafür tun?«, fragte Holister leise.

Lim und Jennerwein tauschten einverständliche Blicke.

»Im Gegenzug verraten Sie uns, was wirklich mit Rossi geschehen ist«, sagte Jennerwein.

Holister vollführte jetzt mechanische, eckige, wie ferngesteuert wirkende Bewegungen, den Mund hielt er jedoch immer noch geschlossen. Die Starrheit dieses beschädigten Wesens war gleichzeitig furchteinflößend und rührend.

»Florian Rossi hat mich gelesen«, sagte er langsam und jede Silbe betonend. »Er hat in mir gelesen wie in einem Buch. Er hat mich verstanden. Wir haben lange Gespräche miteinander geführt, meistens hoch oben auf dem Druckfarbenturm. Zwischen uns gab es keine Geheimnisse.«

Manchmal knackte es noch, einige Silben waren abgehackt oder falsch betont, aber Holister sprach weitgehend flüssig und verständlich.

»Und über welche Themen haben Sie sich unterhalten?«, fragte Jennerwein.

»Über alle möglichen.«

»Auch über Betriebsgeheimnisse und teure Rohstoffe?«, fuhr Lim dazwischen, und sein Ton geriet ihm eine Spur zu streng.

»Nein«, antwortete Holister sanft. »Ich weiß, auf was Sie hinauswollen, aber darum ging es bei uns nicht. Wir haben nichts ausgeheckt, was der Firma hätte schaden können. Darauf sind wir gar nicht gekommen. Nie und nimmer. Ich habe mir vielmehr seine Nöte und Sorgen angehört, ich habe sie ernst genommen, und er hat sich von mir verstanden gefühlt. Umgekehrt war es genauso. Ich habe ihn ebenfalls um Rat gefragt, habe es besonders geschätzt, dass Rossi nicht die üblichen Klischeefragen von Mensch zu Maschine gestellt hat.«

»Was aber hat dann zum Tod von Rossi geführt?«, fragte Jennerwein.

Er schien den selbstverständlichen Ton getroffen zu haben, denn Holister wandte den Kopf nun zu ihm.

»Es war ein Unfall. Ich habe eine unbedachte Bewegung gemacht –«

»Es war kein Unfall«, unterbrach Lim scharf. »Denken Sie an unseren Deal, Holister.«

Wieder langes Schweigen. Dann sagte der Robot leise:

»Nun gut, wenn Sie wollen. Es hat ohnehin keinen Sinn mehr, die Unwahrheit zu sagen. Meine Batterie ist bald zu Ende, im übertragenen wie im wörtlichen Sinn. Rossi hat mir gegenüber angedeutet, dass er sich versetzen lässt. Weit weg. Und dass er die Freundschaft zu mir beenden will.«

Jetzt zitterte Holisters Stimme doch wieder stärker, die Aussetzer im Satzgefüge nahmen zu, bei einem Menschen hätte Jennerwein eine hochgradig emotionale Belastung vermutet.

»Warum wollte er die Freundschaft beenden?«, fuhr der Kommissar ruhig fort. »Gab es Streit? Grundlos beendet man doch keine Freundschaft, auch wenn man den gemeinsamen Arbeitsplatz verlässt!«

»Man raubt, brandschatzt, notzüchtigt«, antwortete Holister mit sonderbar förmlicher Stimme. »Doch damit hat sichs noch nicht: Mord und Totschlag, Lug und Trug sind normal. Nachbarn misstraut man, Hass wird zur Lust.«

»Ich verstehe nicht so recht –«

»'s gab 'n Knacks. Das Aas von Rossi traf –« Holister machte eine Pause, dann fuhr er ruhig fort: »Rossi hat eine neue Frau kennengelernt. Darüber gab es einen kurzen, hitzigen Disput. Er erzählte mir, dass sein Kinderwunsch endlich in Erfüllung gehen würde. Sie war schwanger. Dann ist es passiert. Eine einzige unbeherrschte Bewegung von mir – er saß am Rand des Farbbeckens – er hat das Gleichgewicht verloren. Es war wie gesagt ein Unfall.«

Jennerwein hatte sich die sonderbaren Sätze eingeprägt: *Mord und Totschlag, Lug und Trug sind normal. Nachbarn misstraut man, Hass wird zur Lust …* War das ein Zitat aus einem Buch oder einem Film?

»Und was ist mit dem Abschiedsbrief?«, fragte Jennerwein. »Wie haben Sie den gefälscht?«

»Es gibt in der Druckerei eine Handschriftenabteilung. Ich habe mir Zugang dazu verschafft.«

Die Worte Holisters kamen wieder flüssig. Er war vorhin vermutlich ins Schleudern gekommen, weil er emotional durcheinander war. Aber gab es das bei Robots überhaupt?

»In der Handschriftenabteilung können Bücher automatisch vorsigniert werden«, fuhr Holister fort. »Mit kleinen Abweichungen, so dass eine Automatisierung nicht erkennbar ist. Der Humanize-Effekt, Sie verstehen.« Holister wirkte jetzt schon wieder fast wie der Geschätzte Kollege, den Jennerwein im Fitnessstudio auf dem Bildschirm erlebt hatte. »Mit Hilfe des handgeschriebenen Lebenslaufs von Rossi war es ein Leichtes für mich, einen passenden Abschiedsbrief zu verfassen. Ich habe mich allerdings so auf Handschrift und Stil konzentriert, dass ich das Fehlen des Buchstabens S in Rossis schriftlichen Hinterlassenschaften nicht bemerkt habe.«

»Und was ist mit den wertvollen Betriebsstoffen und der Weitergabe von Produktionsgeheimnissen?«

»Ablenkungsmanöver. Das sollte die Ermittler in die Irre führen. Und es ist ja auch gelungen. Eine gewisse Weile jedenfalls.«

Wieder schwieg Holister, und diesmal war es ein endgültiges Schweigen.

Lim trat heran, betätigte den Notausschalter und der Robot fiel quasi in sich zusammen. Lim bückte sich, zog den Hemdkragen Holisters etwas herunter, drückte auf eine Klappe und entnahm dem Robot den Betriebschip.

»Das ist sozusagen seine Seele!«, sagte er leise. »Alles Weitere wollen wir den Technikern überlassen.«

Lim streckte die Hand aus.

»Herr Kommissar, ich bin Ihnen zu großem Dank verpflichtet. Ohne Ihre Hilfe hätten wir den Fall nie und nimmer gelöst –«

»Ja, schon gut«, unterbrach Jennerwein unkonzentriert. »Bringen Sie mich bitte von hier weg.«

Als Jennerwein wieder im Auto saß und über Land fuhr, dachte er nochmals über den verstümmelten Satz nach, den Holister gesagt hatte. *Mord und Totschlag, Lug und Trug sind normal. Nachbarn misstraut man, Hass wird zur Lust …* Klang das nicht ein wenig nach Shakespeare? Warum war Holister dieser Satz dazwischengeraten? Er passte nicht ganz zu seinem sonstigen Sprachstil. Es musste sich um ein Zitat handeln. Jennerwein zückte sein druckfarbenverschmiertes Handy und googelte den Satz. Es war kein Shakespeare-Zitat. Er stammte aus einem Roman von Georges Perec. Jennerwein massierte seine Schläfen mit Daumen und Mittelfinger. Er dachte intensiv nach. Und blickte nach draußen in die beginnende Morgendämmerung.

Sie hatten die Hälfte der Strecke hinter sich, als Lim dem Fahrer ein paar Worte auf Koreanisch zurief. Der nickte nur. Vielleicht hatte Lim ihm das Ziel genannt oder ihn gebeten, vorsichtig zu fahren, vielleicht hatten die Worte auch so etwas wie *Der Ausflug in die Werkhallen war total für die Katz, das hätten wir alleine genauso zuwege gebracht!* bedeutet. Lim schien Jennerweins Gedanken wieder erraten zu haben.

»Ich habe ihm gesagt, dass er über Ellenbach fahren solle, dann bei Sülz wieder auf die Landstraße, auf keinen Fall über Bad Langwied, dort gibt es nämlich meist Stau.«

38

Als Jennerwein und Lim am Hotel Relax ankamen, war es verdammt früh. Nur ein paar Jogger tankten schwer atmend die klare Luft.

»Wollen Sie noch auf einen Kaffee mit hereinkommen?«, fragte Jennerwein beim Aussteigen.

»Ja, gerne«, entgegnete Lim und schraubte sich aus dem Auto. »Man sieht sich ja heute vermutlich zum letzten Mal«, fügte er mit einem Hauch Wehmut hinzu. »Und Sie als Ergotáxiophobiker sind ein Mensch, der unbedingt einen versöhnlichen Schlusspunkt braucht. Erheben wir die Tassen auf das Ende der Ermittlungen und den Beginn Ihres Urlaubs.«

Jennerwein warf Lim einen spöttischen Blick zu. Von wegen Urlaub! Der schweigsame Fahrer bestand darauf, im Auto zu warten, sie gingen ins menschenleere Foyer, Jennerwein schaffte es schon fast ohne Krücke. Sie setzten sich an einen Tisch, von Ferne hörte man die Geräusche aus der Frühstücksküche, Geschirrklappern, Gläserklirren und eine grobe Anweisung, die Eier endlich aus dem kochenden Wasser zu nehmen.

»Viereinhalb Minuten!«, schrie jemand.

Jennerwein streifte seinen Rucksack ab und legte ihn auf den Platz neben sich. Er achtete nicht darauf, ihn nahe am Körper zu haben, der Rucksack enthielt ja nichts Wichtiges wie etwa eine Dienstpistole, den Abschlussbericht in der

Mordsache Rossi oder eine Prise Californium. Als er in die Innenseite seines Jacketts griff und den Notfallwürfel herausholte, um ihn Lim zurückzugeben, warf er einen kurzen, nachdenklichen Blick auf das Kästchen, das ihm vermutlich das Leben gerettet hatte. Lim studierte gerade die Frühstückskarte, den Wetterbericht, das Motto des Tages und die Börsenkurse. Jennerwein beobachtete ihn. Ob der Koreaner am Ende nicht doch ein Robot war? Wenn er den Notfallwürfel jetzt betätigte, dann wüsste er es. Lim würde dann entweder die Frühstückskarte weiter lesen, im anderen Fall würde er erstarren, vornübersinken, mit dem Kopf auf die gläserne Tischplatte knallen, immer wieder »fç≈¥&$§&/78(if!){=ifn} 76l%)/!!« oder etwas Ähnliches rufen. Dann würde Herrn Lims Kopf plötzlich an einem Scharnier nach hinten klappen, die heraushängenden Drähte fingen an zu knistern und zu spotzen, dazu würden wohl noch einige Gedanken und Sentenzen durch den Kopf des digitalen Koreaners fahren, so etwas wie:

»Schließen Sie mich augenblicklich an die Steckdose an!«

Jennerwein schüttelte sich. Er war jetzt vierundzwanzig Stunden auf den Beinen, hatte lediglich im Auto etwas gedöst, war total übermüdet, da konnte einen solch eine Phantasie schon überrennen. Lim saß jedenfalls ganz und gar unmaschinenhaft und quicklebendig da, rieb sich die Hände und sagte:

»Ich habe Hunger wie ein Bär.« Dann las er weiter einige der aktuellen Schlagzeilen vor: »Mikado Solutions ist um zwei Punkte gestiegen, Regenwahrscheinlichkeit null, der Spruch des Tages lautet: *Atme. Denn das bist du.*«

Gerade als ihm Jennerwein den Notfallwürfel über den Tisch reichen wollte, erschien der Frühstückskellner. Es war derselbe, der am ersten Morgen seines Hotelaufenthalts die Legende vom Beichtstuhl so lebhaft und eindringlich zum Besten gegeben hatte. Wie wohl die Teufelsgeschichte endete?

»Was wünschen die Herrschaften?«

Jennerwein legte den Würfel neben sich auf den Rucksack und studierte die Karte. Er nahm ebenfalls ein Sportlerfrühstück. Ohne Eier. Der Ober verschwand.

»Sie sind in Gedanken immer noch beim Fall Rossi beziehungsweise Holister, Herr Lim?«, sagte Jennerwein.

Lim nickte.

»Verstehen Sie mich nicht falsch: Ich bin natürlich hochzufrieden mit Ihren Untersuchungsergebnissen, Herr Kommissar, ganz unbestritten. Auf der wirtschaftlichen Seite sieht es jedoch ganz anders aus. Ich befürchte, dass wir die ganze Serie dieses Computertyps, der speziell für die Informations- und Logistikabteilung gebaut worden ist, aus dem Verkehr ziehen müssen. Und der Imageschaden wird enorm sein.«

»Wer erfährt schon davon?«, sagte Jennerwein. Und mit einer gewissen Keckheit fügte er hinzu: »Auf meine Verschwiegenheit können Sie jedenfalls zählen.«

»Natürlich, das glaube ich Ihnen. Aber Sie scheinen ebenfalls noch nicht ganz losgelassen zu haben. Auch Ihnen geht etwas im Kopf herum.«

»Ja, das ist wohl richtig. Mich lassen die letzten Sätze Holisters nicht los, die er zwar stockend auseinandergerissen, aber doch noch verständlich geäußert hat: *Man raubt, brandschatzt, notzüchtigt. Doch damit hat sichs noch nicht: Mord und Totschlag, Lug und Trug sind normal. Nachbarn misstraut man, Hass wird zur Lust.* – Fällt Ihnen an dem Text etwas auf?«

»Es klingt nach einem Shakespeare-Zitat. Richard der Dritte oder so etwas Ähnliches.«

»Nein, von Shakespeare ist es sicher nicht. Das habe ich schon gegoogelt. Es stammt von einem französischen Schriftsteller namens Georges Perec.«

»Muss man den in seiner Bibliothek stehen haben?«

»Das ist Ansichtssache. Aber warum nur wirft Holister, der Geschätzte Kollege, in solch einer dramatischen Situation mit Literaturzitaten um sich?«

»Das hat einen einfachen Grund«, entgegnete Lim. »Es ist vermutlich einer seiner Quelltexte, der durch die Beschädigung seiner Hardware freigelegt wurde.«

»Was verstehen Sie unter Quelltext?«

»Sie kennen doch ChatGPT, von dem man jetzt überall hört. Dieses maschinelle Lernen beruht auf Texten aus dem Internet. Für Mikado ist das nichts Neues, wir arbeiten schon seit Jahrzehnten mit diesem Tool. Ich weiß gar nicht, warum ausgerechnet jetzt so ein Tamtam darum gemacht wird. Die Intelligenz unserer KI speist sich aus mitgehörten Gesprächen, Hunderttausenden von Internettexten, Zeitungsartikeln, Lexikoneinträgen, Online-Foren, sozialen Medien, Romanen, Geschichten und Filmen. Unsere KI lernt mit diesen Trainingsdaten, menschliche Antworten möglichst genau nachzuahmen. Computer lernen nur das, was ihnen Menschen eingeben. Sie entwickeln nichts selbst, sie sammeln eine ungeheure Menge an Texten aus den verschiedensten Richtungen. Das sind die Quelltexte. In einer bestimmten Situation greift ein Robot blitzschnell auf Beschreibungen zurück, die sich in seinem Speicher befinden, übersetzt diese dann sozusagen in ein normales Gespräch. Wenn ich mich recht erinnere, dann hat Holister in etwas holpriger Sprache hinzugefügt: *'s gab 'n Knacks. Das Aas von Rossi traf* – Dann, nach diesem kleinen Aussetzer, funktionierte seine Sprachausgabe wieder, und er redete nicht mehr im Quelltext, sondern sozusagen im Klartext: *Rossi hat eine neue Frau kennengelernt. Darüber gab es einen kurzen, hitzigen Disput. Er erzählte mir, dass sein Kinderwunsch endlich in Erfüllung gehen würde. Sie war schwanger. Dann ist es passiert …* Erinnern Sie sich?«

»Ist Ihnen aber bei diesem Quelltext, wie Sie ihn nennen, nichts aufgefallen?« Jennerwein nahm sein Handy hoch und las seine Google-Ergebnisse ab: »*Man raubt, brandschatzt, notzüchtigt. Doch damit hat sichs noch nicht: Mord und Totschlag, Lug und Trug sind normal. Nachbarn misstraut man, Hass wird zur Lust …* Und dann: *'s gab 'n Knacks. Das Aas von Rossi traf …*«

»Nein, es ist mir nichts Außergewöhnliches aufgefallen. Ich begreife es immer noch nicht.«

»Das Zitat des Schriftstellers Georges Perec stammt aus seinem Roman *Anton Voyls Fortgang*, der durchgehend und ohne Ausnahme auf den Buchstaben E verzichtet.«

»Ich verstehe: Holister hat also auch diesen Roman gelesen. Das ist nichts Ungewöhnliches, Herr Jennerwein.«

»Er hatte diesen sonderbaren Roman also parat. Er greift auf die passende Stelle zu und übersetzt sie quasi in normale, verständliche Worte. Und jetzt überlegen Sie mal, Herr Lim: Ausgerechnet einem Computer wie Holister mit einer millionenfach größeren Rechenleistung als der des menschlichen Gehirns soll es nicht aufgefallen sein, dass in den Texten von Rossi, in seinen Briefen, in seinen Erklärungen im Werk, in seinen Arbeitsprotokollen und Expertisen alle Zischlaute fehlen? Das ist doch äußerst unwahrscheinlich. Bei einem

Menschen ließe ich diesen Irrtum noch durchgehen. Er achtet bei einem Text auf den Inhalt und weniger darauf, aus welchen Buchstaben er zusammengebaut ist. Aber einer hochintelligenten KI wie Holister unterläuft doch kein solch grober Schnitzer beim Fälschen des Abschiedsbriefes.«

»Ich weiß noch nicht ganz, worauf Sie hinauswollen, verehrter Herr Jennerwein.«

Der Ober brachte zweimal Sportlerfrühstück, das aus einer Tasse äußerst dünnem Kaffee und einem Apfel bestand. Lim und Jennerwein griffen zu, führten das Gespräch jedoch nicht weiter, weil sich das Foyer langsam, aber sicher mit Hotelgästen füllte. Auch den kleinen Mats erkannte Jennerwein in der Menge, er zwinkerte ihm verschwörerisch zu. Das Sportlerfrühstück war schnell beendet, Jennerwein griff nach dem Rucksack und erhob sich.

»Kommen Sie mit, Herr Lim. Ich weiß ein ruhiges Plätzchen. Es überlegt sich leichter, wenn Ruhe herrscht.«

»Sie meinen sicher den Fitnessraum. Nun gut, wenn Sie wollen, ich bin dabei. Vielleicht fegt mir der Anblick von solchen Foltergeräten die Müdigkeit aus den Knochen.«

Nicht weit vom Fitnessraum lag Jennerweins Bungalow. In der großen Astgabel eines Baums klammerte sich immer noch eine Frau mit grellbuntem Aussehen fest, eigentlich viel zu auffällig für eine Stalkerin. Ab und zu war sie eingenickt, aber der Zorn hielt sie auf dem Baum. Sie erinnerte sich an den Campingurlaub, in den sie mit Jennerwein gefahren war. Als sie nach vier Wochen den Stöpsel aus der Luftmatratze gezogen hatte, war ihr kurz der Gedanke gekommen, dass jetzt die Atemluft von vor vier Wochen ausströmte, ihre eigene Atemluft aus der Zeit, als sie, müde am Zeltplatz angekommen, sich noch auf den Urlaub mit Hubertus gefreut hatte. Der unausgeruhte, aber hoffnungsvolle Atem, den sie damals reingepustet hatte, strömte nun wieder aus der Luftmatratze und mischte sich mit dem jetzigen Atem, der hoffnungslos und traurig aus ihr strömte. Dann war sie damals abgereist. Sie hatte ihn einfach ohne alles stehenlassen. Sollte er doch zusehen, wie er ohne sie zurechtkäme. Kam er aber offensichtlich. Heute jedenfalls würde sie ihn endgültig erledigen. Denn irgendwann musste er ja einmal erscheinen. Er hatte noch nicht ausgecheckt, so viel war sicher. Wo er sich die ganze Nacht nur herumgetrieben hatte! Eine heiße Woge von Eifersucht brandete in ihr hoch. Sie fasste die Winchester fester.

Im Fitnessraum des Hotels saß um diese Zeit noch kein Mensch auf einem der Strampelräder. Lim und Jennerwein nahmen nebeneinander Platz, Lim begann in mäßigem Tempo zu treten. Der Koreaner schaltete den Monitor ein, suchte im Netz nach einer bestimmten Nachrichtenmeldung.

»Nur damit Sie sehen, dass ich meine Versprechen halte –«

Er drehte den Bildschirm zu Jennerwein. Der Chef einer hochlöblichen wohltätigen Organisation war zu sehen, er platzte fast vor Aufregung und Stolz. Er hätte nicht gedacht, dass es so gute Menschen gäbe. Die enorme Spendensumme käme gerade zur rechten Zeit. Jennerwein staunte nicht schlecht über die Höhe der Summe. Sie betrug ein Vielfaches von dem, was Lim vorgestern auf den Zettel geschrieben hatte. Der Vorsitzende spekulierte über den anonymen Spender, tippte sogar auf Warren Buffett oder einen der anderen Krösusse. Jennerwein drehte sich zu Lim und verneigte sich vor ihm.

»Sehr großzügig von Ihnen, vielen Dank.«
Lim strampelte in mäßigem Tempo weiter.

Es war entspannend, vor allem für Jennerwein. Seine Hirnzellen legten sich stromlinienförmig zusammen und erzeugten ein Spalier für den einen oder anderen guten Gedanken. Mitten in die konzentrierte Ruhe hinein sagte Jennerwein:

»Sie haben die ganze Zeit auf der Behauptung insistiert, dass eine KI nie und nimmer lügen oder einen Mord begehen könnte. Vermutlich haben Sie damit recht. Auch ich bin zu dem Schluss gekommen, dass Holister nicht fähig ist, solch ein Verbrechen aus eigenem Antrieb durchzuführen. Ein Mensch muss Holister so manipuliert haben, dass man den Eindruck haben musste, als habe er den Mord begangen.«

»Was wollen Sie damit sagen?«, entgegnete Lim. »Dass Holister doch unschuldig ist? Und wer soll dann dahinterstecken?«

Der Koreaner war ziemlich außer Atem gekommen, dabei war er erst bei Stufe zwei.

»Holister wurde benutzt. Er hat sich selbst beschuldigt, um vom wahren Täter abzulenken. Alles deutet auf eine bestimmte Person hin, die bei genauerem Hinsehen auch ein Motiv hat.«

Auf Lims Gesicht erschien ein überraschter, gespannter Ausdruck.

»Das habe ich eigentlich auch insgeheim gehofft. Ich bin außerordentlich erfreut.« Lim hatte mit dem Radfahren aufgehört und blickte ihn gespannt an. »Und? Wer ist die Person?«

Gerade als Jennerwein antworten wollte, wurde die Tür aufgerissen. Mit großem Hallo stürmte das Team der Mordkommission IV herein, angefangen von Nicole Schwattke über Ludwig Stengele bis hin zu Polizeiobermeister Franz Hölleisen. Es waren insgesamt fast ein Dutzend Leute, die plötzlich in dem kleinen Raum standen, und alle hatten sie Päckchen mit Geburtstagsgeschenken dabei.

»Wir haben Sie durchs Fenster gesehen, Chef. Ich hoffe, wir stören nicht.«

Jennerwein lächelte. Wie wohl tat es, das Team wiederzusehen!

»Darf ich vorstellen, das ist Herr Goyó Lim aus Korea. Er –«

»Ich mache ebenfalls Urlaub hier«, fiel ihm Lim ins Wort und verbeugte sich dabei schraubenartig.

Die Gerichtsmedizinerin brach in mitreißendes Gelächter aus.

»Ich kann mich immer noch nicht beruhigen«, prustete sie. »Vier von uns sind auf die gleiche Idee gekommen!« Die Frau im Rollstuhl hielt ein Päckchen hoch und schüttelte es vorsichtig. »Nämlich auf die Idee, eine Torte zu backen!«

Nicole Schwattke hielt eine Tortenschachtel unter dem Arm, und Franz Hölleisen hatte sich sogar ein Rollwägelchen organisiert, auf dem er seine Torte nun präsentierte. Mit dramatischer Geste griff er zu der silberglänzenden Cloche, verharrte noch eine Weile spannungsgeladen und riss sie dann schnell hoch.

39

Der Isländer hatte sich die ganze Nacht auf dem Gelände des Relax in einer blickdichten Thujenhecke versteckt. Aber die verfluchte Zielperson war nicht erschienen. Die ganze Nacht nicht! So etwas hatte er noch nie erlebt. In seiner ganzen Laufbahn nicht. Der Isländer hatte sogar geklingelt, hatte sich um den Bungalow herumgetastet, hatte von einer Mauer aus einen riskanten Blick durch die Fenster geworfen, schließlich war er sich sicher gewesen, dass KJ nicht in die Wohnung zurückgekehrt war. Aber irgendwann musste Jennerwein doch wieder auftauchen! Ahnte er etwas? Hatte er eine Hundertschaft Polizisten organisiert, die sich nun um ihn zusammenzogen? Oder war Jennerwein abgereist? Langsam graute der Morgen. Die ersten Sonnenstrahlen tasteten sich knochig und kalt über die fernen grün geschwungenen Hügel. Der Isländer schüttelte sich. Es blieb ihm nichts anderes übrig, als KJ hier abzupassen, und wenn es den ganzen Tag dauerte. Er verließ sein Thujenversteck und drehte eine erneute Runde um den Bungalow. Noch immer nichts. Gerade als er im Begriff war, erneut in einen der Büsche zu kriechen, bog ein Mann um die Ecke. Schwerer, schleppender Gang, breite Schultern, durchgedrücktes Hohlkreuz, Blick starr geradeaus gerichtet. Er kam gestikulierend auf ihn zu, als ob er ihn erkannt hätte. Der Isländer bewegte seine Hand unauffällig zum Messer, doch der Mann machte keine Anstalten, ihn anzugreifen. Dann fiel der Groschen. Es war lange her, er selbst hatte damals im Knast gesessen, der andere war ein Mitglied des Gefängnispersonals gewesen. Er hatte sich um die Begrünung des Hofs gekümmert. Jetzt schob der Mann die Unterlippe nach vorn, wie ein Kind, das weinen will.

»Das ist ja ein Ding! Ich dachte, du sitzt noch!«

»Und was zur Hölle machst du hier?«, fragte der Isländer.

»Arbeiten«, antwortete der Mann und hielt seinen Rechen hoch. »Ich bin der Gärtner. Es ist ein guter Job. Ich schiebe hier eine ruhige Kugel. Man ist ja auch nicht mehr der Jüngste.«

»Ich dachte, Gärtner tragen immer eine grüne Schürze.«

»Normalerweise schon. Aber stell dir vor: Jemand hat meine Kluft geklaut. Wer macht denn so was!«

Der Isländer entspannte sich.

»Und du? Bist du Hotelgast?«, fragte der frühere Justizangestellte weiter. »Kannst du dir so was überhaupt leisten?«

Der Isländer entschloss sich dazu, eine wenig nachprüfbare Antwort zu geben.

»Nein, ich habe einen Security-Job. Ich bewache jemanden.«

»Wen denn?«, fragte der Gärtner dummerweise nach.

Dem Isländer fiel nichts anderes ein, als sich prüfend umzublicken und dann leise zu antworten:

»Kommissar Jennerwein.«

Der andere sah skeptisch drein.

»Tatsächlich?«

»Aber das bleibt unter uns.«

»Ehrensache«, sagte der andere, doch seine Skepsis war nicht weniger geworden. »Gut bezahlter Job?«

»Geht so.«

»Na, dann.«

»Na, dann. Schönen Tag noch.«

Der mit der vorgeschobenen Unterlippe hatte seinen Finger lässig grüßend an die Schläfe gelegt und wollte sich gerade zum Gehen wenden, da erschien in einiger Entfernung – Hauptkommissar Hubertus Jennerwein, die so sehnsüchtig erwartete Zielperson. Unbändige Wut stieg im Isländer hoch, er konnte sich gerade noch beherrschen, einen groben Fluch auszustoßen. Jennerwein zog ein Dutzend Leute mit sich, darunter eine Frau im Rollstuhl und ein paar andere wilde Gestalten. Es musste das berühmte Polizeiteam von Jennerwein sein. Das hatte ihm gerade noch gefehlt.

»Ich glaube, es gibt Arbeit für dich«, sagte der Gärtner und deutete mit dem Kinn in Richtung des ausgelassenen Rudels.

In seiner Miene lag immer noch ein Anflug von Skepsis.

»Es ist besser, du gehst jetzt«, sagte der Isländer, nachdem sie die Gruppe eine Weile lang beobachtet hatten.

Der lästige Schatten aus der Vergangenheit trollte sich schließlich. Der Isländer zückte das Handy und rief seine Auftraggeber an. Einer der Rechtsanwälte meldete sich mit verschlafener Stimme.

»Ich bin jetzt ganz nahe an ihm dran«, sagte der Isländer. »Ich kann momentan nicht weiterreden, ich melde mich wieder.«

Am anderen Ende der Leitung war nur ein Grunzen zu hören.

Die Verschwörer im Hinterzimmer des Landgasthauses hatten die ganze Nacht kaum ein Auge zugetan, so sehr hatte jeder von ihnen auf den erlösenden Anruf und die Erfolgsmeldung des Isländers gewartet. Die Weichmoserin, von der der

Ruf ausging, ihren Mann mit der Kohlenschaufel erschlagen zu haben, hatte den Pullover für ihren Sohn Putzi fast fertiggestrickt, ein paar der Verschwörer waren im Sitzen eingeschlafen, andere tigerten – alte Knastgewohnheit – immer dieselbe Strecke auf und ab. Jetzt blickten sie alle hoffnungsvoll den Winkeladvokaten an, der den Anruf entgegengenommen hatte. Sein Maßanzug war über und über zerknittert.

»Und? Ist es endlich so weit?«

»Er ist angeblich ganz nahe an ihm dran«, sagte der Winkeladvokat schulterzuckend.

Jetzt hatte er Mühe, die wütende Meute der Verschwörer zu beruhigen. Sie tobten. Durch das Fenster konnte man die Sonne über die Hügel steigen sehen, und das Licht klebte an den Felsen wie die blitzenden Honigreste an den Fingern eines Babys.

»Wir rufen Padrone Spalanzani an«, sagte der Chinese Wong, als wieder einigermaßen Ruhe eingekehrt war.

Der Mafiaboss war schon wach. Sein verärgertes Gesicht füllte den Bildschirm vollständig aus.

»Lasst mich raten: Er hat es immer noch nicht geschafft.«

»Er macht es angeblich heute Morgen.«

»Wers glaubt«, heiserte Spalanzani. »Meine Geduld ist jetzt endgültig zu Ende. Ich habe eine andere Idee. Was sagt ihr zu einem Robot? Einem Kampfrobot, wie er beim Militär verwendet wird?«

»Ein Robot? Eine Künstliche Intelligenz? Als Auftragskiller? Wie soll das gehen?«

»Ich kenne da einen Mann in einer großen Firma, der weiß, wie man so was bewerkstelligt. Den rufe ich an. Sonst wird das nie was. Ich melde mich, wenn ich mehr weiß.«

Padrone Spalanzani verschwand vom Bildschirm.

»Und Prokop?«, fragte die Weichmoserin und legte den fertigen Pullover auf den Tisch. »Ist der immer noch nicht zurückgekommen? Hat wohl kalte Füße bekommen.«

Emil Prokop lag am Boden der Dusche. Er hatte tatsächlich kalte Füße bekommen, aber nur im wörtlichen, nicht im übertragenen Sinn. Das Ketamingemisch war schwerer als Luft und sank deshalb nach unten. Die Luftfeuchtigkeit, die im Badezimmer herrschte, befeuerte den anästhesierenden Effekt zusätzlich, deshalb kauerte Emil Prokop immer noch in der Dusche des Bungalows B15, unfähig, einen klaren Gedanken zu fassen, geschweige denn aufzustehen. Er hatte zu viel von dem Zeug eingeatmet. Er war im Delirium, zwischen absolutem Vergessen und Halbdämmer. Ab und zu versuchte er sich aufzurappeln, dann musste er sich wieder sinken lassen. Ein Schwamm als Kopfkissen, das kleine Hotelzimmerhandtuch mit der Aufschrift *Let your soul dawdle!* als notdürftige Schlafdecke, rasselte er, der sich so viel vorgenommen hatte, weiter. Und träumte von Explosionen mit eineinhalb Kilo TNT, während sich draußen die Sonne majestätisch über den Hügeln erhob und die Landschaft Stück für Stück verzwergte.

Mats Mattissen lümmelte bäuchlings auf dem Teppich des Zimmers Nummer 302, der ehemaligen Bleibe von Kommissar Jennerwein, und spielte an dem bunten Würfel herum, den er im Foyer gefunden hatte, an dem Platz, an dem Kommissar Jennerwein mit dem komischen, unheimlichen Typen gesessen hatte. Er öffnete das würfelförmige Kästchen, bekam aber gar nicht mit, dass er damit die Elektrik des Zimmers lahmlegte. Nichts funktionierte mehr, weder der Fernseher noch die Handys der Eltern. Völliger Ausfall. Er ging hinunter ins Foyer. Überall, wo er hinkam, gab es großes Gezeter: Verflucht sei die moderne Technik! Auch die Computer an der Rezeption fielen aus, der Aufzug, die Telefonanlage, die elektronische Steuerung der Zimmer und vieles mehr. Wenn der kleine Mats gewusst hätte, dass er selbst beziehungsweise das geöffnete Kästchen die Ursache für all den spannenden Rabatz war, wäre ihm schon noch der eine oder andere Streich eingefallen.

Erzbischof Paul Gallagher, die edle Erscheinung, drehte sich zu dem bodenständigen Pfarrer der Kirche um.

»Und die Reichtümer, mit denen Sie Ihre Kirche vollgestopft haben, das kommt alles vom Eintritt?«, fragte er streng. »Das glauben Sie doch selbst nicht.«

Der Pfarrer sank in sich zusammen.

»Na gut, ich gebe es zu. Unter der Kirche gibt es einen Bohrungsschacht, und das schon seit langem, genauer gesagt seit hundertfünfzig Jahren. Das seismographische Institut hat damals hochempfindliche Messinstrumente hier eingebaut, weil genau unter der Kirche zwei große tektonische Platten zusammenstoßen. Der damalige Pfarrer hat es erlaubt, er dachte sich nichts dabei, es diente ja einem guten Zweck. Denn die Erdbebenwarnungen dieses Instituts waren damals so genau wie nirgendwo anders.«

»Ich verstehe nicht ganz –«

»Das seismographische Institut hat den Schacht aufgegeben, er wurde aber nicht zugeschüttet. Vor ein paar Jahren kam der Vertreter einer Firma zu mir und fragte mich, ob man die seismologischen Bohrungen unter der Kirche weiterführen könnte. Es wäre eine gute Stelle, um auch kleinste tektonische Wellen zu messen und Erdbeben in ganz Europa vorhersagen zu können. Mit der modernen Technik kämen sie fast zehn Kilometer hinunter. Das habe ich erlaubt, es ist ja nichts dabei. Und sie zahlen gut.«

»Und warum der Zinnober mit dem Teufel im Beichtstuhl?«

Der Pfarrer bekam wieder etwas Listiges, fast Verschlagenes.

»Tarnung! Denn wie wirkt das auf die Gläubigen, wenn sie wissen, dass sie während der Andacht auf einem Bohrungsschacht sitzen, der ein paar Kilometer in die Erde führt! Da ist mir die Idee gekommen, die alte Geschichte mit dem Teufel im Beichtstuhl wieder aufzuwärmen.«

»Das Plexiglas –«

»– verdeckt nur den Einstieg in den Schacht.«

»Und wie heißt diese Firma?«

»Halma oder Malefitz oder so ähnlich. Nein, ich glaube, Mikado heißt sie. Jedenfalls Solutions. Sie schicken immer zwei oder drei Forscher nach unten, diskret, versteht sich. Und, wie gesagt, sie zahlen gut. Ich selbst habe nichts davon, Gott behüte! Aber ich kann dadurch wohltätige Projekte durchführen und Künstler protegieren.«

Der Erzbischof schüttelte den Kopf.

»Aber muss die Kirche ausgerechnet Hermann Nitsch mit seinen blutigen Priestergewändern unterstützen und eines seiner gottlosen Schüttbilder ausstellen?«

Er zeigte hoch zur Empore. Neben einem Gemälde von Fra Angelico, das eine fromme, idyllische Szene im venezianischen Renaissancestil zeigte, hing ein Bild, das so aussah, als hätte jemand einen Kübel roter Farbe hingeklatscht, die in blutigen Schlieren nach unten gelaufen war.

»Um das zu sehen, kommen manche extra aus Amerika oder Japan«, sagte der Pfarrer stolz. »Manche von ihnen sind spontan zum katholischen Glauben übergetreten.«

Der Erzbischof beschloss, sich über die Firma Mikado Solutions zu erkundigen. Als er ins Freie trat, hatte sich die Sonne schon von den Hügeln gelöst und zersäbelte gerade eine Schar von himmlisch anmutenden Schäfchenwolken.

40

Gute Redner räuspern sich, wenn sie aus dem Text kommen, und wenn Liebhabern (was Gott verhüte!) der Gesprächsstoff ausgeht, so ist der schicklichste Behelf, zu küssen.

SHAKESPEARE, WIE ES EUCH GEFÄLLT

Ein begeistertes Ah! und Oh! war von allen Seiten zu hören, denn die riesige Torte, die Hölleisen aufgedeckt hatte, war prächtig verziert und liebevoll versehen mit herzlichen Geburtstagswünschen und der einen oder anderen frechen Anspielung: *100 000 Kalorien – Das müssen Sie alles wieder wegschwimmen, Chef!* Sein gesamtes Team hatte sich eingefunden, einschließlich seines Chefs, Polizeioberrat Dr. Rosenberger, und einiger Polizeianwärter. Jennerweins Blick streifte auch eine Frau, die ebenfalls ein Tortenkistchen in Händen hielt. Sie kam ihm bekannt vor, doch er konnte sie auf den ersten Blick nicht identifizieren. Es war ein großes Getümmel im Fitnessraum, alle sprachen durcheinander, gratulierten nachträglich, wünschten das Beste und fanden übereinstimmend, dass der Chef schon ziemlich erholt aussah. Jennerwein rief den Etagenkellner, der die Torten in die Kühlung geben und einige Getränke holen sollte, denn um sich mit so viel Süßem vollzustopfen, war es noch zu früh.

»Gehen wir raus in den Garten«, sagte Jennerwein. »Da können wir uns alle setzen.«

Er führte sie zu einem lauschigen Fleckchen, einem Grünbereich mit ausreichend Sitzgelegenheiten, der zwischen dem

Hotelkomplex und seinem Bungalow lag. Alle waren bester Laune, und Jennerwein ging von Besucher zu Besucher, um ihn zu begrüßen. Vor der Frau mit den quietschgrün gefärbten Haaren blieb er länger und mit freudig überraschter Miene stehen. Er hatte seine Gattin tatsächlich auf den ersten Blick nicht erkannt. Sie war vom Team eingeladen worden mitzukommen, die neue Haartracht hatte sie bis zur Unkenntlichkeit verändert.

»Sie haben es also wirklich wahrgemacht!«, drohte Jennerwein scherzhaft mit dem Finger.

Sie drehte sich einmal im Kreis und wischte sich pantomimisch den Schweiß von der Stirn.

»Wie ich sehe, ist die Überraschung gelungen.«

»Ich glaube, wir müssen später darüber reden.«

»So schlimm?«

»Nein, eigentlich gar nicht schlimm. Im Gegenteil.«

Jennerwein wandte sich lächelnd ab und bedankte sich bei jedem Einzelnen aufs Herzlichste. Dabei versuchte er die Müdigkeit abzuschütteln, die wie ein schwerer Klotz an ihm hing. Zu groß waren die körperlichen Anstrengungen gewesen, zu lange war er jetzt schon auf den Beinen. Kurz kam ihm wieder das buntscheckige Taxi in den Sinn, das ihn in den Werkhallen auf dem Weg zu MikadoPrint um ein Haar gegen die Wand gefahren hätte. Die Stimme aus dessen Lautsprecher war ihm bekannt vorgekommen: *Ich bringe Sie schnellstmöglich zu der angegebenen Stelle!* Aber er wusste immer noch nicht, wem er sie zuordnen sollte. War es die piepsige Stimme seiner Stalkerin Tatjana gewesen? Oder hatte das Taxi am Ende mit dem weichen Timbre der namenlosen Buffetschmarotzerin zu ihm gesprochen? Aber weswegen sollte die ihn angreifen? Und plötzlich fiel es ihm ein. Es war die hohe, tenorale Stimme des Hotelangestellten gewesen, der ihn zur Eingangstür des Bungalows gebracht hatte und dessen Augenzwinkern so ekelhaft anzüglich gewesen war. Jennerwein war derart müde und überdreht, dass er sich beim besten Willen nicht erklären konnte, wie der in die Werkhalle von Mikado gekommen war. Und warum hatte er versucht, ihn gegen die Wand zu fahren? Unwichtig. Er hatte den Fall gelöst. Er wusste, wer Holister den Mordauftrag gegeben hatte. Er musste nur noch Lim darüber informieren. Der Koreaner stand gerade etwas abseits und nippte an einem Glas Sekt. Jennerwein ging rasch auf ihn zu und sprach ein paar Worte mit ihm. Der Koreaner schüttelte ungläubig den Kopf.

Entspannt setzte sich Jennerwein zu den beiden jungen Kommissaranwärtern, die stolz darauf waren, bei dieser privaten, aber doch außergewöhnlichen Mission dabei zu sein.

»Wir hätten um ein Haar ebenfalls eine Torte gebacken«, sagte der eine eifrig. »Aber im Internet gibt es dazu extrem viele und widersprüchliche Rezepte, da haben wir es aufgegeben.«

Ludwig Stengele, der Allgäuer Spezialist für Fährten, Exitstrategien und Schlupflöcher, schritt den Rand des idyllischen Gartens ab und betrachtete scheinbar beiläufig einige abgeknickte Zweige an den Thujenhecken.

»Und? Haben Sie schon eine Sicherheitslücke entdeckt?«, fragte Nicole Schwattke neckisch.

Ludwig Stengele schüttelte den Kopf.

»Nein, bisher noch nicht. Und wem würde es schon einfallen, eine geballte Ladung Kriminaler anzugreifen?«

Polizeiobermeister Hölleisen legte Jennerwein die Hand auf die Schulter.

»Ich hoffe, wir bringen Ihren Tagesablauf durch unseren Besuch nicht durcheinander, Chef?«

»Keineswegs, ich freue mich. Darf ich übrigens vorstellen: Das ist Herr Goyó Lim, ich habe ihn bei einer Kräuterwanderung kennengelernt.«

»Korrekterweise müssten Sie mich als Lim Goyó vorstellen«, verbesserte Lim lächelnd. »In dieser Reihenfolge, wenn Sie erlauben. Im Koreanischen folgt der Vorname auf den Nachnamen.«

»Ich weiß«, entgegnete Hölleisen eifrig. »Ich habe das bei einer Fortbildungsveranstaltung gelernt: Interkulturelle Kommunikation.«

Lim verbeugte sich mit einer Dreiviertelschraube. In einiger Entfernung checkte Nicole Schwattke den Fremden ab. Ein Polizist war das nicht, so viel stand schon einmal fest, dafür war seine Haltung viel zu unelastisch. Seine Hände deuteten auf Schreibtischarbeit hin, seine tadellose Kleidung auf einen Job im Management. Warum wanzte der sich an den Chef heran? Sie wollte diesen Typen im Auge behalten. Irgendetwas stimmte an ihm nicht. Sie zückte ihr Smartphone und fotografierte unauffällig sein Gesicht. Dann klickte sie sich ins Intranet der Polizei. Ein Lim Goyó und auch sein Brustbild tauchte in keiner Kartei auf, weder auf der dunklen noch auf der hellen Seite der Welt. Das konnte nur heißen, dass er entweder ein unregistrierter Nobody oder ein ganz großes Dickschiff war.

»Täusche ich mich, oder hinken Sie, Chef?«, fragte Nicole.

Jetzt erst fiel Jennerwein ein, dass er ganz vergessen hatte, seine Krücke zu benutzen.

»Haben Sie das bemerkt, Nicole? Ich bin nur beim Volleyballspielen gestürzt, weiter nichts.«

Manche Teammitglieder sahen ihn zweifelnd an, auch das bemerkte Jennerwein. Hansjochen Becker kam mit einem Buch auf ihn zu, nahm ihn etwas beiseite.

»Können Sie mir erklären, was hinter der Sache mit der DNA in dem Buch steckt?«

Jennerwein machte eine beschwichtigende Geste.

»Später.«

»Ich verstehe, es soll unter uns bleiben. Aber Sie haben doch nicht etwa ermittelt?«

»Nein, dieser Fall ist mir sozusagen zugelaufen. Jemand hat mich um Rat gefragt und –«

»Na, da bin ich ja gespannt.«

Becker wandte sich wieder ab. Jennerwein überflog die Gesichter, nickte dem und jenem zu, lächelte seiner Gattin zu, bemerkte schließlich, dass Herr Lim fehlte. Dieser hatte es wohl vorgezogen, die spontane tortenreiche Party abschiedslos und ohne viel Aufhebens zu verlassen, nachdem ihm Jennerwein mitgeteilt hatte, wer Florian Rossi wirklich auf dem Gewissen hatte.

Lim hielt sein Handy fest umklammert. Ein zufriedenes Lächeln erschien auf seinem Gesicht.

»Ich weiß, auf euch Jungs von MikadoSecurity ist Verlass! Macht die Person ausfindig und haltet sie in den Werkhallen fest. Beeilt euch.«

Lim steckte das Handy ein. Entschlossen schritt er Richtung Parkplatz. Er war überzeugt davon, dass der verehrte und glorreiche Herr Jennerwein seinen schweigsamen Abgang verstehen würde. Gerade wollte er das Gelände verlassen, um die Lunge seines Fahrers zu schonen, der während der Wartezeit sicherlich eine Zigarette nach der anderen geraucht hatte, als er an der Bungalowtür von Jennerwein vorbeikam. Seufzend blieb er stehen. Er hatte den Kommissar gebeten, die Datenanzüge vor die Tür zu legen, das hatte der Gute in der Aufregung sicher vergessen. Kurzerhand öffnete er die Tür, das Schloss von MikadoLock war für ihn wahrlich kein Hindernis. Er blickte sich vorsichtig um, doch niemand war ihm gefolgt, und geradezu ehrfurchtsvoll betrat er Jennerweins Refugium. Ein Anzug lag zerknüllt auf dem Boden. Mit einem nachsichtigen Kopfschütteln nahm er ihn auf und legte ihn sorgfältig Kante auf Kante zusammen. Der zweite Anzug war nirgends zu finden. Er öffnete alle Schränke, selbst ins Bad warf er einen kurzen, flüchtigen Blick, keine Spur von dem Mobile Suit. Der war zwar enorm teuer gewesen, aber er gönnte dem hartnäckigen Kommissar diesen kleinen Bonus. Als er einen Prospekt mit den schönsten Wanderwegen und Sehenswürdigkeiten der Umgebung auf dem Tisch liegen sah, fiel ihm ein, dass er sich ja den legendären Teufelsbeichtstuhl noch ansehen konnte. Lim hielt inne. Hatte er aus dem Badezimmer nicht ein Stöhnen vernommen? Nein, das bildete er sich sicher bloß ein, die vergangenen Tage waren anstrengend gewesen, und seine Konzentration ließ langsam nach. Wahrscheinlich hatte nur der Abfluss gegurgelt. Lim atmete durch und öffnete die Eingangstür. So schnell und unauffällig, wie er eingedrungen war, verließ er den Bungalow wieder.

Stöhnend kroch Emil Prokop in seiner geklauten Gärtnerkluft hinter dem Duschvorhang hervor. Mühsam robbte er über den Teppich und öffnete die Eingangstür des Bungalows. So schnell er konnte, krabbelte er auf allen vieren unter den nächsten Baum. Erschöpft legte er sich auf den Rücken. Da bemerkte er über sich eine auffällig gekleidete Frau, die in einer Astgabel saß und eine Winchester auf ihn richtete. Doch bevor er irgendetwas unternehmen konnte, sackte die Frau mit einem erstickten Schrei in sich zusammen und stürzte auf ihn zu. Sie begrub ihn schmerzhaft unter sich, er sah aus den Augenwinkeln, dass die Winchester außer Reichweite ins Gras gefallen war. Benommen rappelte sich Prokop auf und blickte nach oben. Auf der Astgabel stand ein grimmig aussehender Mann, der jetzt behände zu ihm herunterkletterte und bedrohlich auf ihn zukam. Blitzschnell drückte ihm der Mann ein getränktes Tuch ins Gesicht. Nein, nicht schon wieder dieses Zeugs, dachte Prokop. Dann verlor er das Bewusstsein. Der Isländer wiederum nahm die alte Winchester vom Boden auf. Es steckte nur eine Kugel im Lauf, aber die sollte genügen. Er musste sich beeilen.

Verena Vitzthum, die Gerichtsmedizinerin, und Hansjochen Becker, der Spurensicherer, standen beieinander und prosteten sich zu.

»Sehen Sie mal, der Chef und seine Frau!«, sagte sie.

»Ein schönes Paar.«

»Am Anfang hätte ich ehrlich gesagt nicht gedacht, dass das gut geht.«

»Niemand hätte das gedacht. Oder umgekehrt: Alle haben sich das schon von Anfang an gedacht. Und jetzt ist es endlich geschehen. Das freut einen doch!«

»Haben Sie das Foto schon gesehen? Das Foto vom Babybauch? Sie hat es voller Stolz herumgezeigt. Sie wollen ihn Hubertus nennen.«

Becker riss die Augen auf. Er hatte die neuesten Klatschgeschichten noch gar nicht mitbekommen.

»Wie: Babybauch? Sie erwarten ein Kind?«

Die Frau im Rollstuhl lachte.

»Doch nicht sie selbst! Die Tochter der Frau des Chefs, Lisa, die sorgt für Nachwuchs. Eigentlich wollte sie ja auch mitkommen.«

»Lisa?«

»Sie wissen schon, das ist die, die aus jedem Satz eine Frage macht: *Eigentlich wollte ich ja auch mitkommen? Aber es geht nicht? Schade?*«

»Jennerwein wird also Großvater. Das hätte jetzt wirklich niemand gedacht.«

Die Gerichtsmedizinerin zwinkerte Becker zu und bewegte sich mit ihrem Rollstuhl zu Jennerwein, der momentan wieder alleine stand und in die Thujenbüsche blickte. Sie kam, wie es ihre Art war, direkt zur Sache.

»Ich habe die Probe in dem Beweissicherungsbeutelchen untersucht, die Sie mir beziehungsweise Hansjochen Becker zugeschickt haben.«

Jennerwein sah sich um. Nein, niemand war in der Nähe. Es ging um die Probe, die er von der Kirchenwand abgekratzt hatte, er war gespannt auf die Ergebnisse.

»Becker dachte, dass es etwas Organisches ist, deshalb hat er es an mich weitergeleitet«, fuhr sie fort. »Außerdem habe ich ja ein Labor bei mir zu Hause. Ich will gar nicht so genau wissen, wo Sie diese Probe genommen haben.« Sie sah ihn misstrauisch an. »Waren Sie denn im Ausland, Chef? Im außereuropäischen Ausland?«

Jennerwein schüttelte den Kopf.

»Wie kommen Sie denn darauf?«

»Die Probe enthält Fracking-Fluide. Das sind Flüssigkeiten, die mit Hochdruck ins Erdreich gepresst werden, um

Erdgas zu gewinnen. Diese Art von Fracking-Fluiden ist hochriskant und bei uns nicht erlaubt.«

Jennerwein blickte sie überrascht an.

»Fracking? Sind Sie sicher?«

»Ja, an der Stelle, wo Sie die Substanz gefunden haben, wird gefrackt, und zwar auf Teufel komm raus.«

Jennerwein musste lächeln. Verena Vitzthum war sich des Wortspiels sicher nicht bewusst.

»Und der Schwefel? Ich habe doch Schwefel gerochen.«

»Das ist ein Bestandteil des Fluids. Gerade deshalb ist es bei uns verboten, weil es den Trinkwasserbestand unwiederbringlich gefährdet. Oh – es gibt Zitronenlimonade!«

Die Gerichtsmedizinerin wendete ihren Rollstuhl abrupt und fuhr davon. Irritiert schüttelte Jennerwein den Kopf. Unter dem Beichtstuhl wurde gefrackt! Aber was hatte der Pfarrer der Kirche damit zu tun? Oder wusste er am Ende gar nichts davon? Die Umweltbehörde würde sich über einen Tipp sicher freuen.

Oberrat Dr. Rosenberger hob sein Glas und ergriff das Wort. Seine wuchtige Bassstimme dröhnte über den kleinen Garten hinaus.

»Ich glaube, wir haben unseren Urlauber dann genug aufgehalten. Es sollte ja nur ein kleiner Überraschungsbesuch werden. Wir räumen das Feld, die Torten müssen Sie schon allein verzehren, Jennerwein. Vielleicht hilft Ihnen Ihre liebenswerte Gattin dabei. Genießen Sie Ihren Urlaub, wir sehen uns auf dem Revier.«

Ein Teammitglied nach dem anderen verabschiedete sich von Jennerwein, bis schließlich nur noch seine Angetraute bei ihm zurückblieb. Er umarmte sie lächelnd.

»Ich finde Ihre neue Haarfarbe toll«, flüsterte er.

»Etwas anderes hätten Sie auch gar nicht sagen dürfen«, erwiderte sie lachend.

Alle Mitglieder der Mordkommission IV waren schon wieder auf dem Weg ins Revier, allein Dr. Rosenberger saß noch in seinem Auto, um Mails abzufragen. Er hatte am Rand des Hotelareals geparkt, der kleine Weg mit der Parkbucht grenzte an eine Liegewiese mit allerlei Ruhebedürftigen und Müßiggängern. In der Mitte der Wiese stand ein einzelner, elegant gekleideter Geiger, der sein Instrument keck geschultert hatte und darauf bekannte klassische Melodien spielte, von denen Dr. Rosenberger die meisten kannte. Er summte mit. Der Geiger spielte virtuos und mitreißend. Wirklich toll, dieses Freizeitresort, an allen Ecken und Enden war etwas los! Eine der Mailnachrichten war mit der dringenden Bitte um Rückruf versehen. Er griff zum Diensthandy.

»Was gibt's?«

Die Gefängnisdirektorin am anderen Ende der Leitung klang aufgeregt.

»Wir haben hier ein Problem mit zwei Häftlingen, die miteinander in Konflikt geraten sind. Es hat sich herausgestellt, dass es zwei verdeckte Ermittler sind, die aber nichts voneinander wussten. Beide liegen jetzt auf der Krankenstation. Ihre Tarnnamen sind Der Dürre und Der Gipsarm. Sind Ihnen die Namen bekannt?«

»Nein, noch nie gehört«, polterte Dr. Rosenberger. »Das ist aber doch sicher Sache des BKA, oder?«

»In gewisser Weise schon. Was wir aber herausbekommen haben, ist, dass ein Angriff auf Peterchen unmittelbar bevorsteht. Nehmen Sie ihn bitte aus der Schusslinie.«

Eilig verließ Dr. Rosenberger das Auto und stürmte zurück auf das Hotelgelände. Er war auf hundert. Peterchen war der Tarnname von Hauptkommissar Hubertus Jennerwein.

Jennerwein und seine Gattin genossen die Ruhe, die in dem kleinen Idyll eingekehrt war, und lächelten sich schweigend zu. Sie war eine herbe, üppige Schönheit mit vollen Lippen und vor Intelligenz blitzenden, blauen Augen. Ihr berühmtes Schläfenlöckchen fiel ihr quietschgrün und locker ins Gesicht.

»Und wo liegt dein Bungalow?«, fragte sie.

»Dort drüben«, antwortete er und zeigte über ihre Schulter. »Wenn die Thujen nicht so dicht stünden, könnte man ihn fast sehen. Aber wenn wir durch den Garten gehen, landen wir direkt auf meiner Terrasse.«

Sie schlenderten Hand in Hand über den gepflegten Rasen. Nach all dem Trubel war es hier herrlich still.

»Ist Herr Lim auch schon gegangen?«, fragte sie in die Stille hinein. »Ich habe ihn gar nicht mehr gesehen. Und verabschiedet hat er sich auch nicht.«

Jennerwein blieb abrupt stehen und sah sie überrascht an.

»Woher kennst du Herrn Lim? Hat er sich dir vorgestellt?«

»Nein«, antwortete sie mit einem unergründlichen Lächeln und sah Jennerwein direkt ins Gesicht.

»Oder kennst du ihn vielleicht von – früher?«

Er hatte das Wort zögerlich ausgesprochen. Doch sie nahm ihm die Erinnerung an den dunklen Schatten in ihrer Biographie nicht übel. Ihre kriminelle Vergangenheit war inzwischen kein Thema mehr. All die früheren Untaten waren kein Hinderungsgrund für eine tief empfundene Liebe.

»Nein, ich kenne Herrn Lim erst seit ein paar Tagen«,

sagte sie ernst. »Er hat sich an mich gewandt wegen eines verschwundenen Mitarbeiters namens Florian Rossi. Lim hat mich um Hilfe gebeten. Ich habe mir die Unterlagen angesehen, war aber der Meinung, dass du der Geeignetere dafür bist.«

Jennerwein schluckte. Alle Farbe war aus seinem Gesicht gewichen.

»*Sie* haben das Ganze eingefädelt?«

»Ich dachte, dass du nur einen Blick darauf werfen musst, Kommissar, um zu sagen, wo der Hase im Pfeffer liegt.«

Jennerwein schnappte nach Luft, versuchte aber trotzdem, sich nichts anmerken zu lassen.

»Aus Lims zufriedenem Lächeln bei der spontanen Geburtstagsfeier gerade habe ich geschlossen, dass du es auch geschafft hast«, fuhr sie fort. »Respekt! Einen Fall, an dem sich schon mehrere Ermittler abgearbeitet haben, in ein paar Stunden gelöst! Das war wahrscheinlich dein leichtester und kürzester. Der entscheidende Gedanke ist vermutlich während des Wassertretens gekommen, stimmts?«

Sie waren jetzt im Vorgarten des Bungalows angekommen, sie berührte ihn sanft an der Schulter.

»Ich fand, dass eine Ermittlung aus der Ferne die beste Entspannung für meinen allerliebsten Kommissar bedeutet!«

»Ja, da hast du ins Schwarze getroffen«, erwiderte er tonlos.

Jennerwein rang nach Worten. Das war doch unglaublich! Das Ganze war ein abgekartetes Spiel. Aber seine Angetraute schien zumindest nicht zu wissen, dass er den Fall durchaus nicht aus der Ferne gelöst hatte. Die genauen Umstände würde er ihr später erzählen. Ganz bestimmt. Jetzt war nicht der rechte Zeitpunkt dazu. Denn sie waren sich nun ganz nah. Seine Verwirrung nahm zu, und er wusste nicht, ob der Grund dafür in ihrer überraschenden Offenbarung oder in ihrer schieren Nähe lag.

»Weißt du denn, wer Rossi in den Druckfarbenturm gestoßen hat?«, hauchte sie ihm ins Ohr.

»Ja, das weiß ich inzwischen«, flüsterte er zurück. »Der wahre Täter hat mich zunächst ganz schön in die Irre geführt. Es war fast der perfekte Mord. Aber jetzt will ich erstmal einen Kuss.«

Im Magazin der Winchester steckte nur eine einzige Kugel, doch die musste genügen. Der Isländer schwenkte den Lauf in den Garten. Im Zielfernrohr erschien Jennerweins Gesicht, das hauchdünne Fadenkreuz erfasste seine Schläfe.

Ihre Lippen kamen sich näher, der Kommissar und die ehemalige Bestatterin hatten alles um sich herum vergessen. Jennerwein umfasste ihre Hüften, er schloss die Augen. Schöner Tod, dachte der Isländer. Ein viel zu schöner Tod für dich, Jennerwein. Er spannte den Abzug. Und drückte ab. Im gleichen Moment zuckte Jennerwein plötzlich zurück und trat unvermittelt einen schnellen Schritt nach hinten.

»Ich muss dir etwas gestehen«, sagte er.

Das Projektil fuhr zwischen den beiden Gesichtern hindurch ins Leere, schlug in die berstende Glasscheibe hinter ihnen ein, genau über der Stelle, in die der Schriftzug eingraviert war: Lass deine Seele baumeln. Hotel Relax.

41

Als die zwölf Verschwörer ihre Zelte in dem heruntergekommenen Landgasthof abbrachen, waren sie allesamt reichlich wütend, weil sie so viel Geld für den Isländer ausgegeben hatten, der dann doch auf ganzer Linie versagt hatte. Die Frau mit dem Strickzeug öffnete die Tür, um zu sehen, ob die Luft rein war. Sie kam mit einer Sporttasche wieder zurück.

»Die hat jemand vor die Tür gestellt«, sagte sie verwundert.

Einige der Rächer hielten misstrauisch inne. Die meisten griffen zu den Waffen. Eine Falle. Ein Hinterhalt. Eine krumme Sache. Langsam zog der schweigsame Chinese namens Wong den Reißverschluss der Tasche auf. Alle kamen zögerlich näher und blickten hinein. Die Sporttasche war bis zum Rand gefüllt mit Geldscheinen. Gebraucht, unnummeriert, in verschiedenen Währungen. Obenauf lag ein Zettel mit einer Nachricht.

An meine Auftraggeber
Ich weiß das in mich gesetzte Vertrauen durchaus zu schätzen, aber unter diesen Umständen kann ich den ehrenvollen Auftrag nicht erfüllen. Jennerwein ist eine härtere Nuss, als wir alle dachten. Und offensichtlich sind nicht nur wir hinter ihm her. Dann aber konnte ich ein Gespräch belauschen. Jennerwein weiß Bescheid! Offensichtlich gibt es einen Maulwurf in

euren Reihen. Ich hatte Glück, ich konnte gerade noch entkommen. Klärt eure Angelegenheiten. Das Geld gebe ich euch zurück. Ehrensache – ð

Das Markenzeichen des Isländers war der Buchstabe ð, den er normalerweise bei seinen Opfern zurückließ.

»Was für eine Pfeife!«, sagte Gunnar Viskacz. »Maulwurf – faule Ausrede! Immerhin haben wir die Kohle zurück. Wir teilen sie am besten wieder unter uns auf.«

Nacheinander griffen sie in die Tasche, die sich langsam leerte, als ob die Zeit rückwärts lief.

42

Ein herzliches Dankeschön gilt den Mitarbeitern der Firma Mikado Solutions für ihre sachkundige und geduldige Unterstützung. Ohne ihre Hilfe wäre es mir nie möglich gewesen, all die komplizierten Vorgänge in den Werkhallen zu verstehen. Das ist nicht selbstverständlich, denn gerade im IT-Bereich gibt es immer wieder große Widerstände von besserwisserischen Nerds, Freaks und Cyborgs, einem Grünschnabel wie mir etwas in einfachen Worten zu erklären. Mein besonderer Dank gilt in diesem Zusammenhang dem freundlichen Herrn Lesley. Dessen aufschlussreiche Führung durch das Druckwerk von MikadoPrint hat mir sehr weitergeholfen. Er war es schließlich auch, der mich auf den riesigen Druckfarbenturm hingewiesen hat.

»Liebe Frau Rossi«, hat er gesagt, »hier kommen wir zu einem wahren Museumsstück. Der Turm gehört eigentlich schon längst abgerissen, so wenig entspricht er den neuesten Sicherheitsstandards.«

Und dann –

Melanie Rossi stoppte die Audioaufnahme und steckte das Handy, das sie in die Arrestzelle von MikadoSecurity geschmuggelt hatte, in die Tasche. Sie blickte durch das vergitterte Fenster. Draußen stand Kommissar Jennerwein. Er massierte die Schläfen mit Daumen und Mittelfinger, wie ihr das schon beim Video-Chat aufgefallen war. Jetzt, aus nächster Nähe, sah die Angewohnheit schon fast bedrohlich aus. Doch sie musste sich konzentrieren. Sie war hier festgesetzt worden, aber noch war nicht alles verloren.

»Was wird das?«, fragte sie forsch, als er in ihre Zelle getreten war. »Ein Verhör? Haben Sie überhaupt das Recht dazu auf dem Werksgelände von Mikado Solutions?«

»Es ist eine Befragung. Frau Rossi, Sie stehen im Verdacht, Ihren Ex-Mann ermordet zu haben.«

»Was? Ich dachte, es geht um Sachbeschädigung. Ich bin gegen einen Roboter gestoßen, er ist hinuntergefallen und hat ein paar Schrammen abgekommen, ja gut, aber das wird die Versicherung übernehmen. Im ersten Schrecken habe ich versucht, es zu vertuschen, aber das ist lange noch kein Grund, mich den ganzen Tag hier festzuhalten.«

»Ich für meine Person bin lediglich wegen des Mordes an Ihrem Ex-Mann hier.«

Melanie Rossi zog genervt die Augenbrauen hoch. Noch war sie die Ruhe selbst.

»Das ist furchtbar, aber warum sollte ich ihn umbringen? Wir haben uns damals im Guten getrennt und lebten in bestem Einverständnis, bis er eben vor sechs Monaten verschwunden ist.«

Jennerwein nickte. Dann sah er ihr direkt ins Gesicht.

»Sie haben erfahren, dass er sich wieder neu verheiraten wollte, und zwar mit der Frau, deren Bild in seinem Spind hing.«

Jennerwein griff in die Innentasche seiner Jacke und zog ein großes DIN-A4-Foto heraus. Er wusste, dass sie das kleine, unscharfe Handyfoto erwartet hatte, das sie schon kannte, aber er wollte sie mit analogem Material konfrontieren, das bei Vertretern ihrer Generation oft befremdlich und bedrohlich wirkte. Er hielt ihr das Foto der gutaussehenden Frau entgegen und blickte Melanie Rossi dabei fest ins Gesicht. Sie zuckte nicht, aber er konnte beobachten, dass sie sich beherrschen musste, um nicht loszuschreien.

»Es war Nachwuchs unterwegs«, fuhr Jennerwein fort. »Und da sind bei Ihnen alle Sicherungen durchgebrannt. Ich kenne das Gefühl. Ich werde selbst bald Großvater, und ich hätte nie gedacht, dass man dabei in solch einen Strudel von widersprüchlichen Gefühlen gerät.«

Melanie Rossi senkte den Blick.

»Und wie soll ich das angestellt haben?«, fragte sie, jetzt schon nicht mehr so forsch wie vorher. »Ich war zur Tatzeit nicht am Tatort.«

»Aber vorher konnten Sie ungehindert im Werk ein- und ausgehen, denn ihr Mann hat sie früher oft dorthin mitgenommen. Ihre Zugangskarte haben Sie nie zurückgegeben, die Protokolle Ihrer Besuche haben Sie löschen lassen. Sie haben Holister damit beauftragt.«

»Wer ist Holister?«

Jennerwein lachte kurz auf.

»Der Geschätzte Kollege, wie ich ihn nenne, hat Ihnen gezeigt, wie man jede Künstliche Intelligenz, die einem über den Weg läuft, jede mögliche Aufgabe erledigen lassen kann, und sei sie noch so illegal.«

»Illegal?«, lachte sie ebenfalls auf. »Ein Computer kennt das Wort illegal gar nicht. Er unternimmt nichts, was einem Menschen schaden könnte.«

»Von wegen. Gerade die Ethikvorschriften sind erstaunlich leicht zu umgehen. Das hat Ihnen Holister gezeigt.«

Melanie Rossi zuckte nur mit den Schultern.

»Ich glaube, es ist besser, wenn wir warten, bis mein Rechtsbeistand hier ist.«

»Darauf haben Sie Anspruch, natürlich. Während wir auf ihn warten, schildere ich Ihnen kurz den entscheidenden Fehler, den Sie gemacht haben. Sie haben den Abschiedsbrief zwar durch die KI in Rossis Handschrift niederschreiben lassen, aber Sie waren es, die ihn formuliert hat. Holister wären die zischlautlosen Texte Rossis durchaus aufgefallen, und er hätte den Abschiedsbrief dementsprechend formuliert.« Jennerwein entfaltete die Kopie und las: *»Liebe Freunde, glaubt mir: Ich habe bisher das falsche Leben gelebt. Mein Entschluss hat also nichts mit euch zu tun* – Holister wäre ohne jedes S und SCH und Z ausgekommen.«

Melanie Rossi schwieg verstockt. Jennerwein steckte das Foto ihrer Konkurrentin und den Abschiedsbrief wieder ein und verließ die Zelle. Draußen auf dem Gang sah er einen Mann auf sich zukommen, der einen Rollwagen, vollbeladen mit Akten und technischem Gerät, neben sich herschob. Das musste der angeforderte Rechtsbeistand sein. Mit einem kurzen Gruß ging er an ihm vorbei.

Der Mann schob den Rollwagen in die Arrestzelle. Als der Wächter sich entfernt hatte, sagte Melanie Rossi leise:

»Ich habe ein paar Gramm Californium in meinem Besitz. Den Preis kennen Sie vermutlich?«

Der Mann nickte. Melanie Rossi musterte ihn genauer. Es war ein ungeschlachter Klotz in einem schlecht sitzenden Anzug. Er stützte sich auf die technischen Geräte auf dem Rollwagen, als ob er aus diesen seine Kraft bezöge.

»Es gehört Ihnen, wenn Sie mich hier herausschleusen.«

Sie drehte sich langsam von ihm weg, um ihren Worten noch mehr Wucht zu verleihen. Sie hatte keinen Zweifel, dass der Rechtsanwalt angesichts dieser enormen Summe ins Straucheln geraten würde. Solch einer Summe hielt kein Mensch stand.

»Sehr freundlich von Ihnen, Frau Rossi«, ertönte es in ihrem Rücken. »Aber ich bin ein neu entwickeltes Modell mit einem Ethik-Update. Ich bin nicht bestechlich. Ich werde diese Aussage zu den Akten nehmen und darf Sie nun über Ihre Rechte aufklären.«

Jennerwein trat ins Freie und stieg zu seiner Gattin ins Auto. Die Sonne senkte sich und ließ sich auf den sanften Hügeln nieder, so wie sich ein großes, ungeschicktes Tier umständlich zum Schlafen auf die Erde legt.

»Endlich beginnt der Urlaub«, sagte einer von beiden, und man hätte nicht sagen können, wer, so dramatisch nahe waren sie sich gekommen.

Wenn Sie über weitere Neuerscheinungen von mir informiert werden wollen, dann senden Sie eine E-Mail mit Ihrem Namen an

newsletter@joergmaurer.de

Ich freue mich auf Ihre Zuschrift!

Mit vielen Grüßen

Jörg Maurer

Literarisch morden mit
Kommissar Jennerwein

Der 16. Fall

Lesen auf Leben und Tod